魔鬼在呢喃

[意]多纳托·卡瑞西——著 崔 月——译

Donato Carrisi

Il suggeritore

上海译文出版社

××××监狱
第四十五号监区

监狱长阿方斯·贝伦杰的报告
11月23日

致J.B.马林总检察长办公室

主题：机密

尊敬的马林先生：

请允许我向您汇报一名囚犯的怪案。

该囚犯编号为RK－357/9。我们只能用这种方式来指代他，因为他不愿意提供自己的个人信息。

他于10月22日被警方拘捕。这个男人晚上——一个人，没穿衣服——在××区乡村的路上游荡。

档案室里所存指纹的比对排除了他犯过罪或参与过仍未破获的案子。然而，他拒绝透露自己的身份，即便是在法官面前，也是不肯透露。于是，他被判了四个月零十八天的监禁。

从入狱的那一刻起，RK－357/9囚犯就没有表现出任何违纪的迹象，他总是很遵守监狱里的规矩。另外，这个人个性孤僻，不太愿意与人来往。也许正是因为这一点，没有人注意到他的特殊行为，直到最近我们的一名狱警才发现。

RK－357/9囚犯用毡布擦拭与他有关的每一件物品，收集每天掉落的所有毛发，把每次用的餐具和马桶都擦得锃亮。

因此，我们面对的是一个有洁癖的疯子，一个不惜一切代价避免留下“有机物”的人。据此，我们严肃地怀疑囚犯 RK－357/9 参与过某些特殊的重大犯罪，他想阻止我们提取他的 DNA 以确认他的身份。

目标至今和另一个人共同待在一个牢房里，这个人自然有助于他混淆自己的生理痕迹。作为第一步，我们消除了这种混淆的可能性，把他单独关了起来。

我向您指出以上情况是想进行特别调查，希望在必要的时候，法院能采取紧急措施迫使囚犯 RK－357/9 进行 DNA 检验。

这是考虑到一百零九天后（3 月 12 日），目标就要结束服刑。

此致

监狱长阿方斯·贝伦杰

1

W 附近的某地

2 月 5 日

大蛾子似的飞机带着飞行员，凭着记忆在黑夜里飞行。飞机张开铺满尘土的翅膀，挣扎着逃出山上的埋伏。那些山静静地矗立着，就像肩并肩沉睡的巨人一般。

山的上面，是丝绒般的天空，下面是树林，十分茂密。

飞行员转过身，朝乘客指了指前方地面上一个巨大的坑，这个坑看起来就像亮堂堂的火山口一样。

飞机调转方向朝那边飞了过去。

七分钟后，飞机降落在了国道上。路被封锁了，周围有警察守卫。一个穿着蓝衣服的人——此人正是特派员斯特恩——一边费力地抓着在风中狂乱飞舞的领带，一边走到螺旋桨下面迎接乘客。

“欢迎您，先生，我们一直在等您。”为了让自己的声音盖过螺旋桨的噪音，斯特恩大声地说道。

从飞机上下来的犯罪学家格兰·贾维拉没有回答。

斯特恩继续说：“来，我们一边走，我一边给您汇报情况。”

“我向您保证，这很不简单。您一定要亲眼看看。”

特派员斯特恩走在格兰的前面，一边拨开路边的灌木给他带路，一边头也不回地跟他说话。

“是今天上午发现的，大约在十一点左右。当时，两个小孩牵着狗在这条路上走。他们进了树林，沿着山丘往上爬，就到了那片空地上。他们牵的狗是拉布拉多，您知道，它们就喜欢挖坑……总之，那只狗就像疯了一样，因为它好像闻到了什么气味。它最终挖出了一个坑，然后就露出来了第一个发现物。”

格兰努力跟上斯特恩的步伐，他们越往里走，山坡就越陡峭，周围的树木也越来越茂密了。他发现斯特恩的裤子上有个小破洞，在膝盖那儿，看来他已经在这条路上走过很多次了。

“孩子们看到后马上就跑开了，并且报了警。”斯特恩继续说，“然后警察去了，在那里作了一些侦查和测量，试图找到证据。总之，进行了所有的例行检查。然后有人突然想到，可以再挖一次，看看里面还有没有别的……然后，第二个发现物就露出来了！这时，他们才通知了我们。我们三点就到了这里。但目前仍不确定下面还有多少这种东西。就是这里了，我们到了。”

他们面前是一小片被探照灯照亮的空地——像火山口一样亮堂。森林的气息一下子消失了，一种独一无二的刺激气味向两人袭来。格兰抬起头，任气味弥漫开来。

“苯酚。”他自言自语道。

他看到了一圈的小坑。三十几个穿着白大褂的人正在卤素灯下工作，他们拿着小铲子和小棍子，小心翼翼地铲着。一些人拨开草丛，另一些人在一旁拍照，仔细地把每一个发现物记录下来。他们慢慢地移动着。他们的动作精确、细致而缓慢，周围笼罩着死一般的寂静，只能偶尔听见小闪光灯发出的咔嚓声。

格兰看到了特派员萨拉·罗莎和克劳斯·鲍里斯。督察罗凯也在那儿，格兰认出了他，便马上大步朝他那儿走去。

在格兰开口之前，督察先提问了：“有多少？”

“五个。每个都有五十厘米长，二十厘米宽，五十厘米深……你觉得这样的洞里会埋些什么？”

所有的坑里都埋了一样东西——同样的东西。

犯罪学家格兰等着督察的确定。

督察回答说：“一条左臂。”

格兰的目光投向了那些穿着白大褂的人，他们在这个荒谬的“露天坟场”周围忙碌着。土里只埋着分解后的残肢，但这种罪恶应该在这个被定格的不真实的时间之前就发生了。

“是她们的？”格兰问。但这次他已经知道答案了。

“PCR 分析[①]显示是女性，并且是白人，年龄在七岁到十三岁之间……”督察罗凯语调平缓地说出了这句话。

黛比、安奈可、萨比娜、梅丽莎、卡罗琳。

一切从二十天以前开始，就像是省里小报印刷的一则小故事：一所著名贵族寄宿学校的一名女学生失踪了。所有人都以为她逃跑了。这名女生十二岁，叫黛比。她的同学记得看到她上完课出去了。晚上女生宿舍点名的时候，大家才发现她不见了。这看上去完全像是报纸第三版中缝的文章里登的新闻，结尾段落里还会写着期待预料之中的大团圆结局。

但接着，安奈可也失踪了。

这发生在一个小村庄里，里面有许多座木屋和一座白色教

---

① 一种分子生物技术，用于扩增特定的 DNA 片段，这项技术被用于犯罪取证和考古。

堂。安奈可十岁。开始大家以为她在树林里迷路了，她之前经常骑着山地车在树林里探险。所有当地人都参加了搜查小队去寻找她，但没有任何结果。

在他们尚未确定发生什么事之前，这类事件再次发生了。

第三个女孩叫萨比娜，她的年龄最小：七岁。事情发生在城里，周六晚上。她和爸爸妈妈一起去月亮公园，就像所有带着孩子去那里的其他家庭一样。她爬上了一个旋转木马，那里面挤满了孩子。木马第一次转过来的时候，她妈妈看到了她，跟她挥手打了招呼。第二次，她妈妈也跟她打了招呼。但第三次，萨比娜就不见了。

直到那时，才有人开始觉得三天之内有三个女孩失踪有些不同寻常。

大张旗鼓的搜寻启动了。还上了电视节目，提醒可能有一名或数名变态，甚至是团伙作案。其实，没有更进一步的线索来推动案情假设。警方设了一条热线来搜集信息，甚至能匿名举报。警方收到了一些嫌疑人的外貌特征，需要几个月的时间来核实。由于失踪案发生在不同地方，当地警察对于在哪里进行司法审判无法达成一致意见。

刑事调查组这时才介入调查，他们的头儿是督察罗凯。失踪案并不属于他们的管辖范围，但群众中不断弥漫的紧张气氛让他们破了例。

当第四个女孩失踪时，罗凯和他的组员接管的这个案子变得更加棘手了。

梅丽莎是她们之中年龄最大的：十三岁。和其他像她这个年龄的孩子一样，她的父母晚上不让她出门，害怕她也会成为那个所谓的疯子的牺牲品，这种恐惧笼罩着整个小镇。但这种强制性的禁足措施在梅丽莎生日那天被打破了，那天晚上她有其他安排。她和她的朋友们制订了一个逃跑计划，然后准备一起去保龄球馆庆祝生日。她的朋友都到了，而梅丽莎是唯一一个没有出现的人。

人们从那时开始搜寻这突如其来的怪物。市民们都行动了起来，准备报仇。警察分散在各个道路的检查口。他们对从事少年犯罪活动的罪犯和嫌疑犯加大了控制力度。父母们都不放心让孩子出门，连学校也不让去了。很多学院都因为没有学生不得不关门了。人们只有在迫不得已的时候才会出门。几天之后，城镇里变得冷冷清清的。

几天来，没有任何新的失踪案的消息传出。人们开始觉得他们采取的所有防范措施产生了预期效果，让那个疯子泄气了。但是，他们错了。

第五个孩子的失踪是最轰动的。

她叫卡罗琳，十一岁。她是在自己的床上消失的，当时，她就睡在父母旁边的房间里，但他们一点儿都没有发觉。

一周内，五个女孩失踪。然后是长达十七天的沉寂。

直到发现了五条埋在土里的胳膊。

黛比、安奈可、萨比娜、梅丽莎、卡罗琳。

格兰的目光停在了那些围成一圈的小坑上，那是一个可怕的埋着胳膊的圈。他几乎听到她们在唱着童谣。

“很明显，从现在起，这不仅仅是失踪案那么简单了。”罗凯一边说，一边做了个手势把大家都召集到他的周围，准备作一番简短的讲话。

这是他的习惯。罗莎、鲍里斯和斯特恩聚到了他跟前，准备听他讲话。他们的眼睛直直地盯着地面，手交叉着背在身后。

罗凯开口说道：“我在想那个把我们带到这里的人，那个预料到所有这一切的人。我们现在在这里，是因为他希望我们在这里，是因为这是他计划好的。他为我们设计了所有发生的一切。所以，先生们，这是冲着我们来的，只是冲着我们。他精心策划了这些案子，算准了时间，算准了我们的反应，就是为了愚弄我们，为了让我们知道他很了不起，很有能耐。”

大家点了点头。

不管谁是案件的制造者，他正在按部就班地行动。

罗凯把格兰·贾维拉招进队伍有一段时间了，他注意到这位犯罪学家心不在焉，于是目不转睛地看着他，想知道他的想法。

“你呢，博士，你怎么想？”

格兰打破了自己的沉默，但只说了一个字：“鸟。”

起初，似乎没有人听明白。

然后，他毫无表情地继续说：“我之前没注意到有鸟来了，直到现在才发现。奇怪……你们听……”

黑黢黢的树林里传来了成千上万只鸟的鸣叫声。

“它们在唱歌。”罗莎惊讶地说。

格兰转过身，朝她点了点头，表示赞同。

“是探照灯……这些鸟把探照灯当成黎明的曙光，所以它们唱起了歌。”鲍里斯说。

“你们觉得有道理吗？”格兰这次看了看大家，继续说，“确实有道理……五条埋起来的胳膊。碎块。没有身体。如果我们仔细想的话，真正的残忍并不在这些东西中间。没有身体，就没有脸。没有脸，就无法确定是谁，是哪个人。我们只能猜测女孩在哪里。因为她们不在这里，不在洞里。我们无法直视她们的眼睛。我们无法像观察我们自己一样观察她们。事实上，这里的一切无关人类。这只是些碎块……无法激起同情，徒留恐惧。我们无法对这些年幼的受害者产生怜悯之情。他就想让我们以为她们已经死了……你们觉得有道理吗？成千上万只鸟在黑暗里对着不可能出现的光鸣叫。我们看不到它们，但这成千上万只鸟却正看着我们。它们是什么？是很简单的东西，但也是错觉的结果。我们必须警惕错觉：有时候，恶会用最简单的方式欺骗我们。”

沉默。犯罪学家又一次说中了一个微小而重要的象征性意义，这通常是其他所有人都觉察不到的，或者——像这个案子中的一样——都听不出来的意义。细节、轮廓、差别。事物周围的阴影，藏在黑暗光环之下的邪恶。

每一个凶手都有一个“计划”，一个让他满意、骄傲的确切形式。最难知道的是他的动机。正因为如此，格兰才在那里。他们才把他请到那里。为了让他用他那令人信服的科学知识打破邪恶。

这时，一名穿着白大褂的技术人员走近了他们，径直来到了督察面前，一脸困惑。

“罗凯先生，好像有个问题……现在有六条胳膊了。”

2

音乐老师在说话。

但这不是让她吃惊的事。也不是头一遭见识这种场面。很多孤独的人独自在家时会高声说出自己的所思所想。米拉也会这样，自言自语。

但今天有了新情况。眼前发生了不一样的事，算是对米拉的些许弥补。整整一周，她坐在冷得像冰窟窿一样的车子里，监视着眼前那幢栗色外表的房子，用自己小小的望远镜查看屋里的动静，一名四十来岁、肥胖油腻的男子在井然有序的小天地中悄无声息地活动，永远重复着同样的动作。

音乐老师在说话。但他头一遭提到了一个名字。

米拉紧盯他的双唇，一个一个字母从口中吐出。帕布罗。一切得到了印证，那个名字就是进入神秘世界的密钥。现在，她全都明白了。

音乐老师有一位客人。

仅仅十天前，帕布罗只是一个普普通通的八岁男孩，栗色头发，眼神灵动，喜欢滑着滑板在街区溜达。有件事是肯定的：如果帕布罗需要为妈妈或奶奶跑腿买东西，他会带上滑板。他每天在这块板上要度过数个小时，在街上来来去去。邻居透过自家的窗户看见小帕布罗——大家都喜欢这么称呼这个小男孩——对于他们而言，那已经是一道日常风景。

或许正是因为太过司空见惯，没人留意到异常，在 2 月的早晨，在这个小小的住宅区，每个人都知道大家的名字，每户人家过着大同小异的生活。一辆墨绿色的沃尔沃——音乐老师可能故意挑选了这款车，因为它和停在街区小路边的那些车别无二致——出现在了马路上。周六的早晨静悄悄的，一切再正常不过，唯有轮胎摩擦沥青道路发出的缓慢呻吟声以及滑板渐渐加速的滑行声，打破了宁静……要再过六个小时才会有人惊觉，周六早晨的杂音中少了点什么。少了的是滑板声。小男孩帕布罗在那个阳光明媚又天寒地冻的早晨，被一团匍匐前行的阴影给吞噬了，这团阴影不会再放出男孩，徒留下他心爱的滑板。

这块滑板安然躺在警察搜来的证物中。在接到失踪报案后，警察倾巢出动前往住宅区。

失踪案已经过去了十天。

对于帕布罗而言一切或许为时已晚。太晚了，对于孩子的精神状态而言。太晚了，如果想要毫发无伤地从这个噩梦中醒来。

现在，滑板躺在女警轿车的后备厢里，连同玩具和衣服。这些都是米拉循着线索找到的，并把她带到了这个栗色巢穴。找到了音乐老师，他在一所高等院校教书，周日早上在教堂弹奏管风琴。音乐协会的副主席每年会举办一场小型的莫扎特音乐会。这位籍籍无名、生性羞怯的单身汉戴着眼镜、秃头，一双绵软的手汗涔涔的。

米拉对他的观察很仔细，这是她的天赋。

毕业之后，她毅然决然选择进入警局，并打算奉献一生。罪犯不是她的兴趣点，法律更不是。她不是为了上述理由不知疲倦地翻查每个角落，阴暗在那里滋生，生命在那里悄无声息地腐败。

当米拉从狱卒唇间读出了“帕布罗”这个名字，她感到右腿传来一阵刺痛。兴许是在车里坐了太久，她就是为了等到这个信号。兴许是腿上的伤口，她自己先缝了两针。

“回去之后，我再处理。”她对自己保证。但必须在此之后。此时此刻，米拉一边想着，一边打定主意，要立即冲进那栋房子，打破魔咒，终止噩梦。

“警员米拉·瓦斯克兹呼叫总部：绑架小男孩帕布罗的嫌犯拉莫斯已经确认。嫌疑人住在一栋栗色房子内，地址是阿尔贝大道 27 号。可能就是犯罪现场。”

“好的，警员。我们会派遣两名巡警前往，至少需要三十分钟。”

太晚了。

米拉不需要他们。帕布罗也不需要他们。

想着要和总部在时间上讨价还价就觉得一阵恶寒，于是，她朝房子走去。

无线电里的声音如同遥远的回音，她——手里攥着枪，压低身子重心，眼神警觉，移动的脚步快速利落——第一时间赶到了别墅后方的奶白色栅栏前。

一株高大的白色悬铃木高过别墅一头。树叶随风舞动，露出了银色的另一面。米拉来到木质栅栏门前。倚上木门，仔细倾听。邻家正在播放的摇滚乐时不时地随风飘到耳畔。米拉俯在栅栏上，后花园经过了精心打理，有个工具棚，红色的皮管在草地上蜿蜒前行，尽头连接着喷淋器。塑料材质的家具物什以及煤气烧烤架。一切静悄悄的。一扇毛玻璃门刷成了淡紫色。米拉伸手探过小木门，小心地拔起门闩。铰链嘎吱作响，她只开了一条够她错身进入花园的缝儿。

她关上木门，假如屋里的人朝外张望，不会发现有过任何变化。一切井然有序。她按照警校学来的知识，踮起脚尖往前走，这样就不会留下痕迹，在遇到必要情况时也能随时逃离。不久之后，她来到了后门边上，站在这个角度往屋内看，她不会投下阴影。后门上面镶嵌的是毛玻璃，米拉看不真切，依稀是家具的轮廓，她明白过来那是间餐厅。米拉的手搭上后门另一边的门把手。抓住，向下用力。她听到门锁发出“咔嗒”一声。

门开了。

音乐老师许是觉得在巢穴中十分安全，他为自己修筑了这个巢穴，自己也成了它的囚徒。米拉立刻洞悉了一切。

橡胶鞋底走在亚麻油毡上，每一步发出一记呻吟。她尽量控制自己的动作，不致发出太大的噪音，接着她决定还是把篮球鞋给脱了得了，把它们留在某件家具旁边。她赤脚走过走廊，听到有人在说话……

“我想要一包厨房纸巾。还有擦瓷砖的东西……是的，就那种……还有，给我带六盒速溶鸡汤、六盒糖、一份电视节目报、一包烟，常买的那个牌子……”

声音来自客厅。音乐老师在电话购物。他这么忙，都没时间出门？或者他不愿离开，他要掌控客人的一举一动？

“是的，阿尔贝大道27号，谢谢。还有，带点零钱过来，我只有五十元的大钞。”

米拉循着声音，路过一面镜子，镜子映照出她有点变形的影子。她来到客厅门口，举起枪，深呼吸，冲进室内。她以为能打他个措手不及，或许，那音乐老师会背对着她坐在窗户附近，手里拿着电话。完美的射击目标。

可她一个人影也没见到。

客厅空落落的，电话听筒在原位。

她明白过来，没人在这间房里打电话，恰在此时，她感受到了冷冰冰的枪口，恰似一个吻落在后颈上。

他在她身后。

米拉在心里咒骂自己是个蠢货。音乐老师把他的巢穴打造得固若金汤。花园小木门的嘎吱声以及亚麻油毡的摩擦声都是警报，提醒他有外人入侵。那通假电话就是吸引猎物的诱饵。变形的镜子能起到掩护的作用，即使站在她身后也不会被看见。一切的一切都是陷阱的一部分。

她感到男人伸出手，想要拿走她的枪。她听之任之。

“你可以朝我开枪，但你不会有逃走的机会。我的同事就快赶来了。你脱不了身，最好还是束手就擒吧。”

他没作声。米拉用眼角余光在观察他的神色。他在笑吗？

音乐老师向后退去。枪口离开了米拉，但她仍能感受到自己脑袋和枪管里面的子弹之间存在着磁场吸引。然后，男人绕过她，终于出现在了她的视野中。他直勾勾地盯着。但没有看她。在他双眼深处，米拉觉得那是无尽的黑暗。

音乐老师毫无顾忌地转身。米拉见他镇定自若地走向靠墙放的钢琴。男人在琴凳上坐定，端详琴键。两把枪都摆在左手边。

他提手，一会儿之后，落在了琴键上。

《升 C 小调夜曲》的琴声在房间内漫开。米拉加重呼吸，紧张焦虑的情绪经由肌肉和脖颈传递到全身。音乐老师的十指在琴键上面优雅地跃动。米拉像是被这温柔的乐声给吸引住了，身不由己地成为了这场演出的听众。

她强迫自己理清思路，赤脚慢慢后退，重新回到走廊。她重整了呼吸节奏，让心跳慢下来。接着，她飞速找遍每个房间，乐声仍在继续。她一间一间地检视。办公室。浴室。食品储藏室。直到一扇紧闭的门。

她一个用力，门撞向了墙壁。腿上的伤口疼得厉害，她把所有的力量集中在了三角肌上。木门坏了。

走廊微弱的光线第一次射入卧室，卧室内原本的窗户似乎都被封了起来。米拉的眼睛在黑暗中寻找亮光，然后对上了一对湿漉漉的眼睛，那双眼睛也在惊恐地看她。小帕布罗在床上，双腿紧贴瘦弱的胸口。他只穿了一条短裤和一件无领无袖汗衫。他在试图搞明白，是否应该害怕，米拉是不是噩梦的一部分。她说话了，说了每次找到孩子后都会说的话。

“我们走。”

男孩同意了，伸出双臂，攀上米拉的胳膊。米拉一直在留意乐声，它还在继续，充满了威胁。她担心乐曲不够长，担心没有足够的时间离开这幢房子。一阵恐慌再次袭来。她在拿自己的命和人质的命冒险。现在，她害怕了。害怕又一次被愚弄。害怕走错最后一步，害怕她是否能逃离这该死的巢穴。害怕突然发现门关上了，她会成为永远的囚徒。

可是，门开了，两人终于来到了室外，沐浴在微弱但安心的日光中。

当心跳渐渐慢下来，当她不再惦记那把留在室内的枪，当她感到帕布罗紧紧贴着她，她也用温暖的身躯搂住男孩，让他安下心来，就在此时，男孩凑到她耳边，轻声说：“她呢？她不和我们一起走吗？”

米拉踏在地上的步伐突然变得异常沉重。她晃了晃身形，但没有失去平衡。

“她在哪里？那个她？”

男孩伸手指向二楼。那房子的窗户像是在看着他们，而那扇刚让他们逃出生天的门似是在咧嘴嘲笑。

此时此刻，米拉内心的恐惧烟消云散了。她跑完了自己和车子之间最后的几米。把小帕布罗安置在座位上，用郑重的口吻向他承诺：

“我马上就回来。”

然后，她又走向那幢将她吞噬的房子。

米拉站在楼梯下方，朝上望去，她不知道那个她会在哪里。她握住扶手往上走。肖邦的乐曲在继续，不受干扰，伴随着她的搜索行动。双脚陷入台阶，双手粘上了扶手，似乎每一步都要把她拖住。

音乐戛然而止。

米拉站定，保持着警觉。之后，响起了干脆的枪声，那是沉闷的声音，还有不成调的琴音，那是音乐老师的身躯砸向了琴键。米拉加速跑上楼。她无法确定这是否会是下一个陷阱。楼梯转过弯，平台通向一条狭窄的走廊，上面铺了厚实的地毯。尽头开了一扇窗。窗前站着一个人。瘦弱、纤细、逆光：双脚踏在椅子上，头颈和双手正努力攀向从天花板垂下来的绳圈。米拉看见她试图把脑袋塞进圈里，于是大叫起来。那人这次也看见米拉了，竟然加快了动作。因为有人就是这么告诉她的，这么教她的。

“如果他们来了，你必须自杀。”

“他们”，那就是其他人，就是外界，他们不会理解，也不会原谅。

米拉跑向少女，竭力阻止她的行为。她越是靠近，就越是感到时光在倒流。

很多年前，在另一段生命中，少女曾是孩童。

米拉想起了她的照片。她曾经仔仔细细地研究过，一丝一毫，脸上的每条皱纹，她反反复复记住所有特征，甚至是皮肤上再小的瑕疵。

还有那双眼睛。蓝色，灵动。能够完完整整地存住光线。十岁女孩的眼睛，她叫艾丽莎·戈麦兹。那张照片是她父亲拍摄的。女孩在打开节日礼物时抢拍的照片。米拉甚至能想象出当时的情景，她的父亲叫她名字让她看镜头，就此抓拍下了她的表情。艾丽莎转头看向父亲，都没来得及露出惊讶。那一刻镌刻在了女孩的表情中，其中蕴涵着某些肉眼无法捕捉的东西。嘴角即将咧开欢欣的笑容，闪光的眼睛犹如刚刚诞生的恒星。

当米拉向艾丽莎父母讨要一张女孩近照时，他们给了她这张，米拉一点也不意外。这并不是最合适的寻人照片，因为艾丽莎的表情并不自然，多多少少会给建模带来难度，更何况这张脸会随着岁月流逝发生变化。其他负责调查的同事抱怨纷纷。然而，在米拉看来，这无关紧要，因为这张照片有种东西，那是力量。这是警察需要的。不是芸芸众生中的一张脸，不是泯然于其他孩子中的一个。这个孩子，她的眼里有光。但愿她不会命丧他人之手……

米拉及时制止了她的自杀，她扑向她的双腿，趁她还没有把全身重量压在绳子上。少女挣扎起来，四处乱跑，大喊大叫。

“艾丽莎，”米拉无限温柔地叫她。

她想起来了。

她已经忘记了自己是谁。那些拘禁的年月抹去了她的身份，每天一点点。直到她以为那个男人才是他的家人，因为全世界都把她遗忘了。全世界都不知道她还活着。

艾丽莎惊讶地直视米拉。她冷静下来，听任米拉来解救她。

3

六条胳膊。五个名字。

这个谜让调查队离开了林中空地，前往设在国道上的移动指挥部。热气腾腾的咖啡和三明治似乎和这样的环境格格不入，但它们能产生一切都在控制之中的假象。但在这料峭二月的早晨，调查队没有一个人有心思吃早餐。

斯特恩从口袋里掏出一盒薄荷糖。他摇了几下，两三粒糖便滑到了手里，然后他直接放进了嘴里。他说这些糖能帮助他思考。“怎么可能呢？”他随后问道，与其说是问别人，不如说更像是问自己。

“该死的……”鲍里斯不禁说。但他的声音小极了，没有人听到。

罗莎试图在露营车里找到个关注点。格兰注意到了她。他明白，她的女儿和那些女孩的年龄差不多。当你面对一个针对儿童的犯罪行为时，首先会想到自己的孩子。你会问自己，自己的孩子会怎么样呢，如果……但你不敢往下想，因为即使只是想想，你也会很害怕。

“我们会找到剩下的残肢。”罗凯督察说。

“难道这就是我们的任务？找到尸体吗？”鲍里斯愤怒地说。他是一个行动派，无法接受自己沦为掘墓人的角色。他想要找到罪犯。事实上，听到他的话，其他人也都迫不及待地点头称是。

罗凯让他们冷静下来。“我们当然要抓住罪犯。但我们不能忽视搜寻工作，尽管这令人非常心痛。”

“这是蓄意犯罪。”

听到最后一句话，所有人都斜眼看着格兰。

“拉布拉多闻到了胳膊的气味，然后挖出了一个坑：这是‘计划’的一部分。那个人应该一直关注着那两个牵着狗的小孩。他知道他们会带着狗去树林。因此，他把那里变成了他的‘小坟场’。这很简单。他完成了他的‘杰作’，并且成功地展示在我们面前。就这样。”

“你的意思是我们抓不住他？”鲍里斯恼怒地问道，他无法相信自己的耳朵。

“你们比我更清楚这类案子的情况……”

“可他会再作案的，是吗？他会再次行凶的……”这一次，罗莎不想再保持沉默了，“他成功了，他会再次向我们证明的。”

她希望格兰能反驳她的话，但格兰没有做声。即使现在他有什么想法，他也无法用人类可以接受的语言表达出来，那很残忍。一方面，他必须考虑到可怕的死亡；另一方面，他又希望凶手继续行凶。毕竟，所有人都知道，只有他继续作案，才有可能抓住他。

罗凯督察继续说：“如果我们找到了那些女孩的尸体，那我们至少可以给那些家庭办一个葬礼，有一个让他们哭泣的墓碑。”

像往常一样，罗凯用更圆滑的方式，转移了这个问题的切入点。这是面对媒体时的惯用手法，为了让故事情节变得更加缓和。先是追悼，痛哭，以争取时间，然后是调查和找出罪犯。

但格兰知道，这方法不会奏效，记者会从四面八方扑来，贪婪地剥开这个案子，把所有最肮脏的细节都暴露出来。特别是，从那刻起，他们成了不可原谅之人，他们的每一个动作、每一句话都意味着承诺，意味着郑重的责任。罗凯相信他能拖延那些记者，每次都给他们一点儿他们希望得到的消息。格兰觉得，罗凯所谓的控制只是脆弱的幻觉。

“我觉得我们应该给这个人起个名字……在媒体擅作主张取名前。”罗凯说。

格兰表示同意，但原因和督察不尽相同。就像所有为警方工作的犯罪学家，他有他的工作方式。首要职责是给出罪犯特征，让一个还虚无缥缈、捉摸不定的嫌犯更像一个真真切切的人。面对廉价暴力的恶，人们会不由自主地忘记犯案者和受害人都是人，他们可能就是一个普普通通的人，有一份工作，偶尔还有一个家庭。为了支持他的理论，贾维拉教授在大学授课时曾向学生指出，每次逮捕连环杀手后，他的邻居和亲人总是一脸惊讶。

“我们把这些人叫做‘怪物’，以为他们离得我们远远的，以为他们和我们完全不一样，”格兰在研讨会上发言说。“恰恰相反，他们和我们别无二致。但我们拒不接受这样的念头，那就是：我们的同类会犯下如此恶行。这一部分是出于我们那荒谬的天性吧。人类学家把这称为‘罪犯去人性化’，这常常阻挠我们找到连环杀手。因为，人是有弱点的，是可以抓住的。但怪物不是。”

格兰曾在课堂上挂起一张儿童黑白相片。肥嘟嘟的小孩看似人畜无害。上课的学生每天看着她，渐渐对他有了感情。学期过了一半，终于有个学生鼓足勇气问起相片的事儿，格兰让大家猜猜那是谁。回答五花八门，不乏奇思妙想。当他说出这个小孩就是阿道夫·希特勒时，他津津有味地看着众人多姿多彩的表情。

战后，这个纳粹头子在众人的臆想中俨然成了怪物，而那些战胜国在此后的岁月中也在强化这种观念。现在竟无人能认得出元首儿时的照片了。怪物不可能拥有童年，除了憎恨，他不可能拥有其他感情，他不可能和同龄人一样度过类似的生活，而那些同龄人之后成了希特勒的牺牲品。

“对于很多人而言，让希特勒成为人，从某种意义上来说，是在替他辩解，”格兰在课上说道。“但我们的社会宣称，极端的恶不容辩解，不容理解。试图这样做的行为就是在开脱。”

在移动指挥部的露营车上，鲍里斯建议把那个制造“胳膊坟场”的人叫做“阿尔伯特”，这是一件老案子里的名字。在场的人都欣然通过了。

从那时起，调查队的队员们提到那个罪犯的时候就用这个名字。随着时间一天一天过去，阿尔伯特的相貌会渐渐清晰起来。一个鼻子，两只眼睛，一张脸，他有他的生活。每个人都想象出了各自的版本，而不再把他当做是一个逃逸的影子。

“阿尔伯特，嗯？”会议结束时，罗凯仍在掂量着那个名字的媒体价值。他一遍又一遍地咀嚼着它，品咂其中的意味。这行得通。

但还有别的事折磨着督察，他对格兰说：“如果你想听真话的话，那么我同意鲍里斯的观点。天哪！我怎么能强迫我的人去收集尸体，而让一个精神变态的疯子逍遥法外呢！”

格兰知道，当罗凯说“他的人”时，实际上指的尤其是他自己。他害怕找不到任何结果。当他们无法阻止罪犯的犯罪行为时，他总是害怕有人指责警察的办事效率。

然后，还有第六条胳膊的问题。

“我想，还是暂时不要把第六个受害者的消息传出去。”

格兰很困惑：“可这样的话，我们怎么能知道受害人是谁？”

“我都想好了，你不用担心……”

在米拉·瓦斯克兹的职业生涯中，她一共破获了八十九起失踪案。她获得过三枚奖章和一大堆表彰。大家觉得她是这个领域的专家，他们经常向她咨询，甚至请她去国外。

那天早上，她从一个在音乐老师家里同时解救出了失踪儿童帕布罗和艾丽莎，行动十分成功。米拉什么都没有说，她觉得很烦。她应该承认自己犯的错误——没有等待增援就独自进入那幢栗色的房子。她低估了那里面的环境和可能出现的陷阱。她让自己和人质处于险境，让嫌疑人卸了她的武器，还被他用枪抵住脖子。最后，她也没有制止住音乐老师的自杀。

但所有这些都被她的上司们忽略了，当他们定格在媒体的相机面前时，反而一味地强调她的功绩。

米拉从没有出现在照片上。官方理由是为了今后的案子她不能暴露真实身份。真相是她讨厌拍照。她无法忍受镜中的自己。并非因为不好看，不是的，她很美，年方三十二。但健身房中经年累月的锻炼抹去了她所有的女性特征。所有的曲线，所有的温柔。就好像身为女人是一个必须克服的污点。她日常穿着男性服饰，不是为了显得像个男人，只是不愿过多强调自己的性别身份。这就是她希望展现出的样貌。中性穿着。不太修身的牛仔裤，舒适的运动鞋，皮夹克。能穿就行。衣服的作用就是保暖、蔽体。她不愿花时间挑衣服、买衣服，把衣服带回家。通常都买一样的。没啥关系。她希望的是湮没在众人之中。

透明人中的透明人。

她或许都能够和某位男士分享她的衣橱。

米拉盯着打开的卷宗已过去了十分钟，她在回想白天发生的事儿。她还有些事情要做，但思绪神游他处。大腿传来针扎般的疼痛，把她带回了现实。伤口又绽开了，她想用药用棉花和胶带止住血，但无济于事。她的针线活不怎么好，应该把刀口两边的皮肤都缝进去一点。或许，她真的该去就医，但她不愿去。太多的问题。她决定把绷带勒得更紧点，希望先止住出血，然后再试着缝合一次。但她要去搞点抗生素防止感染。她设法弄到了一张假处方，这还得感谢那个线人，那家伙时不时地给她点消息，关于火车站里啥时候新来了流浪汉……

火车站。

对于某些人而言，那是中转站，但对于另一些人而言，那是目的地，他们再也不会离开。火车站像是地狱的前厅，迷失的灵魂在这里聚集，等待着有人来找他们。

每天大约有二十至二十五人失踪。米拉对这些数据了如指掌。人们突然之间渺无音讯。毫无征兆地消失了，连行李都没带上。就好像消融于虚无之中。

米拉知道大部分都是边缘人，瘾君子、投机倒把的，随时随刻准备卷入某个不法行为，是监狱的常客。但还有另外一些人——奇怪的少数派——在人生中的某个时刻，决定抛下一切。比如，一个妈妈去超市购物之后再也没回家，或者某人的儿子或兄弟跳上一列火车但永远没有目的地。

米拉认为，每个人都有自己的路。这条路把我们带向我们的家，我们的亲人，那些和我们有着紧密联系的人。那条路通常都一样，自孩提时代起就摆在眼前，终其一生走在这条路上。但有时候这条路断了，又通向他处。又或者，在走完一段崎岖道路后，他打了退堂鼓。又或者，这条路悬而未决。

有时你会迷失在黑暗中。

米拉知道，有极少数失踪的人重新出现之后讲述了自己的故事。有些人只字未提，继续之前的生活。有些人运气更差，成了一具沉默的躯体。此外，还有些人，我们对他们一无所知。

这些人中不乏孩子。

有些父母生下孩子才明白何为人生。他们犯下了怎样的错误。是何等的漫不经心才酿成了悲剧。怎样的命运落在了自己孩子的头上。他被夺走了，为什么。有些人会质问上帝，到底自己犯下何等罪愆才要受此惩罚。有些人在余生中不断折磨自己，寻觅答案，或者自生自灭，以死作为答案。“至少告诉我他是死是活。”他们会说。有些人得偿所愿，因为他们想要流泪，仅此而已。他们拒绝屈从命运，但他们可以终止希望。因为希望是种慢性自杀。

米拉并不相信所谓真正的“无牵无挂”。她第一次这么确信是在找到一个人之后。今天下午，当她把帕布罗和艾丽莎送回家之后，她又一次感受到了这点。

对于小男孩而言，街区洋溢着欢声笑语，此起彼伏庆祝的喇叭声。

可对于艾丽莎，已过了太多年岁。

米拉把她解救出来之后，把她安排进了一个特殊机构，社工负责照顾她。他们会提供食物和干净的衣服。米拉不明白那些衣服为什么总是大了一两个码。可能是那些衣服的主人在遗忘的岁月中一直在消耗肉体，在完全消失之前终于被人找到了。

艾丽莎一句话都没说。她任由别人照顾她，照做别人让她做的事。之后，米拉告诉艾丽莎，她会送她回家。这次，她还是没有开口说话。

年轻的女警直视卷宗，脑海中挥之不去的是艾丽莎 · 戈麦兹父母的脸庞，那时她陪着女孩按响了门铃。他们哑口无言，甚至有点尴尬。可能是因为他们总觉得出现在眼前的人应该只有十岁，而这个少女和十岁的艾丽莎没有一丝一毫相同之处。

艾丽莎是个聪慧早熟的孩子。她开口说话很早。会说的第一个词是“梅”，玩具熊的名字。母亲还记得她说的最后一句话，“明天见”，艾丽莎站在门口告别，去了朋友家过夜。但再也没有明天了。艾丽莎 · 戈麦兹的明天从未到来。而昨日无限拉长，永无止境。

在这段时间内，艾丽莎的父母继续生活，就好像女儿还是十岁，她的卧室摆满了布娃娃，圣诞礼物堆在壁炉边。她应该维持他们想象中的样子。在他们的记忆中，她永远是照片中的样子，仿佛中了魔咒一般。

米拉找回了艾丽莎，可她的父母会继续等待那个丢失的女孩。身心永无安宁。

在相拥而泣以及太过刻意的情感流露之后，戈麦兹太太把她们迎进屋内，端来茶点。她对待女儿的样子仿佛那只是一个客人。或许她隐隐希望这个陌生人做完客之后就会离开，她和她的丈夫就能享受惬意的缺席。

米拉把这种忧伤看作旧衣物，人们想要摆脱，但它们永远占据原位，最终散发出某种特殊的气味，在房间内弥漫开来。时间流逝，渐渐适应，人们也和这种气味融为了一体。

艾丽莎回家了，她的父母本应终止悲伤，停止接受他人的怜悯，过去那些年月，他们是别人眼中的可怜父母。他们没有理由难过了。他们应该鼓起勇气向世人讲述他们全新的不幸：家里来了一个陌生人！

经过了一个小时的客套寒暄，米拉起身告辞，她似乎在艾丽莎母亲的眼中看到了求助的信号。“现在，我该做什么呢？”那个女人在心中呼喊。

米拉同样需要面对一个真相：艾丽莎能被找到纯属意外。如果不是拐骗者隔了这么多年萌生了扩大“家庭”的想法，绑架了帕布罗，没人知道房子里面到底发生了什么事。艾丽莎囚禁在专门为她营造的世界中，逃脱不了狱卒的魔爪。起初作为他的女儿，而后成为他忠贞的妻子。

米拉一边思考一边合上卷宗。“忘记，忘记。”她对自己说。“遗忘是唯一的良药。”

警局已经人走楼空，她打算回家了。她要洗把澡，开瓶波尔图甜葡萄酒，烤点栗子。然后透过客厅窗户看一看那棵树。如果运气好的话，能在沙发上面早早地入睡。

可是，当她正准备用单身夜晚来犒赏自己之际，有个同事在更衣室的门口探头张望。

莫莱科苏警长想见她。

2月的晚上，湿漉漉、亮晶晶的迷雾覆盖住街道。格兰走下出租车。他没买车，没有驾照，拜托别人把他顺路带去目的地。他不是没有试过开车，他也能够应付。不过，像他这种常常沉溺于自己思绪的人，还是建议不要开车为妙。格兰就此放弃。

付过车费，四十四码的双脚踏上人行道，他从上衣口袋里掏出今天第三根烟。点燃，吸两口，扔掉。自打决定戒烟之后，他养成了这个习惯。算是和自我的妥协，骗骗自己已经吸食了尼古丁。

他在一扇玻璃窗里看见自己的倒影。审视片刻。胡子拉碴，面带倦意。明显的黑眼圈，蓬乱的头发。格兰意识到，他没有好好地照顾自己。负责照顾他起居的那人缺席已久。

最让格兰感到惊讶的是所有人众口一词：他那长时间的、神秘的沉默。

还有他的眼睛，又大又专注。

几乎已经到了晚饭时间。格兰慢慢地爬上楼梯，走进公寓，然后开始倾听。几秒钟后，当习惯了新的安静时，他听出了汤米那熟悉而亲切的声音，他正在房间里玩耍。他走向儿子，但只是站在门口看着，没有勇气打断他。

汤米九岁，无忧无虑。他有栗色的头发，喜欢红色、篮球和冰激凌，冬天的时候也是。他有个好朋友，叫巴斯蒂安，他们经常一起在学校的小花园里组织美妙的“旅行”。他们都是童子军的成员，今年夏天，他们还要一起去野营。最近，他们谈论的全是这个话题。

汤米和母亲惊人的相似，但他有一样东西和父亲一模一样，就是那双大而专注的眼睛。

当发现格兰时，汤米转过身冲他笑了。“已经很晚了。”他提醒道。

“我知道，对不起。”格兰为自己辩护，“露娜女士离开很久了吗？”

“她半个小时前来把她的儿子接走了。”

格兰有些生气。露娜女士是他们的管家，已经干了很多年了。因此，她应该知道他不喜欢留汤米一个人在家。这是有时候让他觉得不能继续工作的小困扰之一。格兰一个人无法解决所有事情，这就好像唯一一个拥有神秘力量的人在出门前忘了带魔法咒语手册一样。

他得跟露娜女士说清楚，最好要对她严肃一点儿。他要让她晚上一直和汤米待在一起，直到他回家。汤米觉察到了他的想法，脸色沉了下来。因此，格兰想马上转移他的注意力，于是问：“饿了吗？”

“我吃了一个苹果，一些饼干，还喝了一杯水。”

格兰晃了晃脑袋，觉得很有意思。“这些对于晚餐来说好像不太够。”

“这是我的点心。但现在我还想吃点儿别的……”

“意大利面？”

汤米高兴地拍手叫好。格兰爱抚地摸了摸他。

他们一起做了面条，摆好了桌子，就像一个训练过的家庭一样，每个人都有自己的任务，他们要独立完成，不咨询别人。他的孩子很快就学会了，格兰很为他骄傲。

最近的几个月对他们两个来说都不轻松。

他们的生活有瓦解的危险。他努力且耐心地把一块一块的边缘拼连起来。用秩序来弥补缺失：规律的三餐，准确的时间表，固定的习惯。从这个角度来看，和以前相比什么都没有改变。一切都在重复着，这能让汤米觉得安心。

最后，他们一起学习分担这个空缺，而不去否认事实。当他们俩中的一个想提到它时，他们就谈论一番。

唯一一个他们从来都不做的事情就是提起这个空缺的名字，因为这个名字从他们的字典里消失了。他们用别的方式，别的表达。这很奇怪。一个时刻想着击败他遇到的每一个连环杀手的人，竟然不知道该如何称呼那个曾经是他妻子的人，并且他允许了儿子让自己的母亲“非人格化”。她几乎成了每晚给汤米读的童话里的角色。

汤米是唯一一个把他和世界连接起来的平衡锤。否则，转瞬间他就会坠入那个他每天都在探索的深渊。

晚饭后，格兰钻进了书房，汤米也跟着他进去了。他们每天晚上都会这样。他坐在吱吱作响的旧摇椅上，他的儿子趴在地毯上，开始他们假想中的对话。

格兰看着他的书柜。犯罪心理学、刑事人类学和法医的书整齐地排列在书架上。有些书的封皮上有花纹和金色的镏金字。另一些书更简单一些，但封皮包得很好。里面有答案，但困难的是如何找到答案，就像他经常和他的学生说的那样。这些书里装满了令人痛心的照片，受伤的、有伤疤的、受虐待的、灼伤的或是切成一块一块的躯体。所有的这些都严格地封闭在闪着光泽的书页上，并用明确的标题标了出来。人类的生命变成了用于研究的冰冷物体。

为此，更早之前，格兰不允许汤米进入他的书房。格兰害怕汤米的好奇心会驱使他打开这里的某一本书，看到最暴力的画面。但有一次，汤米越界了。格兰看到他躺在地上，就像现在一样，已经打开了其中一本书。格兰依然记忆犹新，他的目光停留在了一个女人的照片上，她被人从河里打捞上来。那是冬天，她光着身子，皮肤呈暗紫色，双目圆睁。

但汤米没有任何不安，格兰没有责骂他，而是跷着腿坐到了他身边。

“你知道这是什么吗？”

汤米面无表情地想了很久。然后，他把看到的详细地列举了出来。细长的手，夹杂着白发的头发，空洞的眼神，不知道在想什么。最后，他开始想象她的工作，她的朋友和她曾经住过的地方。这时候格兰发现汤米几乎注意到了照片里的所有信息，但除了一点：死亡。

孩子看不到死亡。因为他们的生活只有一天，从他们醒来开始，到他们睡觉结束。

格兰那次明白了，不管他怎么努力，都无法让孩子远离世界的丑陋。就像很多年后，他无法让他避开他母亲对他的所作所为。

莫莱科苏警长和米拉的其他上司不同，他对米拉的荣誉和报纸上的照片毫不在乎。因此，米拉预料到会遭到他的斥责，斥责她擅自进入音乐老师家的行动。

莫莱科苏是一个情绪化的人，无论是在行为上，还是在心情上。他无法克制自己的情绪。所以，前一刻他可能还非常愤怒或暴躁，后一刻他又笑眯眯的，绅士得令人难以置信。为了不浪费时间，他还会结合手势。

但这一次他并不着急。

他让米拉站在写字桌前，没有请她坐下。然后，他开始盯着她，双腿自然地搭在桌子上，双臂交叉着搭在胸前。

“我不知道你知不知道今天发生的事……”

“我知道，我错了。”她早他一步说。

“但事实上，你救了三个人。”

这句话让她沉默了很久。

“三个？”

莫莱科苏从椅子上站了起来，目光停留在面前的一张纸上。

“他们在音乐老师家里找到了一本笔记。他似乎还想绑架另一个小孩……”

警长把一本记事本其中一页的复印件递给米拉。上面的某月某日的格子里写着另一个名字。

“普利希拉？”她问。

“普利希拉。”莫莱科苏重复道。

“她是谁？”

“一个幸运的小女孩。”

他没说别的。因为他不知道别的。没有姓氏，没有地址，没有照片。什么都没有，只有那个名字：普利希拉。

“所以，不要再给自己罪受了。”莫莱科苏继续说，在米拉反驳之前，他又加了一句，“今天，我在记者招待会上看到你了，看上去你什么都不在乎。”

“事实上，我确实什么都不在乎。”

“该死的，瓦斯克兹！你到底知不知道那些被你救出来的人有多么感激你？就更别说他们的家人了！”

莫莱科苏看着她摇了摇头。

“自从你到这里来之后，我从没听到过大家对你有怨言。”

“那这是好还是不好呢？”

“如果你自己理解不了的话，那么你就会有大问题了，我的姑娘……因此，我决定给你安排一点儿团队工作。”

米拉并不同意。“为什么？我做我的工作，这是唯一一件我感兴趣的事情。我已经习惯这样了。我还要去适应别人的做事方式。我该怎么说呢……”

“去收拾行李吧。”莫莱科苏打断了她的抱怨。

“为什么这么急？”

“今晚就出发。”

“这算是惩罚吗？”

“这不是惩罚，更不是旅行。他们需要咨询专家，而你非常受欢迎。”

米拉严肃了起来。

“关于什么？”

“五个女孩的失踪案。”

米拉在电视新闻里听到过这个案子。“为什么是我呢？”她问。

“因为似乎还有第六个女孩，但不知道是谁……”

她还想听点儿别的解释，但莫莱科苏显然已经决定结束谈话了。他回到了原来的样子，递给她一个文件，然后指了指门口。

“这里面有张火车票。”

米拉接过文件夹，朝门外走去。离开房间之前，她又转身问：“普利希拉？”

“对……”

4

《黎明门前的风笛手》，1967 年；《一碟秘密》，1968 年；《乌麻古麻》，1969 年，是电影《再一次也好》里的配乐；1971 年，有《Meddle》。①但这之前没有吗……1970 年，肯定有。亚历山大·贝尔曼不记得歌的名字了，但封面还记得，那是张有一头奶牛的封面。真糟糕，它到底叫什么呢？

*我得去加油了。*他想。

指针已经落到了最底端，提示灯停止了闪烁，直接变成了红色。

但他不想停下来。

贝尔曼已经开了整整五个小时，大约六百公里。他是故意开这么远的，这样那天晚上发生的事才会让他好受一些。他的手僵硬地搁在方向盘上。脖子的肌肉紧绷着，让他觉得有点儿疼。

他回头看了看。

“不要想……不要想……”

他的脑海里充斥着熟悉而又令他安心的记忆。在刚刚的十几分钟里，他的精力都集中在平克·弗洛伊德的唱片上。但在之前的四个小时里，他想的是最喜爱的电影名字、橄榄球队最近三季的队员、学校老同学的名字，还有老师的名字。他想到了贝格女士。谁知道她后来怎么样了？他很想再见到她。这么做很好，可以把那个念头推得远远的。现在，他的脑袋都被那张封面上有一头奶牛的该死的唱片占据了！

那个念头回来了。

他要把它赶走，把它赶到记忆的角落里，那天晚上，很多次他都把那个念头关在了那里。否则，他会再次开始冒汗，每次都忍不住痛哭起来，这样的情况让他绝望，尽管持续的时间并不长。害怕又回来了，揪住了他的胃。但他必须清醒。

“《原子心之母》！”

这就是那张唱片的名字。有那么一瞬间，他觉得很高兴，但这种感觉稍纵即逝。身处他的境况，几乎没有什么可以让人觉得高兴的。

他又回头看了看。

然后，他又想：我得加油了。

他下面的脚垫时不时地发出阵阵氨气的臭味，让他觉得他身上也是。腿上的肌肉开始变得僵硬起来，小腿已经麻木了。

暴雨整晚都击打着公路，他离山越来越远。他能看到地平线上高山发出的浅绿色的光，广播里正在播放天气预报。黎明很快就要到来了，一个小时前，他出了山，开上了国道。他并没有停下来付过路费。他此时一心想的就是往前开，一直往前开，完完全全服从得到的指示一直往前开。

有几分钟的时间，他的思绪神游到了他处。但是，不可避免地，他还是想到了那天晚上。

一天前，大约中午十一点的时候，他开车去了莫迪利亚尼酒

① 这些曲子都出自一个乐队，是英国的平克 · 弗洛伊德乐队。它被大众称为一支完成实验巨著的辉煌乐队，通过音乐留给了人们许多想象的空间和对生命的思考。

店。他整个下午和整个晚上都在做他的代理商工作，就像计划的一样，他和几个客户在酒店的餐馆里吃了晚餐。大约晚上十点的时候，他回到了自己的房间。

他关上门，第一件事就是在镜子前解开领带。这时，他看到镜子里映射出了自己的样子：汗湿的身子，充血的眼睛，一张困扰的脸。当渴望占了上风时，他就变成了这样。

他看着自己，吃惊地问自己，整晚面对着宾客他是如何隐藏他的真实想法的。他和他们聊天，听他们老生常谈地讲高尔夫、讲他们苛刻的妻子，对那些烦人的黄段子哈哈大笑。他的思绪飘到了别处。他想象着回到房间后的美好时光，解开领带，汗淋淋的身体、急促的呼吸和危险的眼神，堵在喉咙口的酸液喷涌而出，溅得满脸都是。

面具下真正的脸。

把自己关在房间，他才能发泄出那个压抑在胸膛和裤头中的欲望，他甚至害怕自己会爆发。但是他控制住了自己，没有爆发。

因为不久之后，他要出门。

像往常一样，他对自己发誓这是最后一次；像往常一样，他早晚会再次重复这个承诺；像往常一样，下一次又会被推翻或推迟。

他在午夜时分离开了酒店，异常兴奋。他先晃悠了会儿，还很早。那天下午，他在两次约会之间进行了踩点，确保一切都能按计划进行，没有任何障碍。他已经准备了两个月，小心翼翼地跟踪着他的“蝴蝶”。等待是每一次快乐的必经阶段，而他已经品尝过了。他精心策划了所有细节，因为细节总是会暴露罪行。但他不会，他不会暴露的。即使是现在，在“胳膊坟场”被发现之后，他只需格外小心点。有很多警察在巡逻，所有人都保持着高度警惕。但他很善于让自己变成隐形。他一点儿也不害怕。他只需要放松。不久后，他就会在路上看到“蝴蝶”，就在前一天确定的位置。他总是担心“蝴蝶”会改变主意，担心“蝴蝶”在途中发生意外。他会变得很伤心，而且需要好几天时间才能摆脱掉这种情绪。更糟糕的是，他无法掩饰自己的情绪。但他会不断地告诉自己，这一次也会很顺利。

“蝴蝶”就要来了。

他将急匆匆地跑过去，用他惯用的恭维话欢迎他。这些话不仅会让他高兴，还会把他因担心产生的怀疑通通打消掉。他会把他带到下午挑选好的地方，在一条小路旁，从那里可以看到湖面。

“蝴蝶”总是散发出具有穿透力的香味。口香糖，运动鞋，汗水。他喜欢。这些气味已经萦绕在他的汽车里了。

然后，他也会闻到夹杂着尿液的气味。他又哭了。在那之后，又发生了太多的事。变化来得太快，从兴奋和快乐转变成之后的事。

他看了看后面。

“我得加油了。”

但说完他就忘了，他深吸了一口气，回到了后来发生的那些事情的回忆里……

他将车停了下来，等待着“蝴蝶”。苍白的月亮时不时地从云层中探出脸来。为了克制焦虑的情绪，他又温习了一遍他的计划。开始的时候，他们会说话，但他主要是聆听。因为他知道“蝴蝶们”总是需要获得那些他们在其他地方得不到的东西：关注。他很擅长那个角色，耐心地倾听他的小猎物诉说。在他打开心扉的同时，他就变得脆弱了。他会放松警惕，让他安然地进入他的内心世界。

靠近灵魂的垄沟。

他总是懂得用最适当的词汇表达。他每次都这么做。他就是这样成为他们的导师。他会引导他们了解自己的欲望，清楚地解释他们需要的东西，让他们看清自己是什么样的人。这很重要。他会成为他们的学校，他们的实践场所，指点他们何为快乐。

但当他正构想着那些能打开心灵深处的神奇课程时，他下意识地瞄了瞄后视镜。

那一刻，他看到了比影子还飘忽的东西。他在现实中从没见过，因为它直接来自想象。他马上想到是幻象，是错觉。

直到车窗上出现了一个拳头。

车门砰的一声打开了，一只手伸了进来，一把抓住了他的脖子，然后紧紧地掐住。没有反抗的可能。一股寒气侵入了驾驶座，他记得很清楚。我忘了上锁。锁！是的，当然这也不足以抵挡住他。

这个男人的力气大得惊人，他能用一只胳膊就把贝尔曼从汽车里拖出来。一顶黑色登山帽遮住了他的脸。当男人把他举起来的时候，他想到了他的“蝴蝶”：他费了很大力气引来的珍贵猎物已经丢了。

毫无疑问，现在他变成了猎物。

那个男人掐着他脖子的手松开了，把他甩到了地上。然后没有理会他，而是走到了汽车那儿。对，他是要去拿武器，然后了结我！于是，绝望的生存本能让他试图从湿冷的地上往前爬，尽管那个戴登山帽的男人一脚就能把他踢回原位。

当人们想逃离死亡的时候，会做多少无用功啊！他想，有人在枪口前会伸出手，而唯一的结果就是让子弹击穿他的手掌；有人为了逃过火灾，会从大楼的窗户上跳下去……所有这些人都想逃避无法避免的事情，让自己沦为笑柄。

他不想变成这群人中的一员。他总是相信自己能坦然面对死亡，至少在那一晚之前，在他像虫子一样在地上蠕动、天真地祈求饶恕之前。他艰难地挣扎着，已经爬出了几米。

然后，他失去了知觉。

脸上重重地挨了两拳，他苏醒了过来。戴登山帽的男人回来了，站到他面前，直视他那蒙眬而空洞的双眼。他没有武器，用头指了指汽车，对他说："走，不要停下，贝尔曼。"

戴登山帽的男人竟然知道他的名字。

一开始，贝尔曼觉得他通情达理。然后，又想了想，却更加恐惧起来。

从那里离开。在那一刻，他几乎不敢相信。他从地上站了起来，踉踉跄跄地走到汽车边，他很急促，生怕这个男人会改变主意。他马上坐到了方向盘前，视线仍然很模糊，他的手不停地颤抖着，抖得让他没法发动汽车。当车终于发动后，他就开始了漫长的夜游。远离那里，越远越好……

我得加油了。他又想到了这个实际的问题。

油箱几乎空了。他在路上寻找着加油站的指示牌，一边问自己这是不是那天收到的任务的一部分。

他没有停下。

直到凌晨一点，两个问题霸占了他的思想。那个戴登山帽的男人为什么放了他？他昏迷的时候发生了什么？

当他的脑子恢复了些清醒时，他得到了答案，他听到了杂声。

汽车的摩擦声，伴随着有节奏的金属敲击声——咚，咚，咚——深沉，持续不断。对，他在我的汽车上做了手脚，早晚有个轮子会从车轴上脱落，汽车会失去控制，然后撞在护栏上！但什么都没有发生，因为这个声音不是机械的声音。这是他后来才知道的……尽管他自己无法承认。

那时，他面前出现了一块指路牌：最近的加油站距此不到八千米。他能坚持到那里，然后他就提速。

想到这里，他又一次回头看了看。

但他没有注意到后方的路况，也没发现紧随其后的车子。

不，他的目光停留在了后备厢上。

跟着他的东西不在后面，不在路上，而是更近。那就是那个声音的源头。他无法摆脱它。因为那个东西就在后备厢里，这是他一直在看的地方。

尽管贝尔曼努力不去想里面会是什么，但当回过头看前方的时候，一切已经太晚了：路口的警察正示意他靠边停车。

5

米拉从火车上下来，一夜未眠，她的脸上泛着油光，眼睛红肿。她在车站的遮雨棚下往前走，建筑是由一个宏伟的主体和一个巨大的购物中心构成的。到处都很干净，井然有序。

很快就有人把她从那里接走了。两名同事正在铁路警察办公室等她。一个是结实的女人，约莫四十出头，橄榄色的皮肤，短发，臀部很大，牛仔裤显得略紧。另一个是约三十多岁的男人，很高，很强壮。他让米拉想起了自己成长的乡村里的那些男孩们。上中学的时候，她有过好几个小男朋友。她记得他们的搭讪方法真的很笨。

男人冲她笑了笑，女同事抬起眼打量她。米拉走近他们，做了一番例行的自我介绍。罗莎只说了她的名字和级别。而另一个向她伸出了手，很清楚地说："特派员，克劳斯·鲍里斯。"然后，他想帮她拿她的大帆布包："给我吧。"

"不用，谢谢，我自己能拿。"米拉回答。

但鲍里斯还是坚持说："没问题的。"

他说话的语气和对她微笑时固执的表情，让米拉知道鲍里斯特派员应该是个花花公子，而且他确信他的魅力能赢得所有女性的芳心。米拉肯定，在他远远看到自己的时候，他就已经决定尝试了。

鲍里斯提议在上车之前先喝杯咖啡，但罗莎瞪了他一眼。

“怎么啦？我说什么了？”他辩护道。

“我们没有时间，你不记得了？”罗莎果断地反驳他。

“这位同事刚刚结束漫长的旅行，我觉得……”

“没事，”米拉打断他说，“我很好，谢谢。”

米拉不想违背罗莎的意思，但也不想和她结盟。

他们坐进了停车场的一辆汽车里，鲍里斯开始开车。罗莎坐在他旁边的位置上。米拉坐在后面，她的大帆布包就放在身边。他们开到了沿河的路上。

罗莎似乎很讨厌接同事，而鲍里斯却乐此不疲。

“我们现在去哪儿？”米拉羞涩地问。

鲍里斯通过后视镜看着她说：“去总部。罗凯督察要跟你谈话，给你指示的就是他。”

“在这之前，我从没调查过连环杀人案。”米拉想说清楚。

“你不需要去抓任何人。”罗莎尖酸地回答道，“抓人的事交给我们就行了。你的任务就只是找出第六个孩子的名字。但愿你已经看过卷宗……”

米拉没有太注意同事的语气，因为那句话让她想起了她一夜未睡研究的卷宗：埋葬胳膊的照片，还有关于受害者年龄和死亡时间的少量法医数据。

“那个树林里发生了什么？”她问。

“这是近年来最大的案子！”鲍里斯说，他兴奋得像个孩子，“从没见过这样的事。我觉得会有爆炸性的发现，所以罗凯才会如此重视。”

鲍里斯粗鲁的语气让罗莎感觉很讨厌，事实上，米拉也是。她还不认识督察，但她已经很清楚地知道，他手下的人并不是很尊重他。当然，鲍里斯更直接一些，但他能在罗莎面前这么毫无顾忌地说出来，说明她也有同感，尽管她没有表露出来。这样不好。米拉想。她应该亲自评价罗凯和他的行为方式，而不能受听到的评论影响。

罗莎重复了她的问题，让米拉知道她是在和她说话。

“这是你的血吗？”

罗莎从椅子上转过身，指着下面问。米拉看了一眼。裤子被血染红了，伤口又裂开了。她马上把手放了上去，突然很想解释。

“我在跑步的时候摔倒了。”她撒谎说。

“哦，你应该处理一下那个伤口。我们可不希望你的血和我们检验的血混在一起。”

听到这种责备，米拉突然感到很尴尬，也因为鲍里斯正通过后视镜盯着她。她希望这个话题到此为止，但罗莎并没有结束她的教训。

“有一次，一个要监视一起奸杀案的新手，去了受害者的卫生间小便。在长达六个月的时间内，我们一直在寻找一个幻影，以为凶手忘记冲厕所了。”

鲍里斯想起那段趣事不禁笑了。米拉打算换个话题：“为什么你们选择了我？你们难道不能根据上个月发生的女孩失踪案的线索来找到女孩？”

“别问我们……”罗莎用挑衅的语气说道。

因为这个工作很“脏”。米拉想。很明显，他们找她就是因为这个。罗凯想把工作交给他团队以外的人，和他不太亲近的人，这样就算找不到无名的第六具尸体，也不会坏了他的名声。

黛比、安奈可、萨比娜、梅丽莎、卡罗琳。

“其他五个女孩的家人呢？”米拉问。

“他们也正要去总部，做DNA检测。”

米拉想到了那些可怜的父母们，他们不得不去做DNA检测，为了确定他们的骨肉是否被残忍地杀死并分尸了。很快，他们的生活就会改变，永远地改变。

“关于那个怪物，你们知道什么？”她问道，为了让自己不再执着于先前的念头。

“我们不叫他怪物，”鲍里斯提醒她，“这样就会把他非人格化了。”鲍里斯一边说，一边和罗莎会意地互换了眼神。“贾维拉博士不喜欢这样。”

“贾维拉博士？”米拉重复了一遍。

“你会认识他的。”

米拉的不适感又加强了。很明显，她对这起案子了解得很少，这让她在她的同事面前处于劣势，所以他们才能开她的玩笑。但这一次，她还是一个字都没说，没有为自己辩护。

罗莎并没想放过她，她用宽容的语气说：“瞧，亲爱的，你可别因为不了解情况而感到吃惊。你在你的工作中一定很出色，但是这里的情况完全不同，因为连环杀人案有它自己的规则。受害者也是一样。他们没有任何原因遇害。通常，他们唯一的错误就是在错误的时间待在了一个错误的地点；或者，他们出门的时候穿了一件特别颜色的衣服；或者，就像我们手里的这个案子一样，她们错在是女孩，年龄在九岁到十三岁之间……这些事情你不可能知道。别生气，这根本不是你的问题。”

对，听起来像真的一样。米拉心想。从她们见面的那一刻起，罗莎就把每一个话题都变成了“她的”问题。

“我是一个能很快上手的人。”米拉回答。

罗莎扭头看着她，冷冷地问："你有孩子吗？"

米拉没有心理准备，愣了一会儿："没有，怎么了？这有关系吗？"

"因为当你找到第六个孩子的父母时，你得向他们解释罪犯'为什么'要这样对待他们可爱的孩子。但关于父母的责任，你什么都不知道，不知道他们牺牲了多少去抚养她、教育她；不知道在孩子发烧的时候，他们度过了多少无眠的夜晚；不知道他们和她一起玩耍或做作业时度过的时光。"罗莎的语气慢慢变了，"你也不知道为什么其中的三个女孩指甲上涂着亮晶晶的指甲油；或是其中的一个女孩的胳膊肘上有块久远的疤痕，也许那是她五岁时从自行车上摔下来时留下的；或是她们都很小、很可爱，有着那个年龄纯洁的梦想和愿望，然而却被永远地亵渎了！这些事你不会知道，因为你从来没做过母亲。"

"霍莱。"米拉冷冷地回答。

"什么？"罗莎看着她，不明白她的意思。

"指甲油的牌子是霍莱，一种很闪亮的指甲油，里头有珊瑚粉。这是一个月前在青少年杂志上风靡的玩意儿。她们三个都有说明这个牌子的指甲油很受欢迎……然后，其中一个受害者戴着幸运手镯。"米拉淡然作答。

"但我们没有找到任何手镯。"鲍里斯开始起了兴趣。

米拉从文件夹里抽出一张照片："这是第二个女孩，安奈可。她手腕附近的皮肤颜色更浅，这意味着她戴过什么东西。也许是被凶手摘掉了，也许是在她被掳走或者挣扎的时候丢失了。她们都是惯用右手，除了一个，那就第三个：她的左手食指上有墨水的痕迹——她是左撇子。"

鲍里斯露出了崇拜的神情，罗莎也很惊讶。米拉有满肚子的货。“最后一件事：第六个，那个不知道名字的女孩，认识第一个失踪的女孩黛比。”

“你怎么知道？”罗莎问。

米拉从文件夹里拿出第一条和第六条胳膊的照片。“在她们俩食指的指尖上都有一个小红点……她们是结拜姐妹。”

警察局行为学研究部门专门负责应对重大犯罪。罗凯在那里做了八年领导，他在方式和方法上都进行了彻底改革。事实上，就是他为诸如贾维拉这样的市民打开了大门。从贾维拉的文章和研究来看，罗凯觉得他是犯罪学家里最具创新力的人。

在侦查团队里，斯特恩是信息员。他年纪最大，职位也最高。他的职责就是收集信息，描绘案子的大致内容，并找出它与其他案子的相关性。他就是团队的“记忆”。

罗莎负责后勤，她是计算机专家。她把大部分时间都花在技术更新上，她受过制订警察行动计划的特别训练。

最后是审讯专家鲍里斯，他的任务是询问那些有不同头衔的人，让有罪的人坦白事实。他有很多技术手段可以达到这一目的，通常他都能成功。

罗凯下达命令，但他并不是团队实质性的领导人，而是贾维拉博士来指导调查。督察更像是一个政治人物，他的抉择通常都会考虑到他的个人职业发展。他喜欢把成功侦破的荣誉公布于众，并揽在自个儿身上。而对于那些不能顺利结案的案子，他就会从整个团队中撇清责任，或者用他喜欢称呼的那样，“罗凯的团队”。这一点让他的下属很讨厌，所以大家都很鄙视他。

在市中心总部大楼六层的会议室里，所有人都到齐了。

米拉在最后一排。她在卫生间里重新处理了一下腿上的伤口，用双层橡皮膏将它绑住了，然后换了一条一模一样的牛仔裤。

她坐了下来，把大包放在地板上。她马上就认出了那个瘦高的男人就是罗凯督察，他正和某个谦恭的人热烈地讨论着。那个男人周围的气氛有些奇怪：灯光打在他的身上似乎是灰暗的颜色。米拉觉得那个男人从这间屋子出去，走到现实世界后，就会像幻影一样消失得无影无踪。他一定就是鲍里斯和罗莎在汽车里跟她提及的贾维拉博士。

然而，那个男人身上的某些东西让米拉马上就忘记了他那皱巴巴的衣服和顺齐的头发。

那是他的眼睛，大而专注。

当他开始和罗凯说话时，突然撞到了米拉的眼神。于是米拉挪开视线，有些窘迫，而他又看了她一眼，坐到了离她不远的地方。从那时起，他就完全忽略了她。几分钟后，会议正式开始了。

罗凯从椅子上站了起来，一边做着手势一边说话，就好像他正在跟所有的观众讲话，而不是五个人的小团体。

“我刚刚听了分析报告，我们的阿尔伯特没有留下任何线索。他的确很厉害。在‘胳膊坟场’没有留下一丝划痕或印记。他只给我们留下了六个需要寻找的小女孩，六条残肢……和一个名字。”

于是，督察把话语权让给了格兰，后者没有登上讲台，而是待在自己的位置上，双手交叉，两腿自然地搭在椅子上，他说：“我们的阿尔伯特从一开始就很清楚事情会如何发展。他预料到了最小的细节。是他在操控游戏。而‘六’就是连环杀人案的总数。”

“6，6，6，恶魔的数字。”米拉打断他说。

所有人都转头看她，露出责备的表情。

“不用理会这种无聊的东西，”格兰说，米拉一下泄了气，“当我们说总数时，我们的意思是这个家伙已经完成了一个或多个连环杀人案。”

米拉微微半闭眼睛，很难让人察觉。格兰感觉到她没有明白，于是解释说：“我们把一个至少用类似手法作案三次的凶手定义为连环杀手。”

“两具尸体只能算是多次谋杀。”鲍里斯补充说。

“因此，六个受害者是两次连环。”

“这是惯例？”米拉问。

“不。这是说如果你杀了第三次，你就停不下来了。”罗莎插进来说，终止了他们的谈话。

“内心的克制减弱了，负罪感减轻了，从此之后，他就是在机械性地杀人。”格兰总结说，然后转向大家，“但为什么我们对第六个小女孩依然一无所知呢？”

罗凯打断他说：“现在，我们已经知道一件事了。据说，我们那位警觉的同事向我们提供了我觉得非常重要的线索。她把无名的受害者与第一个受害者黛比联系了起来。”罗凯说的似乎是米拉的想法，事实上，这正是她的功劳。“请瓦斯克兹警官跟我们说一下她调查时的直觉。”罗凯的目光移向了米拉。

米拉又成了大家关注的焦点。她低头看着笔记，试图在说话前理好思路。这时，罗凯示意她站起来。

米拉站了起来，说着：“黛比和六号女孩认识。当然，这还只是我的猜想，但事实显示她们两个的食指上有一模一样的印记……”

“确切地说，是什么呢？”格兰好奇地问道。

“呃……这与一种仪式有关，就是用别针在手指上扎一个孔，然后把手指肚儿按在一起，让血混合起来：血盟的青少年版。这通常是为了纪念友谊。”

米拉和她的朋友格拉切拉也这么做过，她们用的是生锈的铁钉，因为她觉得别针太女性化了。这个回忆突然回到了她的脑海中。格拉切拉是她曾经的玩伴。她们知道彼此的秘密，她们甚至曾经共有过一个男朋友，这是在那个男生不知道的情况下。她们让他觉得他同时和两个好朋友在一起，而没被她们发现。格拉切拉后来怎么样了？米拉已经很多年没听到她的消息了。她们很早就失去了联系，再也没有见过。但是，她们承诺友谊永恒。为什么她这么轻易就忘了格拉切拉呢？

“如果是这样的话，六号女孩应该和黛比同岁。”

“第六条胳膊的骨髓鉴定证明了这一观点：受害者十二岁。”鲍里斯插了一句，他看着米拉，迫不及待地等着她说下去。

“黛比上的是封闭式寄宿学校。她的结拜姐妹不太可能是她的同学，因为在这些学生里，没有人失踪。”

“因此，她们应该是在校园外认识的。”鲍里斯又插了一句。

米拉点了点头，“黛比在那所寄宿学校待了八个月。离开家，她应该觉得非常孤单。我觉得她和同学们交流有困难。所以，我猜想她是在另一个环境中认识她的结拜姐妹的。”

罗凯打断她说：“我想去看一下寄宿学校的女生宿舍，也许会得到什么启发。”

“我还想和黛比的父母聊聊，如果可能的话。”

“当然，就按你想的做。”

正当督察要补充别的之前，有人敲门了。三声急促的咚咚声之后，一个穿着白衬衫的矮个子男人不请自来。他的头发乱蓬蓬的，还有双非常奇怪的杏眼。

“嗨，常。”罗凯跟他打招呼。

常是负责这起案子的法医。米拉几乎马上就发现他根本不是东方人。由于某种神秘的遗传原因，他才长有那样的长相。

他叫雷纳德·弗洛斯，但所有人都叫他常。

这个小矮人走到了罗凯旁边，摊开了手里的文件夹，虽然他完全没有必要打开，因为他已经全都记在脑子里了。也许，拿着这些纸，会让他更有底气。

“我希望你们仔细听一下常博士的发现，”督察说，“尽管我知道你们中的一些人可能很难理解某些细节。”

他指的是米拉，对此米拉非常确定。

常戴上别在衬衫胸前口袋上的小眼镜，开始用清晰的声音说：“除了被埋葬过以外，残肢的保存状况非常好。”

这证明了从罪犯制造“胳膊坟场”到他们发现“胳膊坟场”之间的时间不长。所以，病理学家花了很长时间讲一些细节。但当常最终要揭开六个女孩死亡方式的时候，他却没有多费话。

“他切断了她们的手臂，导致死亡。”

损伤的器官有它们自己的“语言”，并用这种语言跟人类进行交流，米拉很清楚这一点。当法医拿出打开的文件夹，露出一张胳膊的放大照片时，米拉马上就注意到了切口和断裂的骨头周围有粉红色的晕圈。血液渗入组织的方式，是第一个指征，可以证明损伤是否致命的标志。如果刺伤的是没有心跳的尸体，那么血液就会从损伤的血管中流出来，而不会停留在周围的组织里。但如果创伤是在受害者活着时造成的，那么动脉和毛细血管的血压就会继续推动血液流动，因为心脏会把血液推送到受损的组织，希望使其愈合。

常继续说："损伤在肱二头肌中部，骨头没有破碎，断口很干脆。凶手应该用了一种精确的锯子。我们在伤口边缘没有找到锉屑。血管和肌腱一致的断层告诉我们，截肢是由一位外科专家完成的。死亡原因是失血过多。"然后，他又加了一句："是非常可怕的死亡。"

听到这话，米拉突然有低下眼的冲动，以示尊重。但她马上发现只有她这样做。

常继续说："我想，他应该是立刻就把她们杀了：他没有让她们存活的兴趣和必要，而且没有丝毫犹豫。所有受害者的被害手法都一模一样。除了一个……"

他的声音停顿了一会儿，然后像冰冷的淋浴一样浇到了在场的所有人身上。

"什么意思？"格兰问。

常用手指推了推滑到鼻尖的眼镜，然后盯着这位犯罪学家说："因为有一个女孩的情况更糟糕。"

房间里一下子安静了下来。

"毒物学检测显示血液组织中有一种混合药物的痕迹，其成分有抗心律失常药如丙吡胺，ACE 抑制剂和 β 受体阻断药阿替洛尔……"

"这减弱了她的心跳，同时降低了她的血压。"格兰补充说，他已经全都明白了。

"为什么？"斯特恩问，他还什么都没有搞明白。

常的嘴角露出了古怪的表情，像是苦笑："它会减慢失血，让她死得更缓慢……他想欣赏这场表演。"

“是哪个孩子？”罗凯问道，尽管所有人都已经知道了答案。

“第六个。”

这次，米拉不需要变成连环犯罪专家就可以明白发生了什么。事实上，法医已经确认了，凶手改变了他的作案手法。这意味着他对自己的做法非常自信。他正在试验一场新的游戏，而且他很享受。

“他改变了作案手法，是因为他对结果非常满意，他的感觉越来越好。”格兰总结说，“看来，他已经上瘾了。”

一种感觉向米拉袭来——每次接近失踪案的真相时，她的后脖颈都会瘙痒。这是一种难以解释的现象。然后，她的思路会重新打开，向她呈现不容置疑的事实。通常，这种感觉会持续较长时间，但这一次，它在米拉能抓住它之前就消失了——是常的一句话驱散了它。

“还有一件事……”法医直接转向米拉。尽管他并不认识她，但她是那个大厅里唯一一张陌生的面孔，他应该已经知道她存在的理由了。“失踪女孩的父母都来了。”

透过淹没在群山之中的公路警察站的窗户，贝尔曼可以欣赏到窗外的全景。他的车在深处，第五排。从他站着的地方看，车离他那么遥远。

太阳已经高挂在空中了，阳光把金属板照得闪闪发光。那晚的暴雨过后，很难想象会有这样的好天气。似乎春天已经来了，天气很热。敞开的窗户吹来和煦的微风，给人一片平静的气息。贝尔曼对此异常满意。

黎明时分，警察把他拦下来搜查时，他的态度很礼貌，也没有表现出一丝的害怕。他仍坐在汽车里，湿漉漉的双腿让他感到很不舒服。

在驾驶座上，他能非常清楚地看到巡逻车旁的警察。一个人手里拿着夹着证件的公文夹，翻看里面的证件，指给另一个人看那些需要通过无线电传达回去的信息。

*不久之后，他们就会走过来，然后让我打开后备厢。*贝尔曼心想。

那个让他把车停下的警察非常礼貌。警察向他询问了暴风雨的情况，他做出了很令人同情的样子，跟警察说在这样糟糕的天气中还不得不整晚开车。

“你不是这里的人？”警察看着他的牌照说。

“是的，确实不是，”他回答说，“我是从外面来的。”

他们的交谈就到此为止了。有那么一瞬间，他想告诉警察一切，但他改变了主意，毕竟还没有到时候。然后，警察走远了，朝他的同事走了过去。贝尔曼不知道会发生什么，但他第一次稍稍松开了方向盘。于是，他的血液又在手里循环起来，手上又有了血色。

他又开始想他的“蝴蝶们”，他们那么脆弱，对他的迷惑一无所知。他为他们定住了时间，让他们知道他们魅力的秘密。其他人一直在耗尽他们的美，而他很在乎。他们到底有什么可怪他的呢？

当他看到警察又一次向他的车窗走来时，这些想法突然消失了，暂时缓解的压力又一次上升了。他们花了太多时间，他想。当警察靠近他时，他把一只手放到了腰际，那是皮带的高度。他知道这个姿势意味着什么——意味着他准备拔枪了。当警察最终走到他面前时，却说了一句令他始料未及的话。

“你要跟我们去趟警察局，贝尔曼先生。你的证件里没有汽车牌照文件。”

奇怪，他心想，我肯定放在里面了。但随后他明白了：那个戴登山帽的男人在他昏迷的时候把它拿走了……而现在他在这里，在这个小小的等候室里享受着和煦的微风和不应有的热度。他们缴获了他的汽车后就把他带到了这个地方。行政处分是他最不担心的。他们待在办公室里，毫不知情，讨论着对他来说已经完全不重要的事情。他思考了一下这个奇怪的处境：如何改变一个一无所有的人的优先顺序。因为在这时，他最关心的事是微风的轻抚不要停下。

同时，他的目光一直注视着停车场和来来往往的警察。他的汽车还在那里，在所有人的眼皮底下。他的秘密就藏在后备厢里，却完全没有人注意到。

当他思考着自己孤身一人的处境时，下面走过了一小群警察，他们刚在早上的休息时间里喝完咖啡回来。三个男人和两个女人，穿着制服。他们中的一个也许正在讲着一件奇闻逸事，他一边走一边手舞足蹈。他讲完后，其他人都笑了起来。贝尔曼一个字也听不到，但他们的笑声很有感染力，于是他也笑了，不过只是片刻而已。那群人走近了他的汽车。他们中最高的那一个突然停了下来，让其他人继续往前走。他应该注意到了什么。

贝尔曼马上注意到了他脸上的表情。

气味，他想，他一定是闻到了什么气味。

他什么也没跟同事讲，而是开始向四周张望。他闻了闻空气，似乎在寻找那股瞬间让他警觉起来的微弱气息。当那个警察再次闻到时，他转身朝身边的汽车走去。他朝那个方向走了几步，然后停在了关着的后备厢前。

贝尔曼看到了这一幕，深深地呼了口气。他感激把警察带到那里的巧合，感激赠与他的暖风以及不是由他来打开那该死的后备厢的事实。

微风的轻抚停止了。贝尔曼从位子上站了起来，走到窗前，从口袋里拿出了手机。

打电话的时候到了。

6

黛比、安奈可、萨比娜、梅丽莎、卡罗琳。

米拉透过玻璃看到五个受害者家属时，她的脑子里不断地重复着这些名字，他们在法医所的停尸房里聚集到了一起。这是一幢哥特式大楼，上面有很多大窗户，周围还有一个光秃秃的公园。

还差两个人，米拉烦恼地想，一位父亲和一位母亲，我们还没找到。

应该将第六个女孩取名为“六号左臂”，这是最受阿尔伯特折磨的小女孩，他给这个女孩注射了混合药物来减缓她的死亡，令她更加痛苦。

他想欣赏这场演出。

她的脑海里回想起了她破获的最后一起案子，关于那个音乐老师的，她救出了帕布罗和艾丽莎。“事实上，你救了三个人。”这是莫莱科苏警长说过的话，他指给米拉看了在这个音乐老师的笔记本上找到的笔记，那个名字……

普利希拉。

她的上司说得对：这个女孩很幸运。米拉注意到了她和六个受害者之间残忍的联系。

刽子手早就选中了普利希拉。她没有成为猎物纯属侥幸。现在她在哪儿呢？她的生活如何？

在米拉踏入音乐老师家的那一刻，她也得救了，而她永远都不会知道。她不会感激米拉赠与她的第二次生命。

普利希拉和黛比、安奈可、萨比娜、梅丽莎、卡罗琳一样，事先皆已注定，但却是截然不同的命运。

普利希拉就像六号一样，是一个没有容貌的受害者。但至少她还有名字。

常坚持认为这只是时间问题，早晚第六个孩子的身份也会曝光。但米拉不抱很大的希望，女孩可能永远消失的想法总是让她很难考虑其他所有的可能。

现在她必须保持清醒。该轮到我了。当她透过玻璃向那边看去时，心里就这么想。那扇玻璃隔着她和已经确定姓名的小女孩的父母。她观察着那个人类鱼缸，那里面装着悲痛的沉默生物。不久，她就要走到那里和黛比的父母说话，她应该把他们剩余的痛苦也交给他们。

停尸房位于大楼地下，走廊很长，很黑。可以通过楼梯或狭窄的电梯到达那里，但电梯通常是坏的。天花板的两侧有几扇小窗户，透进几束极微弱的光线。

黛比、安奈可、萨比娜、梅丽莎、卡罗琳。

"看那儿。"格兰站在她身后说，"你看到了什么？"

刚才，他在所有人的面前羞辱她。现在，他又不用尊称，而直接称呼她"你"。

米拉看了很久："我看到了他们的痛苦。"

"看得更仔细一点儿，不只那些。"

"我看到了那些死去的女孩。尽管她们不在那里，但她们的脸就是她们父母的脸的综合，所以我能看到那些受害者。"

“我却看到了五个家庭。所有人都有不同的社会出身、不同的经济收入和不同的生活方式。我看到了那些因为各种原因而只要了一个孩子的夫妇。我看到了那些明显超过四十岁，因此不抱再次怀孕希望的女人……我看到了这些。”格兰扭头看着她说，“他们才是真正的受害者。他研究过他们，然后选择了他们——他们都只有独生女。他剥夺了所有可以让他们克服伤痛、尝试忘却死亡的希望。他们的余生都会记着他对他们所做的一切。他扩大了他们的伤痛，夺走了他们的未来。他让他们不可能在接下来的岁月里把他们的记忆传给下一代，让他们的生命得以延续……他要的就是这个。这是对他虐待症的满足，是令他高兴的源头。”

米拉挪开了眼神。犯罪学家说得对：他所说的与阿尔伯特对那些人所犯的罪行很相称。

“一个目的。”格兰说，他把米拉从沉思中拉了回来。

米拉又想到了第六个女孩。连为她哭泣的人都没有。她有权利像其他人一样拥有别人的泪水。痛苦是有任务的，它能重新理顺活物和死物之间的联系，是一种代替话语的语言，会改变问题的边界。这就是玻璃另一侧的那些父母们正在做的事情。他们带着痛苦，小心翼翼地重建着那个本已不存在的碎片。编织脆弱的回忆，把过去的白线和现在的细线很好地连接起来。

米拉迫使自己跨过门槛。父母们的目光立刻转移到了她的身上，现场一片安静。

米拉走向黛比的母亲，她坐在丈夫身旁，丈夫一只手搭在她肩上。米拉走过其他人的跟前时，脚步声里夹杂着不祥之感。

“格尔丹夫妇，我需要跟你们聊两句……”

米拉伸出手，为他们指了指路。于是，她让他们走在前面，走到第二个小厅里去，那里有一台自动咖啡机，一个点心售卖机，一张靠墙的破沙发，一张带浅蓝色塑料椅的桌子和一个装满塑料杯的小垃圾桶。

米拉让格尔丹夫妇坐在沙发上，然后拿来了一张椅子。她双腿交叉着，腿上的伤仍然有点儿痛，但已经不那么厉害了：它正在愈合。

米拉鼓起勇气开始介绍自己。她说了一下调查的情况，但没有补充那些父母还不知道的新细节。重要的是，在提问之前，让他们自在一点儿。

格尔丹夫妇一眨不眨地盯着她，似乎她有办法能停止这场噩梦。丈夫和妻子都有着姣好的面容，穿着讲究。他们都是律师，而且是按小时收费的。米拉想象他们在自己那完美的家里，光鲜亮丽地站在那些精挑细选的朋友们中间。他们完全有条件把女儿送去一所著名的私立学校。米拉知道：丈夫和妻子在他们的职场中应该如同两条鲨鱼一般厉害。人在自己擅长的领域中知道如何处理最棘手的情况，他习惯面对对手的唇舌，绝不会在逆境前气馁。但现在，他们两个完全被眼前的悲剧弄得手足无措。

当做完案件陈述后，她便转移话题，落到自己感兴趣的问题上：“格尔丹夫妇，你们知不知道黛比有一个特别的密友？和她同龄，是在校外认识的。”

夫妇俩你看我我看你，似乎在回答之前，他们想找到提出这个问题的合乎情理的理由，但他们没有找到。

“我们不知道。”黛比的父亲说。

但这个干瘪的回答无法让米拉满足：“你们确定黛比没在电话里跟你们提起过一个不是她同学的女孩吗？”

当格尔丹女士使劲儿回忆时，米拉开始观察她的侧影：扁平的小腹，强健的腿肌。她突然理解了，选择只要一个孩子是经过深思熟虑的。这样，那个女人就不会因为第二次怀孕而增加身体负担。但现在一切都太晚了：她的年龄约五十岁，她不可能再有孩子。格兰说得对：阿尔伯特不是随便选择犯罪对象的……

“没有……但最近她打电话的时候好像开心了许多。”女人说。

“我想她应该跟你们提过，她想回家。”

米拉触碰到了他们的痛处，但若要知道真相，她就不得不这么做。黛比的父亲用带着负罪感的语气承认说：“是的，她很不习惯，她说她很想我们和斯丁……”米拉疑惑地看着他，男人解释说：“斯丁是她的狗……黛比想回家，回到她以前的学校。呃，其实这个她从没明说过。也许她怕让我们失望，但是……从她的语气里，很明显就能听出来。”

“格尔丹夫妇，很抱歉我还要继续问一些问题，我想象得出这会有多痛苦，但我希望你们能再回想一下你们和黛比的谈话。她校外的朋友对这起案子可能非常重要。拜托了，请再好好想想，有没有想到什么……”

两个人同时点了点头，保证会再努力回忆。这时，米拉隐约看到玻璃门前有个人影。是罗莎，她正试图引起米拉的注意。米拉和格尔丹夫妇打了声招呼便出去了。当她们面对面站在走廊里时，罗莎只说了几句话。

“准备一下，我们要走了。他们找到了一个女孩的尸体。”

特派员斯特恩总是穿着西装系着领带。他喜欢棕色、米色、蓝色的西装和细条纹衬衫。米拉猜想，他的妻子应该为他准备了一堆熨好的衣服。他看起来很讲究。头发背梳到后面，还擦了一点儿发油。他每天早上都刮胡子，脸上的皮肤光滑而柔软，散发出宜人的香气。斯特恩是个很严谨的人，他从不改变习惯，在他看来，整洁比时尚重要多了。

而且，他应该对收集信息的工作得心应手。

在开车去往新找到的尸体所在地的路上，斯特恩把一粒薄荷糖放进了嘴里，然后马上列出了他那时已经知道的信息。

“被逮捕人叫亚历山大 · 贝尔曼。四十岁，推销员，纺织机械行业一位很棒的销售代表，已婚，一直过着平静的生活。他在他的城市里很受人尊重，很多人都认识他。他的工作收入相当高：贝尔曼也许还算不上富裕，但生活得很好。”

“总之，是一个背景很干净的人。”罗莎补充道，“一个意想不到的人。”

当他们抵达公路警察站时，找到尸体的警察正坐在办公室的一张旧沙发上。他被吓坏了。

地方政府让重案科来调查这起暴力犯罪。

一个年轻的中尉陪他们来到了指定地点。他想要表现得很自信，于是声明任何东西都没有移动过。调查队所有的队员都很清楚，这很可能是他们第一次面对这样的场景。在一个警察的职业生涯中，这样残酷的犯罪行为并不很常见。

沿途，中尉极其详细地描述了情况。也许在这之前，他已经练过很多遍了，只是为了不丢脸。事实上，他说的话就像是已经写好的书面材料一样：“我们确定，昨天早上，犯罪嫌疑人贝尔曼去了一个离这里很远的镇上酒店。”

“六百公里远。”斯特恩更准确地说。

“看来，他是开了一整晚的车。汽油都快用完了。”中尉补充说。

“他在酒店里见了什么人吗？”鲍里斯问。

“他好像和几个客户一起吃了晚饭，然后就回到了自己的房间……那些和他一起的人是这么说的，但我们还在验证他们的口供是否属实。”

在那种环境下，罗莎还是记了笔记，米拉从她背后瞄了一眼，见上面写着：“收集酒店宾客不同时间段的口供。”

格兰插了一句：“我猜，贝尔曼应该还什么都没说。”

“犯罪嫌疑人贝尔曼在没有辩护律师的情况下，拒绝说话。”

他们来到了停车场。格兰注意到在贝尔曼汽车的周围放了一些白布，用来遮盖死亡的气息，但这只是虚伪的预防措施。在某个残酷的犯罪面前，不安只是一张面具。有一件事，格兰很早就学会了。死亡——暴力的那种——会对活着的人发挥一种奇特的魅力。在一具尸体面前，所有人都会很好奇。死亡是一位非常诱人的女士。

在来到犯罪现场之前，他们除了戴上必不可少的无菌手套，还套上了塑料鞋套和用来收住头发的头套。然后，他们把樟脑瓶一个一个地往后传。每个人都拿了一些涂在鼻孔上，这样就能阻止任何气味。

负责领路的公路警察站的中尉突然失去了自信，他犹豫了很久之后才为他们带路。

在迈进那个“新世界”的门槛前，格兰看了看米拉，米拉点点头，他似乎觉得安心多了。

第一步总是最困难的，那就是如何进入另一个空间。米拉很难忘记。

在小小的几平方米里，阳光被冰冷的卤素灯取代，那里是另一个宇宙，它的规则和物理定律与我们所熟知的这个世界完全不同。在高度、宽度和深度构成的三维空间里，还加进了另一个元素：空洞。每个犯罪学家都知道，只有在犯罪现场的空洞中，才可以找到答案。用受害者和刽子手来填补这些空缺，就构成了犯罪行为，让暴力有了实际意义，清除了未知。它延长了时间，把时间向后拉长了，但这种强度往往只能持续很短的时间，并且再不复返。因此，对犯罪现场的第一印象往往是最重要的。

米拉的嗅觉尤其灵敏。

尽管抹了樟脑，尸体的气味还是扑鼻而来。死亡的气息既恶心又甜美，这是一种矛盾。最先，你的胃就像受到了冲击一样，然后，你会发现在这种气息深处，有一种让你不得不喜欢的东西。

很快，队员们就站到了贝尔曼的汽车周围。每个人都占了一个视线良好的位置，就好像从他们的眼睛出发，构成了一个覆盖每一平方厘米的网格坐标，没有任何遗漏。

米拉跟着格兰，来到了汽车后面。

后备厢敞开着，保持着发现尸体的那个警察离开时的原样。格兰探出身子，伸进了那个窟窿里。米拉也是。

他没有看到尸体，因为后备厢里只有一个大大的黑色塑料袋，隐约显现出了躯体的轮廓。

袋子和躯体完全贴合，它勾勒出了躯体的线条，突出了脸的轮廓。嘴张得大大的，像是在发出一种无声的惊叫。似乎空气被吸入了那个黑暗的深渊。

那就像一件亵渎神灵的寿衣。

安奈可、黛比、萨比娜、梅丽莎、卡罗琳……或者是第六个女孩?

可以看出眼窝和朝后仰的躯体。躯体并不松弛；相反，四肢的线条很僵硬，就好像突然被雷击中了一样。那具人肉雕塑很明显缺少了什么。缺少了一条手臂，是左臂。

“好，我们开始分析吧。”格兰说。

犯罪学家的方法就在问题中，即使是最简单、看上去最微不足道的问题，那些人都试图找到答案。在这种情况下，每一种观点都会被接受。

“首先，进行身份鉴定。”他开始说，“那么，告诉我，我们为什么在这里？”

“我先说，”鲍里斯站在引导者的旁边，说，“我们在这里是因为一张缺失的汽车牌照文件。”

“你们觉得呢？你们觉得这个回答完整吗？”格兰看了看在场的各位，然后问道。

“检查站。”罗莎说，“自从那些女孩失踪后，已经设立了几十个分散在各地的检查站。这可能会奏效，而且已经奏效了……事情进展得不错。”

格兰摇了摇头，他不相信运气。“为什么他要冒险载着这个危险物到处跑呢？”

“也许他只是想把它扔掉，”斯特恩猜测，“或者他怕我们会当场抓住他，于是要把犯罪证据转移到离自己尽可能远的地方。”

“我也觉得他可能想改变行驶方向，”鲍里斯呼应他说，“但他走错了路。”

米拉知道他们已经确信贝尔曼就是阿尔伯特。只有格兰似乎还有些困惑。

“我们还要想办法知道他的计划。现在，我们找到了后备厢里的一具尸体，但最开始的问题并不是这个，我们还是没有找到答案：我们为什么会在这里？什么东西把我们引到了这辆汽车旁，这具尸体前？从一开始，我们就知道我们要抓的人很聪明，也许他比我们更聪明。事实上，他已经玩弄了我们很多次，他能在全副戒备的情况下绑走孩子……所以，他会因为一张愚蠢的汽车牌照文件而被我们抓住吗？”

所有人都安静地思考着这个问题。

于是，格兰重新转向公路警察站的中尉，此时他正安静地站在一边，脸色苍白得像穿在制服里的衬衫一样。

“中尉，不久前，您说贝尔曼要求为自己请一名律师，是吗？”

“是的。”

“也许有个官方的律师就够了，因为现在我们想和犯罪嫌疑人谈谈，找机会推翻我们截至目前做出的分析判断。”

“你是说现在就给他找？”

中尉希望格兰和他告别，而格兰正要满足他。

“也许贝尔曼会准备一套说辞，所以最好能出其不意，在他背出太多东西前就让他的供词自相矛盾。”鲍里斯补充说。

“我倒希望他有时间可以好好反省一下。”

听到这些话，队员们都难以置信地你看我我看你。

“您是说你们把他一个人留在那里了？”格兰问。

中尉有些不自在，“根据实践经验，我们把他隔离了起来。因为……”

他没来得及说完那句话，鲍里斯就第一个跑开了，他一个箭步跃过了篱笆。后面紧跟着斯特恩和罗莎，他们一边跑，一边脱下鞋套，为了不在跑的时候滑倒。

米拉像公路警察站的年轻中尉一样，看起来并没有明白发生了什么。格兰跑在其他人后面，说道：“他是个危险分子，他一刻都不能离开我们的视线！”

这时，米拉和中尉才明白了格兰所说的危险。

不久后，所有人都来到了关着男人的房门口。鲍里斯向门口的一位警卫出示证件后，警卫赶紧打开了窥视孔。但从那个小孔里，众人没有看到贝尔曼的影子。

*也许他待在房间的死角。*格兰心想。

当警卫打开沉重的铁锁时，中尉仍在试图安慰大家——尤其是他自己——他再次声明这是按照规定的程序执行的。贝尔曼已经摘下了手表、裤腰带、领带，甚至还有鞋带，没有这些，他就没法伤害自己了。

但一打开铁门，这种想法就被否认了。

贝尔曼躺在房间的一个角落里。死了。

他背靠着墙，双手垂下来，双腿叉开。嘴角浸透着血。一汪黑色的液体在身体周围漫开。

他选择了最传统的方式自杀。

贝尔曼咬掉了手腕上的肉，然后等待着因失血过多而死。

7

他们要把她带回家。

这是没有说出口的承诺，但他们一定要把女孩的尸体带回去。

他们要还她一个公道。

贝尔曼自杀死了，要兑现承诺又变得困难了，但他们还是要尽量试一试。

这就是为什么这具遗体正躺在法医所。

常博士调了调悬挂在天花板上的显微镜杆，让它能完全垂直于停尸房的钢床。然后，他打开了录像机。

首先，他拿起手术刀，动作敏捷地在塑料袋上划出了一条精准的直线。然后，他轻轻地放下手术工具，用手指抓起刚刚裁出的两条边。

室内唯一的光源就是手术台上晃眼的灯。周围一片黑暗。在这深渊的边缘站着格兰和米拉。队里的其他人中，没有人觉得应该参加这一仪式。

法医和两位客人都穿着无菌衬衣，戴着手套和口罩，为的是不污染证据。

抹了盐水后，常开始缓慢地打开塑料袋，把袋子从紧贴的尸体上拉开，一点儿一点儿地，非常耐心。

慢慢地，她开始出现在大家的视线里……米拉马上看到了绿色的灯芯绒短裙、白色小衬衫和毛线背心。然后，她看到了法兰绒西装外套。

常不断往上拉，就会不断出现新的特点。到了断臂的胸节时，他们发现那里的衣装一点儿血也没有沾到。只是在左肩的高度被裁掉了，露出了断肢。

“她不是穿着这件衣服被杀害的，是后来才穿上的，死后。”病理学家说。

“死后”消失在了房间的回声中，陷入了周围黑暗的深渊里，就像一颗石子反弹到了无底洞里一样。

常看了看右臂。她的手腕上戴着手镯，上面挂着一个钥匙形状的坠子。

塑料袋拉到了脖子那里，法医停了一会儿，用一块小毛巾擦了擦额头。米拉这时才发现法医正在流汗。已经到了最纤弱的部分，他担心从脸上拉开塑料袋时可能会把表皮也划破。

米拉旁观过其他人验尸。通常，法医对他们需要研究的尸体不会有太多顾虑。他们毫不经意地把尸体切开，然后再缝上。这时她才明白，常希望女孩的父母见她最后一面时，能见到她尽可能完好的样子。正因为这样，他才会有如此顾虑。米拉对这个男人的敬意油然而生。

在间断了几分钟之后，法医终于完全揭开了小女孩脸上的塑料袋。米拉看到了她，马上就认了出来：黛比·格尔丹，十二岁，第一个失踪者。

她瞳孔突出，嘴还张着，好像绝望地想说些什么。

她戴着一个白色百合花的发卡。

常与格兰互换了一个眼神。是确定凶手类型的时候了。他对那个小生命的关注到底是偶然还是必然？换句话说，就是那个女孩是否受到过性侵犯。

房间里的所有人都在希望她没有遭受这种酷刑和希望它发生的矛盾想法中挣扎。因为如果是第二种情况，凶手更有可能会留下一些器官的痕迹，让他们更容易确定他的身份。

研究强奸案有精确的程序。常没有任何理由置身事外，于是他开始讲述在这个女孩身上发生的事，想要试图重建犯罪环境和攻击方式。既然无法从受害者口中获取信息，便无法追溯事实。

下一步是客观检验，需要评估遗体，并拍照取证，从描述整体外观到鉴定体外损伤来判断受害者是否遭到殴打或发生过反抗。

通常都会从检验死者衣物开始，然后研究衣服上可能有的可疑丝线、头发或树叶。直到这时，才进入“刮甲下”的阶段，就是用一种牙签收集指甲里可能残留的凶手的皮肤组织——如果她自卫的话——或者土壤和其他各种纤维来确定犯罪地点。

这一次，依然没有任何发现。除了断肢外，尸体的状况非常完好，连衣服都很干净。就好像有人在把她放进塑料袋前帮她清洗过一样。

第三阶段是最具侵犯性的，需要进行妇科检查。

常拿来了一个阴道镜，首先开始检查大腿表面，希望能找到血迹、精液或强奸者的其他分泌物。然后，他从金属托盘上取了一个试剂盒，进行阴道检查，包括一个皮肤棉塞和一个黏膜棉塞。

最后一个阶段是最残忍的。常把钢床竖起来一点儿，把女孩的双腿放到支架上。然后，他坐在一个小板凳上，拿着一个带紫外线灯的特殊放大镜，开始检查内部的损伤。

几分钟后，他抬头看向格兰和米拉，用冷冷的语气宣布道：“他没碰她。”

米拉点了点头，在离开房间前，她弯下身从黛比的手腕上摘下了那个带小钥匙的手镯。女孩没有遭到强奸和那个手镯是她唯一可以带给格尔丹夫妇的礼物。

告别了常和格兰，米拉迫切想要脱掉这身无菌服。因为她感觉浑身肮脏。她走进更衣室，在巨大的盥洗台前站定。打开热水，用力地搓手。

她一边疯狂地搓洗，一边抬眼看镜子。想象着小女孩黛比走进了更衣室，穿着绿裙子、蓝色西装外套，头上别着发夹的身影出现在镜中。她用所剩的那条胳膊支撑着身体坐上靠墙的长凳。她看着米拉，晃动双腿。黛比打开门又关上，像是要和她沟通。但她一言未发。米拉真想问问黛比，她的结拜姐妹是谁。那个现在被称为“六号女孩”的人。

然后，她从幻象中清醒了过来。

水龙头没关。升腾的水蒸气覆盖了整面镜子。

米拉感到了疼痛。

她低头，双手迅速地离开了滚烫的水流。手背红彤彤的，皮肤已经起泡了。米拉用纸巾擦干手，朝药柜走去，想要找到绷带。

没人知道到底发生了什么。

当米拉睁开眼睛时，最先想到的就是烫伤的手。于是，她一下子坐了起来，突然重新想起自己是在卧室里。前面是一个带破镜子的衣柜，左边是梳妆台，窗户上的卷帘拉得很低，但还是有几束浅蓝色的光射了进来。米拉是穿着衣服睡的，因为那个汽车旅馆脏兮兮的，房间里的被子和床单都不干净。

她为什么醒了呢？也许是因为有人敲门了，或者也许只是她做了个梦。敲门声又响了起来。她起身走到门口，只开了几厘米。

“谁啊？”她毫无意义地问，因为鲍里斯的笑脸已经出现在了她眼前。

“我是来接你的。一小时后，我们将开始搜查贝尔曼的家。其他人在那里等我们……还有，我给你带了早餐。”他把一个袋子拿到鼻下狠狠地闻了闻，里面应该是羊角面包，还有咖啡。

米拉迅速地瞄了自己一眼。她还完全不能见人，也许这样也挺好：这样她就不会激起同事的荷尔蒙了。她请鲍里斯进了屋。

鲍里斯往里头走了几步，困惑地看了看周围。米拉走到角落的水池边洗脸，最主要的是为了藏住绑着绷带的手。

“这地方比我记忆里的更差。”他闻了闻，“总是这种气味。”

“我想是驱虫剂吧。”

“我刚进队的时候，因为没找到房子，就在这里住了将近一个月……你知道这里的每把钥匙都能打开所有房间的门吗？住客们总习惯不付钱就带着钥匙走，而老板又懒得换锁。晚上的时候，你得把梳妆台搬过来堵上门。”

米拉通过水池上的镜子看了看他，“谢谢你的建议。”

“不，我是说真的。你需要一个更体面一点儿的地方住，我可以帮你。”

米拉疑惑地看了他一眼：“警官，你不会是想请我住你家吧？”

鲍里斯有点儿尴尬，赶紧澄清说："不，我没这个意思。我可以到处问问，有没有女警官想找人同住，就是这样。"

"我不会在这里待很长时间。"她耸了耸肩说。擦干脸后，她盯住了他带来的早餐袋。她几乎一下就抢了过来，然后跷着腿坐在床上，看里面有什么。

是羊角面包和咖啡，就和她希望的一样。

鲍里斯还没从那个动作中缓过神来，特别是他看到她的手上缠着绷带。可他什么都没说。"饿了吗？"他反而胆怯地问。

她一边嚼着面包一边回答："我已经两天没吃东西了。如果不是你今天来得早，我都不知道还有没有力气走到门口。"

米拉知道不该说这样的话，这显然是一种鼓励。但她找不到别的方法感谢他，而且她真的很饿。鲍里斯冲她笑了，带着胜利的表情。

"那么，你觉得怎么样？"他问她。

"我适应力很强，所以很好。"除了你的同事罗莎讨厌我之外。但这一点米拉只是想了想，并没有说出来。

"我很喜欢你对结拜姐妹的推测……"

"碰运气而已：这是我从自己青少年时期的经历中找到的灵感。你十二岁的时候也做过这类的傻事吧，不是吗？"

她注意到鲍里斯有些茫然，似乎在毫无意义地寻找着答案，她情不自禁地笑了。

"我开玩笑的，鲍里斯……"

"噢，当然。"他脸红地说。

米拉把最后一口面包放进嘴里，舔了舔手指，然后拿起了袋子里的第二个羊角面包。鲍里斯在她那么好的胃口前什么都没敢说。

“鲍里斯，告诉我一件事……你们为什么叫他阿尔伯特？”

“这是一个很有趣的故事。”说完，他很从容地坐到米拉旁边，开始讲起来，“五年前，我们碰到了一件非常奇怪的案子。有一个连环杀手专门绑架女人，强奸完她们后再勒死她们，然后让我们找到那些少了右脚的尸体。”

“右脚？”

“是的。我们谁都不明白，为什么他作案的时候如此精确、干净，从不留下任何痕迹。他只是截肢。他毫无规律地进行袭击……总之，我们当时已经找到了五具尸体，但无法阻止他。于是，格兰想到了一个办法……”

米拉把第二个面包也吃完了，开始喝咖啡，“什么办法？”

“他让我们找出所有与脚有关的案子，包括那些最乏味最普通的。”

米拉的表情越加困惑了，然后在咖啡里加了三小块糖。

鲍里斯注意到了，露出作呕的表情，他想跟她说些什么，但他还是选择了继续他的讲述。“一开始，我也觉得有点儿荒唐。但我们还是开始找了，我们发现，一段时间前有个小偷，他总是四处闲逛，然后偷走鞋店外面展示用的女鞋。鞋店外通常只有一只一种款式一个尺码的鞋——你知道，是为了避免鞋被偷掉——通常都是右脚，为了方便顾客试鞋。”

米拉突然停住了，咖啡杯悬在半空，欣喜若狂地思考着这剑走偏锋的切入口。“你们监视了所有鞋店，然后抓住了那个小偷……”

“阿尔伯特·芬利，一个三十八岁的工程师，已婚，有两个年龄还很小的孩子，在乡下有一幢小别墅和一辆用来度假的房车。”

“一个正常人。”

“我们在他住处的车库里找到了一个冰箱，里面用玻璃纸小心翼翼地包裹着五个女人的右脚。那个人很喜欢给它们穿上他偷来的鞋子，他是一个狂热的恋物癖。”

“右脚，左臂。因此，你们用了阿尔伯特这个名字！”

“答对了！”鲍里斯一只手搭在她肩上表示肯定。米拉生硬地挪开了，一下子从床上站了起来。年轻的警察鲍里斯愣在那儿。

“对不起。”她对鲍里斯说。

“没什么。”

不可能，事实上，米拉不相信他的话。但她决定装作相信。她背转身，回到了水池边，“给我一分钟，然后我们就出发。”

鲍里斯站了起来，朝门口走去。“你不用太急，我在外面等你。”

米拉看着他走出了房间，然后抬起脸看着镜子。“天哪！什么时候才能结束？”她问自己，“我什么时候才能再允许别人碰我？”

去贝尔曼家的路上，他们一句话都没说。米拉一上车就发现车载广播开着，她马上明白了这对他们的旅程是一种不言而喻的声明。鲍里斯的心情很不好，也许她在队里又多了一个敌人。

不到一个小时，他们就到了。贝尔曼的住处位于一片安静的住宅区里，是一幢周围环绕着绿树的小别墅。

前面的路封了。封锁线那里，挤满了好奇的人、邻居和记者。米拉看着他们，心想已经开始了。他们到那里时，听到一则广播新闻说找到了黛比的尸体，并且透露了贝尔曼这个名字。

米拉从车上下来，穿过由记者和群众组成的人群，走进了维持秩序的警察围成的封锁圈。她沿着路迅速往前走，一直走到了贝尔曼的家门口，一路上没能躲过闪光灯。这时，她的目光撞到了格兰的目光，他站在窗口。她荒唐地觉得有负罪感，因为让他看到她是和鲍里斯一起来的。然后她又觉得自己很蠢，竟然在想这种事。

格兰重新把注意力放到了屋里。不久后，米拉进了屋。

斯特恩和罗莎在其他警员的协助下已经工作了一会儿了，他们像勤劳的昆虫一样爬来爬去。屋里被翻了个底朝天。警察们在检查家具、墙和其他所有对这起案子可能有用的证据。

米拉又一次感到无法融入这个搜查中。而且，罗莎立马就对着她咆哮起来，对她说她只有观察的权利。于是，她开始环视四周，手插在口袋里，不让别人发现手上缠着的绷带。

引起她注意的是照片。

家具上放着几十张周围包裹着漂亮的楠木或银质边框的照片。它们记录下了贝尔曼和妻子幸福的时光，那是一种现在看来似乎遥不可及的生活。她发现他们经常旅行，世界各地的照片都有。渐渐地，时光越来越近，他们的脸越来越老，脸上的表情变得隐晦。照片里有些什么，米拉非常肯定，但她不知道是什么。走进这所房子的时候，她有一种奇怪的感觉。现在，她感觉好些了。

一个在场的人。

在人来人往的警察中，还有另一位旁观者。米拉认出她就是照片里的女人：维罗妮卡·贝尔曼，凶手的妻子。米拉马上发现她的性格应该很傲慢。当那些陌生人闯入她家，不经许可地翻弄她的东西，玷污那些亲密的物品和回忆时，她只是端庄地站在一边。她看起来不像是屈服，而是同意。她很配合罗凯督察，她相信丈夫和这种可怕的控诉无关。

米拉还在观察她，突然她转过身，看到了意想不到的一幕。

一整面贴着蝴蝶标本的墙。

这些标本用玻璃框裱了起来，它们奇特而美丽。有一些标本写着外国名字，铜牌上还写着原产地，其中最迷人的来自非洲和日本。

“它们很漂亮，因为它们没有生命。”

说这话的是格兰。这位犯罪学家穿着黑色套衫和法兰绒裤子，衬衫领从毛衣领口翻了出来。他站到米拉身旁，为了能更好地观察蝴蝶墙。

“面对这一幕，我们忘了最重要也是最明显的事情……那些蝴蝶再也不会飞舞了。”

“这很不自然，”米拉赞同地说，“但也正因为这样才更诱人……”

“这就是死亡对一些人的作用。因此，才会有连环杀手。”

说完，格兰做了一个小小的手势，这已经足够让所有队员立刻聚集到他的周围了。这表示，尽管似乎所有人都在忙着自己的工作，事实上，大家都在不停地看他，等待着他说些什么或做些什么。

米拉肯定，他们对他的直觉很有信心。格兰看了看大家。这很奇怪，因为他不是警察，但那些警察——至少她认识的那些——却愿意相信一个市民。这个团队叫“贾维拉队”更合适，而不是“罗凯队”，因为通常他都不会出现。他大概只会在发现决定性的证据、能最终给贝尔曼定罪的时候才会出现。

斯特恩、鲍里斯和罗莎站在贾维拉博士周围。根据惯例，他们每个人都有自己的位置。米拉后退了一步，她害怕自己被排挤，所以先主动站了出去。

格兰的声音很小，让所有人立马知道他只想用这样的音量进行谈话。也许，他不想打扰到维罗妮卡。

“找到什么了吗？”

斯特恩第一个摇头回答：“家里没有任何能把贝尔曼和那六个女孩联系起来的证据。”

“他的妻子似乎毫不知情。我问了她几个问题，我觉得她没有说谎。”鲍里斯又补充了一句。

“我们的人正带着警犬在花园里搜查。”罗莎说，“到现在为止一无所获。”

“我们要查出贝尔曼在近六个星期内的所有行踪。”格兰说完之后，所有人都点了点头，虽然他们已经知道这是一项几乎不可能完成的工作。

“斯特恩，还有什么别的消息吗？”

“银行资金的流动没有任何异常。贝尔曼在最近一年内最大的开销是用于妻子的人工授精，这花了他一大笔钱。”

听着斯特恩的话，米拉知道了不久前她进屋和看到那些照片时的感觉了。不是一个在场的人，应该是一个缺席的人。

她注意到在那个拥有昂贵家具、只为两个人而装修的房子里，少了一个孩子，让人感觉他们想一直两个人待下去。因此，这与斯特恩警察说的人工授精似乎自相矛盾，因为让人觉得在这样的地方，他们并不着急孩子的到来。

斯特恩迅速地总结了贝尔曼的形象：“不吸毒，不喝酒，不抽烟。有健身卡和视频俱乐部借阅证，但只借阅关于昆虫的纪录片。每个月会去小区的路德会两次，并在疗养院做志愿者。”

“一个圣人。”鲍里斯带着讽刺的口吻说。

格兰扭头看了看维罗妮卡，确定她没有听到最后的这句评论。然后，他回过头来看着罗莎问：“你还有别的发现吗？”

“我浏览了家里和办公室里的电脑硬盘，还恢复了里面所有删除的文件，没有任何相关内容。只有工作、工作、工作，这个人完全扑在了工作上。”

米拉注意到格兰突然有点儿心不在焉，但持续的时间很短。很快，他又专注于谈话：“关于互联网，我们有什么发现？”

“我给服务器运营商打了电话，他们给我提供了近六个月的网页浏览记录，那里也什么都没有发现……可以看出他对自然、旅行和动物的网站很感兴趣，特别是蝴蝶标本。他在网上买了些古董。”当罗莎结束她的陈述时，格兰交叉着双臂，开始一个一个地看他的同事们。他的视线里也包括米拉，这让米拉终于觉得自己是他们中的一员了。

“那么，你们怎么想呢？”格兰博士问。

“我觉得好像被骗了。”鲍里斯马上说，并夸张地用手遮住眼睛来强调这句话，“一切都太‘干净’了。”其他人也赞同地点了点头。

米拉不明白他指的是什么，但她不想问。格兰把手放到额前，揉了揉疲惫的眼睛。然后，他的脸上又出现了那种心不在焉的神情……在一两秒的时间内，有一种想法把他带到了别的地方。“调查犯罪嫌疑人的首要原则是什么？”

“所有人都有秘密。”勤快的鲍里斯立马说。

“答对了。所有人都有弱点，一生中至少会有一次。我们每个人都有自己不愿承认的大大小小的秘密……但你们看看周围：这个男人是一个好丈夫，一个好信徒，一个好职员。”格兰掰着手指一个一个地说，“他是个慈善家，一个救世军成员，他只借纪录片，没有恶习，收集蝴蝶……这样一个男人可信吗？”

这次的答案很明显。不，不可信。

“那么，一个汽车后备厢里藏着一具女孩尸体的男人做了什么呢？”

斯特恩打断他：“他进行了清理……”

格兰赞同地说：“他用所有的这些完美蒙蔽了我们，让我们不去注意别的方面……而我们此时没有注意到的是哪里呢？”

“你们从头开始。答案就在那里，在那些你们已经检查过的东西里面。你们再检查一遍。要除去包裹着那些东西的光鲜外壳，不要被完美表象的光芒所欺骗：那种光芒只是用来让我们分心，用来混淆我们的想法。然后你们要……”

格兰又一次失神了，他的注意力转移到了别处。这一次，所有人都发现了。一般情况下，要让他失神并不容易。大家发现他正在看着什么……

红色的小LED灯不停地闪烁着，用它的频率呼唤着大家的注意。

格兰大声地问：“有人听电话留言了吗？”

这时，屋里的人都静了下来。他们看着那个向大家眨巴红眼睛的装置，觉得很惭愧。他们竟然忘了这么明显的线索。格兰没有在意，只是走到那里按下了录音播放键。

不久后，黑暗中响起了一个死者的声音，这是贝尔曼最后一次出现在他的家中。

“呃……是我……呃……我没多少时间……但我还是想跟你说我很抱歉……对一切都很抱歉……我应该早就做的，但没有成功……请原谅我。都是我的错……”

录音中断了，大厅陷入了一片安静。每个人的眼神都聚焦在了维罗妮卡的身上，她面无表情，像一座雕塑一般。

格兰是唯一一个挪动身体的人。他走到她身边，拍了拍她的肩膀，然后让一位女警察把她带到了另一个房间。

斯特恩对所有人说："好了，同志们，看来有人要跟我们坦白些什么。"

8

米拉管第六个孩子叫普利希拉。

米拉在回汽车旅馆的路上作了这个决定。一名警察奉命护送她。这一次，鲍里斯没有自告奋勇，但米拉在早上生硬地拒绝他后并没有斥责他。

把第六个孩子叫做普利希拉并不只是为了让她人格化。还有另一个原因：米拉再也不想用数字来指代她。女警官觉得自己是唯一一个还在意她身份的人，因为在听完贝尔曼的电话后，其他人都认为找出第六个女孩的身份已经不再是优先任务了。

他们发现了汽车里的尸体和电话留言，显然有人需要坦白。没有必要再为别的事情奔波了，现在，只要把这个人和其他受害者联系起来就可以了，然后找出动机。也许已经有了……

受害者不是女孩，而是女孩的家人。

贝尔曼没有孩子。他们多番尝试过，他的妻子进行过人工授精，但没有成功。也许因此他才把愤怒宣泄在了那些可怜的家庭上，也许他在用他们来报复自己不能生育的命运。

汽车到达了旅馆，米拉下了车，挥手告别送她回来的同事。他点了点头，然后往后倒车，把她一个人留在了开阔的沙地中间。米拉的身后是一排树林，里面有很多平房。天气寒冷，唯一的光源就是指示空房间的氖光灯。米拉向自己的房间走去。所有的窗户都是黑的。

她是这里唯一的一位住客。

她从看门人的办公室门前走过，里面笼罩着电视机半明半暗的浅蓝色光。电视没有声音，男人不在，可能是去厕所了，米拉想，于是她继续往前走。幸好她带了钥匙，否则现在她就只能等看门人回来了。

她拿着一个纸袋，里面装着汽水和两块乳酪吐司面包——她今晚的晚餐——和一瓶膏药，她晚些时候可以涂在手上烫伤的地方。她的呼吸凝固在冰冷的空气中。她加快了步伐，感觉快冻死了。踩在沙子上的脚步声是那晚唯一的声音。她的房间在最后一排。

普利希拉。她一边走一边想。常的话浮现在她的脑海中，那个法医说："我想他应该是立刻就把她们杀了：没有让她们存活的兴趣和必要，而且没有丝毫犹豫。所有受害者的被害手法都一模一样。除了一个……"然后，格兰博士问："什么意思？"常盯着格兰说："有一个女孩的情况更糟糕。"

这些话一直纠缠着米拉。

不仅是因为她想到第六个女孩比其他人付出了更多的代价——"它减缓了失血，让她死得更慢……他想欣赏这场表演……"不，还有别的原因。为什么凶手改变了他的作案手法？就像在和常开会时那样，米拉又感到后脖颈一阵痒痒的。

她离房间只有几米远了，但还专注于这种感觉，她确信这次能抓住原因。地上的一个小凸起差点儿绊倒了她。

这时她才听到身后一阵短促的声响，这阵声响一下子扫除了她的推理。这是沙子上的踩踏声，有人正"重复"着她的脚步。他把自己的步伐调整得与她一致，可以不断接近她而不被她发现。当她被绊了一下后，跟踪者的脚步就乱了，于是泄露了行踪。

米拉没有慌张，也没有减缓步伐。跟踪者的脚步声又与她的重合在了一起。她估计他离她有十几米远。此时，她已经开始思考可行的办法了。拔出背后的枪没有任何用处，如果身后的人也带着武器，他绝对有足够的时间抢先开火。看门人。她想。空荡荡的办公室里开着的电视机。他已经把看门人干掉了，现在轮到我了。她总结道。现在，她离房间的门口只有几步之遥。她必须马上作决定。她决定了，因为她没有其他选择。

她把手伸到口袋里掏钥匙，然后迅速爬上了通往大门的三个台阶。她转了两圈钥匙，打开了门，心在胸口剧烈地跳动着，然后进了屋。她拔出枪，另一只手伸向灯的开关。床头灯亮了。米拉僵硬地站在原地没有动，她的肩膀抵着门，竖起耳朵。他没攻击我。她想。然后，她似乎听到木头地板上的脚步声来到了门前。

鲍里斯跟她说过，这个旅馆里的钥匙能打开所有门，老板懒得更换，因为客人们总是不付钱就带着钥匙走了。“那个跟踪我的人也知道吗？也许他有一把和我一模一样的钥匙。”她自言自语道。她想，如果他想进来的话，她就能出其不意地从背后擒住他。

她跪在地上，从有污渍的地毯上滑到了窗边。她贴住墙，抬手推开窗户。寒冷冻住了铁轴，她费了点儿劲才推开了一扇窗。她重新站了起来，纵身一跃，跳到了窗外，又陷入了黑暗中。

前面是树林，高高的树顶有规律地连绵起伏着。汽车旅馆的后面是水泥地，连接着所有平房。米拉靠着它，压低身子，试图感知身边的每个移动和每个声响。她迅速走过她的房间旁边和再旁边的房间。然后，她停了下来，从两个房间狭窄的缝隙中穿了过去。

此时，她可以探出身子观察平房门口的动静了。但不管怎样，这也很冒险。她的双手紧紧地握住手枪，为了抓得更稳，她已经忘记了烫伤处的疼痛。她做了三次深呼吸，数到三，然后突然从角落里跳了出来，枪对准前方。没有人，这出乎她的意料。她确信有人跟踪她——有人很出色地在她身后尾随，并掩盖住了脚步声。

一个捕食者。

米拉用目光搜寻着空地上敌人的踪迹。他似乎在风中消失了，伴随着旅馆周围树木重复的演奏。

“不好意思……”

米拉一下子跳转身，看着那个没有举枪、说出这四个字后停顿下来的男人。几秒钟后，米拉才反应过来这个人是看门人。他发现自己吓到米拉了，便又说了一遍“不好意思”，这次只是为自己开罪。

“怎么了？”米拉问，她的心跳声丝毫没有减缓。

“有人打电话找你……”

男人指了指办公室的电话，米拉没等他为她引路，就径直朝那边走去了。

“米拉·瓦斯克兹。”她拿着听筒说。

“你好，我是斯特恩。格兰先生想见你。”

“我？”她的语气很吃惊，但也带着些许的骄傲。

“是的。我们已经打电话给那个送你回去的警察了，他正在回去接你的路上。”

“好的。”米拉很困惑。斯特恩没再多说什么，于是她鼓起勇气问："有新发现吗？"

"贝尔曼向我们隐瞒了一些事情。"

鲍里斯试图一边看路，一边调整导航。米拉看着前方，没有说话。贾维拉坐在后面的座位上，缩在皱巴巴的大衣里，闭着眼睛。他们要去维罗妮卡的姐姐家，那是那个女人躲避记者的藏身地。

格兰下结论，认为贝尔曼隐瞒了什么。一切都是从电话留言里得出的："呃……是我……呃……我没多少时间……但我还是想跟你说我很抱歉……对一切都很抱歉……我应该早就做的，但没有成功……请原谅我。都是我的错……"

根据数据信息，他们得出贝尔曼是在公路警察站拨打的电话，就在黛比的尸体被发现前后。

格兰突然问自己，为什么一个在贝尔曼这样处境中的人——后备厢里有一具尸体，想要尽快了结自己的生命——会给妻子打这样的电话？

连环杀手不会道歉的。如果他们道歉，那是为了把自己伪装成另一个样子，因为他们的性格中就有撒谎的天性。他们的目的意在混淆真相，在自己周围释放烟幕弹。可贝尔曼似乎是另一种情况。他的噪音透露出急切。他应该需要了结掉什么事，赶在还来得及之前。

贝尔曼因为什么希望得到原谅呢？

格兰相信这与他的妻子有关，与他们的夫妻关系有关。

"您再跟我讲一遍吧，贾维拉博士……"

格兰睁开眼睛，看到米拉从座位上扭过头，正盯着他，等着他的回答。

“也许维罗妮卡发现了什么，这很有可能是引起她和丈夫争执的原因。我觉得他也是因此而请求妻子原谅。”

“这个信息为什么会对我们这么重要呢？”

“我不知道是否真是这样……但在那种处境下的男人不会浪费时间去解决普通的夫妻争执，如果他没有进一步目的的话。”

“所以？”

“也许他的妻子对她知道的事了解得并不充分。”

“而他，他打那个电话是为了控制局面，为了阻止她继续深入，或者向我们提供一些细节……”

“对，这正是我想的……维罗妮卡到现在为止一直都很配合，如果她以为那条留言只是他们俩之间的事，和丈夫的控罪无关，那她就不会向我们有所隐瞒。”

现在，米拉觉得一切都清晰多了。格兰的直觉毕竟对调查不能起到决定性作用，首先需要进行验证。因此，格兰还没有向罗凯报告只言片语。

他们希望能在与维罗妮卡的交谈中找到突破性的线索。作为审讯专家，鲍里斯要引导这种信息交谈，而格兰决定就让他和米拉跟贝尔曼的妻子会面。鲍里斯毫不犹豫地接受了命令，就像这是上级的命令，而不是一个市民顾问的命令。但他对米拉的敌意也加剧了，他不明白为什么她也要在场。

米拉感觉到了压力，事实上，她也完全不能理解格兰选择她的原因。鲍里斯的任务只是指导她应该如何进行谈话。这正是到那时为止，在他们用导航寻找目的地之前他所做的。

米拉又想了想鲍里斯的话：“我有点儿晕。一切都太‘干净’了。”那时，斯特恩和罗莎正在描绘贝尔曼的形象。

这种完美很难令人信服，似乎是为了某人而预先准备好的。

“我们所有人都有秘密。”米拉重复了一遍，“我也有。”

总有一些不可告人的东西。她父亲在她小时候常常跟她说：“我们所有人都会挖鼻子。我们会在没有人看到的时候挖，但我们确实都会挖。”

那么，贝尔曼的秘密是什么呢？

他的妻子知道什么呢？

第六个女孩叫什么名字呢？

他们抵达时，已经是黎明了。村庄在一座小教堂后面，弯弯曲曲的河堤上，房屋错落有致地建在蜿蜒的河流边。

维罗妮卡的姐姐住在一家啤酒屋楼上的公寓里。罗莎打过电话给她，告知他们的来访。如意料中的那样，她没有反对，也没有表现出有任何迟疑。通知她的目的是打消她认为要接受质询的想法。但维罗妮卡对于特派员罗莎的谨慎并不在意，也许她也同意接受质问。

维罗妮卡的姐姐过来迎接米拉和格兰，快七点了，她一派怡然自得，穿着睡衣和拖鞋。她让他们坐在客厅里，可以看到天花板上的横梁，摆放着细木镶嵌的家具，她给他们倒上了刚煮好的咖啡。米拉和格兰坐在沙发上，维罗妮卡坐在软椅的边缘，她目光空洞，就像是既睡不着又哭不出的感觉。她的手紧紧地攥在一起，格兰注意到她很紧张。

维罗妮卡的姐姐倒完咖啡后，拿走了空壶。他们独自待在那里，格兰让米拉先开口。提问需要策略。米拉慢悠悠地品尝着咖啡。她不急，她希望在她开始前，那个女人能彻底放下戒备。

“贝尔曼女士，我们很抱歉这么早就来打扰你。”

“不用担心，我有早起的习惯。”

“我们需要更深入地了解你的丈夫，也是因为只有更好地了解他，我们才能知道他是否真的与此案有关。这个案子，请相信我，还有很多可疑的地方。请你跟我们说说他吧……”

维罗妮卡的脸色没有丝毫改变，但她的目光不再那么紧张了。然后，她开始说：“贝尔曼和我是在高中时认识的。他比我大两岁，是曲棍球队的队员。他是一位很出色的球员，所有人都很喜欢他。他是我一个朋友的朋友，我就这样认识了他。我们开始一起出去，但总是和大伙一起，就像朋友那样。那时，我们之间还什么都没有，我们也没想过会有别的什么。事实上，我不相信他会用那种方式‘看’我……就像女朋友一样，我想。我也没有。”

“后来才发生……”

“是的，难道不奇怪吗？高中后我就和他失去了联系，直到很多年后我们才又相遇了。从我们共同的朋友口中，我知道他上了大学，然后有一天，他再一次出现在了我的生活中。他打电话给我，说他偶然在电话本上找到了我的号码。我后来从朋友那里得知，他大学毕业回来后，就开始打听我的消息，问我在做什么……”

“从那时起，你们就开始交往了……”米拉说。格兰满意地注意到，米拉听从了鲍里斯的指示，决定不是单纯地向维罗妮卡提问，而是向她抛出一些句子，让她补全，因为这样更像是谈话，而不是询问。

“从那时起，我们就开始交往了。”维罗妮卡重复了一遍，“贝尔曼追得我很紧，就为了说服我和他结婚。最后，我同意了。”

此时，米拉决定深入她们的谈话：“但最近你们的关系不太好……”

维罗妮卡停顿了一会儿。格兰觉得那是一段很长的时间，他觉得米拉的钩抛得太早了。

“我们之间有些问题。”她最后承认说。

“你们之前想要过孩子……”

“我曾做过治疗。然后，我们还尝试过人工授精。”

“我想你们很想要个孩子……”

“是贝尔曼更加坚持。”她用一种防备的语气说，让人觉得这能是他们夫妻关系破裂的主要原因。

他们正在接近目标。格兰很满意。他想让米拉跟贝尔曼太太谈，是因为他觉得米拉女性的身份更便于和贝尔曼太太建立起牢固的关系，能化解后者可能的抵抗。当然，他可以选择罗莎，这样还能照顾到鲍里斯的感受。但他觉得米拉更合适，结果证明他没有选错人。

“贝尔曼女士，为什么你的丈夫在电话录音里寻求你的原谅呢？”

维罗妮卡的目光转向了房间的另一侧，试图藏住眼眶里强忍的泪水。

“贝尔曼女士，你完全可以相信我们。我坦白地跟你说：没有任何警察、律师或法官可以强迫你回答这个问题，因为你与调查没有直接的关系。但这对我们来说很重要，因为你的丈夫可能是无辜的……”

当听到最后这个词时，维罗妮卡把头重新转向了她。

“无辜？贝尔曼没有杀人……但这并不意味着他没有罪！”她激动地说着，毫无预兆的愤怒让她的声音都变了。“我怀疑贝尔曼在外面有情人。妻子总是很在意这类事，那时她会决定是否宽恕丈夫。但妻子早晚都会想知道事实。因此有一天，我开始翻他的东西。我并不清楚我到底要找什么，我不能预测在这样的尝试面前会找到什么。”

“那你找到了什么？”

“证据——贝尔曼藏了一台电子笔记本，和他平常工作时用的一模一样。如果不是为了让第一台把第二台隐藏起来，他为什么要用两台一模一样的呢？于是，我知道了他情人的名字：上面显示着他们所有的约会！我把事实摆在他面前，但他否认了，他马上就让第二台电子笔记本消失了。但我没有放弃：我跟踪他到了那个女人的家里，那个肮脏的地方。但我没有勇气进去，我只是停在门口。事实上，我根本不想看到她。”

这就是贝尔曼不能见光的秘密？格兰问自己。一个情人？他们闹别扭就因为这个？

幸好没有报告罗凯他的发现，否则他就要遭到督察的鄙视了。现在，他准备考虑结案了。与此同时，维罗妮卡的眼泪喷涌而出，在她发泄完对丈夫的怨恨前，她似乎没有想让他们离开的意思。在汽车后备厢的尸体被发现后，她英勇捍卫丈夫的行为只是表象，是为了躲过控诉的重压，为了避免被泼到脏水。现在，她找到了从婚姻协议中解脱的力量，她开始在贝尔曼的周围挖坑，让贝尔曼再也无法救出自己。

格兰用眼神示意了一下米拉，让她尽快结束这次谈话。就在那时，这位犯罪学家发现米拉脸上的线条突然变了。现在，她的表情介于惊讶和犹豫之间。

在格兰多年的生涯中，他学会了从其他人的脸上看出他们的害怕。他知道有什么东西深深地触动了米拉。

是一个名字。

他听到米拉问维罗妮卡：“你能告诉我你丈夫的情人叫什么名字吗？”

“那个不要脸的女人叫普利希拉！”

9

这不可能只是巧合。

米拉简明扼要地向在场的人陈述了音乐老师案子中的重点内容。当她复述到莫莱科苏警长说的话，在“怪物”的记事本上发现了一个名字——普利希拉，罗莎抬眼看了看天，斯特恩也跟着她往上看，摇了摇头。

他们感到难以置信。但又在情理之中。米拉坚持认为，两个案子之间有某种关联。只有格兰支持她。但也不知道能得到怎么样的结果。米拉愿意不计一切代价来深挖这份偶然背后的故事。可她唯一得到的结果，就是和维罗妮卡·贝尔曼的一份谈话记录：那个女人说她跟踪丈夫到了情人的家里。于是，他们正在前往那个地方。那里可能还掩藏着其他罪恶。甚至那些残肢女孩的尸体。

还能找到解开六号女孩身上谜题的答案。

米拉想对其他人说：“我叫她普利希拉……”但她没有这么做。她现在几乎觉得那是种侮辱。那个名字就像是贝尔曼亲自挑选的一样，是他的人肉目标。

小楼的结构是郊区房屋的典型构造：经典的贫民窟，约建于20世纪60年代，就像新兴工业区的配套建筑。它是灰色的楼房，随着时间的流逝，上面积了一层附近钢厂飘来的浅红色灰尘。毫无商业价值的不动产，急需修护。那里住着岌岌可危的一群人，主要有移民、失业者和那些在政府补助下生活的人。

格兰发现没有人敢看米拉。他们离她远远的，因为这个女警官似乎越界了，她提供了一个意料之外的启发。

“为什么一个人会住在这样的地方？”鲍里斯看了看周围，用反感的语气说。

他们正在寻找的门牌号在建筑物的末端，是一个地下室，通过外面的楼梯可以进去。门是铁的。唯一的窗户面对着马路，里面有木质的格栅。

斯特恩想往里面看，他弯下身：“这里什么也看不到。”

鲍里斯、斯特恩和罗莎都赞同地点了点头，他们围到了入口。斯特恩让格兰和米拉站在后面。

鲍里斯走在前面，没有门铃，所以他敲了敲门。他敲得很响，用手掌。巨大的声响可以产生恐吓效果，鲍里斯一边敲一边说话，他的声音十分平静。

“女士，我们是警察。请开门……”

这是一种心理施压的技巧，能让对话者失去分寸：表面看似耐心，同时又在施压。这一次这招儿并没有灵验，因为家里好像没有人。

“好吧，我们直接进去。”罗莎建议道，她是最没耐心、最等不及要搜查的那一个。

“我们得等罗凯打电话给我们，通知我们他拿到了授权令。”鲍里斯一边回答，一边看了看时间，“应该不会太久的……”

“该死的罗凯，该死的授权令！”罗莎反对说，“那里面可能什么都没有！”

格兰打断他们："她说得对，我们进去吧。"

所有人都接受了这个决定，于是米拉确定，在这个小团队里，格兰比罗凯更有影响力。

他们来到了门前。鲍里斯拿出了螺丝刀，开始摆弄起锁来。一小会儿后，门锁弹落了下来。他一只手稳稳地握着枪，另一只手推开了铁门。

他的第一印象就是：这不是人住的地方。

走廊狭窄而杂乱。日光照不到里面。罗莎打开了手电筒，他们看到了三扇门。前两扇在左边，第三扇在尽头处。

第三扇门关着。

他们开始往前走。鲍里斯走在前面，他后面是罗莎，然后是斯特恩和格兰，米拉走在队伍的最后。除了格兰以外，所有人的手里都拿着武器。米拉只是"会合"到队伍里，尽管她在这个队伍中没帮上什么忙，她把武器插在牛仔裤里，随时准备拔出。因此，她选择最后一个进去。

鲍里斯试着打开一面墙上的开关，"没有灯。"

他举起手电筒照向第一间，发现里面空空如也。墙上可以看到水渍的斑点，从底端向上延伸，像癌症般啃噬了所有的石灰墙。暖气管和排水管在天花板上交叉在一起，地板上有一摊泥浆。

"好臭啊！"斯特恩说。

没人能住在这样的屋子里。

"这么看来，很明显这里没有什么情人。"罗莎说。

"那这里是什么地方呢？"鲍里斯自言自语道。

他们来到了第二个房间。门很结实，但铰链生锈了，门微微松脱下来：如果有人突然闯入的话，那个角落可以当做简易的藏身地。鲍里斯一脚把门踢开，但门后没有人。房间和第一个一模一样。地板上的瓷砖都翘起来了，显露出水泥地层。没有家具，只有一个沙发的钢筋骨架。他们继续往前走。

只剩下最后一个房间了，就是走廊尽头的那个，也是关着门的那个。

鲍里斯抬起左手的两根手指，放到眼前。这是向斯特恩和罗莎示意，让他们站到门的两侧。于是，年轻的警察鲍里斯后退了一步，扣着扳机，瞄准了门把手的位置。门打开了，三个警察马上进行了一阵扫射，同时用手电筒照向了每个角落。没有人。

格兰从他们中间走了出来，戴着乳胶手套的手在墙上摸索。他找到了开关。两次短暂的噌噌声后，天花板上的氖光灯亮了，房间里有了微弱的灯光。墙上没有任何潮湿的痕迹，因为上面覆盖着防水涂料。这间房的地上还铺有瓷砖，而且很完好。没有窗户，几秒钟后，空调开始运转了。电线都在墙外，说明是后来才加上的。塑料管道把电线引到开关那里，让格兰能够启用房间右边墙上的电源插座。屋内还有一张桌子和一把办公椅，桌上有一台关着机的电脑。

除了靠着左墙放的一张旧皮沙发外，这是唯一的装饰。

“这么看来，贝尔曼只用了这个房间。”斯特恩对格兰说。

罗莎走进房间，朝电脑走去。格兰伸手拦住了她：“不，最好还是按命令行事。现在，我们所有人都从这里出去，不要改变这个地方的湿度。”然后，他对斯特恩说，“打电话给克莱普，让他带着他的人来采集指纹。我向罗凯报告。”

米拉仔细地观察着格兰眼睛里闪烁的光芒，她知道这位犯罪学家确信自己已经很接近某些重要的线索了。

克莱普把手放到头上，就好像他正在梳头一样，但他其实没什么头发，只是脖子后面还有浓密的一簇，那里有根马尾，搭拉到肩上。他的右臂上是一条绿红色的蛇文身，手上的蛇嘴张得大大的。另一只手臂上也有相似的文身，透过衬衣敞开的领口也能隐约见到胸口有文身。在各种文身的中间，是克莱普的脸，他是科学警察。

米拉被他的外貌吸引住了，他远不像一个六十多岁的人。她想，这就是那些朋克一族老了的样子吧。直到几年前，克莱普还是一个极其平常的中年男子，刻板严肃，表情阴郁。从某一天开始，他变了。在所有人确定那个男人丝毫未失去判断力后，没有人对他的新造型多说一句，因为克莱普在他的领域里是最优秀的。

在谢过格兰保持了现场原有的湿度后，克莱普马上开始了工作。他和他的队员们在房间里待了一个多小时，所有人都穿着罩袍，脸上戴着面罩，保护自己不受用来采集指纹的物质侵害。然后，他从地下室走了出来，走到格兰和罗凯那里。此时，罗凯也走到了他们身边。

“怎么样，克莱普？”督察罗凯跟他打招呼。

“这个‘胳膊坟场’的案子快把我弄疯了。”专家开口说，“你们打电话给我们的时候，我们还在分析那些残肢。”

格兰知道从人的皮肤上采集指纹绝对是最困难的，因为皮肤可能受到污染；或者那些被检验物会出汗；或者如果被检验物是尸体上的某个部分，就像这起案子里的胳膊一样，出现了腐烂现象。

“我试过碘烟、玻璃卡，甚至是摄谱术。”

“那是什么？”格兰问。

“是一种用于采集皮肤上指纹的最新方法：一种电子射

线……该死的阿尔伯特在不留指纹方面相当厉害。”克莱普说。米拉注意到他是唯一一个还用那个名字指代凶手的人，因为其他人都已经知道了贝尔曼的身份。

“那么，我们现在有什么呢，克莱普？”罗凯厌倦了听这些毫无用处的消息。

专家戴上手套，一直低着眼，开始描述他们所做的：“我们用了茚三酮，但它的效果完全没有激光清晰，于是我加入了氯化锌提高它的性能。我们在电灯开关附近的墙纸和桌子的多孔涂层上发现了一些系列指纹。电脑更加困难：指纹在其表面，我们需要氰基丙烯酸酯，但我们首先要把键盘搬进气压室，然后……”

“这个以后再说。我们没有时间弄个替换键盘来，我们现在就要分析电脑。”罗凯打断他说，他迫不及待地要知道结果了，“总之，指纹属于同一个人……”

“是的，都是贝尔曼的。”

这句话震惊了所有人，除了一个人：他早就知道答案。他从踏入这个地下室的那一刻就知道了。

“这么看来，普利希拉并不存在。”格兰说。

他肯定了这个判断，没有看米拉，格兰的自傲刺痛了她，让她很不好受。

“还有一件事……”克莱普继续说，“皮沙发。”

“什么？”米拉问，打破了安静。

克莱普看了看她，就像这时他才发现这里有人他是第一次见到，然后他垂下眼睛，看着她绑着绷带的手，流露出了迷茫的表情。米拉不得不觉得这很可笑，克莱普竟然也用那种方式看着她。但她没有慌张。

“沙发上没有指纹。”

“很奇怪吗？”米拉问。

“我不知道，”克莱普说，“我只是说到处都有指纹，但那上面没有。”

“其他所有地方都有贝尔曼的指纹：这很关键，不是吗？”罗凯插进来说，“我们只要够证据定罪就行……呃，我越来越不喜欢这个家伙了。”但米拉却相当喜欢贝尔曼，因为他是所有困惑的答案。

“那么我们该怎么处理那个沙发？继续分析吗？”

“先别管那个破沙发了，让我的人先看看那台私人电脑吧。”

听到他用这种方式说话，队里的人都不愿看彼此的眼睛，怕笑出声来。有时，罗凯督察的语气能和克莱普的装扮有一拼。

罗凯向汽车走去，车正在建筑物尽头等他，他还不忘鼓励他的手下：“加油，孩子们，靠你们了。”

当他走得相当远时，格兰转向大家。“好了，”他说，“我们看看电脑里有什么。”

在罗莎打开电脑之前，她在USB接口处插入了一个小装置。斯特恩打开录音设备，把它放到键盘旁。罗莎开始描述操作：“我把贝尔曼的电脑与一个外部存储器连接了起来：如果电脑运作停滞，这个装置就能瞬间存储所有内容。”

其他人都站在她身后，周围一片安静。

她打开了电脑。

第一个电子信号闪烁后是典型的装置启动声音，看起来一切正常。在一段时间的停滞后，电脑开始从昏睡中苏醒过来。这是一种老型号，已经停产了。屏幕上依次出现了操作系统的数据，不一会儿后，就出现了桌面的图像。没什么特别的，只是天蓝色的屏幕，上面布满了各种程序的图标。

“像我家的电脑一样。”鲍里斯毫不顾忌地说。但没有人笑。

“好了……现在我们看看贝尔曼先生的‘我的文档’里有什么……”

罗莎点击了文档的图标，空的。最近使用的图片和数据也是一样。

“没有文档……很奇怪。”格兰说。

“也许他每过一段时间都会清空一次。”斯特恩猜测说。

“如果真是这样的话，那我可以尝试恢复它们。”罗莎自信地说。于是，她在光驱里插入了一张光盘，然后迅速复制了一个可以找回任何删除文件的软件。

“什么都没有。”

罗莎沮丧的发现把米拉唤回到了现实中，电脑完全是空的。

格兰并不相信，“还有浏览器。”

“但电脑没有联入互联网。”鲍里斯提醒他说。

但罗莎明白了格兰想说的是什么。她抓起手机，查看手机屏幕上的信号格：“有网络……他可能把电脑连接到了自己的手机上。”

罗莎马上打开了互联网浏览器的界面，检查地址栏里的浏览记录。只有一个。

“这就是贝尔曼在这里做的！”

一连串的数字。

http：//4589278497.89474525.com

“也许这是一个秘密的服务器地址。”罗莎猜测说。

“什么意思？”鲍里斯问。

“我们无法通过搜索引擎进入，而需要密钥。也许它直接载入电脑。如果没有密钥，我们就可能永远无法进入。”

“那么我们得小心一点儿，要完全像贝尔曼做的那样……”格兰说，然后他对斯特恩说，“我们有他的手机吗？”

“有，他的家用电脑和手机都放在汽车里。”

“那你去拿一下吧……”

当斯特恩回来时，他发现大家都一片沉默，他们等着他，显然没有了耐心。斯特恩把贝尔曼的手机递给罗莎。然后，她把手机连接到了电脑上。很快，连接开启。服务器花了一点儿时间识别、连接。它正在检验数据，然后开始加载。

“看来没什么问题，我们可以进入……”

他们的目光直直地盯着显示器，等待着几秒之后即将出现的画面。一切都有可能，米拉想。现在，一股巨大的紧张感把队员们聚集了起来，就像从一个身体流向另一个身体的电能一样，空气中都可以感觉得到。

屏幕黑了。

“应该是一种保护系统。”罗莎说，“它中断了像我们这样入侵者的进入。”

“他隐藏了什么信息吗？”鲍里斯不安地问。

“他当然藏了！”女人愤怒地说，“你以为我没脑子吗？也许有密码或其他的什么……”

“比如‘登入’或‘密码’之类的？”格兰问，他想知道得更多。

“是的。”罗莎心不在焉地回答，她继续说，“我们面前的这个是一个直接连接的地址。登入和密码这种安全机制已经过时了：它们会留下痕迹，往往会指向某个人。而从这里进入的人肯定希望能保持匿名。”

此时，房间里的气氛躁动起来。鲍里斯决定把他的沮丧发泄到罗莎身上。“如果你想到进入时可能会有麻烦，那你为什么没有按照类似的连接程序操作？”

“那你为什么没有提醒我呢？”

“怎么了？现在是什么情况？”格兰问。

“当一个系统进入保护模式后，就没有办法再破解了！”

“我们可以试着编辑一个新的密码，然后再试一次。”罗莎建议。

“真的吗？有几百万种组合啊！”鲍里斯嘲弄地说。

“妈的！你是想把所有责任都推到我身上吗？”

米拉继续保持着沉默，等着观看这个奇怪的局面该如何收场。

“如果有人有什么建议或意见，那就该提前说！”

“每次我们想开口的时候，你就跳脚！”

“听着，鲍里斯，别烦我！我得提醒你……”

“那是什么？”

格兰的声音毫不惊慌，也没有不耐烦，像米拉意料之中的那样，所有人都安静了下来。

格兰正指着前面的什么东西。沿着他伸出的手臂，他们又重新看向了电脑屏幕。

不再是全黑的了。

在与左边边缘相接的上部，出现了一行字。

你在吗？

“噢，该死的！”鲍里斯吼了起来。

“那是什么？你们有谁能给我解释一下吗？”格兰又问。

罗莎重新站到显示屏前，双手伸向键盘。“我们进去了。”她说。

其他人都围到她身边，想看得更清楚一些。

这行字下的指示灯开始闪烁，好像在等待着答案。那时，答案还没有出现。

是你吗？

“好了，有人能告诉我现在是什么情况吗？”格兰快失去耐心了。

罗莎快速地作出了解释：“是一个窗口。”

“什么窗口？”

“一个进入窗口。看来，我们已经在一个复杂的系统里了。这是一个对话窗口：一种聊天窗口……另一边有别人，博士。”

“他想和我们说话……”鲍里斯补充说。

“或者是和贝尔曼。”米拉纠正他说。

“那么我们还在等什么呢？快回答他！”斯特恩急切地说。

格兰看了看鲍里斯：他是谈话专家。年轻的警察鲍里斯点了点头，站到了罗莎身后，为了更好地指导她打些什么字。

“告诉他你在这里。”

于是她开始打字说：是的，是我。

他们等了几秒钟，然后显示屏上出现了另一句话。

你很久没出现了，我很担心。

“OK，他写的‘担心’用了阳性，说明他是男性。”鲍里斯满意地说。然后，他让罗莎打出接下来的回答。但他叮嘱她只用小写，就像他的对话者那样，然后他解释说，有些人害怕使用大写。他们特别希望另一方的人不会觉得不自在。

我很忙，你怎么样？他们问了我很多问题，但我什么都没说。

有人问他很多问题？问了什么呢？

所有人，特别是格兰，马上就认为和他们聊天的这个人有可疑的地方。

“也许他受到了警察的询问，但他们没能扣押他。”罗莎猜想。

“或者也许他们没有足够的证据。”斯特恩补充说。

他们的脑海中开始显现出贝尔曼同谋的形象。米拉又想到了在汽车旅馆发生的事，当时她觉得有人在沙子空地上跟踪她。她没对任何人提过，因为害怕别人会认为那只是她个人的感觉而已。

鲍里斯决定向神秘的对话者提问：“谁询问你了？”

停顿了好久之后，出现了一个回答，但只有两个字：他们。

他们是谁？

他没有回答。鲍里斯决定忽略这种沉默，尝试绕过这个障碍，问他点儿别的。

你跟他们说什么了？

我跟他们说了你让我说的那个故事，奏效了。

除了隐晦的言语外，经常出现的语法错误也让格兰很担心。

“也许是一种识别码。”他解释说，“也许他正等着我们也犯错误。如果我们不犯的话，他可能就会结束这次交谈。”

“有道理。那我们就模仿他的语言，犯下相同的错误。”鲍里斯向罗莎建议。

此时，屏幕上出现：我一切都准备好了，就如你交代的那样，我等不及你告诉我时间了。

这种对话让他们无从入手。于是鲍里斯让罗莎回答他，很快他就会知道是“什么时候”了，但现在最好能概括一下整个计划，以确定是否完全可行。

米拉觉得这是一个好主意，他们对对话者一无所知，他们要绕过这个坎。

不久后，他回答：“计划是：我晚上出来，这样就不会有人看见我。凌晨两点时，我走到路的尽头。藏到灌木丛里等候。汽车的灯光闪三次后，我就可以出现了。”

没人明白他的意思。鲍里斯看了看周围，想听听别人的猜测。他的目光与格兰的交织在一起：“你怎么想，博士？”

格兰正在思考：“不知道……有什么东西从我的脑子里闪过，但我没抓住它。”

“我也有同样的感觉。”鲍里斯说，“这个说话的人好像……好像有心理障碍，或者是心理残缺。”

格兰向鲍里斯走近了几步：“你要让他露脸。”

“怎么露？”

“我不知道……你告诉他你不再信任他，你正在考虑你不能听之任之了。告诉他，‘他们’也在监视你，然后你要让他向你证明……对！让他用一个安全的号码打电话给你！”

罗莎马上打出了疑问。但很长一段时间，回复框里只有指示灯在闪烁。

随后屏幕上开始出现了一些字：我不能打电话，他们会监听。

很明显，要么他非常狡猾，要么他真的害怕被监听。

“继续坚持。绕个弯子。我想知道‘他们’是谁。”格兰说，“问他‘他们’现在在哪儿……”

回答并没有让他们等太久：他们就在附近。

“问他，有多近？”格兰坚持问。

就在我身边。

“这他妈的是什么意思？”鲍里斯喘着气说，他用手摸着脖子后面，以表示愤怒。

罗莎靠到椅子背上，灰心地摇摇头。

如果“他们”那么近，而且正在监视着他的话，那为什么他们会看不到他正在敲打的文字？

“因为他们看不到我们看到的东西。”

这句话是米拉说的。她很高兴地发现他们没有扭头看她，就好像刚刚说话的是一个幽灵一样。但她的想法再次引起了大家的兴趣。

“什么意思？”格兰问道。

“我们原以为他像我们一样，也在一个黑屏前面。但我觉得他的对话框嵌入在网页中，里面还有其他元素，也许是图形动画、文字或某些类型的图片……这就是为什么‘他们’尽管在他附近，但也发现不了他正在和我们聊天。”

“说得对！”斯特恩说。

房间里又充满了奇怪的快乐。格兰对罗莎说：“我们可以看到他看到的东西吗？”

“当然。”她说，“我给他发一个识别信号，当他的计算机把信号反给我时，我们就能知道他连接的互联网地址了。”罗莎一边解释，一边打开电脑新建第二个网络连接。

不久以后，主屏幕上显示：你还在吗？

鲍里斯看看格兰，问道：“我们怎么回答？”

“拖延时间。但不要让他起疑。”

鲍里斯让他等一会儿，因为有人敲门，他要去开门。

此时，罗莎在电脑上成功地复制了对方正在访问的互联网地址。“就是这个，我们拿到了……”

她在地址栏里输入了数据，然后点击了访问。

几秒之后，出现了一个网页。

没人知道到底是惊讶还是恐惧让他们一时竟说不出话来。

屏幕上，熊和长颈鹿翩翩起舞，河马有节奏地拍打着手鼓，一只黑猩猩弹奏着尤克里里琴。房间里，音乐声飘荡开来。树林里四处生机勃勃，一只七彩的蝴蝶欢迎他们来到这个网站。

这个网站叫普利希拉。

他们所有的人都震惊了，难以置信。然后，鲍里斯把目光从主屏幕上挪开，屏幕上又出现了那个问题：

你还在吗？

直到这时，鲍里斯才沉重地说出了六个字：“该死……是个孩子！”

10

格兰第一次在搜索引擎里输入他妻子的名字已经是三个月之前的事了。他不知道自己为什么要这么做。他只是突然想到，出于本能。他并不觉得能找到她，事实上，他也没有找到。但网络是最后一个他能想到去寻找她的地方。

他明白他为什么要追寻她。

格兰从没怀疑过妻子会抛弃他。没有迹象，没有征兆，连记忆里可以搜寻到的争吵也没有。

天知道从何时开始她就已经有了这个主意。天知道每晚在他睡在她身旁时，她有多少无法说出来的梦，有多少隐瞒的想法。作为母亲和妻子，她把这种渴望编织进日常生活的一举一动之中，直到她把幻想变成方案和计划。蛹紧紧地保守着变形的秘密，同时继续和他们——他和汤米——生活在一起。她安静地作着准备，准备蜕变。

她现在在哪里？她的生活在继续，但在别处，在一个平行世界，那里也有像格兰这样的男男女女，每天相遇，有可以安身的房子，有养家的丈夫，有需要照料的孩子。一个雷同又平凡的世界，但远离了他和汤米，披上了新的色彩，她结交了新的朋友，有新的面孔，新的名字。她在那个世界里追求什么？有什么东西是她如此迫切需要，而在这个世界当中是求而不得的？“归根结底，我们是在一个平行宇宙中寻找答案。”格兰这么想。就像有些人在网上寻找答案。

但贝尔曼是在网上捕猎儿童。

很快，一切都浮出了水面。从打开贝尔曼的电脑上的普利希拉蝴蝶网站到确定管理这一网站的国际服务器，所有的一切都开始渐渐显现出了轮廓。

这是分布在很多州的一个恋童癖网站。

米拉说得对：里面还有那位音乐老师。

网络犯罪部门确定了一百多个嫌疑犯。第一批逮捕已经完成，其他的会在接下来的时间里进行。用户很少，但都经过了精心挑选。他们都有可靠的身份，生活优渥，从事自己喜欢的工作，所以他们能投入大笔资金保持匿名。

这些人中，就有贝尔曼。

那晚，格兰回到家时，他又想到了那个谜一般的男人。贝尔曼总是微笑着，有着无可挑剔的品德，他的朋友和熟识者都这样描述他。但这是一张完美的面具。天知道为什么他会由贝尔曼想到自己的妻子。也许他知道，但他不愿意承认。不管怎样，一旦跨过了门槛，他就会把这些思考置于一边，全身心地投入到汤米身上，就像他在电话里承诺的那样。那时他对汤米说，他会早点儿回家。他的儿子听到这个消息兴奋极了，还问他们能不能订个披萨。格兰毫不犹豫地答应了，他知道这个小小的让步就能让汤米很高兴。孩子能从周围的一切事物中挤出幸福。

格兰一点儿也高兴不起来，他的脑海里仍然闪现着那个完美的策划。网络犯罪部门找到了一个拥有三千多个孩子资料的数据库，包括姓名、地址和照片。网络提供了适于儿童浏览的虚假域名，吸引受害者落入陷阱。蝴蝶普利希拉，还有动画，色彩鲜艳的视频游戏和悠扬的音乐……与格兰和汤米晚饭后一起在卫星频道上看的动画片如此相似。蓝色的老虎，白色的狮子。儿子蜷伏在他身上全神贯注地看着树林里的两个朋友历险，而格兰就看着他。

“我要保护他。”他对自己说。

汤米做完作业后，格兰走进了书房。还没到七点，于是他又开始翻起贝尔曼的卷宗，寻找一些可能对调查有用的线索。

皮沙发在地下室，克莱普在上面没有发现任何指纹。

他肯定其中有原因，但每次他觉得要抓住一个念头的时候，他的思绪就飞到了别的地方，飞到了他儿子身边。

格兰是一个犯罪学家，他知道邪恶是由什么物质构成的。但他总是从学术的角度远远地观察着，从来没有想过那种邪恶会用某种方式把它那瘦骨嶙峋的手伸向他。现在他想到了。

他们是什么时候变成“怪物”的？

贝尔曼属于一个有等级、有相关规章的完美组织，他是大学期间加入该组织的。那时，互联网还没有被当做狩猎区域，它需要隐藏在阴影里而不引起任何怀疑。因此，组织建议追随者为自己创造一个安定的模范人生，以隐藏他们的本性、压抑他们的冲动。伪装、混淆和消失：这是那个战略的关键词。

贝尔曼从大学毕业后，脑中就已经有了这个想法，非常清晰，他也这么做了。首先，他开始寻找以前多年不见的老朋友。维罗妮卡并没有漂亮到让男生——包括他——对她感兴趣。他让她相信，他暗恋了她很久，只是羞于表达。而她，如预料中的一样，很快就同意了嫁给他。婚后的前几年，他们像所有的情侣一样生活，有起有落。他常常会因工作出差。事实上，他常利用旅行结识像他一样的人，或者引诱他的小猎物上钩。

但贝尔曼没能完成他那完美的伪装计划，因为维罗妮卡无法为他生个孩子。这就是那缺失的一块，一处让他完全免受怀疑的细节。因为一个父亲是不会对别的孩子感兴趣的。

格兰压制住了已经上升到喉咙的愤怒，他合上了因为最近几小时的发现不断增厚的卷宗。他不想再看下去了，只想上床，然后迷迷糊糊地睡着。

谁知道贝尔曼是不是阿尔伯特？尽管他们仍然把他与“胳膊坟场”和六个女孩的失踪联系在一起，仍要找到缺失的尸体，但没有人比他更配得上刽子手的称号了。

但他越想，就越不确定。

晚上八点的时候，罗凯会在拥挤的新闻发布会上正式宣布抓获了罪犯。格兰意识到这个想法很折磨他，事实上，在他发现贝尔曼的秘密后，它就在他的脑海里不停地嗡嗡作响。它整个下午都蜷伏在他大脑的某个角落里，徘徊着，模糊得如雾一般。在它藏匿的阴影里，它继续跳动着，以向他表明它还在那里，它是鲜活的。现在，格兰待在安静的家里，他决定坚持这种想法。

“这个故事中有些细节不对头……你认为贝尔曼不是罪犯？哦，当然了，他是，他有罪，他是个恋童癖。但不是他杀了六名女孩。他和这起案件没有关系……你为什么可以这么肯定呢？”

“因为假如贝尔曼就是阿尔伯特，我们就会在后备厢里找到最后一个女孩的尸体——六号——而不是一号，黛比·格尔丹。他应该早就把她处理掉了……”

正当格兰做出这个推论时，他看了看时间：离八点的新闻发布会只剩下几分钟了。

他必须阻止罗凯。

罗凯一得知贝尔曼的案子出现转机的消息后，就召集了各大主流媒体。官方的借口是不希望记者报道二手消息，而且要过滤掉不良的信息来源。事实上，他担心的是消息会从其他渠道泄漏出去，这样就会把他排除在聚光灯之外了。

罗凯很善于处理这类事情，他能控制好等待的时间，把媒体的心悬于一线，吊足他们的胃口。因此，记者会迟了几分钟才开始，他要让大家觉得队里的上司总是在最后一刻才能匆匆赶到的。

罗凯很喜欢听招待会大厅里传出的窃窃私语声，大厅就在他的办公室旁，那就像是在滋养他自我主义的能量。此时，他安静地坐着，双脚跷在他从上任督察那里继承来的写字桌上，他当副督察当了很久——太久了，他觉得——八年前，他毫无顾虑地进行了暗中破坏。

他的电话线开始无休止地闪烁起来，他不想接：他想让大家的紧张感升华。

响起了敲门声。

“请进！”罗凯对着门口说。

米拉进门，就看到罗凯的脸上露出自鸣得意的微笑。她问自己，这个人到底为什么要见她。

“瓦斯克兹警官，我个人十分感谢你为调查此案作出的贡献。”

如果米拉没听明白这其实是为摆脱她而计划好的开场白，她可能都会脸红起来。“我并没有做很多，长官。”

罗凯拿起一把剪纸刀，开始修剪指甲。然后，他用心不在焉的语气继续说：“但非常有用。”

“我们还不知道第六个女孩的身份。”

“很快就会知道的，就像其他孩子一样。”

“长官，请您允许我完成我的工作，至少再给我几天时间。我肯定能找出结果……”

罗凯放下剪纸刀，把脚从写字桌上放了下来，他起身朝米拉走去。他露出了最灿烂的微笑，抓起她仍绑着绷带的右手，紧紧地握了几下，却不知道这样会弄疼她。“我和你的上司谈过了，莫莱科苏警长跟我保证你会得到表扬。”

然后，他陪她走向门外。

“旅行愉快，警官。记得想我们。”

米拉点了点头，因为她没有别的可说。几秒钟后，她就已经站在门外，看着关上的办公室门。

她想和格兰谈一谈，因为她肯定格兰并不知道她要走人了。几小时前，她听见他在打电话，似乎关于晚饭和电话那头达成了协定。听他那说话的声音，电话线那头应该是个八九岁的孩子。他们准备订披萨。

格兰有个孩子。他的生活里是否还有个女人，她是否会和准备好晚餐的父亲和儿子一起共度这个愉快的夜晚？不知道为什么，她突然对这个女人产生了一种嫉妒的情绪。

她把徽章交回到进门处，他们给了她一个装着返程火车票的信封。这一次，没人送她去车站。她得自己叫一辆出租车，然后在路过汽车旅馆时取走她的东西，她希望上司能给她报销。

米拉坐上车，突然意识到时间并不赶。她环顾四周，吸了口空气，觉得这空气清冽又宁静。城市似乎被笼罩在一个寒冷的气泡中，但这种冷不是大自然的杰作，马上就会降温了。接近零摄氏度的气温，变化转瞬之间。这种少见的天气预示着大雪将至。

她从信封中掏出火车票：还有三个小时火车就会出发。但她在想另一件事。她是不是可以利用这段时间去实行脑中的计划？说到底了，那也可能是竹篮打水一场空，没人知道的。她不能带着心里的疑虑离开这座城市。

三个小时。够了。

她租了一辆车，开了约一个小时。山峰把她眼前的天空切割开来。木头房子，倾斜房顶。烟囱里腾起灰色烟雾，散发出树脂的气味。柴火整齐地堆在院子里。窗口透出舒适的赭石色的灯光。

米拉在115国道上行驶着，她进入了25号出口，直接朝黛比的寄宿学校驶去。她想看看她的房间，她相信在那里能找到有关第六个孩子的东西以及她的名字。尽管罗凯督察已经认为这毫无意义了，但米拉无法把这个还未确认的身份抛诸脑后。这是出于一种怜悯。失踪的女孩不是五个、而是六个的消息仍没有公布，因此，还没有人有可能为第六个女孩哭泣。然而，如果没有名字，他们是不会公布的，这一点米拉很清楚。

事实上，有另一个想法一直缠绕着米拉，一路上，她始终甩不掉它。那就是她脖子后的瘙痒感……

米拉到达目的地时，已经九点多了。学校在一座美丽的村庄里，海拔约一千两百米。这时，路上已经荒无人烟了。学校在小镇外不远处的一座山丘上，周围环绕着一个漂亮的公园，里面有马场、网球场和篮球场。去那里要穿过一条很长的林荫路，路上滞留着刚运动完的学生。孩子们水晶般的笑声打破了周围的安静。

米拉超越了他们，把车停在空地上。不久后，她来到秘书处，请求查看黛比的房间，她希望没人阻拦自己。在禀告上级后，雇员回到她那儿，告诉她说，她可以进去。很幸运，黛比的母亲在和她谈完后，打了电话给学校告知她的来访。雇员给了她一个识别牌，上面写着“来访者”，然后为她带路。

米拉穿过走廊，一直来到了女生宿舍旁。要找到黛比的房间并不困难。她的同学们在门上挂满了彩条和彩纸。上面写着她们很想念她，永远不会忘记她。完全可以猜测到的潜台词是“你永远活在我们心里”。

走廊的尽头传来开心的叫喊声和喧嚣声。米拉跨过排列在门口的已经熄灭的蜡烛，走进了黛比的房间，那些蜡烛是用来纪念她的。

她关上了身后的门，周围的一切马上安静了下来。她的手伸向一个灯罩，打开了灯。房间很小。前面有一扇窗户，正对着公园。一张整洁的书桌上放满了一层层的书。黛比喜欢读书。右边是卫生间的门，关着，米拉决定最后再开门扫一眼。床上放着几个毛绒玩具，它们用冰冷而无益的眼神看着米拉，让她觉得自己是个入侵者。房间里贴满了海报和照片，有黛比在家拍的，有她以前学校里的同学，她的朋友和她的狗斯丁。所有这些都是为了填补她上这所陌生学校带给她的心理缺口。

黛比是一个藏着女人优美曲线的女孩，米拉想。她的同伴们很久以后才会发觉，她们会遗憾没有发现藏在迷失的丑小鸭背后的竟是一只天鹅。

她的脑海里又浮现出了自己参加的那次验尸，常把塑料袋从她脸上揭开时，她的头发上还别着白色的百合花发卡。凶手把她打扮得美美的，米拉记得当时她以为凶手是为了他们才这么做的。

她的目光被一部分空墙吸引住了，很奇怪。她走过去，发现很多地方的石膏都脱落了。就好像原本贴着什么，但现在不在了。是其他照片吗？米拉有一种感觉，那块地方被破坏过。

她还在思索着房间里的一切时突然一个声音惊到了她。这个声音来自外面，但不是走廊，而是卫生间门背后。

她下意识地把手伸向腰间，想要寻找手枪。当她稳稳地抓住手枪时，她冒险地从原地直起身，挪到了卫生间的门前，同时将手枪端平。这时，声响又一次出现了，这一次更清晰。对，里面有人，一个没有发现她的人。一个像她一样觉得现在是最好时机，能不受干扰地进入黛比房间带走什么东西的人……证据吗？她的心疯狂地跳动着。她不打算进去，而是在门口等候。

门突然打开了。米拉的手指从安全位置移到了扳机处。然后，幸好，她停住了。小女孩吓得松开了手臂，手里的东西散落了一地。

“你是谁？”米拉问她。

小女孩结结巴巴地说：“我是黛比的一个朋友。”

她想说谎。米拉完全知道。她把手枪插回腰间，看了看掉落在地上的东西。有一瓶香水，几瓶洗发露和一顶宽边的红帽子。

“我来拿以前借给她的东西，”但这听起来更像是借口，“之前还有其他人来过……”

米拉认出了那顶红帽子和墙上一张照片里的一模一样，黛比戴着它。米拉明白了，这是豺狼行为的证据，也许黛比的许多同学都来拿过她的东西。如果是她们中的一个拿走了墙上的照片，也并不为奇。

“好吧，”她干巴巴地说，“你走吧。”

小女孩犹豫了一会儿，然后捡起掉落在地上的东西，走出了房间。米拉任她这么做了。黛比也许希望这样。那些东西对她的母亲毫无用处，只会让她的余生更加自责。事实上，她觉得格尔丹夫人从某种意义上说是“幸运”的——在这种案件中，通常称之为幸运——至少有女儿的尸体可以哭泣。

米拉开始翻看她的书本。她想找到一个名字，她相信自己会找到。当然，如果她能找到黛比的日记，那就更简单了。她确定她有一个可以倾诉的对象。就像所有十二岁的女孩一样，她会把日记藏在一个隐秘的地方。那里，在她需要的时候，她就能马上找到它。“我们什么时候更需要把自己隐藏在我们觉得更亲切的地方呢？”她问自己。她走到床边，弯下腰，把手伸到枕头底下，她摸到了什么。

是一个上面有银兔的盒子，用一个小挂锁锁着。

她把它放到床上，看了看四周，寻找可能藏钥匙的地方。但她突然想到她看到过它。就在为黛比验尸的时候，挂在她手腕的手镯上。

她把它交给了黛比的母亲，但现在没有时间去取了。于是，她决定拆掉这个盒子。她用圆珠笔撬开了锁周围的环，然后打开了盖子。里面飘出了一股香料的香气，干花和香木；一根染着红点的别针，应该是用来进行结拜仪式的；一块绣花的丝绸手帕；一只耳朵尖尖的橡胶熊；生日蛋糕上的蜡烛；一个少女珍贵的记忆。

没有日记。

“奇怪。”米拉自言自语道。盒子的大小和遗留的空间让她觉得还应该有别的东西。还有黛比觉得有必要用锁把一切保存在里面的事实。或许确实没有日记。

在她没弄明白这到底是什么之前，她不能就这么离开。但她需要有人或有什么东西可以引导她的思绪。尽管现在已经很晚了，米拉还是作了一个痛苦但必要的决定。

她拨通了格兰的电话。

“贾维拉博士，我是米拉……”

格兰有些吃惊，好几秒钟都没说话。

“有什么需要帮忙的吗，米拉？”

米拉不会知道，这时格兰正盯着厨房的墙，手里拿着一杯热气腾腾的咖啡。格兰站着，他拨打了无数次电话，试图联系上罗凯，阻止他向媒体公布罪犯，但没有用。

“也许我们对贝尔曼的判断有些草率。”

米拉发现格兰的说话声音很小，那句话几乎是从他的肺里发出来的。

“我也这么认为。”她赞同地说，“你为什么这么认为？”

“因为在后备厢里的是黛比，而不是最后一个女孩。”

米拉重复了斯特恩对这个奇怪状况的解释：“也许贝尔曼在埋藏尸体时搞错了，他失误了，让人发现了他，于是他要把她转移到别的地方，把她藏得更隐蔽。”

格兰听着，很困惑。米拉感觉电话另一端的呼吸声很有节奏。

“怎么，我的想法有什么不对吗？”

“没有。但你不觉得你说这话的时候自己也不确定吗？”

“是的，事实上是的。”她思考后赞同地说。

“少了点儿什么。或者说得更明白些，有什么东西跟其他的搭不上。”

米拉知道一名优秀的警察一定有敏锐的洞察力。她从来不作正式报告：这些只是用来记录“事实”的。但由于是格兰引出了这个话题，米拉就鼓了鼓劲儿，跟他谈起她的感觉。“第一次是在法医报告时，它就像一个不协调的音符。但我没能抓住它，它几乎马上就消失了。”

脖子后的瘙痒感。

她听到格兰搬了一张椅子，她也坐了下来。然后他说：“那我们试着假设贝尔曼不是凶手……”

“好。”

“我们假设这一切的制造者另有其人。这个人凭空冒出来，把一具断臂女孩的尸体放进了贝尔曼的后备厢……”

“贝尔曼如果活着，也会这么和我们说，但可能只是为了撇清自己的嫌疑。”米拉断言。

“我不觉得。”格兰肯定反驳道，“贝尔曼有恋童癖：他无法撇清嫌疑。他很清楚他不可赦免。他自杀是因为他无路可逃，为了掩护他参与的组织。”

米拉想起了音乐老师也是自杀身亡的。

“那么我们该怎么做？”

“重新从阿尔伯特开始。”

米拉第一次感到真正投入到了这个案件中。团队工作对她来说是一次全新的经历。她并不反感与贾维拉博士一起工作。她才认识他不久，但她已经学会信赖他了。

“假设绑架女孩和‘胳膊坟场’有一个原因，哪怕很荒唐，也一定有。为了解释它，我们需要了解阿尔伯特。我们越了解他，就越能理解他。我们越理解他，就越能和他走得更近。清楚吗？”

“是的……但确切地说，我的职责是什么呢？”她问格兰。

格兰的声音变得更低了，但充满了能量：“他是猎手，对吗？那么你教教我该如何狩猎。”

米拉翻开随身携带的活页簿。在电话的另一端，格兰听到她翻书页的声音。米拉开始阅读关于受害者的笔记：“黛比，十二岁，在学校失踪。她的同学记得看到她下课后出了学校。学校在晚上点名时才发现了她失踪了。”

格兰喝了一大口咖啡，问：“现在跟我说说第二个吧……”

“安奈可，十岁。一开始所有人都以为她在树林里迷路了……第三个叫萨比娜，她是年纪最小的，七岁。事情发生在周六的晚上，当时她和她的父母在月亮公园。”

“他在她父母的眼皮底下把她从旋转木马上带走了。这时，整个城市都拉起了警报。我们加入了调查，就在那时，第四个女孩失踪了。”

“梅丽莎，年纪最大的女孩，十三岁。她的父母对她实施了宵禁，但在生日那天，她违背了父母的规定，去保龄球馆和她的朋友一起庆祝生日。”

“所有人都到了，除了梅丽莎。”犯罪学家回忆说。

“卡罗琳是在床上被掳走的，她把阿尔伯特引入到了家里……然后，还有第六个女孩。”

“这个以后再说。我们目前先考虑其他几个。”

格兰觉得自己和这个女警官惊人地合拍，他很久没有过这种感觉了。

“现在我需要一些理由，米拉。告诉我，我们的阿尔伯特是如何行动的？”

“首先，他绑架了一个远离家庭、社交范围狭隘的女孩。这样就没有人会发现，他就能有足够的时间……”

“有足够的时间干什么？”

“这是个试验：他想确保他能做到。有了充足的时间，他就能摆脱受害者并且消失……”

“面对安奈可时，他已经更放松了，但他仍决定在树林里绑架她，远离目击证人……那么对于萨比娜，他又是怎么做的？”

“他在所有人的眼皮底下带走了她，在月亮公园。”

“为什么？”格兰紧接着问。

“这和他在全城警戒下绑架梅丽莎以及在卡罗琳家里绑架她的原因一样。”

“什么原因？”

“他觉得自己很强大，他很自信。”

“很好。”格兰说，“继续……现在，从头跟我说说结拜姐妹的故事……”

“这是小时候做的事。我们用别针把食指扎破，然后把指尖合并在一起，并一起说一段很长的誓言。”

“那两个女孩是谁？”

“黛比和第六个女孩。”

“为什么阿尔伯特选择了她？”格兰问自己，“真可笑。有关部门一直处于警戒状态，所有人都出动寻找黛比，而他却回来带走了黛比最好的朋友！为什么他要冒这个险？为什么？”

米拉知道格兰想说明什么，但即使是从她的嘴里说出来的，也是他引导她到了那里。“我觉得这是一种挑战……”

米拉说出的最后一个词打开了格兰脑袋里紧闭的门，他从椅子上起身站了起来，开始在厨房里走动。

“继续说……”

“他想证明什么。比如，他想证明他是最狡猾的人。”

“所有人里最有能耐的人。很明显，他是一个以自我为中心的人，一个有人格自恋症的人……但现在，跟我说说第六个女孩吧。”

米拉有些不自在。“对此我们还一无所知。”

“你还是跟我说一下。就说我们已经知道的……”

米拉重新打开活页簿，现在她不得不即兴说些什么。

“好，我们看看……她的年龄和黛比相近，因为她们是朋友，十二岁左右。骨骼钙化分析肯定了这个结论。”

“很好……然后呢？”

“根据法医专家判断，她死于不同的手法。”

“是怎样的？帮我回想一下……”

她在活页簿上寻找着答案，“他截断了她的手臂，就像对待其他女孩一样，只是在她的血液和组织里有混合药物的痕迹。”

格兰默默地重复着常列出的药品名称：抗心律失常药如丙吡胺，ACE 抑制剂和 β 受体阻断药阿替洛尔……这个无法令他信服。

“这个无法令我信服。”米拉说。

有那么一瞬间，格兰怀疑这个女人能读出他的心思。

“你在开会时说，这样阿尔伯特就减缓了她心脏的跳动，降低了血压。”米拉提醒他说，“常博士补充说，它会减慢失血，让她死得更缓慢。”

“嗯，对，现在讲讲她的父母吧……”

“哪对父母？”米拉没明白。

“我不管你的笔记上是不是写了！我只想要你的想法！”

他怎么知道我有笔记？她问自己。她被格兰的反应吓到了，但随后她又开始继续推理。“第六个女孩的父母没有像其他父母一样参加 DNA 测试。我们不知道他们是谁，因为他们没有为女儿的失踪报案。”

“他们为什么没有报案？难道他们到现在还不知道吗？”

“不可能。”

“也许她没有父母！也许她是个孤儿！也许她没有人在意！”格兰愤怒地说。

“不，她有家人，和其他所有女孩一样。你记得吗？独生女，母亲年过四十，决定只生一个孩子的夫妇。他并没有改变，因为这些夫妇才是真正的受害者。他们很可能再也不会有孩子。他选择的是家庭，而不是女孩。”

“说得对。”格兰赞许地说，“然后呢？”

米拉想了想继续说道：“他喜欢向我们挑战。他想要挑战。就像结拜姐妹一样，这是个谜……他正在尝试。”

“如果第六个失踪的女孩父母尚在，并且他们知道的话，他们为什么不报案呢？”格兰坚持问，眼神落到了厨房的地板上。他感觉自己离什么很近了，也许是一个答案。

“因为他们害怕。”

米拉的话点亮了房间里所有黑暗的角落。她突然觉得脖子后一阵痒痒，一种瘙痒……

“害怕什么？”

“她的父母害怕阿尔伯特会伤害她……”

“怎么会呢？如果她已经死了的话。”

格兰停住了脚步，弯下膝盖。米拉却站了起来。

“他不是为了减缓她的失血……他是要止住流血。”

他们同时想到了这一点。

“天哪……”米拉说。

“是的……她还活着。”

11

女孩睁开了眼睛。

她深呼吸，就好像她是来自水底深渊，正有无形的小手在把她继续往下拉。但她终于醒过来了。

左臂的痛楚把她拉回了现实。

疼得很厉害，倒是有助于她保持清醒的头脑。她想要记起来她身在何处。方向感没了。她知道她平躺着。头晕乎乎的，厚实的帘子将她包围。她肯定发烧了，动弹不得，精疲力竭。只有两种观感刺破了她那半睡半醒的迷雾。尿骚味和石头的气息，她似乎是在地下室。水滴落下的回音绵绵不绝，令人抓狂。

发生了什么？

回忆一点点回来了。她想哭。泪水顺着脸颊往下淌，湿润了干燥的双唇。她发现她渴了。

这个周末，他们本来要去湖边的。爸爸、妈妈和她。这段日子，她只想着这件事。爸爸会教她钓鱼。她早已在花园中收集好了蚯蚓，存放在瓶罐中。它们会动，它们是活的。可她从没在意过这事。或者说，她并不认为这有多重要。因为她觉得这些蚯蚓根本没有情感。所以，她也不会问自己，这些蚯蚓被关在瓶中是何感受。可现在，她提出了这个问题。因为她也被人关了起来。她为蚯蚓难过，也为自己难过。她为自己的凶残感到羞愧。她满心希望，那个绑架了她的人，把她从正常生活中带走的人，会是个比她善良点的人。

她记不太清发生了什么事。

她一早醒来去学校，比往常稍微早了点儿，因为那是周四，每周四，父亲都不能送她上学，他要去拜访客户。他卖美发用品，为了应对周末的客人高峰，理发店需要提前进货，比如定型喷发胶、洗发水还有发蜡。因此，周四她只能自个儿去学校。从九岁起她就这么干了。她还记得第一次的时候，父亲陪她走到车站。她搀着父亲的手，认认真真地听他的嘱咐，像是：过马路前左右看一看；不要迟到，因为司机是不会等你的；不要和陌生人说话，因为有危险。时间一长，这些嘱咐她早已背得滚瓜烂熟，她再也不想听到父亲和她唠叨这些了。

这个周四，她起床时，怀着雀跃的心情。除了周末要去湖边，她还有另一个高兴的理由。手指上的绷带。她在浴室中打开一点绷带，看向手指的感情夹杂着自豪和痛苦。

她有了一个结拜姐妹啦。

她迫不及待地想见到她。但只能等到傍晚，因为两人不在同一个学校。她们约好了在老地方见面，一起聊聊新鲜事儿，因为她们有好几天没见着面了。她们会一起玩耍、订计划，在分别之前再次承诺会当一辈子的好朋友。

是的，周四会是美好的一天。

她把代数课本放进书包。那是她最喜欢的课目，好成绩就是明证。十一点，她有体育课，所以她从抽屉里面拿出紧身体操服，再把运动鞋和袜子放在纸袋中。铺床的时候，妈妈叫她快去吃早餐。桌上的每个人都神色匆匆。这个早上和任何一个早上没有不同。父亲只喝了一杯咖啡，站在桌边看报纸。他一手拿报纸举到脸前，一手举着咖啡杯，时不时地送到嘴边。妈妈在和同事打电话，她能一边给她做鸡蛋，一边一字不漏地听进去对方的话。胡迪尼蜷在猫窝篮中，从她下楼后，都没瞧过她一眼。爷爷说这只猫和他一样有低血压，早上“启动慢”。她嘛，她早就不介意胡迪尼的冷漠了，他俩已经达成默契，各自行事。

她吃完早饭，把脏盘子放进水槽，拥抱了父母之后，就出门了。

走到室外，她仍能感受到父亲的嘴唇在她脸颊上留下的湿乎乎的咖啡印记。天空澄澈，偶尔飘过天际的几朵云没有任何威胁性。天气预报说，这样的天气会持续到周末。“这天气外出垂钓太棒了。”父亲这样评价道。她把这份承诺记在心里，沿着人行道迈步走向车站。她一共要走三十九步。她数过。随着她渐渐长大，步数也变得越来越少。她又数了起来。在她数到第三十九步时，有人叫住了她。

她永远不会忘记这个数字。这个数字意味着她的人生此后分崩离析。

她转身，看见了他。那个向她走来的男人在冲她笑，这是个陌生人的脸。可他知道她的名字，她想着，既然他认识她，那就说明他不是坏人。男人朝她走来，她试图搞明白这人是谁。他加快了步子走到她跟前，她在等他。他的头发……奇奇怪怪的。像是她小时候玩的布娃娃的头发。像是假发。在她意识到这点时，一切为时已晚。她没有注意到停在前方的白色小型卡车。他一把抓住她，打开车门，连同女孩一起钻进了车里。她想大叫，但有只手捂住了她的嘴。假发从男人的脑袋上滑落下来，他用一块湿漉漉的手帕盖在女孩脸上。接着，泪水不受控制地喷涌而出，黑黑红红的小圆点出现在眼前，挡住了全世界。最后，一片漆黑。

男人是谁？他要拿她怎么样？为什么要把她带到这里来？这里到底是哪儿？

所有的问题搅和在了一起，却得不到答案。女孩最后一个早晨的画面消散不见了，她又置身于地下室……将她吞噬的怪物的肚子。作为补偿，那种昏昏沉沉的惬意感觉再次袭来。管他呢，停下思考吧。她闭上眼睛，重新沉入幽暗的海洋。

她甚至没发觉有个阴影正在观察她。

12

雪飘了一整晚，安静地落到世上。

“她还活着。”格兰重申了一遍，这句话让所有人的脸上都露出了兴奋的神色。

得出这个结论后，常被罗凯狠狠地训了一顿，因为他没有早些得出这个结论。由于第六个女孩的存在，记者招待会还没有召开，但罗凯需要为自己找个托辞，他需要一个替罪羊。

同时，罗凯召集了一群医生——每个人都有不同的专业——让他们回答一个基本的问题。

“一个女孩在这种情况下能坚持多久？”

答案并不统一。最乐观的医生认为，如果没有感染，并且通过适当的治疗，她可以撑十天到二十天。最悲观的医生则认为，年纪这样小的女孩经过截肢，生还的希望每过一小时都会迅速减少，而且，她很有可能已经死了。

罗凯并不满意，他决定在公开场合还是把贝尔曼定为主要嫌疑犯。尽管格兰相信贝尔曼和女孩失踪案无关，但他不会推翻罗凯的官方说法。这无关真相。罗凯不能失了面子，这会有损督察的形象，也会让公众对他们的行事方法产生疑问。

但格兰相信，贝尔曼是由真正的幕后主脑阿尔伯特以某种方式“挑选”出来的。

阿尔伯特突然又重新成了他们关注的焦点。

“他知道贝尔曼是恋童癖者。”当所有人都聚集到会议室后，格兰说，“我们之前低估了他。”

阿尔伯特的形象中被加入了新的元素。当常描述那些找到的胳膊上的伤口时，他们第一次出现了这种直觉，常把凶手对致命一击的精确性定义为“外科水准”。使用药物来降低第六个女孩的血压，证明了这个男人的临床能力。最后，他很可能还让这个女孩活着的事实让人想到他对复苏术和重症治疗方案有相当深入的了解。

“也许他是个医生，或者他曾经是。”格兰思考着。

“我去查一下职业名册，也许他被免职了。”斯特恩马上说。

这是个好的开始。

“他是怎么弄到那些让她存活的药物的？”

“问得好，鲍里斯。我们检查一下私人药店和医院药房，看看有谁买了这些药物。”

“也许他几个月前就买了。”罗莎提醒大家说。

“尤其是抗生素，他要用它来防止感染……还有什么别的？”

似乎没有别的什么了。现在只要找出女孩在哪儿，活着或是死了。

会议室里的所有人都看着米拉。她是专家，是可以咨询的人，能帮助他们达到目标，这对他们的工作非常有益。

“我们得想办法和她的家人取得联系。”

在场的人你看我，我看你，直到斯特恩问：“为什么？现在我们相比阿尔伯特是占了优势的：他还不知道我们知道了什么。”

“你们真的以为一个能预想到所有这些的大脑会预测不到我们的行动？”

“如果我们的假设是正确的，那他就会让她活着，为了我们。”

格兰插进来说，以支持米拉，并引出他的新理论。

“他在指导这场游戏，女孩是最后的奖品。这是一场比赛，比谁更狡猾。”

“那么他不会杀了她吗？”鲍里斯问。

“杀她的不会是他，而是我们。”

这一观点很难被消化。

“如果我们花太长的时间才能找到她，那么女孩就会死去。如果我们激怒他，那么女孩就会死去。如果我们不遵守规则，那么女孩就会死去。”

“规则？什么规则？”罗莎不安地问道。

“由他制定的那些规则，可惜我们不知道。他的大脑所经过的地方对于我们来说是模糊的，对于他来说却非常清晰。在这种情况下，我们的每个行动都可以理解成违反比赛规则。”

斯特恩点了点头，“所以，直接寻找第六个女孩的家人倒是有点儿遵守他游戏规则的意思。”

“是的。”米拉说，“这就是此时阿尔伯特等着我们去做的。他考虑到了，但他确信我们会失败，因为女孩的父母太害怕暴露身份，否则他们早就报警了。他想向我们证明，他的控制力比我们任何尝试都更有力。同时，他试图在他们眼前晃悠，以这个故事里‘英雄’的身份，就好像他在对他们说：‘只有我才能救你们的女儿，你们只能靠我……’你们知道这需要克服多大的心理压力吗？如果我们能说服这对夫妇让他们联系我们，我们就能赢得一分，占据优势。”

“直接撞击他的敏感区域很危险。”罗莎反对说，看起来她并不赞成。

“这是我们必须要冒的险。我不觉得会对女孩造成不利。他会惩罚我们，也许会减少我们的时间，他现在不会杀她，因为他要完整地向我们展示他的作品。”

格兰觉得这真的很不寻常，米拉到底是如何如此迅速地把握住调查线索的呢？她能精确地刻画出行动路线。

这时，罗凯认为他听够了，于是决定插话：“我们就按照瓦斯克兹警官的提议去做。我们对外宣布第六个女孩的存在，同时，我们公开寻找她的家人。老天爷啊！我要让大家知道，我们有胆有识！我受够了被动等待事情发生，就好像这个怪物真的可以左右一切。”

听到上司的新决定，有人暗暗吃了一惊。格兰没有。罗凯只是不动声色地将计就计：如果警察找不到女孩，那是因为女孩的父母不相信警方，躲在暗处不出现。

不管怎样，他的话里暗示着：是时候要把案件搞得沸沸扬扬，人尽皆知了。

“你们听到那帮庸医说的了，是吗？第六个孩子最多只能活十天！”罗凯朝队员们一个一个地看过去，然后严肃地说，“我决定了，重启研究室。”

晚餐时分，电视新闻按时播出，一张明星脸出现在屏幕中。他们专门挑选了这位演员来发布寻人启事，希望找到第六个女孩的父母。这张脸家喻户晓，又能为这个故事注入一定的感情。这个点子显然是罗凯想出来的。米拉觉得很棒：它能防止某些不怀好意或者撒谎成瘾的人拨打屏幕上的电话号码。

早晚电视观众会知道第六个女孩仍活着，他们既会感到毛骨悚然又会觉得充满希望。他们又启用了“研究室”。

这是位于市中心附近一幢无名大楼第四层的一个公寓。这个建筑里最多的就是联邦警察局的分支机构，特别是行政处和会计处，还有纸质档案馆，已经过时的纸质文件还没有输入新的电子数据库。

米拉跨进门时，马上想到这个地方就是连环杀手被捕获的地方。没有发生在真实的世界里，而是在里面，在那些墙里。

斯特恩拎着妻子为他准备的棕色仿皮包，为其他人领路。鲍里斯的肩上背着背包。然后是罗莎，最后是米拉。

穿过装甲门，迎面就是一个覆盖着防弹玻璃的岗亭，那里曾经住着看守的警卫。里面有一个显示屏，两把旋转椅和一个空的武器架。第二扇带电网的安全门，把前厅和楼里的其他地方隔离开来。这扇门曾经需要警卫操作，但现在是敞开的。

米拉注意到了潮湿的霉味和空调装置鼓风口不停的嗡嗡声。睡在这里并非易事，她应该带些耳塞来。

一条长长的走廊把公寓分成了两块。墙上贴着以前案子的纸和照片。

一张女孩的脸，年轻而漂亮。

从其他人相互交流的眼神里，米拉知道了这个案子并没有以最完美的方式解决，他们很可能再也没有迈进过这里一步。

没有人说话，没有人向她解释什么。只有鲍里斯憋不住：“该死的，他们起码该把这些照片从墙上摘下来！”

房间里摆放着陈旧的办公用品，能够引起人联想的七拼八凑的橱柜和边柜。厨房里，用作餐桌的是一张写字台。冰箱用的还是对臭氧层有危害的非环保冰箱。有人替它除过霜，然后没关冰箱的门，但他们没除掉菜留下的残渣。里面有一个共用的大厅，一对沙发，一个电视机以及一个用来连接笔记本和外设的装置。在一个角落里，有一台咖啡机。脏兮兮的烟灰缸和各种垃圾到处都是，特别是一个著名快餐连锁店的纸杯。卫生间只有一个，很小而且有难闻的气味。淋浴旁边有一个卡片盒，上面放着液体肥皂瓶和用了一半的洗发露，还有一个里面有五卷卫生纸的纸盒。两个关着门的房间是留给调查员的。

公寓的尽头是客房，里面有三张双层床和两张靠墙的折叠床，还有一张可供所有床使用的椅子，可以用来放行李或私人物品。他们将住在一起。

鲍里斯是唯一一个睡在双层床上铺的。

客房的第二张折叠床上，格兰的东西已经放在了上面。他在主厅里等着大家，那个地方被鲍里斯突发奇想地称为“思考室”。

他们安静地走了进去，发现格兰背对着他们，正在黑板上写：对复苏术和重症治疗方案有深入了解的人，很可能是医生。

墙上贴着五个女孩的照片，以及“胳膊坟场”和贝尔曼汽车的快照，还有所有与这个案子有关的报告的复印件。在角落里的一个盒子里，米拉认出了那个年轻而漂亮女孩的脸，教授大概把它从墙上拿了下来，给新的照片腾出位子。

房间中间，五张椅子摆成了一圈。

这就是思考室。

格兰注意到米拉的目光投向了光秃秃的房间，于是马上解释说："它可以让我们集中精神，我们需要专注于那些我们已经获得的资料。"

"好极了。"米拉说，"那我们要做什么？"

格兰拍了拍手，指着黑板，黑板上已经开始写上了连环杀手的一些特点。"我们要了解阿尔伯特的性格。这样我们就会渐渐发现有关他的新细节，我们从这里开始记录……你想到连环杀手脑子里想的东西了吗？试着像他们那样去思考了吗？"

"是的，当然。"

"好吧，忘了这话：这是蠢话。不管用的。我们的阿尔伯特自有其行事准则，这是完全依据他的心理构建起来的，是他多年的经验、创伤或臆想累积的结果。这就是为什么我们无法想象他的行为，但我们可以努力去理解他是如何变成现在这个样子的。我们要一路回溯，走进他的内心。"

但米拉觉得，贝尔曼之后，杀手的线索就中断了。

"我们需要找到另一具尸体。"

"我也这么想，斯特恩。目前还缺了点儿什么，你觉得呢？"

"是什么？"鲍里斯问，他像其他人一样，还没明白过来格兰说这些是想表明什么。但格兰并不想给出简单直接的回答，他更喜欢把他们引到推理的某一个点，让他们自己去发现后面的东西。

"连环杀手是在符号世界里行动的。他在迈出令人费解的一步时，往往在内心深处已经计划了很多年，只是现在才在真实世界里表现出来。被绑架的女孩只是他目标的一部分。"

"这是一个关于幸福的寻求。"米拉补充说。

格兰看了看她，然后说道："完全正确。阿尔伯特正在寻找一种满足，一种不仅是为了获得回报，而尤其是为了回报什么。他的本性让他容易冲动，而他只是在顺从它。他用他的行为来试图告诉我们什么……”

这就是缺少的一环。少了一个征象。某个能把他们引入阿尔伯特内心世界的东西。

罗莎接过了话：“在第一具女孩的尸体上没有任何痕迹。”

“也许是因为我们没能读懂他的标记。”格兰说，“我们很可能还没有十分了解他。这就是为什么现在我们要重塑他的形象……”

五个阶段——指的是作案手法，这在犯罪学的手册上用来确定连环杀手的行为，区分为一个个确切的时间段，用以逐个分析。

假设连环杀手并不是一出生就那样，而是因为过往的经历和所受刺激被动地积累了杀手的个性，然后导致暴力。

这个过程的第一阶段就是“幻想”。

“在试图把它变成现实之前，他们渴望的东西会长时间地停留在想象中。”格兰说，“我们知道一个连环杀手的内心世界里充满了刺激和压力，当这种内在性再也无法承受时，由想象到行动的过渡就不可避免。想象中的内心生活最后会在现实中爆发。这时，连环杀手就开始按照他的幻想塑造周围的现实。”

第二个阶段是“组织”或“规划”。当幻想成熟，过渡到执行阶段时，他就不可避免地要挑选受害者。

第三阶段是设计“陷阱”。

“受害者是如何上钩的？阿尔伯特绑架她们之前进行了怎样的乔装？”

“黛比，在学校外。安奈可，在她骑山地车历险的树林里。”

“萨比娜是在旋转木马上被抓走的，在众目睽睽之下。”斯特恩说。

“但每个人看的都只是自己的孩子。”罗莎有点儿酸溜溜地补充说，“人们并不在意其他的孩子，这是事实。”

“不管怎么说，他是在大庭广众之下掳走了女孩。这狗娘养的，身手真灵活！”

格兰示意大家冷静，他不希望已经升腾起来的怒火占了上风。

“前两人，他是在偏远地方绑架的。这是一种常规的反复操练。当他更有信心了，她掳走了萨比娜。”

“他大庭广众下掳走了萨比娜，就像是完成了某个挑战。”

“我们不要忘了，当时还没有人在寻找他。萨比娜失踪后，这几起案子才被联系到了一起，市民中才开始产生了恐惧……”

“是的，但事实上，阿尔伯特在孩子父母眼前成功地掳走了她。他神不知鬼不觉地就让她凭空消失了，就像是一场魔术游戏。我并不确定，正如罗莎说的那样，那里的人是否没有在意……不，他也同样欺骗了那里的人。”

“斯特恩说得很好，这一点正是我们要研究的。”格兰说，“阿尔伯特是如何做到的呢？”

“我知道了，他让自己隐形了！”鲍里斯突如其来的回答让在场的人露出了转瞬即逝的窃笑。但对于格兰来说，这也有事实基础。

“这告诉我们他可能长得很大众，他有出色的乔装能力。他把自己乔装成一位父亲的形象，然后把萨比娜从旋转木马上带走。这一切需要多久？四秒钟？”

“然后，他迅速逃跑，混入人群中。”

“女孩难道没哭吗？她没有反抗吗？”鲍里斯怀疑地问道。

“你难道不知道很多七岁的孩子会在旋转木马上撒娇吗？”米拉提醒他。

“就算她哭了，在别人眼里也只是极其正常的一幕。”格兰说着，重新回到了主线，“然后轮到了梅丽莎……”

“当时，大家的警惕性已经很高了，并且设了戒严，但她还是想偷偷地去保龄球馆和她的朋友们会合。”

斯特恩从椅子上站了起来，走到墙上的一张照片前，梅丽莎在微笑。这张照片是从学校的年刊上取下来的。她的梦想是成为一名记者，但她再也无法实现了。

“阿尔伯特一直在等她。那个浑蛋……”

米拉看了他一眼，发现特派员斯特恩似乎被他自己的话弄得心烦意乱了。

“但卡罗琳是在床上被掳走的，在她自己的家。”

“一切都计算好了……”

格兰走到黑板边，拿起粉笔迅速写了几个要点。

“对于前两个女孩，他只是单纯地让她们失踪了。他把事情设计成这样，是因为每天都会有十几个孩子离家出走，也许是考试考砸了，也许是和父母吵架了，这样就不会有人把这两起失踪案联系起来了……第三个应该是很明确的绑架，这样便引起了大家的警惕……到第四个时，他早就知道梅丽莎会忍不住跑出去和她的同学一起庆祝……最后，对于第五个，他应该花了很长时间研究该家庭的地理位置和习惯，让自己有机会潜入他们家……我们能推断出什么？”

“这是复杂的陷阱。他直接瞄准的不是那些受害者，而是他们的看护人。”米拉说，“他不需要在女孩们面前装模作样以获得她们的信任，他强制地带走了她们，就是这样。”

格兰写完后，说出了第四阶段：“凶杀”阶段。

“连环杀手每次进行重复凶杀时都会有‘固定的习惯’。随着时间的推移，他会完善这种习惯，但大体上不会改变。这是他的标志。每个习惯都会伴随一个特殊的象征性符号。”

“目前，我们有六条胳膊和一具尸体。凶手通过截肢杀害了她们，除了一个女孩之外，正如我们知道的那样。”罗莎补充说。

鲍里斯拿出了尸检报告，说：“常说凶手在掳走这些女孩后立即就杀死了她们。”

“他为什么这么着急？”斯特恩问。

“他并不在乎这些女孩，因此他没有必要让她们活着。”

“他没有把她们当做人看。”米拉插话说，“对于阿尔伯特来说，她们只是物品。”

最后一个阶段是“处理后事”。

“先是‘胳膊坟场’，然后，阿尔伯特把一具尸体放在了汽车后备厢里。他是在给我们发送什么信息吗？”格兰看着在场的各位，问道。

斯特恩说：“他喜欢挑战我们，喜欢制造轰动的效果。但今天报纸头版报道的全都只是贝尔曼。我觉得他想和别人一起分享他的光荣。他选择恋童癖者不是为了报复，应该有别的原因……”

“我个人还发现有个奇怪的地方……”格兰一边说，一边回想起尸体解剖的场景，“他清洗并重新整理了黛比的尸体，给她穿上了平时穿的衣服。”

为了贝尔曼，他要把女孩打扮得漂漂亮亮。米拉心想。

“我们不知道他是否对所有女孩都这么干，我们也不知道这是不是他杀人仪式的一部分。但奇怪的是……”

格兰所说的奇怪，尽管米拉不是连环杀人犯专家，也心知肚明，连环杀手通常会保留受害人某样东西。一个护身符，或者一个纪念物，可以让他回想起杀人的经历。

拥有物件对于连环杀手而言意味着拥有那个人。

“他没从黛比·格尔丹那里拿走任何东西。”

格兰刚说完这句话，米拉就想起了黛比手镯上的钥匙，它能打开一个铁盒，米拉本来以为，小姑娘是用它来保存日记本的。

“该死！”她情不自禁地骂出了声。

她又一次成了众人注意的焦点。

“你有什么话要和我们说的，或者……”

米拉抬眼看了看格兰，说道：“在黛比的学校宿舍，我在她的枕头底下发现了一个白色铁皮盒子。我本以为里面会有她的日记本，但没有。”

“所以呢？”罗莎自负地问道。

“盒子被锁起来了。钥匙就在黛比的手腕上，因此，很自然让人觉得只有她才能打开这个盒子，所以也许根本就没有什么日记本……但我错了，日记本就应该放在那里面！”

鲍里斯突然站了起来，“原来是在那里的！那个浑蛋去了女孩的房间！”

“他为什么要冒这样的险呢？”罗莎提出了异议，她并不觉得米拉说得有理。

“因为他一直在冒险，而冒险让他兴奋。”格兰解释说。

“但还有另一个原因。”米拉补充说，她越来越相信这个理论了，“我发现墙上的照片不见了。上面很可能是黛比和第六个女孩。他要不惜一切代价不让我们知道她是谁！”

“因此，他把日记本也带走了……而且重新锁上了盒子……为什么？”斯特恩坐不住了。

但对于鲍里斯，一切已经一目了然了。“你还没懂吗？日记本不见了，但盒子是锁着的，而钥匙一直在黛比的手腕上……这就是告诉我们：‘只有我能拿到它！’”

“为什么他想让我们知道这一点呢？”

“因为他在那里留下了什么……留给我们的什么！”

那个他们正在寻找的“标记”。

思考室又一次得出了积极的结果，证明了格兰的这种归纳法非常有效。

然后，格兰对米拉说：“你去过那里，房间里有什么吗？”

她试图回忆起当时的情景，但她没能想起任何引起她注意的东西。

“但一定有！”格兰逼问她，“我们不会错的。”

“房间的每一个角落我都翻过了，没有发现任何能引起我注意的东西。”

“应该是很明显的东西，你不可能会注意不到！”

可米拉什么也记不起来。于是，斯特恩决定让所有人都回到那个地方，更仔细地巡查一遍。鲍里斯拿起电话打给校方，告知他们的到来，罗莎通知克莱普尽快和他们会合，采集指纹。

这时，米拉突然想到了什么。

“没用的。”她说，她肯定它在不久前已经遗失了，“不管是什么东西，现在都不会在那个房间里了。”

当他们到达学校时，黛比的同学在大厅里排成了一队，这种情形通常只有在点名或正式颁发毕业证书时才会出现。墙上镶着红木嵌板。老师们严肃的面容居高临下地凝视着这个场景，几年来让学校声名远播的正是他们，他们脸上毫不动容的表情囚禁住了自己。

说话的是米拉。她试图表现得更亲切一些，因为那些女孩们吓坏了。校长已经保证过所有人都不会受罚。但从她们脸上蔓延的恐惧中，可以明显地看出她们并不十分相信这个保证。

“我们知道你们中的一些人在黛比死后去过她的房间。我肯定你们进去是想保留一些与你们那个悲惨失踪的朋友相关的回忆。”

米拉说话的时候，目光与一个女学生碰撞在一起，她就是那个在卫生间里吓她一跳的、手里捧着一堆东西的女孩。如果没有发生那个小意外，她绝不会想到自己现在会做这些。

罗莎在大厅的一个角落里观察着米拉，她确定不会有什么结果。鲍里斯和斯特恩都相信她，而格兰只是在等待。

“我并不想审讯你们，我知道你们对黛比是非常有感情的。因此，我要你们把那些东西再搬到这里，现在就去。”

米拉等待着，估量着给所有人思考的时间。沉默是说服他人最好的工具，她知道对于她们来说，每一秒都会变得越加沉重。她发现几个女孩互相使着眼色。没有人想第一个站出来，这很正常。然后，她们中有几个打手势一致同意从队伍里站出来，她们几乎是同时这样做的。其他五个女孩也同样这么做了。余下的人一动也不动地站在原地。

米拉又等了一分钟，观察着她们的脸，试图寻找出某个逃脱的，但她没有找到。她希望或许需要负责的人真的只有那七个。

“好，其他人可以走了。”

女孩们毫不耽搁地匆匆离开了。米拉转过身面对同事，她的目光与格兰相交，而格兰却面无表情。他突然做了个让她措手不及的动作——眨眼。她想笑，但忍住了，因为其他人的目光也都聚集在她身上。

大约过了十五分钟，七个女孩回到了大厅。她们一个比一个拿得多。她们把东西放在长桌子上，那里通常是穿长袍的老师在举行仪式时才用的。然后，她们等着米拉和其他人检查。

这些东西里最多的是衣服、首饰和一些女孩子家的东西，比如玩偶和长毛绒玩具，还有一个玫瑰色的MP3，一副太阳镜，几瓶香水，几袋浴盐，一个七星瓢虫形状的匣子，黛比的红帽子和一个游戏机。

“不是我弄坏的……”

米拉抬眼看了看那个说话的胖乎乎的女孩。她是所有人中最小的，最多只有八岁。她有长长的梳成辫子的金黄色头发和强忍着泪水的天蓝色眼睛。米拉冲她笑了笑，想安慰她一下，然后更仔细地看了看那个玩意儿。她拿起它，递给鲍里斯。

“这是什么？”

他把它拿在手里翻来覆去地看。

“这看起来不像是游戏机……”

他打开了它。

红光开始在屏幕上闪烁起来，发出频率固定的短促的嘀嘀声。

“我跟你们说过，这是坏的。”胖女孩赶紧更加明确地说。

米拉注意到鲍里斯的脸刷地一下白了。

“我知道这是什么了……妈的！”

听到鲍里斯的脏话，胖女孩转了转眼珠，难以置信地想，居然有人会亵渎这种如此严肃的地方。

鲍里斯一点儿也没有注意到她，他全然被手里的那个东西吸引住了。

“这是一个 GPS 接收器，某人正在某个地方给我们发送信号……”

13

为寻找第六个女孩的家长而开设的电话专线没有任何收获。

最多的电话是那些为表达支持的人打来的，而事实上，他们只是堵塞了线路。一位有五个孙子的奶奶打了七次电话询问那个可怜女孩的消息。在某次电话里，一名警察有礼貌地请她不要再打来了，而回答却是觉得他可以见鬼去了。

“如果你想让他们意识到他们的行为是不恰当的，那么他们就会说你没人性。”当斯特恩告诉他时，格兰这么评论说。

他们坐在移动指挥部上，追踪着 GPS 信号。

他们前面是别动队的装甲车，这次将由他们来指导整场秀，就像不久前罗凯明确地告诉他们的那样。

他们格外小心，他们还不知道阿尔伯特要把他们带到哪里去，这也可能是个陷阱。但格兰的想法截然不同。

“他想向我们展示什么。肯定是非常残忍的东西。”

警方在一块几千平方米的区域侦测到了 GPS 信号。隔着这么远的距离，无法确定发射源。需要亲自到那里去。

在移动指挥部内，可以明显感受到紧张的氛围。格兰和斯特恩聊了几句。鲍里斯在检查武器的性能，然后又看看自己的防弹背心是否穿好。米拉看着车窗外的高速公路岔道，高架桥的沥青斜坡连接在了一起。

GPS 接收器交给了别动队的队长，罗莎能在电脑屏幕上看到他们前面的同事。

无线电波里传来一个声音："我们正在靠近。信号似乎是从我们前方一千米左右处发出的……"

所有人都探出身来看。

"那里会是什么地方？"罗莎问自己。

米拉隐约看到远处有一幢宏伟的红砖建筑，它由许多彼此相连的楼房构成，成十字状。这是 30 年代的哥特式风格，简单而黑暗，是当时教堂建筑中的典型。在某一面上，一座钟楼十分显眼，它的旁边是一座教堂。

装甲车排成一排在通往主楼的长路上行驶。到达主楼后，大家作好准备冲进大楼。

米拉和其他人一起下了车，她抬眼看了看那座久远的宏伟大楼。大门上用浮雕刻着一行字。

"帮助患难中的孤儿，让他们在这个世界中保持纯洁。"格兰为她翻译道。

这里曾经是孤儿院，现在关门了。

队长示意了一下，队员们便分散开来，从两边的入口进入大楼。由于没有周密的计划，他们不得不即兴行动。

米拉和其他人约莫等待了一分钟后，和正门前的队长一起走了进去。

第一个厅很大，他们面前是两道交错的楼梯，直通二楼。朦胧的光线透过一扇高大的玻璃窗射进来。这里唯一的主人就只剩下那些鸽子了，它们被这些外来者吓到了，疯狂地扑动翅膀，围绕着玻璃天窗飞来飞去，在地上倒映出转瞬即逝的影子。大楼里回响着别动队一间一间搜查房间的脚步声。

“没有发现！”每次确定一个地方安全后，他们就会相互这样叫喊。

在那个不真实的氛围里，米拉四处查看着。这又是阿尔伯特计划中的一部分，但和黛比专有的那部分很不相同。

“孤儿院。在这里。他们至少有个家，有安全教育。”斯特恩说。

鲍里斯觉得应该纠正他：“送到这里的都是没有人愿意收养的孩子——囚犯的孩子或杀人犯的孩子。”

“长官，这里有发现……”

GPS 发射源在地下室。米拉和其他人一起朝那个方向跑去，他们穿过带大铁锅炉的厨房，然后是一个巨大的餐厅，里面摆满了刨花板桌椅，上面是浅蓝色的甲酸酯涂层。她从一个偏僻的螺旋楼梯下去，来到了一个宽敞的地方。天花板很低，得靠一排箱灯采光。地板是大理石的，向中央走廊倾斜，上面的排水管历历可见。沿墙排列的水盆也是大理石的。

“这里应该是洗衣房。”斯特恩说。

别动队的队员们在必要的距离外测量了洗衣盆的周长，以免污染现场。他们中的一个摘下头盔，弯下腰就要吐。没有人想看到那一幕。

鲍里斯是第一个穿过队伍的人，刚一到达现场，他就马上停了下来，同时用一只手捂住了嘴。罗莎收回了目光。斯特恩只喊出了一句：“愿上帝宽恕我们……”

格兰面无表情，然后是米拉。

安奈可。

她的尸体躺在几厘米深的混浊液体里。肤色蜡黄，已经表现出尸体腐败的最初迹象。她光着身子。右手紧紧抓着 GPS 发射器，它继续跳动着，像是那片死亡图景里荒谬的一线生命。

安奈可的左臂也被截断了，缺失的左臂让身体的姿态显得有些脱节。但是，让在场的人纷乱不安的不是这个，不是尸体的保存状况，也不是面对这个猥亵场面的事实。

引起他们这般反应的是——那具尸体在笑。

14

他是提摩太神甫，看起来约莫三十五岁。头发是金黄色的，很细。他很害怕。

他是这个地方唯一的住户。

他在小教堂边的教区有一所房子，而这所房子是那片巨大的建筑群里仅有的仍在被使用的建筑，其余的早已废弃多年。

“我留在这里是因为教堂依然很神圣。”年轻的神甫解释说，尽管现在他只为自己做弥撒了，“没人到这里来。郊区太远了，外面的路也被阻断了。”

他来这里刚六个月。在洛夫神甫退休后，他接替了他的位置。显然，他不清楚这里发生过什么。

“我几乎从来没来过这里。”他坦白地说，“我要到这里来干什么呢？”

罗莎和米拉向他解释了他们到来的原因。格兰发现提摩太神甫的存在后，他就希望由她们两个去和他交谈。罗莎假装在小本子上做笔记，但很显然，她对神甫的话并不太在意。米拉试图让他相信没有人想从他那里得到什么，并且他对于发生的一切没有任何过失。

“真是个可怜又不幸的女孩。”说完，神甫就哭了起来。他心里很乱。

“我们希望您能跟我们到洗衣房去一趟。”罗莎的话再次让他惊讶不已。

“为什么？”

“因为我们要向您询问一些关于那个地方的事，那里就像个迷宫一样。”

“可我跟你们说过了，我只去过几次，我不觉得……”

米拉打断了他：“只需要几分钟，我们会把尸体挪开的。”

她在谈话中敏锐地察觉到了这个信息。因为她明白提摩太神甫不愿意让女孩受苦的躯体留在他的记忆中。事实上，他还要在这个荒凉的地方住下去。现在这样已经够困难的了。

“就按你们说的那样做吧。”他最后点了点头，同意了。

他陪她们来到门口，重申他随时愿意为她们服务。

回去的路上，罗莎故意走在米拉前面几步，为了腾出她们之间的距离。若是在其他时候，米拉一定会对这种挑衅加以反击。但现在她是队里的一员，如果她想完成她的工作就必须遵守各种规则。

犯罪现场可能找到很多信息，关于案件的动态，或是关于杀手的个性。

贝尔曼的汽车不能被认为是真正的犯罪现场，但第二具尸体可以帮助他们得出很多关于阿尔伯特的推断。

因此，需要对现场进行深入分析，利用团队的智慧来更好地确定他们正在追捕的凶手形象。

米拉知道罗莎想把她排除在外，但最终她还是在能量链中找到了自己的位置，正如她参与找到贝尔曼汽车里第一具尸体时重新为自己定位的那样。现在，鲍里斯和斯特恩也把她当做他们中的一员了。

一旦支开了别动队的队员，格兰和他的人就占据了洗衣房。

现场被四个支架上的卤素灯照亮了，这些灯连接到一台发电机上，因为大楼里没有电。

所有东西都未被碰过。常博士开始在尸体的周围工作。他带来了一个奇怪的装置，放在小手提箱里，由试管、化学试剂和显微镜组成。这时，他正在提取浸着尸体的浑水样本。不久之后，克莱普也会来这里检测。

在离开现场进行科学分析前，他们还有半个小时的时间。

“很明显，我们所在的不是第一犯罪现场。”格兰最先开口说道，他认为那是第二现场，因为女孩的死亡一定发生在其他地方。在连环杀手的案子中，发现受害者的地方比受害者受害的地方重要得多。因为凶杀只是凶手的所作所为，而随后的一切会成为一种共享经历的方式。通过受害者的尸体，凶手能与调查者之间建立某种联系。

从这一点看，阿尔伯特绝不逊色。

“我们应该仔细观察这个地方。要了解它所蕴涵的信息，并且知道信息是给谁的。谁想先开始？我要提醒你们，任何观点都不该藏在心里，因此，你们完全可以自由地说出掠过脑子的任何想法。”

没人想第一个开口，他们脑子里有太多的怀疑堆积成团。

“也许，我们要找的那个人在这里度过童年，也许他的恨意、他的愤怒就来自这里。我们应该查查档案。”

“坦白地说，米拉，我并不觉得阿尔伯特想向我们提供有关他自己的信息。”

“为什么？”

“因为我觉得他不想被抓……至少是现在。事实上，我们才找到第二具尸体。”

“如果我没弄错的话，有时连环杀手希望被警方抓获，因为他们无法停止杀戮，不是吗？”

“蠢话！”罗莎用惯用的傲慢语气说。

格兰补充说：“的确，通常连环杀手最后的希望就是停止杀戮。但并不是因为他不能控制住自己，而是被抓获后，他就能最终出现在大家面前，因为有自恋人格的人希望自己的伟大可以获得大家的认可。如果他的身份一直是一个谜，那么他就无法实现这一目标。”

米拉点了点头，但她并不完全赞同。格兰注意到了，于是对其他人说：“也许我们要简要地概述一下我们是如何重建犯罪现场和连环杀手行为之间的关系的。”

这是特意为米拉补的一堂课，她也并不反感。

年纪最长的警察斯特恩说话了，他没有直接朝米拉看去，他不想让她觉得尴尬：“根据现场的状况，我们可以把连环杀手分成两大类：无组织和有组织。”

鲍里斯继续说：“第一类的连环杀手，在他生活中的所有方面都毫无组织性。他是一个人际交往的失败者。他很孤独。他的智商比一般人低，文化水平不高，从事着不需要什么特殊能力的工作。他在性方面也不强，在这一点上，他只有慌忙和笨拙的经历。”

格兰接着说：“通常，他是一个在童年受过严厉管教的人。因此，很多犯罪学家认为他想让受害者尝到他小时候受到的同等的痛苦和折磨。所以，他的内心里隐藏着愤怒和敌意，这些不一定要表现出来，表现给他经常交往的人看。”

“无组织的连环杀手没有计划，他会自发地行动。”罗莎插了一句，她不想让自己被排除在外。

格兰明确地说："缺少组织的犯罪会让杀手在行动时非常不安。因此，他倾向于在他熟悉的地方附近作案，在那里他会更加自在。而不安和不够远离的事实会导致他犯错，比如留下一些会出卖他的痕迹。"

"他的受害者，通常都只是那些在错误的时间出现在错误的地方的倒霉鬼。他杀人是因为这是他知道的唯一一个能和其他人建立关系的方式。"斯特恩最后说。

"那有组织的人是怎么行动的呢？"米拉问。

"呃，首先他很狡猾。"格兰说，"他能完美地伪装自己，让别人难以认出他来。他看上去是个正常人，遵纪守法。他的智商很高，他在工作中表现出色，他通常在自己生活的社区里占据着重要的地位。他童年没有受过特别的创伤，他极爱他的家庭。他惯于交际，在与异性的交往中没有任何问题。他杀人只是出于纯粹的喜爱。"

最后一句话让米拉气愤不已。她不是唯一一个吃惊的人，因为常第一次把目光从显微镜上挪开了，抬头看着他们。也许他也在问自己，一个人怎么会因为伤害了同类而获得满足感呢？

"他是个猎手。他精心挑选猎物，通常是在远离他生活的地方。他狡诈而谨慎。他能预测到调查的后续发展，于是能提前知道调查者的行动。因此，抓住他很困难。他能在经验中不断学习。他布置棋子，然后等待猎物并将其杀害。他在行动前可能会计划几天或几个星期。他非常小心地挑选受害者。他观察她，进入她的生活，收集信息，清楚地记录下她的习惯。他会一直寻找机会与她联系，假装行为磊落或是具有亲和力以博取她的信任。为了显得有理有据，他更喜欢用言语，而不是暴力。他用的招数是引诱。”

米拉转头看了看这个大厅里呈现的死亡表演，然后，她说：“他的犯罪现场应该总是很干净，因为在他看来，有序就是‘控制’。”

格兰点了点头：“看来，你确定了阿尔伯特的形象。”

鲍里斯和斯特恩冲米拉笑了笑，而罗莎小心地避开了她的目光，假装在看时间，叹了口气，惋惜那毫无用处的浪费时间之言。

“长官们，有新发现了……”这一小群人中沉默的队员开口了。常站了起来，手里还拿着刚从显微镜目镜下取下来的玻璃切片。

“是什么，常？”格兰迫不及待地问。

法医还不想宣布。他目光灼灼，发出夺人的光辉：“我看到尸体时，就问自己她怎么会浸在这摊水中……”

“我们是在洗衣房啊。”鲍里斯肯定地说，就好像这是世界上最不言而喻的事。

“是的，但和楼里的其他电力设施一样，这个水利装置也已经废弃多年了。”

这一揭露突然触动了所有人，尤其是格兰。

“那么，这种液体是什么？”

“您要听好了，博士……是眼泪。”

15

人是自然界中唯一一种会哭会笑的生物。

这点，米拉知道。她有所不知的是，人类的眼睛可以产生三种泪水。人体机能需要的泪水，可以持续不断地湿润和滋养眼球。反射性流泪，有异物入侵眼睛会主动分泌液体。还有动情落泪，这和痛苦有关。不同的泪水构成的化学成分不一样：最后一种含有大量的锰元素和荷尔蒙。

米拉不会因为痛苦流泪。

这是她无法承认的秘密。

她不会痛苦。移情是理解他人的必要条件，这样在人群中才不会觉得孤单。

她想到了父亲的死，当时他四十一岁。是她找到了父亲，那是一天下午，父亲躺在客厅的沙发上，没有了呼吸。他看起来就像睡着了一样。至少在亲人们问她为什么没有马上报警的时候，她是这么说的，她站在那里，花了近一个小时看着他。事实是，米拉立马就明白她什么都做不了。她的惊讶并不针对这个悲惨事件。让她吃惊的是，她无法在情感上理解眼前发生的一切。她的父亲——她生命中最重要的人，教给她一切的人，她的人生导师——再也不存在了，永远也不存在了。但她的心没有破碎。

葬礼上，她哭了。不是因为最终那种难以抗拒的想法在她的灵魂里生出了绝望，而仅仅是因为这是一个女儿应该做的。那些咸咸的泪水是她憋了很久的结果。

“这是一种阻滞，”她对自己说，“只是阻滞，是压力。我真是个笨蛋。其他人也会这样。”她什么办法都尝试过了。她受着回忆的折磨，至少为了让自己感到有罪，但什么都没有。

她无法解释。于是她把自己关在无法穿越的安静之中，不允许任何人探寻她的灵魂，包括她的母亲。她的母亲在尝试过几次后，也顺从地不去干扰女儿单独的哀悼。

全世界的人都以为她被压垮了、摧毁了。米拉却把自己关在房间里，不断地问自己，为什么她只想继续以前的生活，同时把那个男人埋在心底。

随着时间的流逝，事情依然没有改变。失去亲人的痛苦她从没有感受到，葬礼偶有发生：她的奶奶，一个同学，其他亲戚。在这些场合，米拉什么感觉都没有，除了想尽快结束这些死亡仪式。

她该跟谁说呢？他们会把她当做一个怪物，一个冷血的人，她不配做人类的一员。

家人的追悼会结束后，米拉觉得她能更轻松地模仿出她根本没有的痛苦了。她到了与人接触的年纪，特别是异性，但她出现了问题。“如果我无法对一个男孩移情，那我就无法和他开始恋情。”她反复这样对自己说。因为就在同时，她学会了这样定义她的问题。“移情”这个词——她学得很好——就是“在一个主体上反映出自身的情感，并与其融为一体”。

从那时起，她开始咨询精神分析师。一些人不知该如何回答她，另一些人则告诉她治疗的时间会很长、很辛苦。她要往深处挖掘，直到找出她的“情感根基”，并明白她的情感流是在哪里中断的。

所有人都持有同一个观点——她需要打通阻碍。

几年来，她一直接受心理治疗，却没有任何结果。她换过很多医生，还会继续无止境地寻找下去，直至有一个医生——最玩世不恭的那个，她不会十分感激他——清楚地告诉她：“痛苦并不存在。就像所有其他人类情感范畴一样，只是化学问题，爱只是内啡肽的问题。用一支硫喷妥钠的注射器，我就可以除去你所有的情感。我们只是有血有肉的机器。”

最终，她觉得有些宽慰。不是满足，但是宽慰！她什么都做不了。她的身体进入了“保护”模式，就像某些电器在过载时需要保护自身电路一样。那个医生还对她说，有一些人在他们存在的某段时间会有很多痛苦，太多，比人类整个一生能承受的还要多得多。这时，他们或者停止生命，或者选择习惯。

米拉不知道她的这种习惯是否属于幸运，但多亏了这种习惯，她才变成了现在这样。她是一个寻找失踪女孩的侦察者，为别人消除痛苦给予了她从未有过的感觉。于是，她的灾祸突然变成了她的天赋。

米拉向调查队和格兰撒了谎。事实上，她已经十分清楚地了解了连环杀手的形象，或者至少是他们行为的某一方面：虐待狂。

根据连环杀手的行为方式，几乎总能找到明显的虐待成分。受害者被当做“对象”，通过对他们施加暴行，欣赏他们的痛苦，他能获得个人优势。

连环杀手通过对受害者施以虐待，从中获得快感。

人们通常认为连环杀手无法和他人建立成熟而完整的关系，因此，他便从人退化成物。于是，暴力就成了他唯一能与外界建立关系的方式。

“因此，我不希望这发生在我身上。”米拉自言自语道。她和那些无法产生同情感的杀人犯有共同点，这让她作呕。

找到安奈可的尸体后，当她和罗莎一起离开提摩太神甫家时，她暗自许诺，那晚在那个女孩身上发生的事会让她铭记于心。于是，在那天末了，当其他人回到研究室总结并整理调查结果时，她离开了几个小时。

然后，正如其他几次那样，她去了一家药店，买了一些必需品——消毒剂、膏药、棉花、一卷无菌绷带、针头、缝合线以及刀片。

头脑里带着清晰的想法，她回到了汽车旅馆，那是她的老房间。她没有退房，她一直在付房钱，就是为了突发事件。她拉上窗帘。只打开两张床其中一张的床头灯。她坐了下来，倒出放在床垫上纸袋里的东西。

她脱下牛仔裤。

在手上洒了些消毒剂后，她小心地揉开。然后，她用另一种液体浸湿了一块吸水棉布，接着擦拭右腿内侧的皮肤。再上面一些，有一块已经愈合的伤口，这是在上一次过于笨拙的试验时留下的。这一次她不会惹麻烦了，她很棒。她用嘴咬开包裹在刀片上的纸，稳稳地把它夹在手指之间。她闭上眼，垂下手，数到三，然后摸了摸右腿内侧的皮肤。她感觉到刀刃陷入了肉中，在移动，然后划开一条热乎乎的口子。

生理的疼痛迸发出喧嚣的安静，沿着身体从伤口处不断向上，然后到达她头部的最顶端，把她从死亡的画面中解脱出来。

“这是为你划的，安奈可。”米拉在寂静中说。

然后，她终于哭了。

泪水中的微笑。

这是犯罪现场的象征画面，在光着身子躺在洗衣房里的第二个女孩身上有不可忽视的细节。

“他是想用泪水洗净躯体吗？”罗凯问。

格兰像往常一样，并不相信这种简单的解释。到那时为止，阿尔伯特的杀人方式都表现得非常细致，他不可能使用如此平庸的手法，毕竟他认为自己比所有之前的连环杀手都技高一筹。

研究室里，疲倦感已经触手可及。米拉在约晚上九点时从汽车旅馆回去了，她两眼充血，右腿略微有些一瘸一拐。她马上躺到客房里休息了一会儿，没拉开被子，连衣服也没脱。大约十一点时，格兰的声音吵醒了她，他在走廊里低声打电话。她一动也不动，让人觉得她在睡觉。事实上，她在听。她的直觉告诉她，电话的另一头不是他的妻子，而是一个管家，或者是保姆，他叫她“露娜女士”。他询问汤米——那时他叫他孩子——有没有吃饭，有没有做完作业，还有，有没有撒娇。露娜女士回答他时，格兰嘀咕了好几次。他们的谈话以这位犯罪学家保证明天回家为结尾，为了看汤米，至少是几个小时。

米拉蜷缩成一团，肩膀抵在门上，一动也不动。当格兰打完电话后，她觉得他在客房的门前停了下来，目光注视着她的方向。她能感受到身前的墙上映出了他的一部分影子。如果她翻过身会发生什么呢？他们的目光会在半明半暗的光线中交会。也许一开始的尴尬过去后会发生点别的什么，眼神间沉默的对话。米拉觉得这是必要的吗？为什么那个男人对她有一种奇怪的吸引力。她不知道这种吸引准确来说是什么。最后，她决定转身。格兰已经不在那儿了。

不久之后，她又入睡了。

“米拉……米拉……”

鲍里斯的声音像沙沙声一般，渗入到漆黑的树林和没有目的的道路。米拉睁开眼，看到他站在她的折叠床旁。为了叫醒她，他只是微笑着唤她的名字，并没有碰她。

“几点了？我睡了很久吗？”

“没有，才六点……我要出去，格兰想查访孤儿院里的一些老住客。我在想，你是不是愿意和我一起去……”

听到这个建议，她并不惊讶。而且，从鲍里斯尴尬的表情中，她明白这不是他的主意。

“好，我去。”

这个大男孩点了点头，感激她避免了他进一步的坚持。

约莫五分钟后，他们在大楼前的停车场里会合。汽车发动机已经启动了，鲍里斯靠在车上，嘴里叼着香烟，在驾驶室外等她。他穿了一件有内衬的皮大衣，几乎一直长到膝盖。米拉就穿了平常的那件皮大衣。收拾行李的时候，她没有想到天气会这么冷。大楼间胆怯的阳光，刚刚开始温暖街角的脏雪堆，但阳光不会持续太久，因为预计下午有暴风雪。

“你应该再多穿点儿，知道吗？”鲍里斯一边说，一边担心地瞄了一眼她的衣服，“每年这个时候都结冰了。”

车上又暖和又舒服。仪表盘上放着一个塑料杯和一个纸袋。

“热乎乎的羊角面包和咖啡吗？”

“都是给你的！”他回答说。他还记得她上次狼吞虎咽的吃相。

这是一种和解。米拉一言不发地接受了。她嘴里塞得满满的，问：“我们具体是要去哪儿？”

“我跟你说过了，我们要去见在孤儿院里住过的一些人。格兰相信放尸体的洗衣房里的一幕不仅仅是为我们而准备的节目。”

“也许能勾起过去的某些回忆。”

“如果是这样的话，那应该是很久很久以前的事了。幸好那样的地方在二十八年前就不存在了，自从法律更改、孤儿院最终被废弃之后。”

鲍里斯的语气里有些伤感，他马上便坦白说：“我在类似的地方待过，知道吗？那时我十岁。我从没见过我父亲，母亲一个人没法把我抚养长大，于是，她把我寄养在那里一段时间。”

听到如此私人的表露，米拉不知该说些什么。鲍里斯感觉到了。

“你什么都不用说，别担心。我也不知道为什么会跟你说这些。”

“很抱歉，我不是一个很外向的人。很多人都觉得我很冷漠。”

“我不觉得。”

这时，鲍里斯看了看路。沥青马路上结着冰，交通有点儿堵。排气管的尾气滞留在半空中。人行道上的人们步伐匆匆。

“斯特恩找到了一打原孤儿院住客的踪迹，上帝总是很眷顾他。我们已经联系上了一半的人，其他人交给他和罗莎。”

“只有十二个吗？”

“就是那片区域里的。我并不是特别清楚格兰在想些什么，但他觉得我们能找到点儿什么……”

事实是没有别的办法了，有时候，需要什么都牵涉一点儿，以重新打开调查的思路。

那天早上，他们采访了四个原孤儿院里的孤儿。他们所有人都过了二十八岁，或多或少有着相同的犯罪历史——学校，少年教养院，监狱，缓刑，再是监狱，社会服务。有一个人依靠教会成功地洗清了所有罪过，他成了当地某个福音派团体里的牧师；另外两个人靠小点子为生；第四个四海为家。但当他们回忆起在孤儿院度过的时光时，米拉和鲍里斯都注意到了一种突如其来的不安。

“你看到他们的表情了吗？”米拉在见完第四个人后问鲍里斯，“你也觉得那个孤儿院里发生过什么糟糕的事？”

“那个地方不会和其他地方有什么两样，相信我。我觉得这与年纪有关。我们长大后可能会忘记一切，包括那些最糟糕的事。但当你在那个年纪时，记忆会深深地刻在你的血肉里，再也不会离开。”

每次当他们小心地讲述在洗衣房里发现尸体的经过时，受访者都只是摇摇头。这么隐晦的符号对他们来说，什么也表明不了。

大约中午的时候，米拉和鲍里斯坐在一张桌子前，急匆匆地消灭掉了金枪鱼三明治和两杯卡布奇诺咖啡。

天空阴沉沉的。气象报告说得没错，很快就要下雪了。

在暴风雪袭击他们、让他们无法返回之前，他们还有两个人要询问。他们决定从住得更远的那个开始。

“他叫费尔德海尔，住在三十多公里外。”

鲍里斯心情很好，米拉想利用这一点问他更多关于格兰的事。那个男人让她很是好奇。她觉得他的生活不可能很私人化，一位伴侣，一个儿子。特别是他的妻子，是个谜，尤其是米拉在前一晚听到他的电话交谈之后。那个女人在哪里？为什么她不在家照顾小汤米？为什么露娜女士代替了她？也许鲍里斯能回答这些问题。米拉不知道该如何引出这个话题，最后，她放弃了。

他们到达费尔德海尔家时，大约是下午两点。他们打过电话说过这次来访，电话语音告诉他们电话不在服务区。

“看来我们的朋友过得不太好。”鲍里斯评价说。

看到他住的地方，他们便肯定了这一点。房子——如果可以这么说的话——位于一片堆放废弃物的空地中间，周围是汽车的残骸。一只红毛狗沙哑地叫了几声欢迎他们，它的毛色就像周围慢慢生锈的废铁一样。不久后，一个四十多岁的男人出现在门口。尽管天气很冷，他只穿了一件脏兮兮的线衫和牛仔裤。

“是费尔德海尔先生吗？”

“是的……你们是谁？”

鲍里斯只是用一只手拿出证件：“我们能跟你谈谈吗？”

费尔德海尔看起来并不欢迎他们的来访，但还是示意让他们进去。

他的肚子很大，手指已经被尼古丁熏得泛黄了。家里的布置和他很像，脏而乱。他为他们端来了两个不成对的杯子，里面装着冷茶水。然后，他点了根烟，坐到吱嘎作响的椅子上，让他们俩坐在沙发上。

“你们今天来找我还真是巧，平时我都干活去了……”

“为什么今天没干呢？”米拉问。

男人看了看外面：“下雪了啊。这种天气没有人会找瓦工，我都好几天没活儿干了。”

米拉和鲍里斯手里拿着茶，谁都没喝。费尔德海尔似乎并不生气。

“那你为什么不换个工作？”米拉问，只是为了装作感兴趣，试图和他建立起某种关系。

费尔德海尔喘了口气，“我当然试过！你们以为我没试过吗？结果很糟糕，和我的婚姻一样。那个婊子想要更好的生活，她每天都唠叨我一无是处。现在，她为了几个小钱在做服务员，和另外两个像她一样的笨蛋住在一起。我见过那个地方，知道吗？那是教堂管辖的地方，现在是教堂的一部分。那些人让她相信，像她这样一个一无所有的好人，在天堂里是会有一席之地的！但你们怎么想呢？”

米拉抱怨说她沿路至少看到了一打这样的新教堂。所有的教堂外都挂着大型的霓虹灯招牌，上面除了有会众的名字，还有别致的口号。

“你们来之前，我见过两个他们的人。他们来这儿鼓吹他们的信条！上个月，我前妻那个婊子派了两个人来让我改变信仰！”他笑了，露出两排蛀蚀的牙齿。

米拉想把话题从夫妻关系上转移开，于是她假装不经意地问：“你在做瓦工之前，还做什么工作呢，费尔德海尔先生？”

“你不会相信的……”男人笑了，扫了一眼周围的垃圾，“我在一家小洗衣房做过。”

两个警察忍住不朝对方看去，为的是不让费尔德海尔发觉他们对他刚刚说的话有多么感兴趣。鲍里斯的一只手滑到腰间，解开了手枪的皮套，这没有逃过米拉的眼睛。她突然想到，到了这个地方后，她发觉手机就不在服务区了。他们对面前的这个男人了解得并不多，他们是应该更加谨慎的。

“你坐过牢，是吗，费尔德海尔先生？”

“只是为了一点儿小事，一个诚实的人绝不会为了这点小事晚上睡不着觉。”

可以看出鲍里斯的大脑正在斟酌这个信息。同时，他一眨不眨地盯着费尔德海尔，为了让他感到不自在。

“那么，我能为你们做什么呢，警官？”费尔德海尔说着，毫不掩饰自己的厌烦。

“根据我们得到的消息，你的童年和大部分的青少年时期是在一个孤儿院里度过的。”鲍里斯小心翼翼地引出话题。

费尔德海尔怀疑地看着他，像其他人一样，他不觉得那两个警察大费周章地拜访他就是为了这个原因。“那是我人生中最棒的几年。”他恶狠狠地说。

鲍里斯向他解释了他们找到这里的原因。费尔德海尔似乎很高兴提前知道媒体未报道的新闻。

“我要是把这些消息告诉记者，我可是能获得一大笔钱的，知道吗？”这是他唯一的评论。

鲍里斯盯着他说：“你可以试试，但我会逮捕你。”

费尔德海尔脸上的笑容消失了。鲍里斯探出身子靠近了他。这是一种问询技巧，米拉也知道。对话者之间，除非有特别的情感或亲昵关系，一般都倾向于遵守一条无形的界线。但在这种情况下，讯问者接近受讯者就是为了入侵他的地盘，让他感到不自在。

“费尔德海尔先生，我相信你非常欢迎警察的到来，为他们端上最好是你撒过尿的茶水，然后高兴地欣赏着他们像白痴一样地端着茶杯却不敢喝的臭脸。”

费尔德海尔一言不发。米拉向鲍里斯看去，心想：谁知道这种情况下他的这一步走得对不对呢。他们明白得太早了。于是，警察平静地把手中的杯子放到小桌子上，一口也没尝，然后继续盯着男人。

“现在，我希望你能跟我们讲一些你在孤儿院的事……”

费尔德海尔低下眼，他的声音很小：“可以说我是生在那个地方的。我从没见过我的父母。我母亲生下我后，他们就把我带到了那里。我的名字是洛夫神甫取的，他说这是他一个熟人的名字，他很年轻的时候就战死沙场了。我在想为什么那个牧师会觉得这个给别人带来厄运的名字会给我带来好运！”

门外的狗开始叫了起来，费尔德海尔有些分神，于是责备它道：“安静点儿，科赫！”然后，他又继续对他的客人们说：“我以前养了很多狗。这是一个卸货的地方。我把它买下来的时候，他们跟我保证这里的土地可以开垦。但里面时不时地就会冒出一点儿什么——污水和各种令人讨厌的东西，特别是下雨的时候。狗喝了那些水，肚子就鼓了起来，几天后就发病了。现在只剩下科赫了，我觉得它也快离开我了。”

费尔德海尔说跑题了。他不想和他们一起回到那个或许是为他指明了命运的地方。死狗的故事其实是他在试着跟对话者谈判，让他们不要打扰他。但他们不会轻易放手。

米拉说话的时候，让语气尽量变得更有说服力：“我希望你能努力想想，费尔德海尔先生。”

“好，你说吧……”

“我想知道‘眼泪中的微笑’的画面会让你想到什么……”

“这是那些精神病学家做的事，不是吗？一种把想法联系起来的游戏？”

“是的。”米拉赞同地说。

费尔德海尔开始思考起来。他的动作很夸张，眼珠子朝天，一只手挠着头。他想让他们觉得他愿意合作，或者，也许他知道他们肯定不能因为“遗漏记忆”而判他有罪，他只是在捉弄他们。但过了一会儿，他说：“比利 · 穆尔。”

“是谁，你的同伴吗？”

“啊，那个小孩简直太与众不同了！他来的时候七岁。他总是快乐地微笑着。他马上就成了所有人的幸运星……当时他们已经快要关闭孤儿院了，只剩下我们十六个人。”

“那个庞大的孤儿院里就只有这么点儿人？”

“牧师们也走了。只有洛夫神甫一个人留了下来……我是那群孩子中年纪最大的一个，我当时大概十五岁……比利的故事悲惨极了，他的父母都是上吊自杀的。他找到了他们的尸体。他没有叫喊，也没有找人帮忙，而是自己站到椅子上，紧紧抓住他们，把他们从天花板上解了下来。”

“真是非常特别的经历。”

“对比利来说不是。他总是很快乐，他能适应最糟糕的事。对他来说，一切都是游戏。我们从来没见过这样的人。对于我们其他人来说，那个地方就是监狱，但比利毫不在意。他浑身都散发着能量，我不知道该怎么说……他有两个固定的爱好：一双该死的溜冰鞋，他常穿着它在人烟稀少的走廊上滑来滑去；另一个是足球赛！但他不喜欢自己踢。他更喜欢坐在足球场边为我们做电视报道！‘比利·穆尔现在在墨西哥城的阿兹台克体育场报道世界杯决赛……’他生日的时候，我们凑钱给他买了台录音机。他喜欢极了，他可以整小时整小时地录音，然后再自己听！”

费尔德海尔口若悬河，谈话有些偏轨。米拉试图把它拉回到出发时的轨道：“你跟我们讲讲在孤儿院里最后几个月的生活吧……”

“就像我之前说过的，他们打算关掉孤儿院，我们这些孩子就只有两条出路：最终被收养或转到其他机构，类似某种家庭组织。但我们是次等的孤儿，没有人愿意收留我们。可比利就不一样了，要他的人都要排队了！所有人一见到他就特别喜欢他！”

“最后怎样呢？比利找到新家了吗？”

“比利死了，警官。”

他非常沮丧地说，就好像这个命运发生在他自己身上一样。也许有一些是这样，就好似那个孩子也代表了对其他同伴的某种救赎。他是一个最终可以完成救赎的人。

“怎么会这样？”鲍里斯问。

“脑膜炎只带走了比利。由于害怕传染，我们一瞬间就被遣散了……很幸运，不是吗？”他勉强笑了笑，“呃，就好像我们被提前释放了，那个破地方比预期早六个月就关了。”

当他们起身要走时，鲍里斯还问：“你后来见过那些同伴吗？”

“没有，几年前我遇到过洛夫神甫。”

“他现在退休了。”

“我还希望他翘辫子了呢。”

“为什么？”米拉一边问，一边想到了最糟糕的事，“他对你不好？”

“没有。但如果你在那种地方度过童年，你就会学会去憎恨你记得的一切，只因为你在那里生活过。”

这和鲍里斯的想法一模一样，他不情愿地点了点头。

费尔德海尔没有送他们到门口，而是坐到桌前，拿起鲍里斯没喝的那杯冷茶，把它放到唇边，一饮而尽。

然后，他目不转睛地看着他们，傲慢地说：“祝你们好运。”

一张陈旧的集体照——孤儿院关闭前生活在那里的最后一批孩子——在洛夫神甫曾经的办公室里被找到了。

在十六个孩子和年迈的牧师中，只有一个人冲着镜头笑了。

泪水中的笑容。

明亮的眼睛，蓬乱的头发，缺少一颗门牙，绿色球衣上有一块明显的油渍，就像荣誉奖牌一样。比利永远在那张照片和孤儿院教堂边的墓地里长眠了。他不是唯一一个被埋葬在这里的孩子，但他的坟墓是最漂亮的。墓前有一座石头天使，它张开着翅膀，摆出保护的姿态。

听完米拉和鲍里斯的叙述后，格兰让斯特恩找来所有关于比利死亡的资料。警察拿出一如既往的勤快劲儿，在比对这些文件时，他注意到了奇怪的巧合。

“像脑膜炎这样有潜在传染性的疾病，是必须通知医疗机构的。洛夫神甫通知的医生和后来发出死亡证明的医生是同一个人。两份文件的日期也相同。”

格兰试图寻找理由：“最近的医院在三十公里外。他很可能不愿意费这个力来检查病人。”

“他相信牧师的话。”鲍里斯补充说，“因为通常牧师不会撒谎……”

至此，格兰不再有疑问了：“我们要挖坟。”

雪开始小粒小粒地落下来，就像在为随后到来的雪片铺路。不久之后，天就要黑了。所以，他们要抓紧行动。

常找来的几个挖坟的人已经开始工作了，还有一台挖掘机，他们在已被冰冻得硬邦邦的土地上挖掘着。在等待中，没有人说话。

常穿上一件肩膀上带灯的背心，然后在石头天使的目光中爬进了那个洞。他面前的一个技工开始用喷灯熔化棺材上的锌焊接处，棺材盖开始移动。

“一个死了二十八年的孩子怎么会苏醒呢？”米拉问自己。也许，比利值得拥有一场简短的仪式或是祷告。但没有人愿意或有时间这么做。

常打开棺材的瞬间，他们眼前就出现了比利可怜的遗骸，他身上还穿着第一次圣餐时的礼服。优雅，戴着领带夹，穿着口袋裤。在棺材的一角，放着已经生锈的溜冰鞋和一台旧录音机。

米拉的脑海里又浮现出费尔德海尔的话：“他有两个固定爱好：一双该死的溜冰鞋，他常穿着它在人烟稀少的走廊上滑来滑去；另一个是足球赛！但他不喜欢自己踢。他更喜欢坐在足球场边为我们做现场报道！”

这是比利仅有的东西。

常开始缓慢地用手术刀切下一部分衣物组织，即便是在这么不方便的地方，他的动作也又快又准。他检查了尸体的保存状态，然后转身对其他队员说：“上面有多处骨折。我无法立即判断出这些伤是何时形成的……但我认为这个孩子一定不是死于脑膜炎。”

16

罗莎把提摩太神甫带到了移动指挥部的所在地，格兰和其他人正在那里等着他。神甫看起来有些不安。

“我们需要你的帮助。”斯特恩最先开口说，“我们要跟洛夫神甫谈一下，很紧急。”

“我跟你们说过，他已经退休了。我不知道他现在在哪儿。六个月前到这里时，我只和他见了几个小时，就是为了职务交接。他跟我解释了一些事，交给了我一些文件和几把钥匙，然后他就走了。”

鲍里斯对斯特恩说：“也许我们应该直接去教廷。你觉得神甫退休之后会去哪儿？”

“我听说有类似疗养之家这样的地方。”

“也许，可是……”

他们又重新看向了提摩太神甫。

“可是什么？”斯特恩鼓励他说。

“我好像想起来了，洛夫神甫想和他妹妹一起住……是的，他跟我说过，他妹妹和他年纪差不多，而且还没有结婚。”

神甫似乎很高兴自己终于为调查作出了贡献。不管怎样，他是来提供帮助的，尽管不久前他还是拒绝的态度。

“如果你们愿意的话，我去和教廷说。仔细想来，要知道洛夫神甫在哪儿也不难。很可能我还会想起别的什么。”

年轻的神甫似乎平静了下来。

此时，格兰插话了：“我们非常乐意，这样我们就能避免刊登无用的广告说明这里正在发生的事了。我想这会让教廷不高兴的。”

“我也这么想。”提摩太神甫赞同地说，语气很严肃。

神甫向他们告别后，罗莎转向格兰，看得出她很反对。

“如果我们所有人都一致认为比利的死不是意外，那么为什么我们不派人去抓洛夫神甫呢？他显然脱不了干系！”

“是的，但要为男孩凶杀负责的不是他。”

“凶杀”这个词没有逃过米拉的耳朵，这是格兰第一次提起。但比利的骨折可能只是横死造成的，没有任何证据显示这是人为的。

“你怎么能如此肯定神甫是无罪的呢？”罗莎继续问道。

“洛夫神甫只是掩盖了事实。他捏造了比利患脑膜炎的故事，这样就没人敢冒险深入调查了，因为害怕传染。其余的是外面的世界做的：没有人在意孤儿，你们很清楚这一点，不是吗？”

“另外，孤儿院也快关了。”米拉支持他说。

“洛夫神甫是唯一一个知道真相的人，因此我们要审问他。但我怕如果我们派人去找他的话……呃，那我们可能就找不到他了。他老了，也许已经决定把这个事实带进坟墓了。”

“那我们该怎么做？”鲍里斯有点儿没耐心了，“难道我们要干等着那个小神甫的消息吗？”

“当然不是。”格兰回答说。他的注意力转移到了斯特恩从户籍登记处调出来的孤儿院的平面图上。他指着一块地方给鲍里斯和罗莎看。

“你们要去东边的楼里一趟，看到了吗？那里有孤儿院关闭前所有住过的孩子的花名册。当然，我们关心的只是那最后的十二个孩子。”

格兰把集体照拿给他们看，比利的笑容很是突出。他把照片翻了过来：背面是照片里所有孩子的签名。

“你们拿花名册和照片比对一下名字，这样就能知道谁没有在照片上签名……”

鲍里斯和罗莎面面相觑。

“你怎么知道少一个？”

“因为比利是被他的同伴杀死的。”

在比利微笑的那张集体照里，罗纳德·德米斯站在左边第三个的位置上，他八岁。也就是说，在比利到来前，他是幸运星。

对于一个孩子来说，嫉妒足以成为置别人于死地的理由。

他和其他人一起从孤儿院里出来后，国家官僚体制就断了他的线索。他被收养了？不太可能。也许他进了一个家庭收养机构。这是个谜。几乎可以肯定的是，在这个消息黑洞的背后，藏着洛夫神甫的手。

必须要找到洛夫神甫。

提摩太神甫确定他在教廷：“他妹妹去世了，他请求恢复世俗的身份。”事实上，他脱下了僧袍。也许，他对于隐瞒一起凶杀案有负罪感，也许他发现邪恶在一个孩子的面容中也能掩盖得很好，他无法忍受这个事实。

这些猜想让全队人都躁动不已。

“我不知道到底是该发动大家去寻找那个人，还是该等着你给我答案！”

罗凯办公室的石膏墙在他的吼声中微微颤抖起来，督察的焦急越加突显出了格兰的冷静。

“民众一直问我第六个女孩的情况，他们说我们做得远远不够！”

“如果阿尔伯特不想留线索给我们，我们就不可能找到她。我刚从克莱普那儿得到消息。这个犯罪现场也很干净。”

“你至少得告诉我，你觉得罗纳德·德米斯和阿尔伯特是不是同一个人？”

“我们已经在贝尔曼身上犯过这个错误了。目前，我认为不应该急于下结论。”

这是一个建议，罗凯并不习惯在案子的管理上听取别人的意见。但这一次，他接受了。

“可我们不能就在这里等着那个心理变态的人把我们带到他想要我们去的地方啊。这样，我们就救不出那个孩子了！我确定她还活着！”

“只有一个人能救她，就是阿尔伯特自己。”

“你真的希望他主动把她交给我们？”

“我只是说，在某个时刻，他可能也会犯错。”

“我操！你觉得我能抱希望吗？外面的那群人正等着看我的笑话呢！我要的是结果，博士！”

格兰习惯了罗凯的脾气。特别是，这不是冲着他来的。这与督察的内心世界有关，是职务造成的非直接结果。当你站得太高时，总会有人想把你拽下来。

“这段时间我挡掉了一大堆卑鄙小人，他们有的是明面上的，有的会放冷箭。”

格兰知道如何保持耐心，但和罗凯一起他总是很难做到。于是他试着主动摆脱它。

“你想听一件让我奇怪的事吗？”

“任何能让我摆脱僵局的事都行，讲吧。”

“至今我还没跟任何人说过……眼泪。”

“怎么了？”

“在第二个女孩的尸体周围至少有五升的液体！眼泪是咸的，应该很快就会挥发干净，但那些液体却没有挥发掉。我问过自己这是为什么……”

“那是为什么呢？”

“因为它们是人造的：他精确地仿造了人类眼泪的化学成分，制造了假象。因此，它们不会干涸……你知道要怎样人工造出眼泪吗？”

“不知道。”

“这就对了。阿尔伯特知道。并且，他花时间这么做了。你知道这意味着什么吗？”

“快告诉我。”

“这意味着他精心准备了一切，所有呈现在我们眼前的都是他多年来精心策划的结果！而我们却要在短时间内击败他。”

罗凯一下子瘫倒在了沙发上，眼神空洞。

在停尸房里，常已经复原了比利的遗体，准备重新把他埋葬到石头天使下。

常正要完成尸检，他给骨折部位照了X光片。然后把它插在一块发光的面板上，鲍里斯站在前面。看到他，米拉并不惊讶。

鲍里斯发现她后，觉得需要解释一下：“我来看看是不是有新的发现。”

“有吗？”米拉调侃地问道，为的是不让他觉得尴尬。很明显，鲍里斯在那里是出于个人原因。

常放下了手里的工作，亲自回答米拉的问题。

“躯体是从高处坠落的。从骨骼断裂的严重性和数量上来看，可以推断出死亡几乎是在一瞬间发生的。”

这个“几乎”的背后掩藏着希望和痛苦。

“显然，没有人能确定比利是自己跳下去的还是被人推下去的……”

“是的。”

米拉注意到一张椅子上放着一本葬礼机构的小册子，这当然不是警方提供的服务。应该是鲍里斯的主意，自掏腰包为比利办个体面的葬礼。搁板上还有擦得锃亮的溜冰鞋和那台录音机——男孩从不离手的生日礼物。

“或许常也知道死亡现场在哪里。”鲍里斯说。

常朝被放大的几张孤儿院的照片走去。

“在空中坠落的身体会依靠加速度获得能量，这是重力作用。最后，它像是被一只无形的手压在地上。把受害者年龄相关的数据——这与骨质钙化过程有关——和骨折程度结合起来，可以推测出他坠落的高度。在这个案子中，高度超过了十四米。因此，考虑到大楼的平均高度和地面的倾斜角度，我几乎可以肯定地说，男孩是从塔上坠落的，就在这个位置……看到了吗？”

常在照片上指出准确的位置时，话里又夹带了一个“几乎”。此时，一名助理出现在了门前。

“弗洛斯博士，他们想见您……”

米拉一时间没能把法医的脸和他真正的名字结合在一起。看来，他的手下没有人敢直呼他为常。

“失陪一下。”他打了声招呼，就独自把他们留下了。

“我也走了。”米拉说。鲍里斯点了点头。

她离开的时候，经过了放着比利的溜冰鞋和录音机的搁板，她把刚买的图片放到它们旁边。鲍里斯注意到了。

“那上面有他的声音……”

“什么？”她不明白地问。

鲍里斯指了指录音机，重复了一遍：“比利的声音。他发明的电视报道……”

他笑了，笑容很悲伤。

“你听过？”

鲍里斯点了点头，“是的，只是开始的一段，后来就没了……”

“我明白了……”米拉说，没再说别的。

“带子几乎是完整的，知道吗……”他说不下去，“酸性物质没有损害到它。常说这相当少见。也许，这取决于埋葬它的土质。里面没有电池，是我装上去的。”

米拉假装很吃惊，为了削弱鲍里斯的紧张感。“那么，录音机还能用？”

“勉强能。”

他们都笑了。

“你愿意跟我一起再听一遍吗？”

“好，打开吧。”

鲍里斯走近录音机，按下了播放键，在冰冷的停尸房里，比利的声音又重获生命。

“……这里是神秘的温布利体育场，欢迎体育爱好者收听！这场比赛会永远留在这项运动的历史上：英国 VS 德国！”

他的声音富有活力，录音机的嗞嗞声让句子不可避免地有些断断续续。那些话里掩藏着他的笑容，仿佛让人看到了他和他那些无忧无虑的日子，他为世界注入了些许矛盾的快乐。

米拉和鲍里斯跟他一起笑了。

“气候温和，尽管已进入秋季，但预计不会下雨。两支队伍已经在场地中间围成一圈，听国歌奏响……阶梯座位上挤满了球迷，座无虚席！女士们先生们，这是多么壮观啊！不久之后，我们就会看到一场伟大的足球挑战赛！首发球员……我的上帝，我忏悔，我卸下我所有的罪，因为我犯了罪，我甘心接受你的惩罚，我冒犯了你，而你无限善良、值得受人爱戴、高于一切。”

米拉和鲍里斯面面相觑，没有听懂。重叠在第一个录音上的声音微弱了许多。

“是祷告。”

“可这不是比利的声音……”

“……依靠你神圣的帮助，我不会再冒犯你，我会避免再一次的罪责。仁慈的主啊，请宽恕我。”

“这样就好。”这是一个男人的声音。“你想说什么？”

“最近我说了很多脏话。三天前，我从厨房里偷了几块饼干，乔纳森和我一起吃的……还有……还有我抄了数学作业。”

“没有别的吗？”

“这应该是洛夫神甫。”米拉说。

“……”

“好好想想，罗纳德。”

这个名字让房间的安静顿时冻结了。罗纳德 · 德米斯也变回了孩子。

“事实上……还有一些事……”

“你想跟我说吗？”

“……不。”

“如果你不跟我说，那我该如何为你开罪呢？”

“……我不知道。”

“你知道比利发生了什么，是吗，罗纳德？”

“上帝把他带走了。”

“不是上帝，罗纳德。你知道是谁？”

“他掉下去了，从塔上掉下去了。”

“可那时你和他在一起……”

“……是的。”

“去那塔上是谁的主意？”

“……有人把他的溜冰鞋藏在了塔上。”

“是你？”

“……是的。”

“也是你把他推下去的？”

“……”

“罗纳德，拜托，请回答我的问题。”

“……”

“如果你说实话，没有人会处罚你。我保证。”

“是他让我做的。”

“他是谁？比利吗？比利让你把他推下去的？”

“不是。”

“那么是其他孩子？”

“不是。”

“那是谁？”

“……”

“罗纳德。”

“嗯。”

“来，回答我。你说的这个人并不存在，是吗？只是你的想象……”

“不。”

“这里没有别人了，只有我和你的同伴。”

“他来这里只是为了我。”

“听我说，罗纳德，我希望你说你对比利发生的一切感到非常后悔。”

“……我对比利发生的一切感到非常后悔。”

“但愿你是诚心诚意的……不管怎样，这只会成为你、我和上帝之间的秘密。”

“好。”

“你谁都不能说。”

“好。”

“我赦免你的罪。以父、子和圣灵的名义。阿门。”

“阿门。”

17

“我们正在找罗纳德·德米斯。”罗凯面对着无数的闪光灯和麦克风宣布，“他应该在三十六岁左右。栗色头发，棕色眼睛，皮肤白皙。”

他向在场的人展示了一张罗纳德的合成照，警方根据那张孤儿院合照推演出罗纳德长大后的样子。他把照片举得很高，让闪光灯尽情地拍摄。

“我们有理由认为，这个男人与绑架失踪女孩的案子有关。不管是谁认识他，有他的消息或在近三十年内与他有过联系，都请通知警方。谢谢。”

最后这个词引起了记者异口同声的提问和请求：“罗凯先生……督察……还有个问题……”

罗凯不理这些，直接从第二道门离开了现场。

这是不可避免的一步。需要给各方敲响警钟了。

鲍里斯和米拉的发现让接下来两个小时的调查工作进行得如火如荼。现在的情况已经很明朗了。

洛夫神甫用比利的录音机记录下了罗纳德的坦白，然后把它和比利葬在了一起，就好像种下一颗种子，知道它早晚会长出果实一样，他希望有一天，事实会公布于众。有人种下了恶果，尽管在当年是无辜的。有人遭受了苦难。有人则把它埋藏在了两米以下的土地里。

“……不管怎样，这只会成为你、我和上帝之间的秘密……”

格兰说：“阿尔伯特是怎么知道这个故事的？洛夫神甫和罗纳德是唯一知道这个秘密的人。因此，唯一可能的解释就是罗纳德和阿尔伯特是同一个人。”

也许，选择让贝尔曼卷入其中也必须从这一角度重新解释。格兰记不得谁曾说过，他们的连环杀手瞄准一个恋童癖也可能是因为他小时候遭受过虐待。也许是罗莎说的。但当时斯特恩马上就推翻了这一假设，而格兰则同意了他的观点，但现在他承认也许他错了。

“恋童癖最喜爱的猎物就是孤儿和遭到抛弃的孩子，因为没有人可以保护他们。”

格兰一直保留着这句话，不急着把它说出来。

“连环杀手会用他所做的一切向我们讲述一个故事——他心理斗争的故事。”他总是这么跟他的学生讲。

可为什么他会被一种不同的设想引入歧途呢？

“他用骄傲欺骗了我。我以为他想挑战我们。我喜欢把面前的对手当做是一个想证明自己比我更狡猾的人。”

在看完电视上播出的罗凯的记者会后，格兰重新把调查队召集到了孤儿院的洗衣房里，那里就是他们找到安奈可尸体的地方。他觉得那里是最合适重新展开调查的地方。这短暂的弯路可以让所有参与者明白，他们是一个团队，而不仅仅是格兰主导的个人实验室。

第二个女孩的尸体已经挪走有一段时间了，大理石缸里没有了泪水。

格兰把提摩太神甫请到了这里。神甫到的时候气喘吁吁的，他显然很不安。尽管这个厅里已经没有任何东西可以让人联想到犯罪现场了，他还是非常不自在。

“我没有找到洛夫神甫。”年轻的神甫开口说，“我觉得……”

“洛夫神甫肯定已经去世了。”格兰突然打断他，“否则，在罗凯的公告之后，他不可能不现身。”

提摩太神甫看起来吃了一惊，“那我还能为你们做些什么？”

格兰顿了一会儿，想挑拣出合适的词。然后，他对大家说：“你们可能会觉得很不合适……我想让我们一起来进行祷告。”

格兰不知道如何祷告，或者没有适合当下情况的祷告词。但他还是要尽力一试，他的声音中满是悲凉：

“最近，我们参与了很多可怕的事情。发生在此处的事儿难以用言语来表述。我不知道上帝是否存在。尽管我一直这么希望。我能肯定的是，恶的确存在。因为恶能被证明。善，不能。恶在其所到之处留下印记。比如，无辜儿童的遗体。善，我们只能靠见证。但这不够，我们需要切切实实的证据……”格兰停顿了一下，“假如上帝存在，我想问他……为什么比利必须死？罗纳德的憎恨来自哪里？这些年在他身上发生了什么事？他是如何学会杀人的？是什么原因把他推向恶？他为什么没有终结暴行？”

格兰的问题停留在周围的沉默中。

“你准备什么时候开始，神甫……”不久之后，斯特恩问道。

提摩太神甫接管了这个小团体。他双手交叉，开始唱圣歌。提摩太神甫用歌声抚平了原本的混乱，从邪恶肮脏的排泄物中荡涤了一切。

信寄到了行为学研究部。如果上面的字迹和罗纳德·德米斯小时候在课堂上写的作业没有多少关联的话，它就会被列为骗子信件。

信写在笔记本的一页纸上，用的是最普通的圆珠笔。寄信人并不担心在纸上留下笔迹。

看来，阿尔伯特不需要太过谨慎。

信的内容挤在纸张的中央，几乎是用一句话写成的，没有几个标点。

致那些寻找我的人

比利是个浑蛋浑蛋！我杀他做得很对我恨他他会对我们不好因为他会有家庭而我们却不会有我的情况更糟。**没人**会来救我**没人**。我一直在这里在你们眼前你们却从不看我然后**他**来了。**他**理解我。他教导我是你们把我逼成这样的你们不看我现在你们看我了？你们的下场会更糟最终这都是你们的错我一直是我。**没人**能阻止这一切**没人**。

罗纳德

格兰带走了一份复印件，想仔细研究一下。那晚他要在家过，和汤米一起。他很想和儿子一起过夜。他已经几天没见到他了。

他走进公寓，马上就听到汤米跑了过来。

“怎么样，爸爸？”

格兰一下子抓住他，给了他一个热烈的拥抱。

“没什么可抱怨的。你呢？”

“我很好。”

这是三个具有魔力的字。他儿子从家里只剩下他们两个时就学会了使用这三个字。好似在说，格兰没什么可担心的，因为他“很好”。他不想念妈妈，他正在学习如何不想她。

汤米拿了一个盘子，放上煎馄饨和糖醋酱，爸爸把米饭倒入两个碗里。他们也有筷子。

他们一边吃晚饭，一边聊白天发生的事。汤米告诉他他是如何组织童子军夏令营的。格兰问他学校的情况，骄傲地发现儿子在体操方面很出色。

“我几乎不擅长任何体育运动。”格兰承认说。

“那你擅长什么呢？”

“下棋。”

“可下棋不是体育运动啊！”

“怎么不是？它还是奥运会的项目呢！”

“以后你会教我下棋吗？”

“当然。”

带着这个庄重的承诺，格兰把他放到了床上，然后把自己关在了书房里。他又拿出了罗纳德的信，阅读了无数次。整个信中，有一样东西从一开始就触动了他，是一句话：*然后他来了。他理解我。他教导我。*

“他”这个字是加粗体。格兰又一次有了那种奇怪的感觉，之前是在罗纳德对洛夫神甫坦白的那盘带子里。

“他来这里只是为了我。”

这是明显的人格分裂的例子，“邪恶的我”经常会从“代理人我”中分离出来，变成他。

“是我做的。可是他让我这么做的。都是他的错。”

在那种背景下，所有其他人都变成了“没人”。这个词也是用的加粗体。

他来救我。没人可以阻止这一切。

罗纳德希望获救。但所有人都忘记了他，忘记了追根究底，他只是一个孩子。

米拉外出买了点儿吃的。

楼梯上，她恰好碰到了下楼的鲍里斯和斯特恩。

“你们去哪儿？”

“去总部看看追踪那个男人的情况。”鲍里斯一边回答，一边把烟放到唇边，“你要一起去吗？”

“不了，谢谢。”

鲍里斯注意到了汤：“那祝你有好胃口。”

米拉继续上楼，她听到鲍里斯对更年长的那个同事说：“你应该重新开始抽烟。”

“还是你戒了比较好。”

米拉听出了斯特恩取薄荷糖的声音，禁不住笑了。

她跷着腿坐在折叠床上。左腿上的伤还有点儿疼，但已经开始愈合了。她一边一勺一勺地喝着汤，一边拿起德米斯的信的复印件看。

她决定把它拆解开来。她放下汤，拿起了记事本和铅笔。

——致那些寻找我的人

——比利是个浑蛋。浑蛋！我杀他做得很对。我恨他。他会对我们不好。因为他会有家庭，而我们却不会有。

——我的情况更糟。没人会来救我！没人。

——我一直在这里。在你们眼前。你们却从不看我。

——然后他来了。他理解我。他教导我。

——是你们把我逼成这样的。你们不看我。现在你们看我了？你们的下场会更糟：最终这都是你们的错。

——我一直是我。没人能阻止这一切。没人。

——罗纳德

米拉一段一段地又读了一遍。这是恨意和愤怒的发泄，它直接指向所有人，没有任何区别。因为在他的脑海里，比利代表一些重大的东西、一些集合在一起的东西，一些罗纳德无法拥有的东西，那就是幸福。

比利很快乐，尽管他目睹了父母的自杀。比利会被收养，尽管他是次等孤儿。比利赢得了所有人的喜爱，尽管他什么都不用付出。

杀了比利，罗纳德就能抹去世人虚伪的笑容。

然而，她越是一遍遍地阅读信上的内容，越是觉得这封信不像是忏悔或者挑衅，倒更像是给出答案。就好像有人问了罗纳德问题，而他迫不及待地和盘托出，因为他已经沉默了太长时间，他想要说出洛夫神甫不让他说出的秘密。

那么，问题在哪里？谁在向他提问？

米拉回想起了格兰在祈祷过程中说过的话。的确，善不能被证明，但恶的例子总在我们眼皮底下发生。证据。罗纳德通过谋杀同伴，做了一件必要的好事。在他看来，比利代表了恶。谁又能证明他说得不对呢？罗纳德的逻辑是成立的。因为当比利长大后，他有可能成为一个大恶人。谁又能说不呢？

米拉小时候上过基督教的教理入门课，她一直有个疑问。成人之后，仍没有找到答案。为什么大家口中代表善的上帝会让孩子死去呢？

仔细一想，这违背了福音书宣扬的爱和正义。

然而，英年早逝大概是上帝为其最坏的子民准备的命运。她救下的那些孩子也可能成为杀人犯，或者连环杀手。她的行为不一定正义。如果有人杀了襁褓中的希特勒、杰佛瑞·达默、查尔斯·曼森，那算是做了好事还是坏事呢？他们的谋杀行为还是会遭到惩罚的吧，肯定没人把他们当作人类的大救星！

她暗自总结道，善与恶常常混淆在一起。善会是恶的工具，反之亦然。

为什么我们会把祈祷词和一个杀手的狂言混为一谈呢？

此刻，她突然意识到罗纳德在信中是在回答谁的提问。

提问在格兰的祈祷词中。

她试图想起来，尽管她只听了一遍。她在活页簿上做了数次尝试。话语的次序可能颠倒了，只得重新来过，最终她默写出了全部祈祷词。接着，她拿来信上的内容进行比对，复原了这场隔空对话。

她重新念了一遍……

一切都一目了然了，从第一句开始。

致那些寻找我的人

这话是对他们说的。是为了回答格兰的提问……

为什么比利必须死？

比利是个浑蛋浑蛋！我杀他做得很对我恨他他会对我们不好因为他会有家庭而我们却不会有。

罗纳德的憎恨来自哪里？

我的情况更糟，没人会来救我没人。

这些年在他身上发生了什么事？

我一直在这里在你们眼前你们却从不看我。

他是如何学会杀人的?

然后他来了。他理解我。他教导我。

是什么原因把他推向恶?

是你们把我逼成这样的你们不看我现在你们看我了?你们的下场会更糟最终这都是你们的错。

他为什么没有终结暴行?

我一直是我。没人能阻止这一切没人。

米拉不知该做何想法。或许答案已经出现在了信的末尾。

一个名字。

罗纳德。

她必须马上证实自己的猜想。

18

天上的乌云渐渐散去，雪也小了。

米拉在路边站了四十多分钟才等到一辆出租车。当知道她要去哪儿之后，司机就有点儿不情愿了。他说太远了，而且天气这么差，回来的时候该拉不到乘客了。最后，米拉表示愿意付双倍的车费，司机才同意载她一程。

穿过城市的时候，米拉梳理了一下自己的思绪。她确定自己的理论是正确的，现在，她离目标越来越近了，于是她再次给自己鼓了鼓劲儿。她本想先打给格兰确认一下的，但手机快没电了。于是，她想在找到地方之后再打电话。

穿过高速公路的路口时，一队巡逻的警察停在交通收费站处，正在让路上的汽车返回。

“雪太厚了，太危险了！”他们向大家重复着一句话。

有些车停到了路边，希望第二天早上能够重新起程。

出租车超越了戒备区，走上了辅路。去孤儿院也可以不用走高速公路。过去只有这么一条路通往孤儿院，幸好那个司机知道怎么走。

米拉在离大门很近的地方下了车。她没有想让司机等在那儿，于是就付了钱。她确信自己没有弄错，而且确信不久就会有其他同事来到这里。

米拉绕过栅栏，走过土路，双脚艰难地踩在混杂着污泥的积雪上。她知道，驻守的警员在接到罗凯的命令后已经撤退了，充作移动指挥部的房车也已经开走了。现在这个地方已经没有什么好调查的了。

她来到入口处大门的前面，发现那扇门上了一把新锁——是为了防止别动队进入。于是她又朝着教区住宅走去，想看看提摩太神甫是不是还没睡。

走到头就是住宅了，没有别的路可走。

她径直朝着神甫的家走去。敲了很多次门，直到二层的一扇窗子亮了起来。不一会儿，提摩太神甫探出了头。

“谁啊？”

“神甫，我是一名警员。我们之前见过面，你还记得吗？”

神甫又趁着透亮的雪光仔细认了认。

“是的，当然记得。这个时候了你来干什么？我以为你们在这里的工作已经结束了……”

“我知道，但很抱歉，我需要去洗衣房里确认一件事。你能把钥匙给我吗？”

“好，我这就下来。”

米拉刚开始怀疑他怎么那么久还不下来，就听见门后面有弄锁的声音，门开了。神甫穿着一件脱丝的羊毛衫，肘部已经磨破了，他的脸上挂着一贯的神秘微笑。

“你在发抖啊。不用担心，神甫。”

“嗯。我找钥匙的时候，你正好可以进屋暖和暖和。你知道，你们的人走后留下了个大烂摊子。”

于是，米拉跟着他进了屋。屋内的暖气一下子让她整个人都暖和了起来。

“我正要睡觉呢。”

“真的很抱歉，神甫。”

“没关系。你想喝杯茶吗？我在睡前总要喝一杯的，它能让我放松。”

“不用了，谢谢。我得尽快回去。”

“喝吧，它会让你觉得舒服的。已经泡好了，你喝就是了。我很快就把钥匙给你拿来。”

他说罢就从房间里出去了，米拉依照神甫所指走向了小厨房。实际上，茶已经放在桌子上了。茶的香气随着水蒸气飘散开来，米拉确实有点儿忍不住了。她端起茶杯，加了足够的糖。她想起来，费尔德海尔在他那如同仓库的家里，为她和鲍里斯端来冷冰冰的茶水，鬼知道他怎么弄水去泡它们。

提摩太神甫拿了一大串钥匙回来了，他还在挑选着正确的钥匙。

“你现在好多了吧，是吗？”神甫笑着问道，他对于自己的坚持很满意。

米拉也笑着应道：“是的，好多了。”

“在这儿呢，这个是开主门的……你需要我陪你一起去吗？”

“不用了，谢谢！”刚说完，她就看见神甫一脸轻松，“但你还是得帮我一个忙……”

“请说吧。”

她给了他一张纸片：“如果在一个小时之内我没有回来，请打这个号码求救。”

提摩太神甫的脸色变了：“我还以为不会再有什么危险了。”

“这只是预防措施。实际上，我觉得不会发生什么，只是我不是很清楚里面的路。也许会有什么意外……而且里面没有灯。”

刚说完，她就意识到自己没有考虑到这个细节。怎么办呢？那里没有电和发电机，那些卤素灯一定早就被拆了，和其他设备一起被拖走了。

“天哪！”她突然惊叫道，“你有手电筒吗？”

“很抱歉，没有……但如果你用手机的话，就可以借着显示屏的灯光照亮。”

这一点她倒是没有想到。

“谢谢你的提醒。”

“没什么。”

很快，米拉就重新走进了寒冷的冬夜，神甫在她的身后将门一道一道地锁上了。

她沿着斜坡走上去，来到了孤儿院的门口。拿出钥匙插进锁孔后，随即就听到身后大厅里的回声，她推开门，然后又关上了。

米拉一边努力回想着通向洗衣房的路，一边朝着那边走去。

现在，米拉来到了洗衣房。

她摆动着手机，想要看清楚周围。有人在放置安奈可尸体的大理石水槽里放了一朵花。米拉还记得那天他们在这个大厅里一起祷告的场景。

她开始在房间里找东西了。

她先沿着墙壁找，没有任何发现。她开始怀疑自己的手机电池还可以支撑多久。不是因为害怕黑暗，而是因为没有了那点儿微弱的光，她将需要更长时间，而且超过一小时的话，提摩太神甫就会打电话寻求帮助，那么她就彻底沦为一个蹩脚的角色了。米拉心想，自己一定要抓紧时间寻找。

到底在哪儿呢？她想，我知道它一定就在这里的某个地方……

突然间，铃声响了起来，吓得她心都快跳出来了。过了几秒，她才反应过来，是自己的手机在响。

她一看显示屏，是格兰的电话。她马上按下了接听键。

“研究室里怎么又一个人也没有了？我至少叮嘱过十遍了！”

“鲍里斯和斯特恩出去了，但是罗莎应该在的。”

“那你在哪儿呢？”

米拉想现在可不是说谎的好时候。尽管她对自己的猜测还不是十分肯定，但还是决定告诉格兰。

“我想前天晚上，罗纳德就在听我们讲话。”

“你想说什么？”

“我将他信上的那些话和我们那天祷告时的提问对比了一下，好像是在回答……”

“很不错的推断。”

他听起来一点儿也不惊讶，也许他也得出了相同的结论。米拉觉得自己很愚蠢，竟然以为格兰一定会很惊讶于这个推断。

“你还没有回答我的问题，你现在在哪儿？”

“我在找麦克风。”

“什么麦克风？”

“就是罗纳德安置在洗衣房里的麦克风啊。”

“你现在在孤儿院里？”

“是的。”

“你马上离开那儿！”

“为什么？”

“米拉，因为根本就没有什么麦克风！”

“我很确定，但是……”

格兰打断她说：“听着，警方已经控制了那片区域，有的话早就找到了！”

突然间，她觉得自己真的很愚蠢。格兰说得有道理：为什么她想得这么肤浅？自己的脑子里都是些什么啊？

“那他是怎么……”她哽住了，浑身一阵阴冷，从后脊梁骨一直凉到全身。

“他就在那里。祷告只是个诱饵，是用来引他上钩的！”

“为什么我之前没有想到呢？”

“米拉，你快点儿出来！”

这时，她已经意识到自己的处境很危险了。

她掏出了枪，慢慢地朝着出口走去，出口离她现在的位置至少有两百米远。这次“造访”孤儿院，她貌似还有一段很长的路要走。

是谁呢？米拉心里在发问，她走上狭长的盘旋式楼梯，来到了食堂。

直到双腿开始用不上力，她才顿时明白了。

那杯茶……

通讯线路上有一些干扰。她听见格兰在听筒里问她：“什么？”

“提摩太神甫就是罗纳德，真的吗？”

干扰。窸窸窣窣的声音。又是干扰。

“是的！比利死后，洛夫神甫就在正式关闭孤儿院之前遣散了所有人——除了他。神甫把他留在身边，一来是害怕他的本性，二来是想把他置于自己的控制范围内。”

“我觉得他给我下药了。”

格兰的声音断断续续的，“你说什么？……我不……明……”

“我觉得……”米拉努力想要再重复一遍，但是她说不出口，声音被卡在了喉咙里。

接着，她向前跌了下去。

电话从耳边滑落，又从手里脱开了，滑到了一张餐桌的下面。因为害怕，米拉的心怦怦直跳，也许还有药物在体内扩散的作用。她的感觉已经麻木了。但是，格兰在电话那头嚷嚷时，她仍能听见他的声音：“米拉！米拉……回答我！发生了什……”

她闭上双眼，恐惧似乎使她再也睁不开了。随后，她想，自己不能死在这么一个地方。

她拿着枪对准了自己的三角肌砰地开了一枪。子弹穿透夹克打进了肉里，射击的回响强烈地撼动着整间屋子。子弹穿透肌肤的那一瞬间，她忍不住发出了一声惨叫。但因此，她也重新恢复了意识。

她听见格兰清楚地叫着她的名字：“米拉！”

她朝着手机显示屏发光的方向慢慢挪去。她费了好大劲儿才拿到电话，回答那头的格兰说：“我很好。”

她重新站起身来，开始朝外面走。她每挪动一步都很费力，就好像置身于一个梦境，在那个梦里有人在追赶她，她却跑不动，她的双腿重得抬不起来，就好像一直到膝盖那里都被黏稠的液体包裹住了。

“你们知道所有的事情，为什么不立刻逮捕他？”米拉对着电话大声问道，“为什么你们没有人告诉我这些情况？”

格兰的声音又变得清楚起来了，“我很抱歉，米拉，我们想让你们能够跟他相处得自然一些，以免打草惊蛇。我们一直在远处监视着他。我们在他的汽车里装了探测器，希望它们能把我们带到第六个女孩那里……”

“但是他并没有做……”

“因为他不是阿尔伯特，米拉。”

“但他也是同样危险的人物，不是吗？”

格兰沉默了一两秒，表示默认。

“我已经报警了，他们正赶往你那里。但需要一些时间，因为监测范围在两公里外。”

无论他们做什么，都太晚了。米拉心想。

“不！”她突然醒悟，“我要活下去。”

罗纳德——别名“提摩太神甫”——还没有走他的下一步棋呢，但他应该不会等太久了。

三记有序的短促铃声打断了她的思绪。

“妈的！”眼看着手机最终还是断电了，米拉抓狂地骂了一句。

瞬时，伸手不见五指的黑暗吞噬了她。

她已经多少次身陷困境了？其实她最终还是成功了，比如在音乐老师家里的那一次。但又有多少次她身处这样的困境？答案令她自己都很不安。

“从没有过。”

被下药，受伤，全身无力，手机断电，她似乎已经被逼到了绝境。最后一点令她不禁想笑：这时，她原本能用电话来干些什么呢？也许可以打给一些老朋友。格拉切拉，比如说。然后问问：“你好吗？你知道吗，我要死了！”

黑暗是最坏的情况了，但这时该把这看成是一个优势：如果她看不见罗纳德，那么罗纳德也就看不见她。

我现在应该把自己藏起来，然后静静地等待救援。

她钻到餐厅里一张餐桌的下面，并蹲在那里，仔细地留意周围的声音。回响对她并没有什么帮助：黑暗中的沙沙作响，干扰声和远方的声音，一些她无法形容的声响。渐渐地，她还是不争气地合上了眼皮。

有一些不真实的色彩开始在她眼前闪来闪去。

肯定是药物的作用……她想。

那些色彩越来越清晰，似乎只为她而闪烁。那不可能只是她自己的想象，事实上，那些闪光和闪烁充斥大厅的各个角落。

那个坏蛋就在这儿，他手里拿着闪光灯！

米拉试图瞄准，但是那些晃眼的光，加上药物的致幻作用，使她根本无法瞄准。

她好像被困在了一个巨大的万花筒里。

正当她要扣动扳机的时候，罗纳德开始唱歌了。

歌声恬静而动听，然而米拉却感觉到了恐惧。

一束光完全地笼罩了她。

枪托从她的手里滑落了出来，有两只手抓住了它。她感觉自己被抬了起来。她想说些什么，但是声音哽在喉咙里出不来。

她最终失去了知觉。

一阵刺骨的寒风袭来。他们在户外。但在哪儿呢？米拉注意到他们应该在高处。她突然记起了那张放大的图片，常曾用它来指出比利被推下去的地方。

是塔，我们在塔上！

她叫喊着，挣扎着，彻底绝望了。罗纳德提着她的衣服，把她放到栏杆上。她将头后仰，看到了身后的无底深渊。透过那皑皑白雪，她隐约看见了远处警车的指示灯，他们正在高速公路上朝着这里驶过来。

罗纳德靠近米拉的耳朵，米拉感觉到他喃喃自语时呼吸出的热气：“太晚了，他们赶不上了……”

然后，罗纳德开始推她。她的双手被绑在身后，但可以抓住檐口光滑的边缘。她使出浑身的力气，但也没能坚持多久。她唯一能借助的就是覆盖在地板上的那些冰，每次罗纳德使劲要将她推下去的时候，她都把脚支撑在上面往前滑。她看到罗纳德的脸因为用力而变形，面目狰狞，他没那么镇定了，米拉顽强的抵抗磨透了他的耐心。然后，罗纳德改变了做法，他决定将米拉的双腿放到栏杆外面。他就站在米拉的面前。就在这一瞬间，一股强烈的求生本能使米拉再次使出全身力气聚集于膝盖上，使劲地按住自己腹部以下的双腿。

罗纳德往后退了一步，气喘吁吁，双手抱在胸前。米拉觉得这是唯一的可能性了，要赶在他还没有缓过神来之前。

米拉已经没有力气了，唯一能借助的就是重力。

三角肌的伤口处就像火烧一样，但米拉顾不上疼痛了。她站直身体，现在，她的前方正好有冰块，她借此助跑，朝着罗纳德冲过去。罗纳德看着米拉突然朝着自己扑过来，顿时失去了平衡。他伸开双臂想要稳住自己的身体，但是他身体的一半已经在栏杆外面了。

当知道自己活不成了之后，罗纳德伸出一只手想要抓住米拉，拖着她，想把她一起拉下去。她看见罗纳德试图用手指来触碰自己夹克皮衣的褶皱，那是最后恐怖的抚摸。她看着罗纳德慢慢地掉落悬崖，就好像一些白色的纸屑一样轻轻地飘落了下去。

黑暗正迎接着他。

19

完美地介于昏睡与清醒之间。高烧又严重了，她觉得两颊发烫，四肢疼痛，胃里翻江倒海。

她不知道日子是何时开始又是何时结束的。在那儿已经待了几个小时或者几个星期了，她不知道。

有几次她很生气，因为爸爸和妈妈没有来接她。

有些时候，她确信自己已经死去了。

“是的，我死了，他们把我埋在这下面。我无法移动，因为我睡在一个棺材里。我将永远这样了……”

随后，疼痛提醒着她自己还活着。定罪和解脱掺和在一起的那种疼痛，将她从昏睡中唤醒，将她重新带回现实，就像现在这样。

她感觉到一种热乎乎的液体正在自己的右臂里流动。她感觉到了，很舒服。有药的气味。有人正在照顾她。

他坐在她身边，耐心地用勺子给她喂食。味道很甜，没有咀嚼的必要。然后，他还会给她喝一些水。她很想说话，但是嘴唇拒绝任何字句的成形，喉咙只能发出一些声音。有时，她觉得那个人在她身边走来走去。有时，她感觉那个人就在那儿，一动不动地看着她。

又是一阵剧痛，一声窒息的尖叫声回荡在四周的墙壁上。她恢复了知觉，恢复了意识。

××××检察院

J.B.马林总检察长办公室

12 月 11 日

致监狱长阿方斯·贝伦杰

××××监狱

第四十五号监区

主题：回复 11 月 23 日的“机密”报告

尊敬的贝伦杰博士：

我遵从您的要求，对您所辖监区的相关犯人进行了后续跟踪，至今为止，仍只能将其编号为 RK－357/9。我必须很遗憾地告诉您，关于该犯人的身份查实工作仍然没有取得任何进展。

我同意您关于编号 RK－357/9 犯人的一些合理怀疑，他可能在过去犯下了一些严重的罪行，并正在全力掩盖罪行，不希望被我们发现。至此，DNA 测试是我们能够作出正确判断的唯一有效手段。

然而，正如您所知道的，我们无法强迫 RK－357/9 犯人去完成 DNA 测试。事实上，公开给他定罪是严重侵犯其人身权利的行为（我们没有试图将他的身份提供给政府官员），这是我们不认可的做法。

如果能掌握到“足够的”、“重大的”证据显示 RK－357/9 犯人犯有严重的罪状或者具有“危害社会的真实动机”，那情况就不一样了。但是迄今为止，我们已经排除了这一可能性。

在此，唯一能掌握他DNA的方法就是直接取得他自身的机体物质，唯一可以掌握的条件就是他在日常行为生活中偶然地、自发地遗留下来的个人物质。

考虑到犯人RK-357/9的洁癖，本办公室授权给狱警在其不知的情况下进入他的单间进行检查和搜集工作，以获取上述机体物质。

希望这个权益之计能达到目的。最后向您致以最诚挚的问候。

副检察官马修·塞德里斯

20

R 地军事医院

2 月 16 日

“他们说什么就让他们说去吧，你别管了！你是一个出色的女警官，你明白吗？”

莫莱科苏警长拿出他所有的乐观主义精神，为了让米拉的心理强大起来。他从来没有对她这样亲切过，几乎是父亲式的。然而，米拉却觉得自己不值得被维护。她那天晚上擅自去孤儿院的消息一经传开，上级的电话就立刻打过来了。她肯定是要背负罗纳德 · 德尔米斯死亡的责任，尽管那只是正当防卫。

她正在一个军事医院里疗养。选择不住普通的地方医院，是因为罗凯很明智地想让她避开媒体的骚扰。她臂膀上受伤的地方已经被一个外科医生缝合了四十针，医生看望米拉时，并没有提及其他伤口，他只是说：“没有哪个部位受枪伤比这个部位受枪伤更好的了。”

“病毒和细菌两者和枪伤有什么关系？”米拉略带挑衅地问道。他只是笑了笑。

然后，有另一位医生来给她检查了很多次，给她量血压和体温。提摩太神甫给她下的安眠药的强劲作用在几个小时以内就已经消失了，剩下的是利尿剂的作用。

米拉有了很多思考时间。

也许是这么多年来她第一次希望能有人陪伴。在莫莱科苏的电话打来之前，没有任何人来过。格兰、鲍里斯、斯特恩还有罗莎都没有来。这只能说明一件事：他们正在就她的事做出一个决定——是否还将她留在队里。不过，最后还是要看罗凯的决定。

她如此无辜地被孤立在那里，她很生气。唯一能安慰她的想法就是，格兰确定罗纳德应该不是阿尔伯特。否则对于第六个女孩，他们什么也做不了了。

独自待在这个地方，她不知道任何关于调查的进展情况。她向给她拿早餐来的护士要了报纸，随后不久，她就拿到了《新闻日报》。

直到第六版，谈论的仍是女孩失踪。一丁点的新闻被不同角度拿来报道、渲染，无限夸大。人们对于新闻是很贪心的。第六个女孩的事件被公开之后，唤起了城中人民的团结一致，这股力量促使着每个人去完成一些不可思议的举动，比如组织守夜祈祷和互助小组。

但是，在所有这些举动里，有一项尤为轰动，甚至置调查人员于尴尬境地——悬赏。

任何提供能营救第六个女孩线索的人，都能得到一千万元的悬赏。悬赏事件是由罗克福德基金会发起的。

米拉问护士谁是这个慈善机构的幕后操纵者，护士惊讶得瞪大了眼睛，说："大家都知道是约瑟夫 · B.罗克福德啊。"

这样的反应终于让米拉明白，原来自己沉迷于调查女孩失踪的案件，已经与现实世界隔绝许久了。

想着想着，她就睡着了。她终于睡了一个没有梦的好觉，而正是梦扫除了那些天来积聚在她脑子里的恐惧。等她醒来之后，她的精神又恢复过来了，但她已不是一个人了。

格兰正坐在她的旁边。

米拉坐起来，问他来了多久了。

“有什么新消息吗？”

“我刚从一个很长的会上回来，还有罗凯督察。”

这就是他来这里的目的。我不再是团队的一员了，但他坚持私下和我沟通消息。

“我们找到洛夫神甫了。”

米拉的胃猛地痉挛了一下，她想到了更坏的事情。

“他大约在一年前就死了，是自然死亡。”

“他被埋在哪儿？”

通过这个问题，格兰明白了米拉其实已经感觉到了一切。

“在教堂后面。还有其他一些东西，可能是一些动物的尸体。”

“洛夫神甫想要控制住他。”

“现在看来，事情正是以这种模式进行的。罗纳德是一个患有边缘性人格障碍的人，他有成为连环杀手的潜质，而洛夫神甫早就看穿了这一点。杀害动物是这类案例中的典型。他们总是这样开始的。当那些动物再也无法满足他们的时候，他们就将注意力转移到了同类身上。罗纳德也是如此，他或早或晚，也会开始杀戮人类。说到底，那种经历从童年时期就成为了他情感包袱的一部分。”

“但我们终结了他，现在。”

格兰使劲摇了摇头。“事实上，是阿尔伯特终结了他。”

似是而非，但也是实话。

“不得不承认的是，这事差点儿让罗凯心脏病复发！”

米拉想，说了这么些话，格兰无非是想拖延告知她被除名的事情，于是她决定自己捅破这张纸：“我被踢出局了，是不是？”

格兰看起来很惊诧：“你为什么这么说？”

“因为我做了一件烂事。”

“我们每个人都做了。”

“我一手造成了罗纳德的死亡：这样我们就不能知道阿尔伯特是怎么知道他的故事的了……”

“首先，我想罗纳德已经考虑到自己的死亡了：他想终结令他苦恼多年的疑问。洛夫神甫把他变成了一个假神甫，使他相信自己可以成为一个对未来和上帝充满信仰的人。但他并不热爱自己的未来，反而很乐于扼杀它。”

“那么阿尔伯特呢，他是怎么知道他的？”

格兰的脸色沉了下来。“他应该是在人生的某个阶段与罗纳德取得联系的。我想不到其他的解释。他在洛夫神甫明白之前就洞悉了罗纳德的内心。他们因为彼此相似而走到了一起，他和罗纳德以某种方式相遇并相识了。”

米拉深深地吸了一口气，她想着命运真的是很玄妙。罗纳德在他一生中只有两个人理解他。一个是没能找出更好的方法将他隐藏于世的神甫，还有一个是他的同类，使他露出了自己的本性。

“你可能是那第二个……”

格兰的话打断了她的思绪。

“什么？”

“如果你没有意外地杀死他，罗纳德也会像多年前杀死比利那样杀死你。”

说到这里，格兰从口袋里掏出了一个信封，递给米拉。

米拉接过来，打开一看，发现里面是罗纳德在饭厅里找她的时候拍的照片，其中一张照片的角落里，正是米拉。她正蹲在一张桌子下面，眼神里充满了恐惧。

“呵呵，我不是很上相。”米拉试图调侃自己。但格兰看出了她内心的震撼。

“今天早晨，罗凯下令先解散调查小组二十四个小时……或者说至少到发现下一具尸体之前。”

“我不想休假，我还要找出第六个女孩呢。”米拉抗议道，“她可等不了了！”

“我想这一点督察他也知道……但是我想他可能想出另一张牌了。”

“悬赏？”米拉立刻说。

“那也许会带来一些意外收获。”

“那医疗界那条线的调查呢？关于阿尔伯特可能是名注销资格的医生的理论？”

“这条线很难追查。没人真的相信这个论点，从一开始就是。从给六号女孩维持生命体征的药入手，我也觉得不会有什么收获。人们有成千上万的手段来获得药品。他狡猾且准备充分，千万别忘了这点。”

“比我们厉害多了，显而易见。”米拉酸溜溜地说。

格兰并不在意。

“我来这儿，是带你出去，不是来和你吵架的。”

“带我出去？去哪儿？”

"带你出去吃饭……"

一离开医院，米拉就坚持先回研究室一趟。她想梳洗一下，然后换一身衣服。她开始重复说，如果不是她的衣服被子弹打破了，剩下的那些衣服也被血迹弄脏了的话，那她就只能穿着那些衣服去了。事实上，那个晚饭邀请让她有点儿焦虑，她可不想带着汗臭味和医院消毒水的气味前往。

她默认了格兰的邀请——即使她已经习惯于直呼他的名字——她根本不认为那会是一次愉快的出行，在晚饭之后，她要立刻回到研究室重新开始工作。然而，即使对第六个女孩充满了负罪感，她还是不禁为受到邀请而产生了一些满足感。

受伤之后，她还没洗过澡。于是，她彻底仔细地洗了个遍，用尽了那个小锅炉里的水。

他们步行到了餐馆。散步很愉快，幸好有了鲍里斯的礼物——一件军绿色的风雪大衣，米拉一点儿也不觉得冷。

那家牛排馆以阿根廷安格斯多汁牛排为特色。他们坐在一张两人的桌子边，靠玻璃窗的位置。菜单上的菜看起来都很美味，米拉需要做一下取舍。最后，她要了一份全熟的牛排和迷迭香烤土豆。格兰要了一份切片牛肉和番茄沙拉。除此以外，两人都要了苏打水。

米拉不知道他们要聊些什么，是聊工作还是聊生活。关于第二个选择，尽管很有趣，但是让她有点儿不安。不过，首先她有一个好奇心需要得到满足。

"情况进行得怎么样了？"

"你想问什么？"

"罗凯本来想把我踢出调查小组，后来又改变了主意……这是为什么？”

格兰琢磨了一下，最终还是开口了。

“我们是通过集体表决决定的。”

“表决？”她很惊讶，“那么‘同意’占了上风？”

“几乎没有什么人说不，说实话。”

“可……怎么会？”

“连罗莎都投了你一票。”他说，暗示着这一结果的原因。

米拉惊得目瞪口呆，“天哪！她可是最不喜欢我的人！”

“你不应该跟她那么僵的。”

“事实上，这跟我想的恰恰相反……”

“对于罗莎来说，这是一个很艰难的时期，她正在跟丈夫闹离婚。”

米拉本想说那天晚上她看见他们在研究室的楼下争吵，但是又觉得太冒昧了。

“罗莎的女儿反应很强烈，都已经饮食失调了。为此，她和丈夫还是要继续生活在一个屋檐下，你能想象她现在的日子吧。”

“那么，她就有权利跟我生气吗？”

“至于这个，你既是这群人里最后来的，又是团队里唯有的另一个女性，对她来说，你比较容易成为发火的目标。她当然不能跟鲍里斯或者斯特恩生气发火，他们已经共事那么多年了……”

米拉喝了点儿矿泉水，然后将好奇心指向了其他同事。

“我想要尽量多地了解他们，以便知道如何与他们相处。”这是她的一个小请求。

“好吧，在我看来，跟鲍里斯相处，我们不需要想太多，因为他正是我们所看到的那样。”

“不错。”米拉接受了格兰的说法。

“我可以告诉你，他曾经在军队里待过，在那里，他变成了一个审讯专家。我经常在工作中碰到他，每次他都面无表情。不过，他总能够轻而易举地进入每个人的脑子。”

“我可没觉得他有那么厉害。”

“不过他的确是。很多年前，他拘捕了一名男子，因为他怀疑那个人杀害了和他一起生活的叔叔和婶婶，并藏匿了他们的尸体。那个嫌疑人冷酷冷静之极，在十八个小时的审讯当中，有五个警察轮流审讯他，但他什么也不肯招。然后，鲍里斯进了问讯室，只和他一起待了二十分钟，那个家伙就什么都招了。”

“哇喔！那么，斯特恩呢？”

“斯特恩是一个好男人。甚至，我觉得这个形容词完全是为他准备的。他三十七岁结的婚，有两个儿子，是双胞胎，两个孩子都是海军。”

“我感觉他是一个很安静的人，而且我发现他是很虔诚的教徒。”

“他每个周末都去做礼拜，还在唱诗班里唱歌。”

“我觉得他的行头是最正式的，让他看起来像是20世纪60年代电视节目里的主角。”

格兰笑着表示同意，然后，他很严肃地补充说道：“他的妻子玛丽已经做了五年透析，还在等待一个能配对的肾。两年前，斯特恩捐了自己的一个肾给他的妻子。”

米拉既惊讶又欣赏，不知道该说什么了。

格兰继续说：“那个男人放弃了他剩下生命的一半，因为那样他的妻子至少还有一线希望。”

“他应该非常爱她。”

“嗯，当然了……”格兰说，带着还未摆脱的苦涩。

这时，他们点的菜上来了。两人很安静地吃着，没有什么交谈的压力，就好像两个彼此很熟悉的人已经没有必要一直去寻找话题来填补沉默的尴尬了。

“我要跟你说一件事。”她最终重新打破了沉默，“就是在我来到这里之后，住进汽车旅馆的第二天晚上，在我搬到研究室住之前我住在那里。”

“我听着呢……”

“那也可能只是一件小事，或者只是我的一种感觉，不过……我感觉有什么人在我穿过空地的时候跟着我。”

“什么叫‘你感觉’？”

“就是有人在跟踪我。”

“可为什么要跟踪你呢？”

“就是因为这个，所以我才没有跟任何人说过。我自己也觉得很荒谬，也许只是我自己的幻觉……”

格兰记下了这个信息，然后又是一阵沉默。

咖啡来了，米拉看了看手表。

“我想去一个地方。”他说。

“现在？”

“是的。”

“好吧。那我埋单了。”

米拉想付一半的钱，但是他很坚决表示是他邀请她来的，应该由他来付钱。于是按他一贯的——几乎是很形象生动的——杂乱，他从口袋里掏出了一大堆票据和钱币，还有一些彩色的小球。

“是我儿子汤米的。”

“噢，我以前不知道你已经……”米拉说。

“不，我没有。”他低下头接过话，接着又补充道，“不再有了。”

米拉从没参加过夜间葬礼，罗纳德的葬礼是第一次。因为一些众所周知的原因，他的葬礼被安排在了晚上。

掘墓人都在坟墓周围。他们没有机械设备。土地被冻住了，要翻动它们，除了费力之外，还相当困难。他们有四个人，每五分钟就轮换一下，两个人挖坑，另外两个人拿着手电筒照明。偶尔会有人咒怨几句天冷，为了取暖，他们传递着一个土耳其野外杯。

格兰和米拉静静地在一旁看着这一切。装着罗纳德遗骸的棺木还在卡车上，在墓坑上面一点儿的地方，是要最后放上去的墓碑：没有名字，没有日期，只有一个序列号。还有一个小小的十字架。

这时，米拉的脑海里又浮现出了罗纳德从塔上掉下去的情景。他掉下去的时候，米拉没有从他的脸上察觉出一丝害怕或惊恐，就好像死亡其实一点儿也不令他遗憾。也许他也和贝尔曼一样，更喜欢这样的解决方法——永远屈服于欲望的毁灭。

“你还好吗？”格兰问她，打破了沉寂。

米拉转过脸说：“我很好。”

然后，她感觉有人出现在墓地的树后面。她又仔细看了看，认出是费尔德海尔。看来，罗纳德的秘密葬礼也不是很秘密。

如果不是因为费尔德海尔，如果不是当初他不自愿的帮助，那么现在他们也不会在这儿了。正如格兰所说的，终结那个连环杀手也有他的功劳。谁知道他们挽救了多少潜在的受害者呢。

当眼神相遇时，费尔德海尔捏了捏手中的易拉罐，然后走向了不远处的停车场。他会继续回到自己习惯的生活中去，回到他垃圾场上的家里，喝着破杯子里的冷茶，带着锈黄色的狗，等着某一天无名的死亡出现在他的门前。

促使米拉来参加罗纳德葬礼的原因可能与格兰在医院跟她说的一句话有关："如果你没有意外杀死他，罗纳德也会像多年前杀死比利那样杀死你。"

谁知道呢，也许在她之后他还会继续杀戮。

"人们还不知道，但是根据我们的统计，这个国家活跃着六到八个连环杀手。然而，还没有人知道他们是谁。"格兰在工人们把棺材抬进坑里的时候说道。

米拉震惊了："怎么可能？！"

"因为他们是随机的，没有既定的模式，或者因为还没有人能够将他们同看起来显然不同的谋杀重新连接起来。再或者，是因为那些死者不值得进行深入调查……"

一阵风吹来，掀起了混合雪和尘土的旋涡。米拉感到了一阵快感，她将皮大衣又裹紧了些。

"这一切有什么意义？"米拉问道。

格兰说话了："上帝很安静，魔鬼在呢喃……"

两个人都没再说什么。

工人们开始用冻土填上那个大坑。墓地上，只回荡着铲子的声音。突然，格兰的手机响了。他还没来得及从大衣口袋里掏出手机，米拉的手机也响了。

没有必要接了，一定是已经找到了第三个女孩。

21

可巴石的家庭里有爸爸、妈妈和两个孩子：一个十五岁的男孩和一个十二岁的女孩，他们居住在著名的卡波－阿尔多别墅区。那里有六十公顷的绿地，有游泳池、驯马场、高尔夫球场和一个为四十户别墅业主准备的俱乐部之家。有钱人的港湾，里面的居民通常包括职业医生、建筑师和律师。

两米高的墙，巧妙地伪装成一排篱笆，将那里面与外面的世界隔离开来，意味着那个天堂只属于他们。小区里二十四小时有人把守，绝无真空时段。电子探头在各个角落都有安装，还有一个保安团队保障着居民的安全。

可巴石是一名牙医，属于高收入人群。他的车库里停着一辆马莎拉蒂和一辆梅赛德斯，在山上还有一栋房子，一艘帆船，在酒窖里还有令人羡煞不已的葡萄酒珍藏。他的妻子负责相夫教子和购买那些独一无二且价格不菲的东西来装点豪宅。

“他们在热带地区有三个星期了，昨天晚上回来的。”格兰和米拉到达别墅的时候，斯特恩这样告诉他们，“旅行的目的正是和那些被绑架的女孩有关。他们的女儿正值那个年纪，因此，他们想带着她去度假，以便看好她，同时也换换环境。”

“他们现在在哪儿？”

“在宾馆。为了安全起见，我们的人正监护着他们。他的妻子需要静一静。他们受到了一点儿惊吓。”

斯特恩最后那句话也是为他们接下来要看到的一切作个思想准备，就从站着的地方，他们已经看到了他们的家。

那个家已经不能称为一个家了，现在，它被定义为“新调查地点”。它被警戒线包围了起来，把那些围观的人隔离在外面。人们都在围观，想知道发生了什么事。

“至少媒体不能到这里来。”格兰着重强调道。

他们沿着隔开别墅和马路的那片草坪走着。花园被精心打理过，里面有很多美丽的冬季植物装点着花床。在夏天，可巴石夫人自己在花园里种植了一些玫瑰花。

一名警员守在门口，控制着来往人员，只允许那些执法人员进出。克莱普和常都带着自己的团队参与了工作。就在格兰和米拉准备跨入门槛前，罗凯督察从里面出来了。

“你们无法想象……”他的脸色蜡白，用手拿着一块手帕捂在嘴上，“情况正在朝着越来越可怕的方向发展。我希望我们能阻止这场屠杀……只是女孩们，圣洁的神啊！”

罗凯的宣泄看起来很真实。

“好像还不止这些，居民们已经开始抱怨我们警方的存在了，他们利用政治手段想让我们尽早离开！我还要给一个参议员打电话向他保证我们会尽快干完活儿！”

米拉经过的时候，看了一眼别墅前聚集的人群。那里是那些人的私人伊甸园，他们几乎被视为入侵者。

但是，这天堂的拐角很意外地开放了一条通往地狱的路。

斯特恩递给她一个罐子，里面是樟脑，用来放在鼻子下面。米拉穿上塑料鞋套和乳胶手套，完成了死亡的交接仪式。门前的警员走到一边让他们通过。

入口还放着他们旅行归来的行李和纪念品礼盒。将可巴石一家从热带地区带回到这个寒冷二月的飞机大约是在晚上十点落地的。他们一路赶回家，想要重新找回平常的生活习惯，然而对他们而言，再也不一样了。仆人们明天才度假归来呢，因此，他们是最先跨过门槛的人。

气味污染了整个屋子的空气。

“可巴石一开门就闻到了这股气味。”格兰马上就说。

在宽敞的客厅里，技术人员和法医工作人员正默契地配合着，似乎有个神秘的隐形人在带领他们。大理石地板反射着明晃晃的卤素灯光。现代化的室内设计映衬着古典的家具摆设。三张灰尘色的真皮沙发围出了一块方形空间，摆在一个巨大的红砖砌成的壁炉前面。

在沙发的中间，坐着女孩的尸体。她的眼睛睁着——蓝色的眸子。

她就那样看着他们。

那个定格的眼神是那张惨遭蹂躏的脸庞上仅存的人性特征。尸体已经严重腐败。缺了左臂使得她保持着倾斜的姿势，仿佛她随时都有可能倒下。然而，她却始终保持着那个姿势。

她穿着一件蓝色小花的衣服。裁剪和尺寸能看出那是一件自制的衣服，是量身定做的。米拉还注意到了白色蕾丝花边的细节，缎子腰带上钉了一颗珍珠纽扣。

她穿得像个洋娃娃，一个坏了的洋娃娃。

米拉一刻也停不住。她垂下目光，第一次注意到了沙发间的锦缎地毯。上面描绘着波斯玫瑰和彩色的波纹。看起来，那些图像充满了动感。然后，她又仔细看了看。

地毯完全被小昆虫覆盖了，它们蜂拥而至，互相叠积在一起。

米拉本能地伸出手去摸了摸那个女孩左臂的伤口处，按了按。不管谁站在她旁边都会发现她很难受。然而，事实恰恰相反。

就像往常一样，她在痛苦中寻求安慰。

剧痛是很短暂的，反而给了她力量来亲眼见证这恶心的场景。当她感受到了足够的痛苦之后便停止施压。她听见常跟格兰说：“它们是麻蝇的幼虫。如果温度高的话繁殖速度相当快，而且它们非常贪婪。”米拉知道他正在说关于医学上的东西，经常都是这样，失踪案件要伴随着尸体的发现才能解决。通常情况下，不仅虔诚的鉴定仪式是必要的，那种更加平淡无奇的遗体死亡日期推测也是很必要的。在死后的各个阶段，都有不同的昆虫参与进来，尤其是当遗骸裸露在户外时。人们所说的“尸体动物”分为八种，每种对应了有机体死后的不同阶段。根据尸体动物的品种，就很可能追溯到机体死亡的时间。

麻蝇是一种胎生的飞虫，是那八种动物中的第二种，米拉听到病理学家在说，尸体在那里至少已经有一个星期了。

“阿尔伯特有时间来作案，当主人外出的时候。”

“但有一件事情是我不能解释的……”常补充道，“在七十个探头和三十多个警卫二十四小时全天候巡逻检查的情况下，那个凶手是怎么把尸体搬到这里来的？”

22

“我们碰上了跳闸。”在罗莎问到一个礼拜前监控探头停工了三个小时的合理解释时，别墅区安保的总负责人这样说。他们推断阿尔伯特是在那个时候把女孩带到可巴石家里的。

“这样的事情还没让你们警惕起来？”

“没有很警惕……”

“明白了。”她没有再说什么，而是把目光落到了安保负责人制服的上尉军衔上。然而，制服上的假等级就像他的能力一样。那些应该负责保护居民安全的警卫其实就是一些穿着制服的傀儡。

鲍里斯受命去讯问那位牙医。

鲍里斯几乎从不试图将受讯者拖入自相矛盾之中，他知道压力常常催生出一些负面效果，受讯者就像是在法庭上遭到律师攻击一样。他也对那些威逼利诱或者趁着嫌疑人战战兢兢时尝试谈判等方式不感兴趣。

不，特派员鲍里斯只想得到嫌疑人完全的招供。

米拉准备走进研究室的厨房时，看到了他。这是场排练，鲍里斯在充当受讯者。鲍里斯要用谎言攻破可巴石的防备。

鲍里斯卷起衣袖，手里拿着一瓶水，来回走动着锻炼双腿。与可巴石不同，事实上，鲍里斯没有坐下，而是始终站立着。

这时，斯特恩迅速告诉了他一些新知道的关于嫌疑人的信息。

“牙医逃了一部分税。他有个黑账户，他把诊所的黑收入和他每个周末作为半专业选手参加高尔夫比赛获得的奖金都存进了这个账户……而可巴石夫人，则更喜欢另一种消遣方式：每周三下午，她会和一名著名的律师在市中心的一家酒店里见面。虽然无用，但可以补充的是，这个律师每周末都和她丈夫打高尔夫……”

这些信息对讯问会有突破性的作用。鲍里斯玩赏着它们，准备在适当的时机用它们一举摧毁牙医的心理防线。

讯问室很久之前就在研究室里准备好了，在客房旁边。房间很狭窄，很闷，没有窗户，唯一的入口鲍里斯在进去之后就会锁上。然后，他会像往常一样把钥匙放进兜里：一个简单的动作就能营造出强势的效果。

灯光很强烈，发出烦人的嗡嗡声。这种声音也是鲍里斯施压的一种工具。他自己则塞上了耳塞，以减轻这种效果。

一面假镜子把房间和另一个小房间分开了，两个房间有着独立的入口，队里的其他人可以观看审讯。受审者总是背对着镜子而不是正对着，这很重要。他要感觉到别人在观察自己，却无法改变那些无形的目光。

桌子和墙都被刷成了白色。单色能让他找不到可以集中精神用来思考回答的点。他的椅子有一条腿短一些，整个过程中会摇摇晃晃，这是用来扰乱他的。

米拉走进房间时，罗莎正在准备 VSA（Voice Stress Analyzer，语音应力分析仪），这是一种能测量声音震动压力的装置。电脑能分析出可巴石话语中的微小变化，揭露他的谎言。

特派员鲍里斯使用的技术更重要——行为观察，他是这方面的专家。

可巴石在受到有礼貌的邀请后，被带到了讯问室提供线索，但毫无预先通知。负责把他从他家人居住的酒店带出来的警察，让他独自坐在汽车的后座上，车开了很长时间，才把他带到了研究室，为的就是增加他的疑虑和不确定感。

鉴于这只是一次信息会谈，可巴石没有要求律师在场。他害怕这种申请会暴露出他有罪的嫌疑。鲍里斯看准的正是这一点。

在房间里，牙医神态疲倦。米拉观察着他，见他穿着一条黄色的裤子，是夏天穿的。这很可能是他去热带旅游时带的一套高尔夫运动服的一部分，现在却成了他仅剩的可替换服装。上面是一件褐色羊绒衫，从脖子那儿隐约可见白色的 POLO 衫。

他们对他说，不久后会有人来问他几个问题。可巴石点了点头，双手交插放在胸前，作防卫状。

此时，鲍里斯正从镜子的另一端观察着他，让他等久一点儿可以更好地研究他。

可巴石注意到桌上有一个文件夹，上面写着他的名字。这是鲍里斯放在那儿的。牙医没有碰它，也没有看向镜子，他很清楚有人在观察他的一举一动。

事实上，文件夹是空的。

“很像牙医的等候室，不是吗？”罗莎一边讽刺地说，一边看着玻璃后面那个不幸的人。

然后，鲍里斯宣布：“好了，开始吧。”

不久后，他走进了讯问室。他跟可巴石打了个招呼，用钥匙锁上了门，然后为自己的迟到表示了歉意。他又一次声明，他即将问的问题只是需要得到澄清。然后，他拿起桌上的文件夹，打开了它，假装读着什么。

“可巴石博士，你四十三岁，是吗？”

“是的。”

“你是从何时开始做牙医的？”

“我是外科矫正医生。”他确切地说，“不管怎么样，我干这行已经十五年了。”

鲍里斯花了点儿时间检查那些看不见的纸。

“我能问你去年的收入是多少吗？”

男人嘀咕了几声。鲍里斯开始展现出了第一次攻击——收入暗示着税收。

人每次说谎时，都需要联想到能让它站得住脚的所有事实。谎言说得越多，游戏就会变得越复杂。这有点儿像马戏团里表演转盘子的杂技演员，每次增加一个圆盘，表演的难度就会增加一成，他就会顾此失彼。

正是这样，他才会变得更加脆弱，更容易暴露自己。

可巴石只要用到想象，鲍里斯就会立马知道。持续上升的不安会产生出异常的微小行为，比如弯背、搓手、按摩太阳穴或手腕。通常，这些还伴随着生理变化，比如出汗，音调变高和不受控制的眼睛转动。

像鲍里斯一样经过良好训练的专家都知道这些只是谎言的苗头，就像他们应该对待的那样。为了证明对方在说谎，需要迫使他承认自己的责任。

当鲍里斯认为可巴石对自己相当自信时，他进行了反击，在问题中提及了阿尔伯特和六个女孩失踪案。

两个小时之后，可巴石被一连串的棘手问题问得精疲力竭，他越来越表现出对抗的态度。鲍里斯给牙医限定了一个圈，令他处处感到掣肘，很难有反击的余地。现在，牙医只想着打电话叫来律师，他只想尽快摆脱困境。鉴于他的心理防线已经崩溃，为了重获自由，他什么话都说得出口。他甚至会承认自己是阿尔伯特。

然而，那不是事实。

当鲍里斯意识到这一点时，他走出了房间，借口出去给他倒一杯水，他走到格兰和其他人待着的镜子后面的小房间里。

“与他无关。”他说，“他一无所知。”

格兰点了点头。

罗莎刚回来不久，她带来了电脑和可巴石全家手机的分析结果，没有任何发现，甚至从有联系的亲朋好友那里也没有找到任何有趣的发现。

“那么就跟他家那幢房子有关了。”格兰总结道。

可巴石的住处曾发生过某些见不得光的事，就像孤儿院的案子一样。

这个理论很单薄。

“那个别墅是最后一个建在空地上的建筑，大约在三个月前完工，可巴石一家是第一批也是唯一的产权所有人。”斯特恩说。

但格兰没有在意：“那所房子里有秘密。”

斯特恩立马明白了，问：“我们从哪儿开始？”

格兰想了一会儿，然后命令道：“你们从花园挖起。”

首先由搜证犬领路，它们能嗅出埋藏很深的人类残体。然后是探地雷达，用来探测地底下，但绿屏幕上没有出现任何可疑信号。

米拉看着搜寻人员和他们所做的尝试，她还在等常通过和受害者父母的 DNA 比对，告诉她在可巴石家里找到的女孩的身份。

他们是在下午三点左右开始挖掘的。小型推土机推着花园里的泥土，毁坏了外边精妙的建筑，当初建造它们的时候应该花费了不少的人力和物力。现在一切都任由卡车推倒、堆叠起来。

柴油机引擎的声音搅乱了卡波-阿尔多的安静。好像这还不够，推土机产生的震动让可巴石的马莎拉蒂的报警器响个不停。

搜完花园后，搜索转移到了别墅内部。需要挖开客厅里厚重的大理石瓷砖。内墙要经过听诊，以寻找空洞处，然后用铁锹敲开。家具也惨遭噩运——拆卸和分解，然后只能扔掉。挖掘范围还要扩展到地基。

罗凯授权进行这次“屠宰”。警局不允许再一次的失败，不惜付出百万损失的代价。但可巴石家也不想再回到这里住了，因为这里剩下的只有不可补救的恐怖。他们以比买入时更低的价格卖掉了它。想到家中发生过的惨案，那美好的生活永远地一去不复返了。

大约在下午六点时，犯罪现场工作人员的紧张感已经显而易见了。

“有人能停掉那个该死的警报吗？”罗凯指着可巴石的马莎拉蒂吼道。

“我们找不到汽车遥控。”鲍里斯回答他。

“打电话给牙医，让他给你们！什么都要我教你们吗？”

压力非但没有把他们聚在一起，反而让他们相互对抗，让他们为无法找出阿尔伯特为他们设下的谜而感到沮丧。

“为什么女孩穿得像洋娃娃一样？”

疑问让格兰快疯了，米拉从没见过他这样。他在挑战中承担了某一种角色。也许是这位犯罪学家也没有意识到的一些东西不可补救地破坏了他清晰的逻辑思维能力。

米拉站在远处，不安地等待着。阿尔伯特的行为有什么意义？

他绑架了女孩，一个接一个，并且马上杀了她们，然后只让一个活着。为什么？他从杀戮中找不到快感，因为他把杀戮当作吸引注意力的工具。但不是让自己成为焦点，而是其他人。贝尔曼，一个恋童癖者；罗纳德·德米斯，一个同类。

多亏了阿尔伯特，他们俩都停止了犯罪。事实上，他服务了社会。他可以自相矛盾地说，他的恶是以善为目的的。

到底谁是阿尔伯特？

午夜时，可巴石汽车的警报仍在空响，无情地提醒着所有人，他们至今为止的努力都是白费的。

地底下没有任何发现。别墅被掏空了，墙里面也没有任何秘密。

当米拉坐在房前的人行道上，鲍里斯拿着手机走到了她旁边。

“我正在试图打电话，但没有信号……”

米拉也检查了一下她的手机，“也许正因为如此，常还没打电话告诉我 DNA 的检测结果。”

鲍里斯指了指自己。“呃，知道有钱人也缺点儿什么让人很欣慰，不是吗？”

他笑了，把手机放回兜里，坐到了她身边。米拉还没谢他送的大衣，她正好趁此机会向他表达谢意。

“没什么。”他回答说。

这时，他们注意到卡波-阿尔多的保安围到了别墅周围，形成了安全线。

“发生了什么事？”

“记者要来了。”鲍里斯对她说，“罗凯决定允许他们拍摄别墅。几分钟的电视新闻，尽可能地展现我们正在做的一切。”

她看了看那些严阵以待的保安。荒唐极了，他们穿着蓝橘两色的制服，摆着姿势以凸显肌肉，表情严肃，对讲机的耳机让他们显得十分专业。

阿尔伯特欺骗了你们，他在墙上挖了个洞，用简单的短路就把你们的监控探头弄故障了，蠢货！她心想。

“在不眠不休好几个小时后，罗凯会发火的……”

“他总能找到脱身的办法，不用担心。”

鲍里斯拿起香烟纸和烟袋，开始默默地卷烟。米拉很清楚地感觉到他想问她些什么，但不是以直接的方式。如果她沉默的话，就无法帮到他。

她决定帮他一把：“在罗凯赐予你们的二十四小时的自由时间里，你是怎么过的？”

鲍里斯回避了。“我睡了一会儿，想了想案子。这有时能让想法变得清晰……我知道昨晚你和格兰出去了。”

就是这个，你终于说了！米拉想错了，她以为鲍里斯是出于嫉妒。其实，他别有意图，他随后的话才让她明白过来。

“我想她受了很多罪。”

他说的是格兰的妻子。他用了一种非常痛苦的语气，让人觉得无论那对夫妻之间发生了什么，都让队员们都卷了进去。

“事实上，我一无所知。”她说，“他没跟我说。只是在晚上的最后时刻暗示了一下。”

“那么，也许你现在知道更好……”

在继续说下去之前，鲍里斯点燃了香烟，深深地吸了一口，吐出了烟雾。他在组织语言。

“格兰的妻子是一个很棒的女人，不仅漂亮，而且善良。我都数不清我们去他们家吃过多少次饭了。她是我们中的一员，就好像她也是队里的人。当我们手里有棘手的案子时，那些晚餐就是在我们与血和尸体打了一整天交道之后唯一的安慰。一种与生命和解的仪式，我不知道我说得清不清楚……”

“那后来发生了什么？”

“那发生在一年半前。没有任何预兆，没有任何暗示，她走了。”

“她离开了格兰？”

“不仅是格兰，还有汤米，他们唯一的儿子。那是一个很温柔的男孩，从那时起，他就和他父亲一起生活。”

“她为什么走了？”

“没有人知道。也许她有了别人，也许她厌倦了那种生活，谁知道……她没给他留下任何字条。她走出门，就离开了。就是这样。”

“连原因都不知道，我接受不了。”

“奇怪的是格兰从没有让我们去找她。”鲍里斯的声音变了，他在继续说之前看了看四周，确定格兰不在附近，“有些事格兰不知道，他也不该知道……”

米拉点了点头，告诉他自己是可以信任的。

“呃……几个月后，我和斯特恩追踪过她。她住在海边的一所房子里。我们没有直接去找她，而是让她在路上碰到我们，希望她能过来跟我们说说话。”

“那她……”

“看到我们时，她很惊讶。然后，她跟我们打了个招呼，低下头就走了。”

沉默，米拉无法打破。鲍里斯扔掉了烟蒂，并不理会其中一个保安的眼色，那个人马上捡起了烟蒂。

“为什么要告诉我这些，鲍里斯？”

“因为格兰是我的朋友。你也是，虽然时间不长。”

鲍里斯应该理解了她和格兰都还未注意到的一些东西，一些和他们有关的东西。他只是在试图保护他们两个。

“他妻子走后，格兰就过得很辛苦。他要坚持，尤其为了他的儿子。他对我们毫无改变，看起来还是老样子——精确、准时、有效率。他开始只是不注重穿着。这是不久前的事，我们没有在意。然后就发生了‘威尔森·皮克特’的案子……”

“那个歌手怎么样了？”

“是的，我们是这样叫他的。”很明显，鲍里斯已经后悔提到了，于是他只是加了句，“很糟糕。有很多错误，有人威胁要解散团队，解雇格兰。是罗凯保住了我们，保住了我们原有的职位。”

米拉正要问发生了什么，她确信鲍里斯最终会告诉她的。这时，可巴石的马莎拉蒂的警报又响了起来。

“该死的，这个声音快把人弄疯了！”

这时，米拉的目光不经意地扫到了那所房子，就在一瞬间，她回忆起了一系列吸引她注意力的画面：在保安的脸上出现了同样厌恶的表情，所有人都把手放到了对讲机的耳机上，就好像那是一种出人意料的不可忍受的干扰。

米拉又看了看马莎拉蒂，然后从兜里掏出手机，仍然没有信号。她脑海中突然闪过一个想法。“有个地方我们还没有找……”她对鲍里斯说。

“什么地方。”

米拉指了指上面：“空中。”

不到半个小时后，在夜晚的寒冷中，电子专家就已经开始探索这片区域了。他们每个人都戴着耳机，手里拿着一个指向上方的卫星天线。他们到处转悠——很缓慢很安静，就像幽灵一般——试图找到无线电信号或可疑频率，如果天空中隐藏着某些信息的话。

事实上，信息的确存在。

正是它干扰了可巴石那辆马莎拉蒂的警报器，屏蔽了手机信号。它潜入到保安的对讲机里，产生令人难以忍受的尖啸声。

当电子专家确定出它的位置时，他们说信号很微弱。

不久后，发射器转接到了接收器上。

他们围到一个装置的周围，去听黑暗在对他们说些什么。

没有话语，只有声音。

他们沉浸在时不时淹没、继而又重现的噪音之中。在那些既定的音符中，有一种和谐。很短，然后变长了。

“三点，三线，再是三点。”格兰翻译给在场的人听。这世界上最著名的无线电码的语言中，这些基本的声音有唯一的一个意思。

SOS。

“从哪里来的？”格兰问。

技术人员观察了一下信号分解后在显示屏上重组的光谱，然后抬眼指着路说：“从对面的房子那儿。”

23

它一直在他们眼前。

对面的房子看了他们一整天，看着他们如何气喘吁吁地企图找到解开谜底的办法。

双层别墅属于一个叫伊冯·格雷斯的女人。此人是画家，正如邻居们称呼的那样。女人和两个孩子住在一起，一个十一岁的男孩和一个十六岁的女孩。他们在伊冯离婚后就搬到了卡波－阿尔多，她重新培养起了自己在少女时嫁给年轻有为的律师格雷斯后荒废的对形象艺术的热爱。

当摩斯电码把大家的注意力吸引到路对面的房子上时，一名保安发现，事实上，伊冯和她的孩子已经很久没在附近出现了。

窗帘被放下了。因此，无法看到里面的情况。

在罗凯下命令进入别墅前，格兰试图拨打这个女人的电话。不久后，一个刺耳的声音打破了路上的安静，声音很弱，但很明确，是从她的家里发出来的。没有人接。

他们试图与她的前夫取得联系，希望孩子们至少和他在一起。当他们找到他时，他说他已经很长时间没有孩子的消息了。这不奇怪，因为他为了一个二十几岁的模特抛弃了家庭，认为只要给予物质就足以履行父亲的职责了。

技术人员在别墅周围放了热传感器，用来探测房子里可能的热源。

“如果房子里有什么活物，那么我们很快就会知道。”罗凯说，他盲目地相信着技术的效力。

同时，他们检查了水、电、煤的使用。相应的连接没有被切断，因为银行仍在自动扣费，但电表、水表和煤气表已经三个月没动过了。这表明在约九十天里，里面没人开过灯。

“也就是说，差不多是可巴石家别墅造好，牙医一家人搬进去前后。”斯特恩指出。

格兰吩咐道：“罗莎，我想要你检查一下监控探头的录像。两幢房子之间存在着某种关联，我们要找到这种关联。”

“但愿设备这次不要再有幺蛾子。”罗莎说出了自己的期望。

此时，一名技术员带着热传感器的显示屏走过来。“传感器确认出二楼有什么东西……活的。”

所有人的目光都再次投向了那个房子。

“准备好进入房子。”格兰宣布道。

“目标在二楼，没有动。”斯特恩用无线电说。

鲍里斯一边倒计时一边拉开了大门的把手。备用钥匙是保安负责人给他的。每幢别墅都有一把，用来应对紧急情况。

米拉注意到了鲍里斯的专注。他们身后，别动队的人已经准备好进入了。特派员鲍里斯是第一个跨过门槛的人，米拉跟在他后边。他们握着手枪，除了防弹衣外，他们还戴了带有耳机、麦克风和固定在右太阳穴位置上的电筒的头盔。斯特恩在外面一边用无线电指导他们，一边盯着热传感器屏幕上显示的轮廓的移动。那个图像上有指明身体不同温度的很多级别的颜色，从蓝色到黄色，最后到红色。无法分辨出形状。

但图像像是一个躺在地上的躯体。

可能是个伤员。但在查明以前，鲍里斯和米拉需要按照确保周围环境安全的原则对这里进行搜查。

别墅外放置了两个巨大且巨亮的聚光灯，照亮了房子的两侧。由于垂下的窗帘，光很少能射进屋内。米拉试图让眼睛适应黑暗。

“一切都好吗？”鲍里斯低声问。

“一切都好。”她确认道。

此时，格兰站到了可巴石家原先的草坪上，他抽着烟，很快就抽完了一根。他很担心，尤其担心米拉。他身旁的罗莎坐在四个屏幕前，来回观察着监控探头拍下的画面。面前的那两所房子是否有关联，很快他们就会知道结果。

进入伊冯家后，米拉注意到的第一件事就是屋子的凌乱。

从大门口可以完全看到左边的大厅和右边的厨房。桌上堆了几盒打开的食物盒，几瓶橙汁和几盒酸牛奶，还有空的啤酒罐。厨房的门开着，一些食物撒在地上。

桌子周围有四张椅子，只有一张移动了位置。

水槽里乱糟糟地堆满了脏盘子和带着残留物的锅。米拉把电筒的光对准了冰箱：在乌龟状的冰箱贴下，她看到一个皮肤白皙的女人的照片，四十多岁，微笑地搂着一个小男孩和一个大一点儿的小女孩。

客厅里，巨大的等离子电视屏幕前的矮桌子上放着几个烈性酒的空瓶、啤酒罐和插着烟头的烟灰缸。一张沙发被拖到了大厅中间，可以看到地毯上泥泞的鞋印。

鲍里斯唤起了米拉的注意，他给米拉看屋子的平面图，让她知道他们要分头行动，然后在通往二楼的楼梯口会面。他冲她指了指厨房后的那片区域，然后把书房和工作室留给了自己。

“斯特恩，楼上一切正常吗？”鲍里斯对着无线电轻声问道。

“它没动。”斯特恩回答道。

他们相互点了点头，然后米拉朝着鲍里斯指的方向走去。

“有了。”这时罗莎冲着屏幕的方向说，“看这里……”

格兰走到她身后。根据屏幕边缘的时间，这些画面拍摄自九个月前。那时，可巴石的别墅还只是个工地。在快速回放中，工人们就像疯狂的蚂蚁般在未完成的房子周围来回移动。

“看现在……”

罗莎快进了一些录像，进到黄昏，那时所有人都离开工地回家了，第二天再返回。然后，她把录像调到了正常的播放速度。

那时，从可巴石的家门口，隐约可以看到些什么——一个影子，静止的影子，好像在等待着什么。他在抽烟。

香烟断断续续的光照出了他的轮廓。男人待在牙医的别墅里面，等待着夜幕降临。当周围足够黑暗时，他走到了外面。他看了看周围，然后跑到几米外的前面的房子里，没敲门就直接进去了。

“听我说……”

米拉来到了伊冯的画室里，每个角落都堆满了帆布，画架和颜料倒了一地：当她听到耳机里传来格兰的声音时，她停了下来。

“我们可能知道房子里发生了什么。”

米拉等着他继续往下说。

“与寄生虫有关。”

米拉没有明白，格兰给出了说明。

“负责建造可巴石别墅的其中一名工人每晚在结束工地的工作后都会立刻潜入对面的住房。我们觉得他可能……”犯罪学家停顿了一下，为了更好地解释这一可怕的想法，“在那一家人自己的房子里绑架了他们。”

鸠占鹊巢，然后模仿他人的行为。通过这种怪诞的模仿举止，他说服自己成为了家里的一部分。他用他那侵犯性的爱证明一切。他不接受自己被当作外人排除在外。但当他厌倦了那种伪装后，他就会摆脱他的新家庭，寻找另一个可以侵扰的巢穴。

当米拉观察着经过伊冯画室所见到的那些腐烂迹象时，她认出了聚集在可巴石家的地毯上的那种麻蝇幼虫。

然后，她听到斯特恩问道：“有多久？”

“六个月。”格兰回答道。

米拉的胃紧了一下。因为伊冯和她的孩子们被一个对他们为所欲为的精神病人囚禁了六个月，而且就在其他几十幢房子、几十个家庭中间，有钱人把自己隔绝在这个地方，试图逃离世间的丑恶，相信了一个荒谬的自以为安全的理想。

六个月。没有人发现。

整片居住区的园丁每个星期都会修剪草坪，照料花坛里的玫瑰。拱廊的灯每晚都会定时打开。孩子们在房子门前的林荫路上骑单车或玩球，女人们散步聊天，相互交流甜品的食谱，男人们每周日早晨慢跑，在车库前洗车。

六个月。没有人看到。

没有人奇怪为什么那些窗帘在大白天还挂着。他们没有注意到信箱口堆叠的信。所有人对在家庭俱乐部的社交中缺席的伊冯和他们家的孩子都不以为意，比如秋日舞会和 12 月 23 日的抽奖活动。圣诞装饰品——整个居住区都一样——像往常一样挂在房子的周围，然后在节日后再摘除。电话不断地响，有人敲门时伊冯和她的孩子们也没有去开门，但没有人怀疑。

格雷斯唯一的亲戚住得很远，他们也没有觉得这么长时间的沉寂很奇怪。

在这么长的时间里，那个小家庭求援过，希望过，每天都祈祷有人会来帮他们，或者有人会注意到，但是没有。

“也许他是个虐待狂。这是他的游戏，他的乐趣。”

*他那些洋娃娃的家。*米拉的脑海中闪过了这个想法，她又仔细地想了想阿尔伯特在可巴石家的沙发上留下的那具尸体的穿着。

她想到了伊冯和她的孩子在这段漫长的时间里经受的无数次的暴力。六个月的酷刑，六个月的折磨，六个月的痛苦。仔细想来，这还不够，因为整个世界都遗忘了他们。

“执法人员”也没有意识到这一切，尽管他们二十四小时执勤——时刻戒备，而且就在这所房子面前。他们从某种意义上说也是有罪的，他们是同谋。她自己也是。

这时，鲍里斯打断了米拉的思绪。

“斯特恩，楼上怎么样了？”

“路一直都是通的。”

“很好，那我们过去吧。”

他们如约在通往二楼即卧室的楼梯口碰头了。

鲍里斯示意米拉掩护他。从这时起，他们要尽可能地让无线电保持静音，为了不暴露他们的位置。斯特恩被告知只有在活物移动的时候才能打破安静，通知他们。

他们开始上楼。楼梯的地毯上也到处都是污迹、指纹和食物的残渣。沿楼梯的墙上挂着旅行、生日和家庭庆祝会的照片。最上面，伊冯和她孩子的照片尤其引人注目。有人挖去了画里的眼睛，也许那种坚定的目光让他反感。

当他们到达楼梯平台后，鲍里斯让出了一些位置，让米拉走到他身边。然后，他率先前进。走廊上露出了几扇半关闭的门，尽头是左转的通道。

在最后一个角落后面，有房子里唯一一个活着的生物。

鲍里斯和米拉开始缓慢地朝那个方向向前走。经过其中一扇门时，米拉听出了他们在空中发现的摩斯电码抑扬顿挫的声音。她缓慢地打开门，眼前出现了一个十一岁男孩的房间。墙上贴着《星球大战》的海报，书架上放着和太空有关的书籍，窗前架着一个望远镜。

小书桌上有一个科学装置——20世纪初发报机的复制模型。这是一块带两节干电池的小木板，铜线连接起两极，一个转盘穿过线圈在规律地转动——三点、三线、三点。整个装置用一根小电线连接到恐龙形状的步话机上。装置上一块黄铜的小牌子十分引人注目，上面写着一等奖。

信号是从这里发出的。

十一岁的小男孩把他的作业变成了一个发射站，并且避开了那个把他们囚禁起来的男人的控制。

米拉把电筒的光照到没有铺床上用品的床上。下面有一个脏塑料桶。她注意到最上面有摩擦过的痕迹。

走廊的正对面是十六岁女孩的房间，门上用彩色的笔画拼成了一个名字——凯拉。米拉迅速从门口扫了一眼。床单堆在地板上。衣柜的一个放内衣的抽屉翻倒在地上。抽屉柜上的镜子被挪到了床头。原因不难想象。这里的家具上也有摩擦过的痕迹。

这一次，脏塑料桶在角落。它应该是为生理需要而准备的。

再前面几米是伊冯的房间。床垫很脏，只有一条床单。地毯上有呕吐的痕迹，卫生巾扔得到处都是。一面墙上有一颗钉子，也许之前是用来挂画的，现在上面挂着一条好看的皮带，这是主导者的纪念物。

愤怒是她在这种生活中唯一的感受。米拉从黑暗的深井里贪婪地吸收着它。

谁知道有多少次伊冯不得不“温柔”地对待那个怪物，只为了把他留在这个房间里，不让他去找她的孩子发泄。

“孩子们，有东西在移动。”斯特恩的声音十分警惕。

鲍里斯和米拉同时转向走廊尽头的角落。没有时间巡查了。他们举起枪，电筒照向瞄准的方向，等待着下一刻有什么东西出现。

“别动！”鲍里斯命令道。

“他在靠近你们。”

米拉的食指放到了扳机上，稍稍施压。她听到自己的心跳声在不断加速。

“在角落后面。”

目标提前一步发出了轻微的呻吟。它露出毛茸茸的鼻子，然后看着他们。是纽芬兰犬。米拉放下了武器，她看到鲍里斯也这么做了。

“一切正常。”他对着无线电说，“只是一条狗。”

它的毛很粗糙，黏糊糊的，眼睛红红的，一只爪子受伤了。

“来，帅哥，过来……”

“它独自待在这儿至少三个月了。它是怎么做到的？”鲍里斯很奇怪。

米拉一步步地慢慢上前，小狗却一步步地退后。

“小心，它吓着了，可能会咬你。”

米拉没有在意鲍里斯的叮嘱，继续慢慢地靠近纽芬兰犬。她弯下膝盖，为了让它安心，便同时叫它：“来，小东西，来我这儿。”

当她离得足够近时，她看到它的脖子上挂着一块小牌子。在电筒的灯光下，她看到了它的名字。

“泰瑞，来我这儿，别怕……”

小狗终于走过来了。米拉把手放到它的鼻子前，让它嗅。

鲍里斯这时有点儿不耐烦了，“好了，我们继续检查这层，然后让其他人进来吧。”

小狗冲米拉抬起了爪子，就好像它想指给她看些什么。

“等等……”

“怎么了？”

米拉没有回答，而是站了起来，她看到纽芬兰犬转身跑回了走廊黑暗的角落。

“它想让我们跟着它去。”

他们走在小狗的后面，转过弯，就看到了走廊最后的几米。尽头的右边，有最后一间房间。

鲍里斯查看了一下平面图，说：“房间朝向后院，不知道是什么。”

门关着，门口放着一些东西。一条上面放着骨头的被子，一个碗，一个彩色小球，一个链条和食物的残余。

“抢劫厨房的在这里。”米拉说。

“谁知道它为什么把东西都带到了这儿……”

纽芬兰犬走到门口，就好像那里已经是它的窝了。

“你说它独自待在这儿……为什么呢？”

就好像是回答米拉的问题一样，小狗开始一边叫一边用爪子挠木头门。

“它想让我们进去……”

米拉拿起链条，把小狗系到一个暖气片上。

“你乖乖地待在这儿，泰瑞。”

小狗叫了两下，好像听懂了似的。他们清理掉了门口的东西，米拉抓住门把手，鲍里斯用枪指着门。热传感器没有显示出有其他人在家里，但情况并不可知。他们两个人相信，在那个薄薄的屏障后面，隐藏着几个月来发生的所有事情的悲剧性结局。

米拉的手往下压，拧开了锁，然后推开了。电筒的光穿透了黑暗，光束从一边扫向另一边。然而，房间却是空的。

目测来看，这个房间有二十几平方米。地板上没有地毯，墙壁被涂成了白色。窗户关着，上面挂着厚重的窗帘。天花板上悬挂着一盏灯。这个房间就好像从未用过一般。

“它为什么把我们带到了这里？”米拉问道。与其说是问鲍里斯，不如说是问自己。“伊冯和她的孩子在哪儿？”

尽管正确的问题应该是：他们的尸体在哪儿?

“斯特恩。”

“嗯？”

“让科学专家进来吧，我们结束了。”

米拉回到了走廊上，放开了小狗。那只小狗从她的控制中逃掉后，就跑进了房间。米拉跑去追赶它，她看到它待在一个角落里。

“泰瑞，你不能待在那儿！”

小狗没有听话，她于是拿着链条走过去。小狗又叫了两声，听起来没有威胁性。然后，它嗅了嗅踢脚板附近的地板。米拉弯下腰，挪开它的鼻子，调整了一下电筒的方向。那里什么也没有。但随后她看到了一个棕色污点。

直径不到三毫米。她凑上前去，看到污点是椭圆形的，有擦拭过的痕迹。

米拉毫不怀疑那是什么，“发生在这里。”

鲍里斯没有明白。

于是米拉转身对他说：“他在这里杀了他们。”

格兰和罗莎几乎看完了那几个月的监控录像。他们快进了画面，每天多多少少有相同的场景重复。有时，那个男人不在那儿过夜，格兰想象着对于那个支离破碎的家庭来说那是最美好的时光。也许也是最糟糕的，因为他们不能离开他们的床，如果那个男人不管他们，他们就不会有食物和水。

接受施暴是为了生存，在常年的蹂躏中寻找不幸中的大幸。

在这些录像里，也能在白天看到这个男人，就是当他在工地上工作时。他总是戴着一顶有帽檐的帽子，不让监控探头拍到他的脸。

斯特恩询问建筑公司的负责人是否雇用过季节工。负责人说这个男人叫莱布丁斯凯，但名字是假的。这类事情常常发生，尤其是因为工地上的都是外地人，没有居留证。按照法律规定，雇主只需要询问他们的证件，无须验证它们是否真实。

一些那时候在可巴石别墅工作过的工人说他是一个很安静的人，他总是做自己的事。他们努力提供他们的回忆用来拼凑出有用的信息，但每个人的描述都太不相同，没有多大价值。

和保安团队的上司谈完后，格兰走进伊冯的别墅与其他人会和。同时，这里成了克莱普和他手下的主场。

指纹专家的脸上露出欢欣雀跃的表情，他在这片区域里不断移动，就像梦幻森林里的小精灵一样。这里看起来仍像个家：地毯完全盖上了透明的塑料布，到处的卤素灯凸显出一块区域或仅仅是一个细节。穿着白大褂、戴着护目镜的人在所有的表面上撒上粉末和试剂。

“好了，我们的目标很狡猾。”克莱普开口说，“除了狗把这儿弄得一团糟外，这个人还把各种垃圾扔得满地都是——罐子、香烟屁股、用过的杯子。这么多的DNA都能克隆出他了！”这位专家的话里不无嘲讽。

“那指纹呢？”罗莎问道。

“太多了！可惜他没蹲过监，没有留档。”

“你觉得那些尸体哪儿去了？我们看过录像，寄生虫从没有把他们带出家门。”

“因为不是从门口带出去的……”

所有人的目光中都充满着疑问，试图理解这句话的含义。克莱普补充道：“我们检查了排水系统，我想他是这样处理掉的。”

“他把他们切成了碎块。”格兰下结论道。那个疯子扮演了温柔的老公和亲爱的爸爸。然后有一天，他厌倦了他们，或者，也许他只是结束了对面房子的工作，他最后一次来到了这里。谁知道伊冯和她的孩子是否感觉到他们的末日正在靠近。

“还有最后一个怪异之处……”克莱普说。

“什么怪异之处？”

“二楼的空房间里，我们的女警官朋友找到了一块小血斑。”

米拉听到有人提到自己，于是注意到克莱普看了自己一眼。格兰看到她僵住了，处于防备状态。常让很多人都有这种反应。

“二楼的房间将成为我的‘西斯廷教堂’。”他强调说，“那个血斑让我们猜测杀戮是在那里进行的。然后，他清理了一切，尽管他漏掉了一个细节。其实他做了更多，他甚至重新粉刷了墙壁！”

“为什么？”鲍里斯问。

“因为他很愚蠢，这很明显。在留下一堆证据，把残骸排到下水道后，他已经要判终身监禁了。那么，为什么还要重新粉刷这个房间呢？”

格兰也想不到原因，“那么，你要如何继续？”

“把漆都弄掉，看看它下面是什么。这需要一点儿时间，通过新技术，我可以还原那个白痴企图用如此幼稚的方式掩盖掉的所有血迹。”

格兰并不很确信。“现在，我们只有绑架和藏尸的证据。法庭会判他无期徒刑，但这并不意味着我们就伸张了正义。为了揭露真相、控告他谋杀，我们还需要血迹。”

“会有的，博士。”

关于寻找的目标，此时的他们只有一些大概的信息，他们将它和克莱普收集到的信息进行比对。

“这是一个四五十岁年纪的人。”罗莎开始罗列，“身体健壮，身高大约一米七八。”

“地毯上的鞋印是四十三码，因此我觉得符合。”

“他还吸烟。”

“香烟是他自己用烟草和纸卷的。”

“和我一样。”鲍里斯说，“和这类人有共同之处总令人很高兴。”

“我觉得他喜欢狗。”克莱普最后说。

“只是因为他让纽芬兰犬活了下来？”米拉问他。

“不，亲爱的。我们找到了一个杂交品种的毛。”

“可谁说是那个男人带进家里来的呢？”

“是在地毯上鞋印的烂泥里找到的。很明显，还有工地上用作黏合剂的材料——水泥、胶黏剂、溶剂，包括那个人后来从他家里带来的东西。”

克莱普挑战似的看了看米拉，他最后靠压倒性的机智占了上风。他洋洋得意地把视线从她身上移走了，然后变回到所有人都熟知的冷酷专家。

“还有一件事，但我还没想好是否值得一提。”

“还是说说吧……”格兰催促他，丝毫不掩饰自己的兴趣，因为他知道克莱普有多么喜欢别人求他。

“在鞋子下的烂泥里聚集着大量细菌。我问过一个值得信赖的化学家朋友……”

“为什么是化学家，而不是生物学家？”

“因为我感觉它是‘以垃圾为食的细菌’，存在于自然界中，但有不同的用处，比如吞食塑料和石油的衍生物。”然后，他更确切地说，“事实上，它什么都不吃，它只是产生出一种酶。人们用它来改良原本已是废墟的土壤。”

话音刚落，格兰就注意到米拉迅速看了一眼鲍里斯，鲍里斯也做了同样的动作。

“废墟？该死……我们知道那里。”

24

费尔德海尔正在等着他们。寄生虫把自己关在茧里，在垃圾最顶端。他有各种武器，他攒了几个月就是为了这个最后摊牌的时刻。事实上，他没怎么隐藏自己。他很清楚，早晚会有人来找他解释。

米拉和队里的其他人一起到了那里，后面还跟着别动队，他们包围了那里。

费尔德海尔躲在隐蔽处，通往废墟的路都在他的掌握之内。另外，他还砍掉了阻挡他视线的树木。他没有立刻开始扫射。他要等他们更加靠近后，再开始他的射击。

他首先瞄准了他的狗科赫，这只狗是一个锈黄色的杂交品种，在废铁里走来走去。他干脆利落地一枪打中了它的头。他想让外面的人知道他是玩真的。

米拉蹲在一辆装甲车的后面，观察着现场。距离她和鲍里斯一起迈进那个房子那天有多久了？他们去那里询问费尔德海尔长大的孤儿院的事，他却隐藏着比罗纳德更糟的秘密。他在很多事情上撒了谎。

当鲍里斯问他是否进过监狱时，他的回答是进过，但这不是真话。他们在档案库里找不到伊冯家里留下的指纹记录。那个谎言只有在他确信面前的两名警察对他一无所知时才有效。鲍里斯没有丝毫的怀疑，因为通常一个人不会通过撒谎来展现一个比自己原来更糟糕的形象。费尔德海尔却这样做了。他很狡猾，米拉心想。

他一开始就在和他们玩游戏，他确信他们没有把他和伊冯家联系起来的要素。他们如果怀疑了，那么很可能就不会活着走出那间屋子。

在罗纳德葬礼的夜晚，米拉被他进一步欺骗了。她相信那个人是出于同情，但费尔德海尔是在检查情况。

“他妈的浑蛋，你们过来抓我啊！”

冲锋枪的连环射击响彻天空，有一些震耳欲聋地打到了装甲车上，另外一些打到了废墟上。

“狗娘养的！你们别让我活着！”

他们只是等着他走错一步，然后就让他从地球表面彻底消失。

两个狙击手已经就位，准备在他一露出来时就开枪射击。他们暂时让他泄泄愤，这样他就更可能犯错。

“她是我的，浑蛋！是我的！我只是给了她所有她想要的！”

他在向他们挑衅。那些盯着他的人无一不露出压力重重的表情，他的企图正在获得成效。

“我们要生擒他。”格兰说，“只有这样，我们才能知道他和阿尔伯特的关系。”

“那么我们得跟罗凯汇报，让他下令派个谈判专家来。”

“费尔德海尔不会让我们抓住他的，他已经预测到了一切，包括他自己的结局。”罗莎提醒他们说，“他只是在寻找最后的演出，让自己死也死得伟大。”

她说得没错。拆弹专家发现房子周围的土地有异样。“地雷。”他们中的一个对赶来和同伴会合的罗凯说。

“那下面的东西会造成大混乱的。”

他们咨询了一个地质学家，他说垃圾山的内部会释放出大量的由垃圾分解而产生的甲烷。

“你们立刻撤离这里。火灾可能会是毁灭性的。”

格兰坚持让罗凯督察至少允许他和费尔德海尔商谈。最后，罗凯给了他半个小时。

格兰想用电话，但米拉记得费尔德海尔的电话因欠费而停机了，因为之前她和鲍里斯试图联系费尔德海尔时，回答他们的是录音提示。电话公司需要七分钟才能恢复连接。于是，他们就只剩下二十三分钟来说服那个男人投降。当家里的电话铃响起时，费尔德海尔冲电话开了一枪回应了格兰。

格兰没有放弃，他拿起扩音器，躲在离房子最近的装甲车后。

“费尔德海尔，我是格兰·贾维拉博士！”

“去死！”接着是一声枪响。

“你听我说。我看不起你，正如所有在这里和我一起的人一样看不起你。”

米拉知道格兰不想欺骗费尔德海尔，让他相信不真实的事实，因为这毫无用处。那个男人已经决定了自己的命运，因此，格兰必须直接摊牌。

“狗屁，我不想听你说话！”又一声枪响，这次打在了离格兰只有几厘米远的地方。尽管保护措施做得很好，高超的枪法还是让格兰吓了一跳。

“我要说，因为我想说服你听听我要对你说的话！”

到了这个地步还有什么交易可做？米拉对格兰的战略并不理解。

“你能帮助我们，费尔德海尔，因为你也许认识囚禁第六个女孩的人。我们叫他阿尔伯特，但我相信你知道他的真名。”

“我他妈根本就不在乎这个！”

“不，这时候的这个信息很有价值！”

悬赏。

所以，这就是格兰的游戏！任何提供有助于救出第六个女孩有用信息的人，罗克福德基金会就会提供给他一千万。

有人可能会问一个肯定要判无期徒刑的人要那笔钱有什么用。米拉知道，格兰想让它闪现在费尔德海尔的脑海里，让他觉得他能做到，能“欺骗体系”。那个迫害了他整个人生、让他变成现在这样的东西是痛苦和失败，而用这些钱他可以请一名大状，他会称他有精神疾病，这通常只是有钱人的选择，因为没有适当的经济手段是难以支持和证明的。费尔德海尔可以希望更轻的判决——也许只有二十几年——不在监狱服刑，而是在司法医院的病人中间。然后，一旦出来，他就能享用剩余的财富，而且还是一个自由之身。

格兰言中了他的要害。费尔德海尔一直希望自己拥有更多，因此他才进入了伊冯的家。为了知道，至少是一次，在有钱人的地方，就像是特权一般，有漂亮的妻子、漂亮的孩子和漂亮的一切的生活是什么样子的。

现在他有可能一举两得——赢得那些钱，逃脱严惩。

他会从里面走出来，微笑着面对身前一百多名想他死的警察。尤其是，他会以有钱人的身份出来，甚至是英雄。

费尔德海尔没有谩骂，也没有以枪击作为回答。他在思考。

格兰利用他的沉默进一步给他描绘他的期望。

“没有人能把你的钱带走。尽管我不愿承认，但很多人会感谢你。所以现在，放下武器，出来投降……”

又一次，恶以善为目的。米拉心想。格兰正在使用与阿尔伯特相同的招数。

那几秒让他们觉得漫长至极。格兰知道时间过得越久，计划成功的希望就越大。从掩护他的装甲车后，他看到别动队的一名队员伸出了一根带小镜子的竹竿，为的是确定费尔德海尔的位置。

不久后，上面映出了他的镜像。

他们只看到他的肩和脖子。他穿着一件迷彩夹克，戴着一顶猎人帽。然后，有一瞬间他们隐约看到了他的脸，下巴上是浓密的胡子。

只是零点几秒。费尔德海尔举起了手枪，也许是为了射击，也许是做投降状。

令人窒息的尖啸声迅速穿过他们的大脑。

在米拉来得及意识到他正在倒下之前，第一颗子弹穿过了费尔德海尔的脖子。然后是第二颗，从另一个方向。

“不！”格兰大喊，“住手！别开枪！”

米拉看到别动队挑选出来的狙击手从隐蔽处走出来，以更好地瞄准目标。

费尔德海尔脖子上的两个孔随着颈动脉的搏动喷发出血液。他拖着一条腿，嘴张得老大。他的一只手徒劳地按着伤口，另一只手举起枪试图开火。

格兰不顾危险地冲了出来，绝望地企图让时间静止。

此时，第三颗子弹更加精准地击中了目标的脖子。

目标倒下了。

25

“萨比娜喜欢狗，知道吗？”

萨比娜的母亲对她说这话时用的是现在时，就好像女孩还活着，米拉心想。这很正常，那位母亲还不知道她将有多痛苦。不久之后就会开始了，女人将永无宁日。

现在不会，还太早。

两个小时前，常把 DNA 比对结果的文件袋交给了米拉。在可巴石沙发上的女孩就是萨比娜，即第三个被绑架的女孩。

这是个按部就班的计划。这是一种作案方法，格兰说过。尽管没有人敢猜测尸体的身份，但所有人都想到是她。

米拉离开同伴，思考在费尔德海尔家失败的原因，并要去那堆废弃物里寻找可能和阿尔伯特有关的痕迹。她要了一辆警车，现在她坐在萨比娜父母家的客厅里，那个乡村里住的大多是驯马人和选择亲近大自然的人。太阳快下山了，她享受到了树林里水流潺潺的风景，然后它们都汇入琥珀色的小湖中。她想，萨比娜的父母要是身处这样的景色，即便是在这个不寻常的时刻，也会感到安心吧，因为有人在意他们女儿的案子。没错。

萨比娜的母亲很瘦小，干巴巴的，脸上生出了几道稍用力就会显现出来的小皱纹。

米拉看着女人给她的照片，听她描述萨比娜七年里的生活。

而萨比娜的父亲则站在房间的一个角落里，倚着墙，目光下垂，手背在身后。他摇摇晃晃的，注意力只是集中在呼吸上。米拉相信，家里真正做主的人是妻子。

“萨比娜早产，比预产期早了八周，于是我们说是因为她太想早点儿来到这个世界。这话有点儿道理……”她笑了，看了看直点头的丈夫。“医生告诉我们她可能活不了，因为她的心脏太虚弱了。出乎所有人的意料，萨比娜坚持了下来。她只有我的手那么长，刚刚满五百克，但她在舒服的摇篮里顽强地抗争着。一周又一周，她的心脏变得越来越强健……于是，医生们不得不改变观点，他们对我们说，也许她会活下来，但她的生活将会永远和医院、药物以及手术联系在一起。总之，我们觉得祝福她死去会更好……”这时，她停顿了一下。“我这样做了。我百分百地确定我的小女儿会在她余下的日子里受尽折磨，所以我祈祷她的心脏停止跳动。萨比娜比我的祈祷更强大。她长得和正常的孩子一样，在她出生八个月后，我们就把她带回了家。”

女人不再说话。有那么一刻，她的表情改变了，变得更糟。

萨比娜是阿尔伯特选中的受害者中年纪最小的，她是在旋转木马上被他绑走的，时间是周六晚上，在她父母亲以及所有其他父母的眼皮底下。

“但每个人看的都只是自己的孩子。”罗莎在思考室的第一次会议里说过。米拉记得她还补充了一句：“人们并不在意其他孩子，这是事实。”

米拉到他们的家里来并不只是为了安慰萨比娜的父母，她还要问他们几个问题。她知道如何利用这些特别的时候——在痛苦从暂时的庇荫处喷发而出、无可补救地毁灭一切之前。她也知道这对夫妇接受过了几十次关于他们的小女儿失踪场景的询问。但之前询问的人也许没有像她这么有经验。

“事实是，”女警官开口说，“你们是唯一可能看到或注意到什么的人。其他几次，绑架者都是在偏僻的地方进行的，或者是在他和受害者单独相处的时候。这一次他冒了险。所以，你们也有可能发现了什么不对劲的地方。”

“您是想让我们从头说起吗？”

“是的，请说。”

女人整理了一下思绪，然后开始说：“那对我们来说是一个特殊的夜晚。你们知道，在我女儿三岁的时候，我们决定辞掉城里的工作搬到这里。大自然吸引了我们，我们希望在远离喧嚣和烟尘的地方抚养我们的女儿。”

“你说你女儿被掳走的那个夜晚对你们来说很特别……”

“是的。”女人试探性地看了一眼丈夫，然后继续说，“我们中彩票了。一大笔钱。不足以成为真正的有钱人，但足够保证萨比娜和她的孩子能有一个体面的未来……事实上，我不常买彩票。有一天早上，我买了一张，就中了。”

女人挤出一丝笑容。

“我打赌您一定很好奇一个中彩者会做些什么。”

米拉点了点头。

“呃，现在您知道了。”

“所以，你们去月亮公园庆祝，是吗？”

“是的。”

“我想请你准确地重新描述一下萨比娜在旋转木马上时的情景。”

“我们一起选了一匹天蓝色的小马驹。前两圈时，她父亲和她在一起。到第三圈时，萨比娜坚持要自己玩。她非常固执，所以我们就依了她。”

“明白了，大人们对孩子都会这样。”米拉说道，为的是尽量减轻他们的负罪感。

女人抬眼看了看她，然后肯定地说：“旋转木马的转盘上还有其他父母，每个人都陪着自己的孩子。我的眼睛一刻不离地盯着我的孩子。我向您发誓，我没有离开过一眼，除了萨比娜转到背面的时候。”

“他像变魔术一样地把她变没了。”斯特恩曾在思考室里这么说，并指着重新出现但没了女孩的木马。

米拉解释说：“我们猜想绑架者当时已经出现在转盘上，他是其他父母中的一个。由此，我们想他应该长着一副大众脸。他能伪装成父亲，立刻把女孩带走，然后混入人群之中。也许萨比娜哭过或者反抗过，但没有人在意，因为在其他人眼里，她看起来只是一个撒娇的小女孩。”

认为阿尔伯特扮成萨比娜父亲的想法可能比所有其他的一切更糟。

“我向您保证，警官，如果木马上有陌生男人，我一定会注意到的。一个母亲对这种事会有感觉。”

她的语气如此确信，以至于米拉觉得她在怪她，或者在回击她。

阿尔伯特能非常完美地伪装自己。

二十五名警察，关在同一个屋里十天，他们仔细检查了那晚在月亮公园里拍的几百张照片，还看了那些家用摄像机拍的录像，仍然一无所获。没有一张照片定格住了萨比娜和她的绑架者，也没有逃跑的画面。他们没有出现在任何照片中，即使是作为背景中模糊的影子也没有。

米拉没有别的问题要问了，所以她告辞了。走之前，萨比娜的母亲坚持让她带走一张女儿的照片。

“这样您就不会忘了她。”她说，却不知道米拉无论如何都不会忘记。几小时后，米拉会在自己身上刻上一条新的月牙形疤痕来纪念这个死亡。

“你们会抓到他的，对吗？”

萨比娜父亲的问题没有让她大吃一惊，反而在她的意料之中。所有人都问了同样的问题——你们会找到我的女儿吗？会抓住凶手吗？

她用面对这类情况时惯用的回答回复了他：“我们会尽力的。”

米拉设置了卫星导航程序，让它指出最短的回程路线。然后，她把显示器调到了夜间模式。那种蓝色的光能让人放松下来。

车载广播只能收到AM电台，在徒劳的调频后，她调到了一个播放古典音乐的电台。米拉把萨比娜的照片放在旁边的座位上。谢天谢地，她省去了让她父母辨别尸体的痛苦环节，他们应该感谢DNA研究领域的成果。

简短的谈话让她有一种不完整的感觉。还有什么不对劲、什么没注意的地方把她的思维堵住了——一个简单的思考。那个女人有一天买了一张彩票，中奖了。她女儿是连环杀手的受害者。

两件不太可能的事发生在一个人的生活中。但是，可怕之处在于两件事联系到了一起。

如果他们没有中彩，他们就不会去月亮公园庆祝，萨比娜就不会被掳走，也不会被残忍地杀害。意外的幸运的决定性代价居然是死亡。

“不对。”她重复着，“他选择了她的家庭，而不是女孩。他无论如何都会掳走她。”

道路镶嵌在山丘间，路上时不时地会出现驯马的指示牌，一个和另一个之间相隔很远。要到达那里，通常要走荒芜一物的辅路。整个村庄里，米拉只看到两辆背道而驰的汽车和一台开着灯的收割机，而开灯是为了示意其他汽车它根本开不快。

广播电台播了威尔森·皮克特的一首经典老歌——《你永远不会孤单》。

把艺术家的名字和案件的名字结合起来需要一点儿时间，鲍里斯在说到格兰和他的妻子时提到过这个名字。

“很糟糕。有很多错误，有人威胁要解散团队，解雇格兰。是罗凯保住了我们，保住了我们原有的职位。”他向米拉解释说。

发生了什么？难道和那个她在研究室隐约看到的漂亮女孩的照片有关？是从那次起，她的新同事们就再也没有踏进过那个公寓吗?

这些是无论如何也无法用一个回答就解决掉的，她不再去想。然后，她把空调温度调低了一挡。外面零下三摄氏度，车里很暖和。她甚至在进车前脱了大衣，她等着汽车慢慢预热。从刺骨的寒冷到温暖的过程让她镇定了下来。

她任由疲倦侵袭，总的来说，这次开车之旅对她有利。在挡风玻璃的一个角落，米拉看到这些天被厚厚的云层覆盖得严严实实的天空忽然放晴了。就好像有人拉开了拉链，露出了一堆散落的星星，让月光透了出来。

这时，在这树林间，米拉感觉自己拥有了特权，仿佛这意想不到的演出只是为她而准备的。路转弯时，明亮的口子转移到了挡风玻璃上，她的目光跟随着它。当它落到后视镜上的那一刻时，她看到了一个反射映象。

月光照在正在跟踪她的一辆汽车上，那辆汽车没有开车灯。

如果加速，她就会暴露自己的戒备状态。还有，她不知道跟踪者的驾驶技术。在这不易行驶的陌生路段，逃亡可能是致命的。视野里看不见一所房子，最近的居民区至少在三十几公里以外。另外，在孤儿院经历过罗纳德和毒茶的冒险，让她的勇气经受了严厉的考验。到那时为止，她仍不肯承认，反而跟所有人说她很好，没受到惊吓。但现在，她不再那么相信自己可以面对另一个危险情况了。手臂上的绷带变硬了，紧张的压力持续上升。她感到自己心跳加速，不知道该如何制止它。恐惧正在侵蚀她。

她调轻了广播，为了让自己更集中精神。她知道跟踪者可以利用她的灯光行驶，因此他可以不开车灯。于是，她盯着卫星导航的屏幕看了一会儿，然后把它从底座上摘了下来，放到腿上。随后，她把手伸向车灯开关，把它关了。

她突然加速。前面仿佛是一堵漆黑的墙，她不知道开到哪里去，只是靠导航指示的路线行驶。四十度右转弯。她照做了，看到显示屏的光标标出了路线：直道。她的车略微侧滑了一下。她的手紧握住方向盘，因为在没有方位感的情况下，只要有一点点偏移，车就会冲出马路。左转弯，六十度。这一次她要迅速换低挡，并且掌握方向盘，以免失去控制。又是一条直道，比上次更长。不开灯之前，她还能撑多久？她能甩掉跟踪她的人吗？

利用前面的直道，她瞟了一眼后视镜——身后汽车的车灯打开了。

她的跟踪者终于暴露了，这个人没想放走她。他的车灯射到了她身上和她前面的路上。米拉及时转了弯，同时，再次打开了车灯。她不断加速，全速开了三百多米。

然后，她突然停在了路中间，重新看了看后视镜。

引擎的嗡嗡声和胸口的打鼓声是她唯一听到的声音。另一辆车在转弯前停下了。米拉能看到车灯的白色光束照在沥青马路上。排气管的轰鸣声让人想到了凶猛的野兽，那是准备扑出去咬食猎物前的最后一跳。

她拔出枪，把一颗子弹塞入枪膛。她不知道片刻前还不曾拥有的勇气是从哪儿来的。绝望把她推向了一场荒唐的决斗，而且是在这荒无人烟的地方。

跟踪者没有接受邀请。转弯处的车灯消失了，只留下了两盏微弱的红灯。汽车掉头了。

米拉没有动，不久之后，她的呼吸恢复了正常。

她的目光落到了旁边的椅子上，几乎是想在萨比娜的微笑中找到一丝安慰。

也就是在那时，她发现了照片上不对劲的地方。

她到达研究室时，刚过午夜时分。她的神经还很紧张，在剩余的路途中，她满脑子都在想萨比娜的照片，同时还不忘环顾四周，等待跟踪者在某一刻突然从边路上冒出来，或者引诱她开进某个转弯处的埋伏中。

她迅速爬上通往公寓的楼梯。她想马上跟格兰说，马上告诉队员们发生的一切。也许跟踪她的是阿尔伯特。不，一定是他。但为什么偏偏跟踪她？还有萨比娜的那个故事，但也可能是她错了……

她来到了楼层上，用斯特恩给她的钥匙打开了沉重的装甲门，然后走过警卫室，淹没在彻底的安静之中。

手机的蜂鸣声告诉她来了一条短信，她打开：

我们正在去伊冯家的路上。克莱普想给我们看些东西。你来找我们。鲍里斯。

26

来到伊冯家时，她看到所有人已经进去了。罗莎正在车旁穿连体服戴鞋套。米拉发现这个女人最近几天总是心事重重的样子。

罗莎抬眼看了看她。“该死！你还没穿连体服？”

她没理她，准备爬上车拿一件。罗莎站在台阶上，不让她过去。

“喂，我在跟你说话！”

“你想干什么？”

“你就这么不爱搭理人？”

她就站在米拉面前几厘米处。米拉在下面可以闻到她那夹杂着烟味、口香糖和咖啡的气息。她想躲开这个女人，或者警告她，然后她想起了格兰跟她说过她和丈夫分居了、她的女儿还有饮食障碍，于是她想缓和一些。

“你为什么总是针对我，罗莎？我只是在做我的工作。”

“那么你应该已经找到第六个女孩了，不是吗？”

“我会找到她的。”

“知道吗，我想你在这个队里的时间不多了。你可能暂时征服了他们，但早晚他们会明白，我们没有你也能做到。”

罗莎凑上前来，米拉仍然站在原地。

“如果你这么恨我，那为什么在孤儿院事件后罗凯要赶我走时，你还投票挽留我呢？”

女人转身面对她，眼神中带着嘲弄。

“谁跟你说的？”

“格兰。”

罗莎爆发出了一阵笑声，然后摇了摇头：“你瞧，亲爱的，正因为这类事，你才待不久了。如果他信任你，那么你跟我说这件事就已经辜负了他。顺便说一句，他欺骗了你，因为我投的是反对票。”

然后，她抛下了僵住的米拉，坚定地朝房子走去。米拉目送她离开，她最后的话让她惊呆了。然后，她走进车里换衣服。

克莱普保证那会是他的“西斯廷教堂”。把伊冯别墅的二楼比做那个教堂并没有想象中那么大胆。

于是，克莱普从简单的一滴血开始——米拉在纽芬兰犬的帮助下发现的——以实现他的杰作。

“家里的排水管道里没有有机物质。”科学专家说，“但管道被腐蚀掉了，有盐酸的痕迹。我们推测费尔德海尔用它来溶解了尸体，以便更好地把它们清理掉。盐酸对溶解骨骼组织很有效。”

米拉到达二楼的楼梯平台时只听到了最后这句话。克莱普站在走廊中间，他的前面是格兰、鲍里斯和斯特恩。再后面是罗莎，她靠在墙上。

“所以，我们唯一可以用来证明费尔德海尔谋杀的证据就是那滴血。”

“你已经分析过了？”

“常认为百分之九十属于那个小男孩。”

格兰转身看了看米拉，然后对克莱普说：“好了，人都到齐了，可以开始了……”

这时，克莱普在带他们进房间前，叮嘱道：“我们在里面最多只能待一刻钟，所以，如果你们有问题就现在问。”

大家的反应是一片沉默。

“好，我们进去吧。”

房间用一扇双重玻璃门密封起来了，门中间有一条通道，每次可以进一个人。它用来保持里面的环境状态。在进去之前，克莱普的一个助手用红外测温仪给每个人量了体温，那和通常给孩子用的测温仪很相似。然后，他在连接到房间加湿器的电脑中输入了数据，这些加湿器能进行自动调整，让环境的热度保持稳定。

这些设备的用途还得由克莱普来解释，他最后一个走进了房间。

“主要的问题在于费尔德海尔用来遮盖墙体的涂料，普通的溶剂无法只除掉涂料而保留下涂料下面的物质。”

“那么你是怎么做的？”格兰问。

“我们分析了它，发现是一种水溶性涂料，它使用的是某种植物脂肪。只要在空气中喷洒精炼的酒精溶液，让它悬浮几个小时，就能把脂肪溶解掉。实际上，我们已经减少了墙上涂料的厚度。如果里面有血液的话，鲁米诺就能让它显形……”

鲁米诺是一种在现代取证技术中占有重要地位的物质。它依据血红素在血红蛋白中的活动发生反应。鲁米诺碰到血液中的这一元素，会产生一种典型的蓝色荧光，只有在黑暗中才可见。但鲁米诺必须先跟一种氧化物结合，这种氧化物通常是过氧化氢，然后通过一种水溶液喷到空气中。

鲁米诺只有一个缺点：荧光效果只能保持三十秒，而且，测试在第一次的实际操作后就无法再次重复。

因此，要用一系列长时间曝光的胶片相机在它永远消失之前记录下所有结果。

克莱普发给大家带有特殊过滤器的面罩和护目镜，因为他担心鲁米诺是致癌物质，尽管这还没有得以证明。

然后，他对格兰说："您想什么时候……"

"现在就开始吧。"

克莱普通过对讲机给外面的人下达命令。

他们关掉了所有灯。

墙上有那么多血，鲁米诺的效应照亮了所有人。

喷发的光向各个方向攀升，看起来都是从房间正中间发出的，就好像那里有一个神圣的祭坛。然后，天花板像是一张繁星点点的毯子。华丽的演出只有在意识到是什么原因造成了这种光学幻象后才破碎。

费尔德海尔用电锯把尸体切成了一堆碎肉、一坨泥浆，让它们更容易被马桶冲走。米拉注意到其他人也和她一样惊呆了。他们环顾着四周，动作机械，精确的照相机沿直线摆放，无情地不间断地拍摄着。已经过了十五秒，鲁米诺仍在继续显现出新的血迹，越来越多。

所有人都注视着这个恐怖的景象。

然后，鲍里斯抬起手指向房间的另一端，让在场者看墙上渐渐显现的东西。

"你们看……"

他们看过去。

在墙上的一块区域上，鲁米诺没有起反应，没有发现任何东西，那一部分仍然保持白色，它被周围的蓝色光点框了出来。好像喷漆时喷到了靠墙的东西上，所以后面留出了空白一片。

他们每个人都觉得这个轮廓很像人的影子。

当费尔德海尔残暴地切割伊冯和她的孩子们时，有人在房间的一个角落里冷酷地看着这场表演。

27

有人在叫她。

她非常肯定。她没在做梦。这次，是这个声音把她从睡梦中拉出来，不是恐惧，不是突然意识到自己身在何处，她不知道自己在这里待了多久。

令她神志不清的药物不再发挥药效，与此同时，她听见怪物的腹部传出她的名字。就好像有个回声在找寻她，并且终于找到了她。

“我在这里！”她想大喊，但做不到，嘴巴黏糊糊的。

现在有了动静。一些她之前没有听到过的声音。是脚步声吗？是的，那是大码鞋子发出的声音。一共有好几双。有人！在哪里？在她头上，在她周围。到处都是，可都很远，很远。他们在这里干吗？是来找她的吗？是的，是的。他们来到这里是为了她。但他们看不见她，她在怪物肚子里。唯一的方法，她要让他们听见。

“救命。”她试着发出声音。

声音闷闷的，她在生死边缘度过了数天，沉沉的睡意令她倦怠疲惫，那胡乱注射进她体内的药物只是为了让她保持安静，而怪物的石头肚子会将她消化殆尽。外面的世界在将她慢慢遗忘。

“可他们在这里，他们还没忘了我！”

这个想法为她注入了一股她从未有过的力量。她在这个暗无天日的藏身处养精蓄锐，不到万不得已的那刻不会爆发。她在思考。

“我要如何表明我的存在？”

左臂缠着绷带。双腿沉甸甸的。只有右臂能活动，提醒着她还活着。遥控器攥在手中。她有了一个主意，而这个主意现在快把她逼疯了。她举起遥控器，指向电视屏幕。音量处于正常水平，但或许她可以调高音量。她试了，没有找到正确的按钮。或者所有的按钮只有一个功能？等待的间隙，头顶仍传来响声。她听到一个女人的声音。旁边还有个男人。有两个人呢。

“我必须叫住他们！他们一定要发现我，否则我就要死了！”

这是她第一次想到死去的可能。在此之前，她总是回避这个问题。或许是迷信在作祟吧。或许是因为一个小女孩不该想到死亡。可现在，她意识到，如果没人来救她，死亡将是她的命运。

最为荒诞的是那个会终结她性命的人就是目前在照料她的那人。他为她缠绷带，为她打点滴。他一丝不苟地照顾她。他为什么要这样做，就为了之后再杀死她吗？这个问题无法让她安心。只有一个理由：他希望她活下去。她担心还会遭受更多的折磨。

那么，现在或许是唯一能够逃走的机会了，回到家里，再次见到亲朋好友。妈妈、爸爸、爷爷、奶奶，还有胡迪尼。她赌咒发誓一定会好好照顾那只该死的猫，只要这个噩梦能够结束。

她抬起手，把遥控器狠狠砸向铁制的床栏杆。声音震天动地，她在宣泄。用力，再用力。直到遥控器的塑料壳碎了。她不在乎。她一下一下地敲击，动作越来越疯狂。喉头终于发出了支离破碎的叫声。

“我在这里！”

遥控器从手头滑落，她只得停下来。但她听见了一些声音，就在上方。这或许是个积极信号，也或许不是。沉默。他们可能察觉到了一些动静，正竖起耳朵仔细倾听。是的，是的，他们不可能走了！于是，她重新开始敲击，尽管右臂疼得厉害，尽管疼痛穿过肩膀，传递到了左臂，尽管她这样做只是徒增绝望，因为没人会听到，之后会有更糟糕的事儿，她知道。她会遭到报复。她会因为自己的举动付出代价。

冷冰冰的泪水流到脸颊上。但声音又响了起来，她重新鼓起勇气。

一个阴影出现在石墙上，向她逼近。

她看见了，但她继续着手头的动作。当阴影足够靠近时，她分辨出了纤细的手，蓝色的裙子，栗色的头发柔顺地垂在肩头。

阴影冲她说话了，那是个小女孩的声音。

“够了，”她说。“他们听不到的。”

然后，她把自己的手搁在她的手上。这个肢体接触让她停止了手头的动作。

“求你了，”她继续说下去。

小女孩的恳求如此悲凉，真的说服了她。她不明白这个小女孩为什么愿意留在这里，竟然有这么荒诞的事。但她立马顺从了。她不知道是不是该哭，因为她想自救的企图失败了，或者她该感到幸福，因为她不是孤单一人。她心存感激，和她接触的第一个人类竟然是一个和她一样的小女孩，她不愿让她失望。她甚至忘了她本想离开这里。

上方，不再有声音，不再有动静。这次是长久的安静。

小女孩收回她的手。

“留在这里……”这次是她在求她。

“别担心，我们会再见面的。”

她离开了，回到了暗影中去。而她，她就让她离开了。她紧紧攥住那个微不足道的承诺，继续心存幻想。

28

"贝尔曼的沙发！"

思考室里，队员们的注意力都被格兰的一句话吸引过去了。他们的脑海中回想起了恋童癖者藏匿的贫民区和他用来在网上狩猎的电脑。

"克莱普在半地下室的那张旧皮沙发上没发现任何指纹！"

格兰觉得似乎突然有了发现："所有其他地方都有，有一百多处，但就那上面没有！为什么？因为有人不惜麻烦除掉了它！"

格兰走到那面用图钉钉住所有报告、照片和记录孤儿院案件调查结果的墙边。他摘下一张，开始读起来。这是孩童时的罗纳德向洛夫神甫坦白的录音的誊写本，是在比利棺材里的录音机里发现的。

"'你知道比利发生了什么，是吗，罗纳德？''上帝把他带走了。''不是上帝，罗纳德。你知道是谁？''他掉下去了。从塔上掉下去了。''可那时你和他在一起……''……是的。'……然后，神甫向他保证：'如果你说实话，没有人会处罚你。我保证。'你们听听罗纳德是怎么回答的：'是他让我做的。'……明白了吗？'他'。"

格兰一个个地审视他们的脸，他们都困惑地看着他。

“你们现在听听洛夫神甫的问题：‘他是谁？比利吗？比利让你把他推下去的？’‘不是。’罗纳德否认说。‘那么是其他孩子？’罗纳德还是说‘不是’。‘那是谁？……来，回答我。你说的这个人并不存在，是吗？只是你的想象……’罗纳德仍然否认的时候，语气似乎很坚定，洛夫神甫继续逼问他：‘这里没有别人了，只有我和你的同伴。’最后罗纳德回答说：‘他来这里只是为了我。’”

所有人都逐渐开始明白了。

格兰兴奋得像个孩子一样，跑到墙壁前，摘下了成人罗纳德给调查员们寄来的信的复印件。

“这封信上有一句话触动了我：‘后来**他**来了。**他**理解我。**他**教导我。’”

他把信上的那段话指给他们看。

“你们看到了吗？这里的‘**他**’这个字是用加粗体写的……我前面已经解释过了，但我得出的结论是错误的。我以为这是明显的人格分裂的例子，‘邪恶的我’经常会从‘代理人我’中分离出来，因此变成了‘他’……‘是我做的。可是**他**让我这么做的。都是**他**的错’……我错了！我和三十年前的洛夫神甫犯了同一个错！当罗纳德在坦白中提及‘**他**’的时候，神甫认为那是罗纳德自己，他只是在为自己脱罪。这是孩子典型的行为。但我们认识的罗纳德那时已经不是一个孩子了……”

米拉看到格兰目光中的激情暗淡了一些，每次他估计错误的时候都会这样。

“罗纳德指的那个‘他’不是他心理的映射，不是用来为他自己行为负责的双重形象！不，这个‘他’就是每次在贝尔曼上网捕猎儿童的时候，坐在他沙发上的那个人！费尔德海尔在伊冯的家里留下了无数痕迹，但他特意重新粉刷了发生凶杀的房间，因为墙上有唯一一件让他不得不掩饰……或者是强调的东西——观看凶杀的那个人！‘他’就是阿尔伯特。”

“很抱歉，但这并不成立。”罗莎说，她的冷静和肯定让其他人吃了一惊，“我们看过别墅区的监控系统拍摄的录像，除了费尔德海尔外，没有其他人进过那所房子。”

格兰转过身，用一根手指指着她说：“说得对！因为他每次都骗过了探头。我们仔细想一下，如果在墙上用一块纸板或是假人，也能得到同样的效果。这告诉我们什么？”

“他是一个非常会制造假象的人。”米拉说。

“说得也很对！从一开始，这个人就向我们发起了挑战，让我们知道他的伪装术很厉害。从旋转木马上掳走萨比娜就是一个很好的例子……真厉害！月亮公园里有几十个人，几十双眼睛，却都没有注意到！”

格兰的语气让人觉得挑战者的能力的确让他非常兴奋。这不是说他不同情那些受害者，不是说他缺乏人性，而是阿尔伯特是他的研究对象。理解阿尔伯特的大脑机制是一种极富魅力的挑战。

“我个人相信，在费尔德海尔杀死那些受害者时，阿尔伯特就在那个房间里。我排除了人体模型或是类似的伪装。知道为什么吗？”格兰让大家的脸上第二次出现了疑惑的表情。“在墙上轮廓周围的血迹的位置上，克莱普发现了‘常数变易’——他这样定义。这意味着不管血和墙之间介入了什么障碍物，它都不是静止的，而是移动的！”

罗莎惊讶地张大了嘴巴，再也没有什么可说的了。

“我们得现实点儿。”斯特恩说，“如果阿尔伯特在罗纳德杀害比利的时候就认识他了，那他那时有多少岁了？二十？三十？这样，现在他就该有五六十岁了。”

“说得对。”鲍里斯说，“从凶杀房间墙上影子的大小来看，他大约有一米七。”

“一米六九。”罗莎准确地说，她测量过。

“我们对要找的这个人有了局部的描述，这已经是很大的进展了。”

格兰接过话说：“贝尔曼、罗纳德、费尔德海尔这些人都是狼，而狼通常都在群体中行动，每个群体都有首领。阿尔伯特要告诉我们的正是这个——他就是他们的首领。这三个人曾经都遇到过他，分别或是一起。罗纳德和费尔德海尔相互认识，他们在同一个孤儿院里长大。但可以推断，他们不知道贝尔曼是谁……他们唯一的交集就是阿尔伯特。因此，他在每个犯罪现场都会留下签名。”

“现在会发生什么？”罗莎问。

“你们可以自己想想……两个。还缺少两具女孩的尸体，还有狼群的两个成员。”

“还有第六个女孩啊。”米拉特别提醒他。

“是的……阿尔伯特会为了自己而留下她。”

米拉在楼前的人行道上徘徊了近半个小时，仍没有勇气按对讲机。她正在为自己的出现找到合适的开场白。已经过了九点，路上的车很少了。大楼第三层格兰家的窗户开着。被融化的白雪润湿的道路是一场由金属水滴声、咳嗽的水槽和沙哑的排水渠组成的音乐会。

“好，我去了。”

米拉从阴影里走了出来，迅速走到门口。这是一幢老楼，20世纪中叶时，应该是一座工厂，有着宽敞的窗户和用来装饰屋顶的宽大飞檐和屋脊。这片地区有很多这样的房子。可能整片小区都是某位建筑师的杰作，他把旧的工业实验室变成了住宅区。

她按下了对讲机，然后等待。

大约一分钟后，传来了格兰的声音。

“谁啊？”

“米拉，不好意思，我得跟你谈一下，在电话里不太好说。而之前在研究室的时候，你又太忙了，所以我想到……”

“上来吧。三楼。”

一声短促的电子信号后，门锁被打开了。

这里的电梯其实是一台升降机。操作的时候要用手把滑门关上，然后才会上升。米拉沿着楼层缓缓上升，到达了三楼。楼梯平台上只有一扇门，为她半掩着。

“进来坐吧。”

格兰的声音从屋里传了出来。米拉顺着声音走进去。这是一个宽敞的阁楼，有好几个房间。地板是原木的。暖气是铁质的，周围有好几根支柱。一个巨大的壁炉让家里呈现出淡淡的琥珀色。米拉关上身后的门，心想格兰在哪儿。然后，她看到他突然出现在了厨房门口。

“等一会儿，我马上就来。”

“好的。”

她看了看周围。和这位犯罪学家不修边幅的外表不同，他的家里很是整洁。周围一尘不染，从这一切便可看出这个男人花了不少心思照顾孩子。

不久后，她看到他手里拿着一杯水过来了。

“不好意思，我没打招呼就来了。”

“没事，我平时睡得也很晚。”然后，他指了指水杯，说，“我正要让汤米上床睡觉，不会很久的。你坐会儿，或者拿点儿什么喝，那边最里面就有个吧台。”

米拉点了点头，看着他朝一个房间走去。为了缓解尴尬，她去倒了一杯加冰的伏特加酒。站在壁炉边喝的时候，她透过他儿子卧房半开的房门，隐约能看到格兰。他坐在孩子的床边，正一边讲着什么，一边用手抚摸着他的小腰。小丑形状的夜灯刚刚把房间照亮，在半明半暗的灯光中，在父亲的抚摸下，被窝里的汤米露出了一个轮廓。

在这样的家庭氛围中，格兰就像另外一个人。

看到他作为父亲的形象时，米拉想到了无限的温柔。

在米拉身上，从来没有过两种形象，也没有过两种状态。她的生活中没有停断。她从来没有停止过做寻找失踪者的警察，因为她一直在找寻他们。甚至在她的业余时间，在她休假期间，在她购物的时候。观察陌生人的脸已经成了她的习惯。

年幼的失踪者和其他人一样，都有自己的故事，但这个故事在某一时刻中断了。米拉在黑暗中追寻着他们的脚步。她不会忘记他们的脸，就算是几年后，她总能认出他们。

格兰正在给儿子讲童话故事。米拉不想让自己的目光打扰到如此亲密的画面，这不是为她的双眼而准备的画面。她背过身，立马就看到了一张照片上汤米的笑容。如果她见到他的话，他会让她不自在的。她故意晚点儿上楼，就是希望他已经上床睡觉了。

汤米是格兰生活中的一部分，她还没有准备好去触碰。

不久后，他来到她身边，笑着说：“他睡着了。”

“我本来不想打搅你的，但我觉得这很重要。”

“你已经道过歉了。现在告诉我你发现了什么吧……”

他坐到沙发上，请她坐在他身边。壁炉里的火焰在墙上投射出舞动的影子。

“这不是第一次了，我又被跟踪了。”

格兰皱了皱眉：“你确定吗？”

“上一次不确定，但这一次我很确定。”

她跟他讲起发生的事，一点儿细节也没落下。关闭车前灯的汽车，月亮在车上的倒影，跟踪者一被发现就转身的事实。

“为什么有人会跟踪你呢？”

这个问题他在饭馆时就已经问过她了，当时她说在汽车旅馆里感觉有人跟踪她。这一次，格兰更像是在问自己。

“我找不出什么适当的理由。”事实上，他在略微思考之后才这么说。

“我认为这时候跟踪我没有什么用，我试图当场抓住他。”

“那现在他确定你知道了，因此不会再发生了。”

米拉点了点头。

“你来这儿不只是为了这个吧！”格兰回头看了看她，“你发现了什么吗？”

“不只是发现，我想我弄明白了什么。阿尔伯特用的是一种幻术。”

“你指的是哪一次？”

“他是如何把女孩从旋转木马上带走而不被任何人发现的。”

这时，格兰眼睛一亮，很是感兴趣：“说说，我洗耳恭听……”

“我们一直认为阿尔伯特是绑架者，所以是个男人。可如果是个女人呢？”

“你为什么会这么想？”

“事实上，是萨比娜的母亲让我想到这个猜测的。我没有问她，但她对我说，如果是陌生男人在木马转盘上，那她一定会注意到的，她还补充说，母亲对这些事会有感觉。我相信她。”

“为什么？”

“因为警方看过那晚拍摄的数百张照片和摄像，没有人注意到有可疑男子。由此，我们推断我们的阿尔伯特长着一张大众脸……于是我对自己说，如果是女人的话，带走女孩就更简单了。”

“你觉得他有同伙……”他不太喜欢这个观点，“但我们没有任何能支持这一论断的线索啊。”

“我知道。问题就在这里。”

格兰站起身，开始在房间里踱来踱去。他一边抚摸着参差不齐的胡子，一边思索着。

“这不是第一次了……过去也发生过，比如格罗斯特的弗雷德和露丝玛丽·韦斯特夫妇。”

格兰的脑中快速地闪过连环杀手夫妇的案子。男的是瓦匠，女的是家庭主妇，他们有十个孩子。他们一起设陷阱，强迫无辜的女孩参加色情派对，然后再杀死她们，把她们埋在位于克伦威尔路二十五号的家里的院子里。拱廊的地板下还有这对夫妇十六岁的女儿，她可能很叛逆。另外两个受害者是在其他与弗雷德有关的地方找到的。总共有十二具尸体。警方停止了在灰色小别墅里的挖掘，因为担心它会坍塌。

在这一示例的启发下，格兰觉得米拉关于阿尔伯特有同谋的理论便不再如此突兀了。

“也许就是由这个女人照顾着第六个女孩。”

格兰觉得头绪有点乱，但他不想让兴奋乱了他的心绪。

“先别误导我，米拉。这是一个很棒的猜想，但我们还需要证实。”

“你会跟其他人讲吗？”

“我们要好好想想。同时，我要让我们中的一个再去看看月亮公园的那些照片和录像。”

“这个我可以去做。”

“好。”

“还有一件事……我很好奇。我自己找过答案，但没有找到。”

“什么事？”

“当尸体腐烂时，眼睛会发生变化，是吗？”

“呃，通常虹膜会随时间而褪色……”格兰停下来盯住她，不知道她想说的究竟是什么。“你为什么这么问？”

米拉从口袋里掏出一张萨比娜的照片，这是女孩的母亲在她的拜访结束时交给她的，也就是她返程时一直放在旁边椅子上的那张照片。在发生了跟踪事件，惊魂未定之后，她重新看了看这张照片，这让她产生了怀疑。有什么地方不对。

格兰拿过来看。

“我们在可巴石家里找到的女孩尸体的眼睛是天蓝色的。”米拉提醒他说，“但萨比娜的眼睛是棕色的。”

出租车上，格兰一个字也没有说。米拉发现，在她揭示出这个事实后，他的心情就突然变了。他说了一句让她十分震惊的话。

“我们身边有一些我们自认为认识的人，但事实上我们对他们一无所知……”然后他又加了一句，“他欺骗了我们。”

格兰最开始指的那些人，她以为是阿尔伯特，但并非如此。

他迅速拨打了一连串的电话，除了队员外，还有汤米的保姆。

“我们要出去。”他对她说，没有任何解释。

“那你儿子呢？”

“露娜女士二十分钟后会到，他可以继续睡下去。”

他们叫了出租车。

此时，联邦警局里的灯还亮着。大楼里相互轮班的警察络绎不绝，几乎所有人都在为这个案子忙碌着。几天来，他们一直在嫌疑人的住处和善意市民电话里提供的地方搜查着，努力寻找囚禁第六个女孩的地方。

付完车费后，格兰没等米拉就径直朝主门走去，米拉在后面费力地跟着。在行为学研究部那层，他们找到了正在等他们的罗莎、鲍里斯和斯特恩。

“发生了什么事？”最年长的警察斯特恩说。

“我需要说明一下。”格兰回答道，“我们要马上去见罗凯。”

罗凯督察在会议开到一半时突然看到格兰出现在门口。联邦警局的高层已经开了几个小时的会，会议的内容正是阿尔伯特的案子。

“我要跟你说几句。”

罗凯从沙发上站起身，指着他向在座的各位介绍道：“同志们，大家认识一下这些年为我们部门作出很多贡献的格兰 · 贾维拉博士……”

格兰小声对着他的耳朵说：“我有紧急情况现在就要跟你说。”

罗凯脸上的笑容瞬间消失了。

“我失陪一下，其他地方有新的消息，需要我在场。”

当罗凯收拾会议桌上的纸时，他感到所有目光都投向了他。此时格兰在他身后等着他，而其他队员都在门口。

“希望这真的很重要。”罗凯把文件夹扔到办公室的写字桌上。

格兰等所有人都进办公室后，关上门，铁着脸面对着罗凯。

“在可巴石客厅里找到的尸体不是第三个失踪的女孩。”他的语气和坚定丝毫不允许任何否认。

罗凯督察坐了下来，双手交叉在胸前，缓慢地说道：“继续……”

“那不是萨比娜，而是梅丽莎。”

米拉想起了第四个女孩。从登记的户口上看，她是六个女孩中最大的，但她那幼儿般的身体能瞒过大家。她有一双天蓝色的眼睛。

“继续说，我听着呢……”罗凯重复了一遍。

“这只能说明两件事，阿尔伯特改变了作案手法，因为至今为止他都是按照绑架的顺序让我们找到那些女孩的；或者常在DNA检测时搞错了。”

“我认为这两种推测都说得过去。”罗凯坚定地说。

“我却觉得第一种几乎是不可能的……至于第二种，我想是你命令他伪造了结果，然后再给了米拉！”

罗凯的脸色一下就紫了。“听着，博士，我不会在这里听你这些诬告！”

“第三个女孩的尸体是在哪里找到的？”

“什么？”

罗凯尽一切努力让自己看起来非常吃惊。

“因为显然已经找到了，否则阿尔伯特不会继续进行到第四个女孩。”

“可巴石家的尸体已经放了一个多星期！或许我们应该首先找到第三个女孩，正如你说的那样。或者，我们只是先找到了第四个！常又犯了错误，我怎么知道呢！”

格兰的眼睛直勾勾地盯着他。“因此，从孤儿院离开后，你给了我们二十四小时的自由时间，因为你不想让我们接近你！”

“格兰，我听够了你这些可笑的说辞！你说的那些毫无根据！”

“是因为威尔森·皮克特案，不是吗？”

“那时发生的事完全跟现在无关，我保证。”

“你不再信任我了。也许错不全在你……但如果你觉得这项调查不需要我再插手，那么我希望你能当面跟我说，而不要玩什么政治把戏。你只要说出来，我们所有人就都后退一步，不会让你尴尬，我们会承担起我们的责任。”

罗凯没有立即回答。他双手交叉放在下巴下，在坐椅上摇摇晃晃。然后，他非常冷静地说：“坦白说，我完全不知道你……”

“说啊，快告诉他。”

打断他的是斯特恩。罗凯瞪了他一眼。

“你管好你自己！”

格兰扭头看了看他。然后是鲍里斯和罗凯。他立刻发现所有人都知道，除了他和米拉。

难怪我问鲍里斯那天干了什么的时候，他会躲躲闪闪的。米拉心想。

“是的，督察，您都告诉他吧，我们摊牌吧。”罗莎接着说道，以支持斯特恩。

“您不能把他排除在外，这不对。”鲍里斯加了一句，看向格兰的方向。

他们似乎想向他道歉，因为把他蒙在鼓里了。他们觉得有负罪感，因为他们执行了一个他们认为不正确的命令。

罗凯又停顿了一会儿，然后把目光停留在了格兰和米拉身上。

“好吧……但你们要是敢泄漏一个字，我绝不会放过你们。”

29

羞答答的黎明在地面上蔓延开来。

米拉的前额靠在后车窗上，感受到了一种奇怪的平静，也许是累了，也许是屈从了。这段短暂旅行最后揭露的任何事，都不再让她吃惊。罗凯没有泄露很多。在命令她和格兰守口如瓶后，他便把自己和格兰关在了他的办公室里，面对面地对峙。

她留在走廊里，鲍里斯跟她解释了为什么督察决定不让她和格兰知道。

“事实上，他只是一个市民……呃，而你在这里只是顾问，所以……”

没有别的可说了。不管罗凯想要保守的是什么惊天秘密，情况都要在他掌握之中。因此，不让消息外泄是至关重要的。唯一的方法就是只让直接听命于他的那些人知道，他们会惧怕。

除此以外，米拉就什么都不知道了，她连一个问题都没问。

两个小时后，罗凯办公室的门打开了，督察命令鲍里斯、斯特恩和罗莎带格兰到第三现场去。尽管他没有直接提及米拉，但也同意让米拉参加这一行动。

米拉上了斯特恩和格兰的车，故意避免和罗莎同坐一辆。在罗莎企图给她和格兰的关系蒙上一层阴影后，她就觉得再也无法忍受这个女人了，她担心自己早晚会爆发出来。

他们行驶了几公里，她也试着睡了一会儿，竟然睡着了，醒来时已经差不多快到了。

这条路上车不多。米拉注意到有三辆深色的汽车停在巷道边，每辆车上都有两个人。

猎场守卫。她想。是为阻止好奇的人进入而设立的。

他们沿着一堵很高的红砖墙向前开，开了不足一千米后，来到了一扇重重的铁栅栏门前。

路在那里中断了。

没有内部电话，也没有门铃。柱子上安装着摄像探头，他们一停下，摄像探头就开始用它的电子眼搜索起来，然后停在了他们面前。至少一分钟后，电动栅栏门开始开启。路继续向前方延伸，但在一个下坡后就几乎立刻消失了。这条界限后面没看见有什么房子，只有一片草坪。

他们至少又花了十分钟才看到一座古建筑的尖顶。面前的房子就像是从土壤深处冒出来的一样，大而简单，是典型的 20 世纪建筑风格。

米拉认出了门前的徽章，上面用浮雕雕刻了一个巨大的字母 R。

这是约瑟夫 · B.罗克福德的家，此人是同名基金会的主席，他拨出了一千万悬赏寻找第六个女孩。

他们路过房子，把两辆车停在马厩旁边。整个庄园占地数公顷，而要抵达位于庄园西边的第三现场，还需要乘坐和高尔夫球车类似的电动车。

米拉爬上了斯特恩驾驶的那辆车。斯特恩开始跟她解释约瑟夫 · B.罗克福德是谁，他的家族起源，还有他巨大的财富。

他们家的王朝从一百多年前的约瑟夫 · B.罗克福德一世就开

始了，他是罗克福德的爷爷。传说他是一个移民理发师的独生子。他不想终日拿着剪刀和刮胡刀，于是卖掉了父亲的店，出去碰运气。那个时代，所有人都把钱投资到新兴的石油工业，罗克福德一世想到可以用他的积蓄开一家钻井公司，不过是开采井水。他推测石油应该都在比较荒凉偏僻的地方，于是想到那些为了一夜暴富而不惜损害自己生命的人很快就会缺少一种基本物品——水。从自流井中提取出来的水，几乎是石油价格的两倍。

约瑟夫 · B.罗克福德一世去世时已是亿万富翁了。他在五十岁前夕，以一种罕见而迅疾的方式结束了生命——胃癌。

从父亲那儿继承了一笔巨大财富的约瑟夫 · B.罗克福德二世，通过投机事业，让财富翻了一番。从印度大麻到建筑，从养殖黄牛到电子产品。为了提升社会地位，他还娶了一位选美皇后，生了两个可爱的孩子。

在快到五十岁时，约瑟夫 · B.罗克福德二世也出现了胃癌早期的症状，两个月后，胃癌就把他带离了人世。

他的大儿子约瑟夫 · B.罗克福德三世，非常年轻时就接管了那个无比广阔的帝国。他第一个也是唯一的一个命令是把讨厌的罗马数字从他的名字中除去。他没有任何要达到的经济目标，他买得起任何奢侈品，约瑟夫 · B.罗克福德三世的一生都过得漫无目的。

建立与家族同名的基金会是他妹妹拉拉 · 罗克福德的主意。该机构旨在为比她和她哥哥不幸的孩子提供食物、居住、医疗和教育。罗克福德基金会的成立一下就花费了家族一半的财产。尽管他们有能力如此慷慨，然而根据他们顾问的估计，罗克福德家族将至少在一个世纪后才能缓过来。

拉拉 · 罗克福德现年三十七岁，在三十二岁时，她奇迹般地逃过了一场可怕的车祸。她哥哥四十九岁。遗传性的胃癌先夺去了爷爷的生命，然后是父亲，而就在十一个月前，胃癌病症在她哥哥身上也体现出来了。

已经三十四天，约瑟夫 · B.罗克福德在昏迷中等待着死亡。

米拉仔细地听着斯特恩曝料，此时，电动车由于地面的不平坦而颠簸了起来。他们正在一条人们在这两天自发搭建起来的路上行驶着，因为这样的车一直往来不绝。

大约半小时后，他们看到了第三现场。米拉从远处就认出了让犯罪现场富有生气的那些勤劳的白大褂。在亲眼看到阿尔伯特为他们准备的节目之前，眼前的一幕已经让她忐忑不安了，因为正在工作的专家有一百多人。

一场雷雨毫无怜悯之心地落下来。她来到那群要搬掉大块泥土的雇员中间。米拉感到很不自在。尸骨渐渐地暴露出来，有人在给它们编目，他把它们放到贴着标签的透明袋子里，然后再放进专门的盒子。

在一个盒子里，米拉至少数出了三十几段股骨。另一个盒子里，是盆骨。

斯特恩转向格兰："女孩大约是在这里找到的……"

他指了指一片被围挡起来的区域，上面覆盖着塑料布，为了使它免于恶劣天气的破坏。地上有用胶乳画出来的躯体外形。白线重现了身体的轮廓，但没有左臂。

萨比娜。

"她躺在草地上，躯体出现了大片腐败。在动物们嗅到她的气味前，她已经暴露在这里很长时间了。"

"谁发现的她？"

“是巡查庄园的一个管理人员发现的。”

“你们随即就开始挖掘了吗？”

“我们首先带来了狗，但它们什么也没闻到。然后，我们乘坐直升机飞到这片区域的上空，搜查地质形态中是否有明显的不平整之处。我们发现尸体所在地周围的植被不太一样。我们把照片给一位植物学家看，他告诉我们这种不同可以说明土壤里埋着什么东西。”

米拉之前听说过。类似的技术在波斯尼亚使用过，用来寻找种族清理中的乱葬坑。底下的尸体会对地表的植被产生影响，因为土壤吸收尸体分解的有机物后会变得更加肥沃。

格兰看了看周围问道：“有多少？”

“大概有三四十具尸体……”

“它们在这下面埋了多久了？”

“我们发现了一些很久以前就埋下的尸骨，其他的看起来时间更近一些。”

“都是些什么人的？”

“男性。特别是年轻男子，在十六到二十二三岁之间。一些案子中的牙弓分析确认了这一点。”

“可以让人们忘记之前一切的东西。”格兰想到这个新闻一经公布会产生的后果，“罗凯绝不会认为这个事情能掩盖住，对吗？这里有这么多人……”

“不是的，督察只是在试图拖延时间，直到所有事情的线索都渐渐清晰。”

“这是因为还没人能解释罗克福德美丽的庄园里怎么会有一座公共坟墓。”他说。

斯特恩不知该如何回答，鲍里斯和罗莎也是。

“斯特恩，我有点儿好奇……他们是在悬赏之前还是之后找到的尸体？”

警察低声承认说：“之前。”

“我怀疑也是。”

他们回到马厩时，发现罗凯已经在搭乘的警局汽车旁等着他们了。格兰从电动车上下来，果断地朝他那边走去。

“好了，现在负责调查此案的还是我吗？”

“当然是！你觉得让我把你排除在外是一件很简单的事吗？”

“简单谈不上，因为不管怎样，我发现了一切。我得说那很方便。”

“你想说什么？”

罗凯开始动怒了。

“我已经说出了我内心的想法。”

“你凭什么就能断定凶手是罗克福德？”

“因为如果你没想过这一切的制造者是罗克福德的话，你就不会如此不安地想掩盖这个事实了。”

罗凯抓起他的一只胳膊。“听着，格兰，你以为这都是我的主意。不是这样的，相信我。有太多来自上级的压力，这是你难以想象的。”

“谁想掩盖？这个恶心的事件到底牵扯了多少人？”

罗凯转身示意让司机把车开走，然后他重新面对队员。

“好吧，让我们一次就把事情都说清楚……一想到这个事，我就想吐。我不得不威胁你们守口如瓶，因为你们只要泄漏一个字，就会瞬间失去一切，包括事业和养老金。而我会和你们一样。”

“明白了……这背后到底藏了什么？”格兰逼问他。

“罗克福德从没离开过这里，没有离开这所他出生的房子。”

“怎么可能？”鲍里斯问，“从来没有吗？”

“从来没有。”罗凯肯定地说，“一开始好像是他母亲把他禁锢在这里的，就是前选美皇后。她用病态的爱培育他，让他无法拥有正常的童年和青少年生活。”

“可是，她去世之后……”罗莎想反对。

“她去世时已经为时晚矣。那个男孩连最基本的人际关系都无法建立。到那时为止，他的周围都是那些为他们家族服务的卑躬屈膝的人。此外，他身上还笼罩着所谓的罗克福德家族的诅咒，就是所有男性继承人都会在五十岁左右死于胃癌。”

“也许他母亲下意识地想把他从这种命运中解救出来。”格兰推测说。

“那他妹妹呢？”米拉问。

“她是一个叛逆者。”罗凯这样评价她，“刚好及时从母亲的禁锢中逃脱出来，然后按照自己的意愿去生活。她周游世界，挥霍财产，投入到最不可能的关系中，尝试各种麻醉剂，尝试各种经历。这一切都是为了让自己看起来与被囚禁在这里的哥哥截然不同……事实上，在五年前的车祸以前，她从未和他一起禁闭在这个家里。”

“约瑟夫 · B.罗克福德是同性恋。”格兰说。

罗凯肯定他说：“是的，他是……公共坟墓里的尸体也能说明这一点，所有人都正值花季。”

“那他为什么要杀了他们？”罗莎问。

回答她的是格兰：“如果我说错的话，请督察纠正。我认为是因为罗克福德无法接受自己的样子。或者，他年少时，有人发现了他的性取向，并且一直没有原谅他。”

所有人都想到了他的母亲，尽管没有人提起她。

“于是每次他重复这一行为时，他就有负罪感。他没有惩罚自己，而是用死亡的方式惩罚了他的情人们……”米拉总结说。

“尸体就在这里，而他从没出去过。”格兰说，“因此，他是在这里杀害他们的。可能没有人——仆人、园丁、猎场守卫——发现吗？”

“我无法相信。”鲍里斯肯定地说，“他收买了他们！”

“这些年他用钱堵住了他们的嘴。”斯特恩厌恶地补充说。

一个人的灵魂值多少钱？米拉想。因为事实上，关键就在这里。一个人发现自己拥有邪恶的本质，只有杀害同类才能给他带来快乐。他就有一个名字：凶手，或者连环杀手。但其他人，那些在他身边却不去阻止这一切，反而以此牟利的人，应该如何定义呢？

“他是如何引诱那些男孩的呢？”格兰问。

“我们还不知道。我们发现女孩的尸体后，就对他的私人秘书发出了逮捕令。但他人间蒸发了。”

“那其余的人，你们是如何处理的？”

“他们被拘留了，我们要弄清楚他们有没有拿钱，还有他们知道多少。”

“罗克福德不仅仅是贿赂了他周围的人，对吗？”

格兰看出了罗凯的心思，罗凯坦白地说：“几年前，一名警察起了疑心，他当时在调查一名少年的失踪案。这名少年离家出走后抢劫了一家商店，他留下的足迹把那名警察带到了这里。当时，罗克福德找了那些有权势的朋友，于是警察被调走了……还有一次，一对情人沿着庄园外墙的僻静道路散步。他们看到有人翻墙：是一个半裸的男孩，他的一条腿受伤了，表情惊恐。他们把他接到了汽车里，然后送他去了医院。他在那里只待了几个小时。后来就有人去那里把他带走了，那人说自己是警察。自那以后，就再也没有这个男孩的消息了。医生和护士全被买通了，只字不提。由于这对情人各有家室，因此只要威胁他们会让各自的丈夫或妻子知道一切就行了。”

“太可怕了。”米拉说。

“我知道。”罗凯说。

“那他妹妹怎么样呢？”米拉问。

“拉拉·罗克福德的头部受到了很严重的撞击，车祸确实让她元气大伤。事故就发生在离这里不远的地方，当时只有她一个人。她开离了路面，撞上了一棵橡树。”罗凯答。

“不管怎样，我们得和她谈谈，还有罗克福德。”格兰坚决地说，“也许那个男人知道谁是阿尔伯特。”

“你要怎么跟他谈？他现在正处在昏迷中啊！”督察发话。

“那他就是在用癌症欺骗我们！”鲍里斯怒不可遏，“他不但不帮我们，还寸步不离地把自己关在这个监狱里，以此掩盖他所做的一切！”

“噢！不，你错了。”罗凯说，“他走得很慢很痛苦，这个浑蛋对吗啡过敏，因为他不会上瘾。”

“那为什么他们还要让他活着？”

罗凯讽刺地笑了，抬起眼说：“因为他的妹妹希望如此。”

罗克福德家里的装潢让人情不自禁地想到了城堡。建筑以黑色大理石为主，纹理中充满了光泽；厚重的天鹅绒窗帘遮蔽了窗户；画作和挂毯呈现最多的是田园风光或是狩猎的景象；天花板上吊着一盏巨大的水晶灯。

拉拉·罗克福德“同意接见他们”。

她在图书馆等着他们，米拉、格兰和鲍里斯将要询问她。

米拉看到了她的轮廓，她坐在皮沙发上，烟放在唇边，手臂画出一道优雅的抛物线。她漂亮极了。从远处看，所有人都不禁惊讶于她那柔和的曲线，从额头到细长的鼻子再到丰满的嘴唇。浓绿的眼睛充满了磁性，嵌在长长的睫毛里。

当他们站到她面前时，她的另一半边脸却让他们慌乱不已。它被一条巨大的伤疤摧毁了，疤痕从发根开始，沿着额头继续向前，然后进入空落落的眼眶，再如一道泪痕一直延伸到下巴底下。

米拉发现，她的一条腿也是硬邦邦的，搭在上面的另一条腿并不能掩盖这一切。拉拉身旁放着一本书。封面反着朝下，既看不到书名，也看不到作者。

“早上好。”她欢迎他们，“你们来访是为何事？”

她没请他们坐下。

“我们想问您几个问题。”格兰说，“当然，如果可以的话……”

“请问吧，我听听。”

拉拉在雪花石膏烟灰缸里掐灭了烟头。然后，她从腿上的皮套里的一包烟里又抽出了一根，里面还放着打火机。她点烟时，纤细的手指微微地颤抖着。

“是您悬赏一千万寻找第六个女孩的吧？”格兰说。

“我觉得这是我唯一能做的。”

格兰决定接受挑战：“您知道您哥哥的事吗？”

“所有人都知道。所有人都保持沉默。”

“那为什么这一次没有？”

“你指的是什么？”

“找到女孩尸体的猎场守卫，我想他也是拿薪金的……”

米拉本能地想到了格兰已经明白的事，就是拉拉可以很轻松地掩盖一切。但她不想。

“您认为灵魂存在吗？”

这么问时，拉拉抚摸了一下身旁的书。

“您呢？”

“我还在思考这个问题……”

“因此，您不同意医生拔掉维持您哥哥生命的机器？”

拉拉没有立即回答，而是抬眼看了看天花板。罗克福德就在楼上，在他从小睡到大的床上。他的房间被改建成可以与现代医院媲美的疗养室。他身上连接着好几台仪器，为他灌注药物和液体，清理血液并帮助他排泄。

“你们别误会，我希望我哥哥死去。”

听起来很真诚。

“也许您哥哥认识绑架和杀死五个女孩并囚禁第六个女孩的男人。您想不到可能是谁吗……”

拉拉用唯一的眼睛看着格兰，她终于直视了他的脸。或者，她更是卖弄般地让他看她的脸。

“谁知道？可能是一个工作人员——现在在这里的某个人或曾经在这里的某个人。你们可以查一下。”

“我们已经在调查了，恐怕我们要寻找的那个人太狡猾，不会给予我们这样的支持。”

“正如你们知道的那样，到这所房子里来的只有哥哥用钱收买的人——雇员和拿工资的人，完全受他的控制。我从没见过外人。”

“那么，那些男孩呢，您见过吗？”米拉突然问。

女人沉默了许久后才回答。“他们也拿钱。最近这段时间，他时常很享受让他们签下诸如出卖灵魂的契约。他们觉得这只是游戏，是从亿万富翁那榨取点儿钱财的玩笑，于是签字了。所有人都签了。我在书房的保险柜里找到过一些羊皮卷。合同相当合法，尽管用的不是墨水笔……”

她笑了，带着可怕的影射，但这是一种怪异的笑容，让米拉很反感。这是从她心底喷涌出来的，就好像她把这种感觉浸没在肺里很久后吐了出来。尼古丁和痛苦让她的声音变得嘶哑。然后，她拿起了身边的那本书，是《浮士德》。

米拉向前走了一步。

“如果我们要调查您的哥哥，您不会反对吧？”

格兰和鲍里斯看着她，她就像失去了理智一样。

拉拉仍在笑。“你们想做什么？他现在都是活死人了。”然后，她严肃地说：“已经太迟了。”

米拉继续坚持说道：“您让我们试试吧。”

30

尼克拉·帕帕吉蒂斯第一眼看上去似乎是一个脆弱的女人。也许是因为她身材矮小，上下身比例失调。

但她是一个很坚强的女人。

她一直像照顾新生儿一样照顾着父亲，直到他九十岁时离开人世。父亲去世后，她把弟弟们都召集到了一起。

“我四十七岁了，我觉得我不会结婚了。我不会有自己的孩子，我的侄子侄女对我来说如同亲生的一样，这就够了。我谢谢你们都邀请我和你们同住，但我在几年前就已经作出了选择，非常抱歉直到现在我才告诉你们。我们不会再见面了，亲爱的弟弟们……我决定把我的余生都献给耶稣，从明天起，我会到一个幽静的修道院闭关进修，直到我生命的最后一刻。”

“那她是个修女。”鲍里斯说。他正一边开车，一边安静地听米拉讲这个故事。

“尼克拉不只是修女。她厉害得多。”

“我还不敢相信你竟然说服了格兰，特别是他后来还说服了罗凯。”

“我只是试了试，我们还有什么可失去的吗？我觉得尼克拉是能保守这个秘密的合适人选。”

“啊，当然。”

后座上放着一个盒子，上面有一个巨大的蝴蝶结。“巧克力是尼克拉唯一的弱点。”当他们经过一家甜品店时，米拉这么说。

“可如果她是与世隔绝的修女，就不能跟我们走。”

“呃，事实上，这个故事更复杂一点儿……”

“什么意思？”

“尼克拉在修道院里只待了几年。当大家知道她的能耐时，就让她还俗了。”

午后不久，他们抵达了目的地。城里的这个地方到处一片混乱，交通的噪音与立体声音乐、房子里传出来的吵架嘶喊声和路上或多或少合法的活动声混杂在一起。这里的居民从来没离开过这儿。市中心——尽管乘坐地铁只有几站路——有豪华的饭店、精品服装店和茶室，对他们来说却像火星那么远。

他们就在这样的街区里出生、死亡，从不走出去。

汽车的卫星导航在公路的接口处就立即停止了信息提供。道路上唯一的信息来自标示出匪帮领土界限的墙。

鲍里斯转弯开到旁边的一条小路上，小路的尽头是个死胡同。几分钟前，他们就发现身后有一辆车一直跟着他们。事实上，一辆载着两名警察的汽车是不会逃过在街区各个角落放哨的眼睛的。

米拉走到驾驶座的一侧，从兜里掏出一串红色塑料念珠，然后把它挂在后视镜上。

“这是这里最好的防盗器。”

鲍里斯看了看她，满脸困惑，然后跟着她进了大楼。

入口处的纸板告示牌上写着“午餐从十一点开始”。因为并非所有看到的人都识字，所以旁边还加了一幅图，上面画着钟的指针和一盘热腾腾的菜。

空气里弥漫着厨房和消毒剂混杂的气味。门廊里有几把塑料椅子围着一张小桌子，上面放着几本旧杂志，还有涉及各种话题的宣传册，从预防儿童龋齿到避免性病感染。其目的是让这个地方看起来像等候室。墙上贴着各种各样的告示和海报，公告栏都贴不下了。声音从这里跑到那里，没有人确切地知道它是从哪里发出来的。

米拉拉了拉鲍里斯的衣袖。“我们走吧，在楼上。”

他们开始爬楼。没有一级台阶是完好的，栏杆颤颤巍巍地摇晃着。

“这是什么鬼地方？”鲍里斯避免碰到任何东西，害怕会传染到什么。他抱怨着，直到他们来到了楼梯的平台上。

面前一扇玻璃门里，站着一个二十岁左右的女孩，非常可爱。她正把一小瓶药交给一个衣服破破烂烂的老人。那个老人浑身散发着酒气和酸兮兮的臭气。

“你每天都要服用一瓶，明白吗？”

女孩儿看起来完全不介意那股臭味。她温柔而大声地说着，每个字的发音都很清晰，就好像在跟孩子说话一样。老人点了点头，但他似乎并不是很确定。

于是女孩坚持说：“这很重要，你一定不能忘了。否则，最后你就会像上次那样，他们把你带来这里的时候你几乎快死了。”

然后，她从兜里掏出一块手帕，系在他的手腕上。

“这样你就不会忘了。”

老人满意地笑了。他拿着药瓶离开，手腕上还留着那个新礼物。

“你们有什么需要吗？”女孩问他们。

“我们在找尼克拉·帕帕吉蒂斯。”米拉说。

鲍里斯盯着那个迷人的女孩，瞬间就忘记了走在楼梯上时所有的抱怨。

“我想她在那边倒数第二个房间里。”她指着身后的走廊说。

他们经过她身边时，鲍里斯低下眼，目光投到了她的胸前，他看到女孩的脖子上挂着一个金色的十字架。

“她是……”

“是的。”米拉忍住笑回答他说。

“真可惜。”

他们穿过走廊，观察着面前的房间，里面是钢丝床、折叠床或者只有轮椅。所有的房间都挤满了垂危的病人，青年人和老年人没有分别。他们都是艾滋病患者、药物成瘾者、酗酒者，或者是没有病的老人。

这个地方，让人会想到死亡，这就是它的特点。尼克拉·帕帕吉蒂斯称之为“港口”。

“今天真是一个极好的日子，诺拉。”

修女正在小心翼翼地为一个躺在靠窗的床上的老妇人梳理长长的白发。她一边梳一边用放松的语气对她说：“今天早上我经过公园的时候，留了一点儿面包给鸟儿。这样的雪天，它们只能一直待在鸟巢里互相取暖。”

米拉敲了敲敞开着的门。尼克拉转过身，看到米拉的那一刻，她的脸上顿时神采奕奕。

“我的小乖乖！”她一边说一边去拥抱她，“见到你真好啊！”

她上身穿着一件蓝灰色的厚毛衣，袖口撸到了胳膊肘那儿，因为她总是觉得很热，下身穿着一条及膝的黑裙和一双运动鞋。她的头发是灰白色的，白皙的皮肤把眼睛的天蓝色衬托得越加浓郁，整个人看起来干净而整洁。鲍里斯注意到她的脖子上戴着一串红色的念珠，和米拉系在汽车后视镜上的一模一样。

"我跟你介绍一下，这是鲍里斯，我的同事。"

鲍里斯略带敬畏地上前一步："很高兴认识您。"

"你们刚刚碰到了梅丽姐妹，是吗？"尼克拉握了握他的手，问道。

鲍里斯的脸噌地一下红了，"实际上……"

"别担心，她让很多人都有这种反应……"然后，尼克拉转向米拉，"你怎么到这个'港口'来了，小乖乖？"

她严肃地说："你听说女孩失踪案了吗？"

"我们每晚都会在这里为她们祈祷。新闻报道得不多。"

"我也只能这么做。"

尼克拉盯着她问道："你来这里是为了第六个女孩，对吗？"

"你能跟我讲讲吗？"

尼克拉叹了口气："我正在试图联系，但这并不简单。我的天赋已大不如前了，削弱了很多。也许我应该满足了，因为如果我丧失了一切，他们就允许我回到我亲爱的同会修女待的修道院。"

尼克拉不喜欢别人定义她为中间人，她说用这个词来定义"上帝的礼物"并不恰当。她不觉得自己有什么特别，她的天赋只是上帝挑选的用来造福众生的途径。

在他们去"港口"时她跟鲍里斯说的许多事情中，米拉告诉了他尼克拉是何时发现自己拥有过人的感知能力的。

“她六岁时在家乡就很出名了，因为她能找到遗失的物品：结婚戒指、家门钥匙、亡者藏得甚好的遗嘱……一天晚上，当地警察局的头儿去了她家。一名五岁的男孩失踪了，他的母亲很绝望。女人恳求她找到自己的孩子。尼克拉盯着她看了一会儿，然后说：‘这个女人在说谎。她把儿子埋在了自家后面的菜园里。’他们真的在那里找到了他。”

鲍里斯听了这个故事后十分震惊。也许是因为这个原因，他只是坐在一边，让米拉和那位修女交谈。

“我想拜托你一件与平常不太相同的事。”米拉说，“我需要你去一个地方，试着跟一个垂死的人建立联系。”

米拉过去多次获得过尼克拉的帮助。

这一次，破案也要依靠她的介入。

“小乖乖，我不能走，你知道的，他们一直需要我。”

“我知道，但我不得不坚持。这是救出第六个女孩唯一的希望。”

“我跟你说过，我不能肯定我的‘天赋’还可行。”

“我想到你还有另一个原因……为寻找女孩提供有用信息的人可以获得一大笔钱。”

“是的，我听说了，但我要那一千万有什么用呢？”

米拉看了看周围，就好像说用这笔悬赏翻新这个地方是一件很自然的事。

“相信我，当你知道整个故事后，你就会发现这是这笔钱最好的用处。你觉得呢？”

“维拉今天要来看我。”

这是床上那位老妇人的声音。在那以前，她一直没有说话，而是一眨不眨地看着窗外。

尼克拉走到她身边："是的，诺拉。维拉晚些时候就来。"

"那个男孩坐在了她的位置上。"她指着鲍里斯说。鲍里斯立马要站起来。

尼克拉制止了他。"尽管坐。"然后，她压低声音说，"维拉是她的双胞胎妹妹，她在七十年前就去世了，那时她们还很小。"

修女看到鲍里斯的脸色唰地一下就白了，禁不住笑了起来："不不，警官，我可不能跟阴间的人讲话。但诺拉时不时就想听人说她妹妹会来看她。"

这是受米拉跟他讲的故事的影响，鲍里斯觉得自己就像个笨蛋。

"那你去吗？"她坚持问，"我保证天黑之前就会有人送你回来。"

尼克拉又想了一会儿："那你给我带了什么东西吗？"

米拉的脸上展开了笑容："巧克力在楼下的车里等着你呢。"

尼克拉满意地点了点头，然后又恢复了严肃的表情。"那个男人的想法我不会喜欢，对吗？"

"我也觉得不会。"

尼克拉紧紧地抓住了脖子上的念珠，说道："好吧，我们走。"

她坐在汽车后座，一边把巧克力一个个地往嘴里送，一边向鲍里斯解释。让鲍里斯惊讶的不仅是修女的讲述，更是他发现车子停在这个声名狼藉的街区竟然完好无损。

"你们为什么称它为'港口'？"

"这要看人们是怎么想的，鲍里斯警官。有些人只把这里看作是目的地，而对另一些人来说，这里是出发地。”

“那您呢？”

“两样都是。”

大约下午的时候，他们来到了罗克福德家。

格兰和斯特恩在房前等候着他们。罗莎在楼上给负责垂死病人的私人医生做笔录。

“你们来得正是时候。”斯特恩说，“今早情况发生了突变。医生们肯定现在只是时间早晚的问题了。”

他们抵达后，格兰主动向尼克拉介绍自己，并向她解释她应该做什么，但丝毫掩藏不住内心的怀疑。他见过各种各样为警方提供帮助的通灵者。通常，他们的介入不是一无所获，就是搅浑调查、编造出假线索和徒劳的期待。

尼克拉对格兰的疑惑并不惊讶，她在人们的脸上看到过很多次那种不信任的表情。

就算是很信宗教的斯特恩，也无法完全相信尼克拉的天赋异禀。难道尼克拉只是江湖郎中，但她确实是一位历经磨炼的修女，他有些混淆了。“至少她不是以营利为目的的。”不久前，他这么对更加疑惑的罗莎说。

“我喜欢那个犯罪学家。”上楼时，尼克拉低声对米拉说，“他很怀疑，他并不在意有没有表现出来。”

这个评价不是她用天赋判断的结果，米拉知道这完全发自她的内心。从亲爱的朋友那儿听到这样的话，米拉有感谢她的冲动。这种肯定把罗莎试图在她心里播下的对格兰的所有怀疑都击碎了。

宽敞的走廊上铺着花毯，约瑟夫 · B.罗克福德就在走廊的尽头。

巨大的窗户朝向东边，在背阴面。周围都是医疗器械，它们在陪伴这位亿万富翁度过最后的日子。它们替他发出机械的声音，有心脏检测仪的蜂鸣声、呼吸机的呼气吸气声和电力重复而又连续的低沉声音。

罗克福德的身下垫着好几个枕头，他的手臂搁在绣花被上，平放在两侧，眼睛紧闭着。他穿着一件生丝睡衣，浅玫红色，领口敞开着，用来插气管。稀疏的头发已经苍白，鹰钩鼻周围的脸凹陷了下去，身体的其他部位在被子下印出了轮廓。他看起来像一百多岁，而不是刚过五十岁。

此时，护士正在为他处理脖子上的伤口，换掉了帮助他呼吸的呼吸机周围的纱布。每天二十四小时轮班待在他床边的所有人，都只是他的私人医生和助理。

调查队的队员进门时，看到了拉拉·罗克福德的目光，世界上没有任何东西可以磨灭这一场景。她坐在旁边的一张沙发上抽着烟，毫不遵守任何保健规定。当护士告诉她不该抽烟，因为她哥哥状况危急时，女人只简单地回答了一句话："好了，这不会对他有什么坏影响。"

尼克拉坚定地朝床边走去，观察着这个享有特权的临终者的画面，这和她在"港口"每天看到的那些穷苦人民截然不同。她来到约瑟夫·B.罗克福德身边，在胸前画了个十字架，然后转身对格兰说："我们可以开始了。"

他们无法用言语表达出即将要发生的事情。没有一个陪审团会考虑这样一种证据，媒体也不会知道这个试验。一切都会留在这堵墙里。

鲍里斯和斯特恩找了个位置站在关闭的门边上。罗莎走到了角落里，靠在墙上，双手交叉在胸前。尼克拉搬来一张椅子坐到床边，她旁边坐着米拉。另一边是格兰，他想看清楚修女和罗克福德。

通灵师用格拉斯哥昏迷评分法①来估量病人的昏迷程度，通过三个简单的测试——言语回答、眼睛睁开程度和运动反应——可以获知其神经功能的损伤级别。

用下楼梯来比喻昏迷状态不是偶然，越往下走，意识状态也会渐渐退化，直至消耗殆尽。

除了从昏迷状态中苏醒过来的人提供的证据——关于对周围世界的意识和他感到波动的没有痛苦的安静环境——人们不会知道其他有关于他在生存和死亡的间隙里真正发生的事情。并且，从昏迷中苏醒的人，最多在那样的楼梯上下了两三层台阶，而一些神经学家甚至认为共有一百层。

米拉不知道约瑟夫·B.罗克福德此时到底在哪里。也许他就在那儿，和他们在一起，或许还能听见他们说话。或者他已经下了足够多层的台阶，能摆脱掉自己的幻影了。

有一件事是可以肯定的：尼克拉会下落到一个深邃而险恶的深渊里去找寻他。

“好了，我开始听到了什么……”

尼克拉把手放到膝盖上，米拉注意到她的手指因为压力而开始皱缩。

“约瑟夫还在这儿。”通灵师说，“他很……冷淡。但是，他仍然能感觉到这上面的一些东西。”

罗莎和鲍里斯互相使了一个困惑的眼神。鲍里斯禁不住露出

---

① 格拉斯哥昏迷评分法，以刺激所引起的反应综合评价意识，方法简单易行，与病情变化的相关性较好。应用时将检查眼睛、言语和运动三方面的反应结果分值相加，总分为 15 分，最低分为 3 分，分值越低说明意识阻碍越重。

一副尴尬的笑容，最终忍住了。

“他很不安，很生气……他受不了继续待在这里……他想离开，但他做不到。有什么东西控制住了他……那种气味让他很反感。”

“什么气味？”米拉问她。

“腐烂的花香。他说他受不了。”

他们用鼻子嗅了嗅，寻找那些话的确证，但他们只闻到了宜人的香气：窗台上有一个插着鲜花的大花瓶。

“试着让他说话，尼克拉。”

“我觉得他不想说……不，他不想和我说话……”

“你要说服他。”

“抱歉……”

“什么？”

通灵师没有接着说下去，而是说：“我觉得他想让我看什么东西……是的，是这样……他正在给我看一个房间……就是这个房间，我们不在，那些维持他生命的机器也不在……”尼克拉突然严厉地说：“有人和他一起。”

“谁？”

“一个女人，非常漂亮……我想是他的母亲。”

米拉用余光看到拉拉·罗克福德在沙发上不安起来，点燃了第N根烟。

“他在做什么？”

“他还很小，约瑟夫……她把她的小约瑟夫抱在膝盖上，向他解释着什么……她在告诫他，让他提高警惕……她对他说，外面的世界只会让他受到伤害，只有待在这里，他才会安全……她向他保证会保护他，照顾他，永远不会遗弃他……”

格兰和米拉面面相觑。约瑟夫 · B.罗克福德的黄金牢狱生活就这样开始了，他母亲让他远离了真实世界。

“她告诉他，在世界上的所有危险中，女人是最坏的……外面到处都是想抢走他一切的女人……她们之所以会爱他，只是因为他拥有财富……她们会欺骗他，会从他身上牟取利益……”然后，尼克拉又重复了一遍，“抱歉……”

米拉再次看了看格兰。那个早上，在罗凯面前，格兰确定罗克福德愤怒的根源——也是把他渐渐变成连环杀手的根源——在于他无法接受自己。因为有人，很可能是他的母亲，有一天发现了他的性取向，从此再也没有原谅他。杀害伴侣意味着消除负罪感。

显然格兰错了。

通灵师的话从某种意义上否认了他的理论。约瑟夫的同性恋倾向是与他母亲的厌恶息息相关的。也许她知道，但她什么都没有提。

可为什么罗克福德杀害了他的伴侣们?

“她也不允许我邀请朋友来……”

所有的人都扭头看着拉拉 · 罗克福德。这位年轻的女人指尖紧紧地夹着香烟，低垂着眼神说。

“是她母亲把这些男孩弄来的。”格兰说。

她确认说：“是的，她给他们钱。”

眼泪开始从她唯一一只健康的眼睛里涌出来，让她的脸变得更加扭曲。

“我母亲讨厌我。”

“为什么?”格兰紧接着问。

“因为我是女的。”

“抱歉……”尼克拉又说了一次。

“你给我住嘴！”拉拉·罗克福德冲着哥哥的方向喊道。

“我很抱歉，妹妹……”

“住嘴！”

她愤怒地吼道，噌地站了起来，下巴剧烈地颤抖着。

“你们无法想象。你们不知道转身看到那双眼睛盯着你时意味着什么。一种到处都跟着你的眼神，你知道是什么意思。虽然我不想承认，因为即便只是想到都会觉得恶心。我觉得他是想知道……为什么他觉得自己被我吸引住了。”

尼克拉在剧烈的颤抖后，依然神情恍惚，米拉握住了她的手。

“因此，您离家出走了，是吗？”格兰盯着拉拉·罗克福德，想要不惜一切代价得到答案，“那么，这就是他开始杀人的原因……”

“是的，我想是这样。”

“后来您回来了，五年后……”

拉拉·罗克福德笑了：“我什么都不知道。他骗我说他感到很孤单，被所有人抛弃了。说我是他妹妹，他很想念我，因此我们可以和平相处。他说其他的一切都只是迷惑我的东西。我相信了他。我来到这里的最初几天，他的表现很正常，温柔、热情，很关心我，不像我小时候认识的哥哥。直到……”

她又笑了，那种笑容比话语更能表现出她遭受到的所有暴力。

“不是车祸让您变成这样的……”格兰顺着她的话说。

拉拉摇了摇头：“这样，他就能确认我再也不会离开了。”

他们为这个年轻女人感到难过，她不是被囚禁在这所房子里，而是被囚禁在自己的身体里。

“我失陪了。”说完后，她拖着受伤的腿，一瘸一拐地朝门口走去。

格兰转身面向尼克拉：“您还能继续吗？您让约瑟夫说他是何时遇到那个和他相似的男人的……”

31

晚上，约瑟夫听到母亲在叫喊。

让母亲永远无法平静的是偏头痛，这让她无法入睡。现在，连吗啡也无法平息这突如其来的剧痛了。她在床上滚来滚去，不断地嘶喊着，直到喊不出声。她曾经的美貌，曾经精心照顾、不让无情岁月摧毁的美貌，完全消失了。她变得庸俗。总是如此注意措辞、如此有分寸的她，已经在诅咒中变得粗鲁而爱幻想。所有的一切都让她变成了这样：英年早逝的丈夫，离家出走的女儿，还有让她变得这般脆弱的上帝。

约瑟夫走进她的房间，用真丝围巾把她的手绑在床上，让她无法伤害自己。她已经扯掉了所有的头发，脸上淌着血，每次她都会用指甲抓破脸。

“约瑟夫，”她叫儿子，儿子抚摸着她的额头，“告诉我，我是个好母亲。告诉我，求求你。”

他直盯盯地看着母亲那充满泪水的眼睛。

当时，约瑟夫·B.罗克福德三十二岁，离死亡之约只有十八年了。

从那时起，约瑟夫就带着这唯一的目标继续生活。

一天早上，大约四点左右，他醒了。

他穿过庄园里长长的林荫大道，一直来到西边的栅栏前，通常这是供应商和仆人走的。对他来说，这就是通往外面世界的边界。小时候，好几次和妹妹探险时，他们就会来到这里。妹妹尽管比他小很多，却想越过它，展现出了令人羡慕的勇气，而约瑟夫总是会退缩。大约一年后，妹妹离开家了。在她找到越过那条界限的力量后，约瑟夫就再也没有了她的消息。他很想念妹妹。

在九月那个寒冷的清晨，约瑟夫一动也不动地站在栅栏前，站了好几分钟。然后，他翻了过去。当他的双脚碰到地面时，他浑身充满了一种全新的感觉，胸口的瘙痒感让周围的一切都散发出光芒。他第一次体验到了什么是快乐。

途中他没有遇到任何人，没有汽车，也看不到房子。他可以听到自己踩在沥青路上的脚步声，鸟儿也在欢唱，在开始呼唤新的一天。没有风吹拂着树，树就好像被定格在了风景中，像个局外人。他想去拯救它们。空气有些辛辣，还有霜的、枯树叶的和翠绿青草的气味。

他在听到一种新的声音时，想到的正是这些。声音很低、很遥远，但不断从背后接近他。很快他就辨认了出来，是汽车声。他转过头，只看到了背后的顶篷盖。然后，汽车继续下坡，但不久又出现了。这是一辆旧的米色货车，它向约瑟夫驶来。肮脏的挡风玻璃让司机看不清行人。约瑟夫决定不理睬它，于是转身继续向前走。当汽车快要靠近时，车速降了下来。

“嗨，你要去哪儿？要搭个便车吗？”

“我去北边。”司机说，“我可以载你一程。这没什么，这附近我没看到有别的行人。”

难以判断出他的年纪，可能四十几岁，可能更年轻些。那又长又浓密的红胡子让人难以估计。他的头发也很长，用发绳系在后面。他的眼睛是灰色的。

“怎么样？上车吗？”

约瑟夫想了一会儿，然后说：“好的，谢谢。”

他坐到那个陌生人的身旁，汽车重新开动了。

“你走了很久吗？”

他没有料到这个问题，于是说了实话：“我不知道。”

男人笑了起来。

男人笑得更厉害了，“哦，天哪！我喜欢你这么直接，孩子。”

他穿着一件短袖的红色风衣，裤子是浅棕色的，编织毛衣上有着规则的菱形。脚上是增力橡胶底的工作鞋。他双手紧握着方向盘，左手腕上有一块塑料石英表，不值几个钱。

“听着，我不知道你有什么计划，我也不会坚持想知道。但如果你喜欢的话，你可以来我家吃早餐，我就住在附近，怎么样？”

约瑟夫正要说不，但他马上又有了新的想法。未来是神秘的，不是危险的——这正是那天早晨他发现的事。为了品尝成果，需要冒险。

“好。”

“鸡蛋、咸肉和咖啡。”陌生人承诺道。

二十分钟后，他们离开主路，开进了一条泥泞的小路。他们在坑坑洼洼、不断颠簸的路上行驶得很缓慢，最后，他们来到了一座斜屋顶的木屋旁。很多地方的白色油漆已经被刮坏了。门敞开着，木板上到处都是一绺绺的草。他们把车停在了门口。

“欢迎光临。”他们一迈进小屋，男人就这样说。

第一个房间中等大小，里面有一张桌子、三张椅子、少了几个抽屉的橱柜和一张上面破了好几个洞的旧沙发。一面墙上挂着一幅没有边框的不知名的风景画。

唯一的窗户旁有一个脏兮兮的煤烟石烟囱，里面堆积着已经冷却的烧焦的余烬。一张用树桩做成的板凳上堆着几个里面有肥肉残渣的平底锅。房间尽头是两扇关闭的门。

“不好意思，这里没厕所，但外面有很多树。”男人微笑着说。

没有电和自来水，不远处，男人从车后座取下了约瑟夫不久前注意到的罐子。

他铺上旧报纸和柴火，点燃了壁炉。洗干净其中一个锅后，他把黄油放进去煎，然后把鸡蛋和咸肉一起放了进去。尽管食物很廉价，但散发出了能唤起人食欲的香气。

“你住在这儿多久了？”

“一个月，这里不是我的家。”

“什么意思？”

“外面才是我真正的家。”他抬了抬下巴，指着汽车。“我环游世界。”

“那你为什么停下来了？”

“因为我喜欢这个地方。一天，我在路上开车的时候，看到了这条小路。我转了弯，然后就来到了这里。谁知道这房子被遗弃了多久，也许它原本是农民的，后面有棚和工具。”

“他们怎么了？”

“我不知道。他们应该和很多其他人一样吧。当农村出现危机时，他们就去城里寻找更好的生活。这个地方有各种废弃的农场。”

“他们为什么不把房子卖了？”

男人禁不住笑了出来：“谁会买这样的房子？这地方一个钱

都不值，我的朋友。”

他做完了早餐，把锅里的东西直接倒到了桌上的盘子里。约瑟夫毫不迟疑地就把叉子插进了黄色的糊糊里。他发现自己饿极了。味道很棒。

约瑟夫记录下了一切，就好像他正在用各种知识构成一本手册：如何用鸡蛋、黄油和咸肉为自己准备美味的早餐；如何为自己供应饮用水。也许，他觉得这些在他的新生活里会很有用。那个陌生人让他很羡慕，不管多么艰难困苦，却比他自己到这里之前的生活好无数倍。

“你知道咱们还没有相互介绍吗？”

约瑟夫握着叉子的手停在了半空中。

“我到五十岁左右时，就会死去。”

他向他解释了他家族里的男性继承人受到的诅咒。

“我知道夺走你父亲和爷爷生命的疾病是不可避免的，但对于钱，我们总会有办法。如果你觉得不够自由的话，为什么不放弃你的财富呢？”

“因为我是在钱堆里长大的，没有钱我不知道如何活下去，一天都不行。你知道，无论我作什么选择，我注定是要死的。”

“无稽之谈！”那个人一边说，一边起身去冲洗锅子。

约瑟夫想要解释得更加清楚一些：“我能拥有我想要的一切。正因为如此，我才不知道我想要的是什么。”

“你这是说的什么屁话！钱不能买到一切。”

“不，相信我，它可以。如果我想让你死，我可以买通别人，他们就会杀了你。没有人会知道。”

“你这样做过吗？”另一个人突然变得严肃起来，问道。

“什么？”

"你买通过谁让他为你杀人吗？"

"我没有，我父亲和爷爷做过，我知道。"

他停顿了一会儿。

"可健康用钱就买不到。"

"对。但如果你早就知道你什么时候会死，这就不是问题了。你看，富人都不快乐，因为他们知道他们早晚会离开他们拥有的一切，他们不能把钱带到棺材里。我不该为我的死亡而伤害自己，已经有人为我这么做了。"

男人思考了一会儿，"你说得对。什么都不想确实很可悲。你应该有喜欢的东西，不是吗？那么就从那个开始吧。"

"呃，我喜欢走路。然后从今天早上起，我也喜欢咸肉加蛋了。我还喜欢男孩。"

"你是说你是……"

"事实上，我不知道。我喜欢和他们待在一起，我不知道我是不是真的喜欢他们。"

"那么，你为什么不试着跟女人在一起呢？"

"也许我应该这样做。我首先要想，明白吗？我不知道该怎么跟你解释清楚。"

"不，不用。我想你已经说得很清楚了。"

他把锅子摞到凳子上的其他锅子上，然后看了看手腕上的石英表。

"十点了，我要去城里。我得买些零件用来修理烤面包机。"

"那我走了。"

"不，你可以在这里休息一会儿，如果你愿意的话。我很快就会回来，我们还能在一起吃顿饭，聊聊天。你人很好，知道吗？”

约瑟夫看了看满是破洞的旧沙发，觉得它很诱人。

“好吧。”他说，“如果你不介意，我就在这睡一会儿。”

男人笑了，“太好了！”正要出门时，他转身问，“对了，你晚餐想吃什么？”

约瑟夫盯着他：“不知道，给我个惊喜吧。”

一只手冲他温柔地摇了摇，约瑟夫睁开眼，发现已经是晚上了。

“多么疲惫的脸啊！”他的新朋友笑眯眯地说，“你睡了整整九个小时！”

约瑟夫站起来伸了伸懒腰。他已经很久没睡得这么香了。他马上就感到了饥饿。

“已经到晚餐时间了？”他问。

“是该生火了，我马上去准备。我买了些烧烤用的鸡肉和土豆。这个菜单怎么样？”

“好极了，我饿了。”

“你去开瓶啤酒，就在窗台上。”

约瑟夫从没喝过啤酒，只喝过母亲在圣诞节准备的宾治酒。他掰开啤酒罐的易拉环，簧片吱嘎作响。然后，他把嘴唇放到铝片边，深深地喝了一口。他感到冰凉的啤酒快速地滑下食道，同时带给他一种愉快的感觉，很解渴。喝了第二口后，他打了个饱嗝。

“身体健康！”男人喊道。

外面的天很冷，屋里的火光让周围很暖和。桌子中间的煤气灯发出微弱的灯光，照亮着屋子。

“铁器匠说烤面包机可以修。他给了我几个建议，告诉我该怎么修。修好后，我想找个集市把它卖了。”

“那你就是以此为生的？”

“是的，时不时会这样。人们总会扔掉一大堆还能用的东西。我把它们修好，然后再卖点儿钱。有些东西我会留着，比如这幅画……”他指了指墙上那幅没有边框的画。

“为什么留下这个？”约瑟夫问道。

“我不知道，就是喜欢。我想也许它让我回忆起我出生的地方，或者是我从来没有去过的地方，谁知道呢。我去过那么多地方……”

“你真的去过很多不同的地方吗？”

“当然，多极了。”他似乎有那么一会儿陷入了沉思，但很快他又说道，“我做的鸡肉味道很特别，你会知道的。对了，我有个惊喜给你。”

“惊喜？什么惊喜？”

“现在还不能说，等吃完晚饭吧。”

他们坐到桌边。土豆包着的鸡肉很香很脆。约瑟夫一次次地添满盘子。那个人——他在心里这么称呼他——大口大口地吃着，已经喝了三罐啤酒。晚饭后，他拿出一个装着烟草的手工雕刻的烟斗。“晚饭前我跟你说过我有个惊喜给你，现在是揭晓的时候了。来。”

他站起来，朝尽头其中一扇关着的门走去。约瑟夫犹豫地跟着他来到门前。

“看。”

他上前一步，走进黑暗里，然后就听到了什么。房间里有什么东西在急促地呼吸着。他马上想到了动物，然后后退了一步。

“勇敢点儿。”那个人鼓励他，“看清楚。”

约瑟夫停顿了一会儿，以适应黑暗。桌上的煤气灯发出的微弱灯光刚好照出了一个少年的脸。他躺在床上，手和脚都被绳子绑在柱子上。他穿着格子衬衫和牛仔裤，没穿鞋。嘴里塞着的手帕让他无法说话，只能发出断断续续的声音，像嘶叫声一般。他额前的头发被汗水浸湿了。他像困兽一样不停地扭动着，眼睛里充满了恐惧。

“他是谁？”约瑟夫问。

“给你的礼物。”

“我们也许应该解开他，放他走。”

那个人沮丧地摇了摇头，“你的眼界太狭隘了，我的朋友。你拥有一条人命，这是上帝最伟大、最惊人的创造，而你脑袋里想到的唯一一件事就是放掉他……”

“那我该怎么处理一条人命？”

“如果你想杀某个人，那你只要付钱雇个人替你做就行。你真以为这就证明了你的生杀能力了吗？是你的钱拥有了这种能力，而不是你。你如果不亲手做，你就永远体验不到这意味着什么。”

约瑟夫仍然看着那个男孩，很明显，那个男孩吓坏了。

“可我不想知道。”他说。

“因为你害怕，害怕结果，害怕受惩罚，害怕有负罪感。”

约瑟夫低下头，“没有人会知道吗？”

“如果你对自己说你不会受到惩罚，那这会让你产生想尝试的愿望吗？”

约瑟夫看着自己的手，看了很久，他的呼吸加快，心里产生了一种奇怪的快感，他从没有过这种感觉。

“我要一把刀。”他说。

“没有任何事比夺去生命更叫人开心了。”那个人对约瑟夫说，“不是特别的一个人，比如敌人或伤害你的人，而是任何一个人。上帝给予了你同样的权力。”

那个人把约瑟夫一个人留在那里，然后关上门离开了。

月光倾泻下来，约瑟夫手中的刀闪闪发光。那个男孩挣扎着，约瑟夫可以感受到声音里的不安和恐惧，还有气味。呼吸的酸气，腋下的汗味。他缓缓地走到床边，脚步在地板上吱嘎作响，让男孩知道正在发生的一切。他把刀搁在男孩的胸前。他要跟那个男孩说些什么吗？他一时间什么也想不到。

他把刀提高了几厘米，让它沿着男孩的身体缓缓移动，直到抵达胃部。他停下了，吸了口气，慢慢地把刀尖扎进那个男孩的衬衫里，直到碰到肉。那个男孩试图喊叫，但他只能发出可悲的呜呜声。约瑟夫又把刀扎进了几厘米，皮肤上出现了一条深深的口子，就像被撕开了一样，伤口仍没出血。他认出了白色的脂肪。接着，他把刀扎得更深，直到手上感受到了血的热度，并且嗅到了脏腑内发出的刺鼻气味。那个男孩弓着背，不自愿地为他的杰作增添色彩。约瑟夫还在往下按，直到感觉刀尖触到了脊柱。他身下的男孩是肌肉和骨骼捆绑在一起的结合体，他保持了一会儿弓背的姿势，然后从床上重重地摔了下来，再也没有气力，就像一个没有生命的物体……

正在此时，警报声把大家召集到了一起。医生和护士都因紧急情况跑到了病人的病床旁。尼克拉跪在地板上，试着重新调整呼吸。刚刚看到的画面对她所造成的震惊让她陷入了恍惚之中。米拉伸出手抚摸着她的背，让她缓缓神。医生为了解开约瑟夫·

B.罗克福德胸前的睡衣，一把扯掉了睡衣上的所有扣子，扣子滚了一地。心脏检测仪的响声停在了一个持续的音符上。这时，约瑟夫 · B.罗克福德睁开了眼睛。他的嘴唇开始颤动，却发不出声音。为了保证他的呼吸，他进行了气管切开术，他的声带在手术中受到了影响。

那个男人应该已经死了，他周围的机器说明他现在只是一块没有生命的死肉，他却在尝试着说话。他嘶哑的喘息声让他看起来像个溺水者，仍胡乱地挣扎着要吸一口空气。

最后，一只无形的手又把他拽了下去，约瑟夫 · B.罗克福德的灵魂就像被这张死亡之床吞没了，只留下了一具空空如也的躯壳。

32

刚一恢复，尼克拉·帕帕吉蒂斯就开始向联邦警察局描绘她和约瑟夫一起看到的那个男人的记忆拼图。

据推测，约瑟夫称之为“那个人”的陌生人就是阿尔伯特。

长胡子和浓密的鬓发让她无法仔细看清那张脸的轮廓。她不知道颌骨是什么样的，他的鼻子只是脸上的某个阴影。眼睛的模样她也记不得了。唯一可以肯定的是，他的眼珠子是灰色的。

无论如何，结果还是印刷在了所有的传单上，散布到了港口、机场和各边界地带。罗凯正掂量着是否也要给媒体一些复印件，但他们会要求知道获得嫌疑犯拼图的过程。如果大家知道这背后有个通灵师，那么各种信息媒介就会推论警察无所事事，他们在黑暗里摸索，近乎绝望了。

“这个险你一定得冒。”格兰建议他说。

罗凯再次来到罗克福德的住宅与队员们会合。他不想碰到那个修女，因为他从一开始就清楚地表过态，他不想知道关于这次尝试的一切。就像往常一样，责任会都落到格兰的肩上。格兰欣然接受了，他相信米拉的直觉。

“小乖乖，我想到一件事。”尼克拉一边观察着站在门口草坪上正在讨论着的格兰和罗凯，一边对她宠爱的姑娘米拉说。

“什么事？”

“我不想要那笔悬赏。”

“但如果那个人就是我们寻找的人，悬赏就直接属于你了。”

“我不想要。”

“你只要想想你能为你每天照顾的那些人更好地服务就行了。”

“他们有什么需要现在还没有达成？他们有我们的爱，我们的照顾。相信我，在他们生命的最后一天，当上帝到来时，他们什么都不用了。”

“如果你拿了那笔钱，你就会想从这一切之中也能生出点儿善来……”

“恶只会生出恶。这一直是它最主要的特点。”

“我曾经听人说恶总是能展现出来，善却不能。因为恶在途经一个地方时会留下它的脚步，而善只能见证它。”

尼克拉终于笑了。“无稽之谈。”她马上说，“看，米拉，事实是善太短暂了，短暂到无法用某种方式记录下来。它所经之处不会留下任何印记。善是纯净的，恶是肮脏的……我可以证明善的存在，因为我每天都能看到它。当一位可怜的病人临近生命的终点时，我就会尽可能地离他近一些。我抓着他的手，听着他说话，如果他跟我说他的罪过，那我不会判断。当他们明白即将发生的事情时，无论他们是一生行善，还是做过一些坏事，或者他们做了什么事但后来后悔了……呃，他们都会笑。我不知道为什么，但事实就是这样，我保证。因此，临死之人死前的笑容就是善的证据。”

米拉点了点头，备受鼓舞。她没有跟尼克拉坚持悬赏的事，也许她说得有道理。

快下午五点了，尼克拉很累，但她还有一件事要做。

“你确定你能认出那所被遗弃的房子吗？”她问。

“是的，我知道在哪儿。”

回研究室之前，这应该只是一次例行巡逻，以最终证明尼克拉提供的信息，但还是所有人都去了。

汽车上，罗莎按照尼克拉的指示行驶，她说转弯就转弯。气象预报再次报道大雪将至。天空的一边晴朗，太阳很快就要落山，另一边云朵在地平线的上端聚集起来，可以隐约看到正在靠近的闪电。

他们正好位于正中间。

“我们要抓紧时间了。”斯特恩说，“天就要黑了。”

他们来到了一条挖开的小路，被挡住了去路。石子在轮胎下发出噼里啪啦的声音。这么多年后，还是只能步行到木头房子那里。白色的油漆已经完全褪色了，只留下了几块小补丁。暴露在外的木板正在腐烂，让房子看起来像一颗蛀牙。

他们下了汽车，朝大门走去。

“当心，它很可能会塌。”鲍里斯嘱咐说。

格兰登上第一级台阶。这个地方和尼克拉描述的一模一样。门是敞开的，格兰只要推开就行。里面的地板上覆盖着厚厚的一层土，可以感觉到老鼠由于他们的出现而蹿到了桌子底下。格兰认出了那张沙发，尽管它现在只剩下生锈的弹簧架了。橱柜还在那里。部分的石头壁炉已经坍塌了。格兰从兜里掏出一个小手电用来照亮后面的两个房间。这时，鲍里斯和斯特恩也进来了，他们环视着四周。

格兰打开了第一扇门。“这里是卧室。”

床已经不在那里了，原来放床的地板上只留下了一个清晰的阴影。约瑟夫·B.罗克福德就是在这里接受了鲜血的洗礼。谁知道二十年前在这个房间里被杀害的男孩是谁呢?

“我们应该在这周围挖一下，找找有没有人的残骸。”

“我们一检查完，我就打电话通知掘墓人和常的人。”斯特恩说。

这时，罗莎在屋外紧张地走来走去，由于天气寒冷，她的手插在兜里。尼克拉和米拉在车里观察着她。

“你不喜欢那个女人。”尼克拉说。

“事实上，是她不喜欢我。”

“那你试过去弄清楚这是为什么吗?”

米拉怀疑地看着她:“你是说这是我的错?”

“不，我只是说，我们在指控别人之前应该先弄清楚。”

“我一到这边她就对我很冲。”

尼克拉抬手做投降状。“你别生气，等你走了，一切都会过去的。”

米拉摇了摇头。有时候，良好的宗教意识让人不可忍受。

屋里，格兰从卧室里走出来，自觉地转身走向另一扇关闭的门。通灵师并没有提过这第二个房间。他把电筒灯对准门上的手柄，打开了门。

旁边的这个房间非常大，里面空空如也。湿气侵蚀了墙壁，铜绿色的苔藓潜伏在角落里。走到一面墙前，他发现有东西能反光。

他握紧电筒，看到了五个闪光的方形物体，每个有十几厘米宽。他走得更近了一些，然后停了下来，发现墙上用简单的钉子固定了几张照片。

黛比、安奈可、萨比娜、梅丽莎、卡罗琳。

在那些照片里，她们还是活着的。在杀害她们之前，阿尔伯特把她们带到了这里。就在这个房间，在这堵墙前定格住了她们。她们一个个都蓬头散发，衣着凌乱。无情的闪光灯惊吓到了她们哭红的眼睛，她们的目光里充满了恐惧。

格兰反反复复看了好几遍照片之后，才叫来了队员们。

荒诞。难以理解。毫无必要的残忍。

除了上述形容词，找不到别的语言来定义这一切。众人一路沉默地返回思考室，没人敢打破宁静。

夜晚相当漫长。在这样的白天之后，没有人有睡意。米拉已经连续四十八个小时没有睡觉了，这段时间里发生了太多事。

在伊冯别墅的墙上找到的阿尔伯特的轮廓；发现自己被跟踪后，晚上在格兰家的交谈；还有阿尔伯特有同谋的理论；然后是揭穿了罗凯骗局的萨比娜的眼睛颜色问题；查看罗克福德的庄园；拉拉·罗克福德和尼克拉·帕帕吉蒂斯的介入；对连环杀手灵魂的探索；最后是这些照片。

米拉在工作中见过很多照片，包括儿童在海边或是学校朗诵日拍的照片。那些是她去找失踪儿童的亲戚或父母时他们给她看的。失踪后出现在其他照片里的孩子——通常是裸体或穿着大人的衣服——通常在恋童癖者收集册和殓房的登记册上。

但在这所废弃的房子里发现的五张照片上还有别的。

阿尔伯特知道他们会找到那里，他在等着他们。难道他甚至预测到了他们会请通灵师来探测他的门徒吗？

“他从一开始就在观察我们。”这是格兰简洁的评价，“他一直比我们超前一步。”

还要找到两具躯体。

第一具已经是尸体了，这很明确。而第二具，随着时间的流逝，可能也会变成尸体。没有人有勇气承认这一点，但现在他们已经绝望了，他们觉得不可能阻止凶手对第六个女孩下毒手。

至于小卡罗琳，谁知道会揭露出怎样的恐怖呢？也许可能比他们在此前发现的更加糟糕吧？如果是的话，那么阿尔伯特就是要用第六个女孩做大结局。

鲍里斯把汽车在研究室下面停好时，时间已经过了十一点。他让大家下车，关上车门后，他发现大家都在等他一起上楼。他们不想把他落在后头。

所有人一起走进了研究室的大门。走在最后的鲍里斯关上了门，然后他追上了他们，他看到他们停在走廊里，就像被催眠了一样。他不明白发生了什么，直到他从他们肩膀的缝隙处隐约看到了躺在地上的躯体。这时，罗莎尖叫了一声。米拉转过脸，因为她再也看不下去了。斯特恩在胸前画了个十字。格兰一句话也说不出。

卡罗琳，第五个女孩。

这一次，这个女孩的尸体被交给了他们。

××××监狱

第四十五号监区

监狱长阿方斯·贝伦杰的报告

12月16日

致J.B.马林总检察长办公室

副检察官马修·塞德里斯亲启

主题：调查结果——机密

尊敬的塞德里斯先生：

我向您汇报，昨晚对RK－357/9单人牢房进行了突击检查。

狱警闯进了牢房，搜查“目标偶然遗漏或不经意留下的”明显有机物，以从中提取他的基因。一切都严格按照您的指示行事。

我发现，出乎他们的预料，我的手下闯进了一座“完美无瑕”的牢房。由此，这让我们感觉RK－357/9囚犯在等着我们。我认为他时刻保持着警惕，他预测并计算到了我们的每一步行动。

我担心，如果囚犯不犯错误，或者他周围的环境不改变，就很难得到具体的结果。

也许我们只剩下唯一一个能解开这一秘密的可能。我们发现，RK－357/9囚犯有时会自言自语，这也许是因为孤独。像是随意说胡话，而且声音很小，但无论如何，我们认为应该在里面，在经您的同意后，安装窃听器以录下他说的话。

当然，我们不会放弃进行突击检查以取得他的DNA。

提醒您注意最后一点：目标总是很安静、很配合。他从不抱怨，对于我们企图诱使他犯错的行为，他也毫不反感。

我们没有太多时间了。八十六天后我们只能释放他，没有其他选择。

此致

监狱长阿方斯·贝伦杰

33

被称为“研究室”的公寓，现在被称为“第五现场”。

2 月 22 日

一切都和以前截然不同了。

阴影在他们身上徘徊，他们被限制在客房内，等待着常和克莱普的队伍在公寓里采集证据。罗凯得知这件事后，已经找格兰谈了一个多小时。

斯特恩躺在折叠床上，一只胳膊垫在脖子后面，眼睛盯着天花板，看起来像个牛仔。衣服完美的褶痕完全不受近几个小时压力的影响，他甚至没有想到松开领带。鲍里斯侧躺在一边，很明显，他没有睡觉，左脚不断地踏着床罩。罗莎想用手机给别人打个电话，但信号很弱。

米拉观察着那些沉默的同伴们，然后目光回到了膝上手提电脑的屏幕上。她要了一些萨比娜被抓那天晚上在月亮公园里拍到的照片文件。他们已经看过这些照片了，没有任何结果，但她想站在她之前向格兰陈述的那个理论的角度上再看一遍，也就是那个罪犯可能是个女人。

“我想知道这个浑蛋是怎么把卡罗琳的尸体搬进来的……”

斯特恩说道，他说出了所有人都疑惑的问题。

“是的，我也想知道……”罗莎同意道。

研究室所在的办公大楼已经不再像从前那样守卫森严了，那时，里面住着需要保护的证人。大楼实际上是空的，安保系统也不再运作了。进入大楼唯一的途径只有入口处的大门，那是装甲门。

“他是从主门进入的。”鲍里斯从假寐中醒过来，简洁地说。

有一件东西比所有其他东西更让他们紧张不已。这一次阿尔伯特的信息是什么？为什么他决定把这么浓重的阴影扔到他的追踪者身上？

“我觉得他只是想拖住我们。”罗莎推测道，“我们太接近他了，所以他搅乱了自己的牌。”

“不，阿尔伯特不会随便出牌。”米拉插话说，“从他的行动中，我们可以知道他的每一步都是经过精心计划的。”

罗莎狠狠地瞪了她一眼：“所以呢？你他妈的想说什么？难道我们中间有鬼？”

“她不是这个意思，”斯特恩打断她，“她只是说阿尔伯特的设计一定有原因。从一开始，他向我们展示的都是游戏的一部分……原因可能和这个地方以及这个地方以前的用途有关。”

“可能涉及一个老案子。”米拉补充说，她发现这个推测没有引起任何波澜。

在这个对话继续前，格兰走进了房间，关上了身后的门。

“我需要你们用心听。”

他的声音很急切。米拉放下手提电脑。他们都开始听他说话。

“这个案子仍由我们负责调查，事情变得复杂了。”

“什么意思？”鲍里斯嘀咕道。

“你们到时候自己会明白的，我希望你们从这一刻起能保持冷静。我以后会跟你们解释的，等过了……”

“过了什么？”

格兰还没来得及讲完，门就开了，罗凯督察走了进来。他身边有一个强壮的男人，五十来岁，穿着皱巴巴的夹克，戴着一条相对于他的公牛脖来说格外细的领带，手里拿着一根掐灭了的烟。

特伦斯·莫斯卡在警界非常出名。他的名声归功于他深入一个贩毒组织内部的卧底行动，历时六年。他手里逮捕了一百多名罪犯，并秘密进行了各种其他行动。但是，他从没处理过连环杀人或病态犯罪案。

罗凯把他叫来只为了一个原因：几年前，莫斯卡和他争过督察的位置。鉴于事情的发展状况，他觉得这是把他最糟糕的对手卷进来的合适时机。这样能减轻他失败的负担，现在他已经觉得很可能会失败了。一招儿险棋，可以看出他是何等战战兢兢。如果莫斯卡破了阿尔伯特的案子，那么罗凯就要让他上升一个等级。

在开始说话前，上校相对于罗凯上前了一步，以重申他的自主性。

“病理学家和科学专家还没发现任何有意义的线索。我们唯一知道的是，为了进这幢大楼，目标在装甲门上做了手脚。”

当鲍里斯在他们到达这里打开门时，他并没有发现任何门被撬过的迹象。

“他很小心，没有留下丝毫痕迹。他不想破坏带给你们的

‘惊喜’。”

莫斯卡继续抽着雪茄，双手插在兜里注视着所有人。他丝毫不愿示弱，并且他做到了。

“我派了几个警员到附近转转，希望能找到证人。我们最好能弄到车牌号……至于目标选择把尸体放到这里的动机，我们不得不即兴猜想。如果你们脑子里突然闪过什么的话，千万不要藏着。对于现在，这就是一切。”

莫斯卡转过身，没给任何人反驳或补充的机会，便回到了犯罪现场。

然而，罗凯停住了脚步。“你们没剩多少时间了。你们得有想法，并且要赶紧。”

然后，督察也离开了房间。格兰关上门，其他人立即围到了他周围。

“这算是什么新闻？”鲍里斯恼怒地问。

“为什么我们现在需要被一条看门狗管着？”罗莎响应他。

“冷静点儿，你们不懂。”格兰说，“莫斯卡上校是这个时候最适合的人选，是我请他加入的。”

他们都惊呆了。

“我知道你们在想什么，但这样我才能向罗凯提出一个权宜之计，才能让你们继续参与调查。”

“表面上我们是在参与，所有人都知道莫斯卡喜欢特立独行。”斯特恩提醒他。

“因此，我也对他提了建议。他知道这一点，他不想让我们在他身边晃悠，因此他不会在意我们做什么。我们只要每天向他汇报我们在做什么就可以了。”

这似乎是最好的办法，但并没有减轻他们每个人肩上背负的日益沉重的怀疑。

“他们会一直盯着我们。”斯特恩摇摇头，干巴巴地说。

“我们尽管让莫斯卡继续调查阿尔伯特，我们就负责第六个女孩……”

这似乎是个好计策。如果他们找到她时她仍活着，那么他们就能一举扫除他们周围的怀疑氛围。

事实上，米拉已经有了一个主意，但她一直保留到此时。

“我知道他为什么只选择女孩。”

这个问题在思考室里早就提过了，当时案子还处于最初阶段。为什么阿尔伯特没绑架男孩？他的行为和性并无关系，因为他没碰过那些女孩。

“不，他只是杀了她们。”

那么，为什么他有这个偏好？

米拉觉得自己找到了解释。“这些孩子都是女性正是因为第六个女孩。我几乎可以确定他是第一个选择她的，而不是最后一个，正如他想让我们误以为的那样。其他孩子都是女孩只是为了混淆这一特点，第六个女孩才是他幻想中的第一个目标。我们不知道是什么原因。也许她有某种特质，能把她和其他女孩区分开来的特质。这就是为什么他一直对她的身份保密到最后。他不只是要让我们知道其中一个被掳的女孩还活着，他真正想让我们知道的是她是谁。”

“因为这能把我们引到他那里。”格兰最后说。

然而，这些猜测尽管精彩，却无济于事。

“除非……”米拉说，她的想法总跑在大家前头，“除非我们和阿尔伯特之间存在一定的联系。（现在，他们没有什么可以输的了，米拉不再有所顾虑，在所有人面前说出了被人跟踪的经历。）发生过两次，虽然我只是对第二次非常肯定。汽车旅馆空地上的那次，我只是感觉……”

“然后呢？”斯特恩好奇地问，“这有什么关系？”

“有人跟踪我。也许还有其他时候，但我无法判断，我可能没有发现……可这是为什么呢？为了控制我？出于什么目的？我没有掌握过非常重要的信息，而且我在你们中间的作用一直是排在最后的。”

“也许是为了混淆视听。”鲍里斯斗胆说。

“有可能，但我们从未掌握过真正的线索，除非我真的离什么东西太近了，那么我才会变得很重要。”

“汽车旅馆发生跟踪时，你才刚到。所以，可以推翻这一猜想。”格兰说。

“那么，就只有一个解释了……无论是谁跟踪我，他是想恐吓我。”

“为了什么呢？”罗莎问。

米拉忽略了她的问题。“在两起事件中，我的跟踪者并不是无意中泄露了他的行踪。我想，他反而是故意泄露的。”

“好，我们明白了。但他为什么要这么做？”罗莎坚持问道，“拜托，这毫无意义！”

米拉突然转向她，利用了自己的高度优势。

“因为从一开始，我就是你们中唯一能找到‘第六个女孩’的人。”她回头看着所有人，“你们不要觉得心里不舒服，我至今为止获得的结果证明了我的想法。你们在寻找连环杀手方面很在行，但我能找到失踪的女孩：我一直在这样做，我知道该怎么做。”

没有人反驳她。从这个角度看，米拉对阿尔伯特来说的确是最大的威胁，因为她是唯一能摧毁他计划的人。

“我们概括一下：他最先绑架了‘第六个女孩’。如果我立刻找出‘第六个女孩’是谁，那么他所有的计划就会功亏一篑。”

“但你没有找出来啊。”罗莎说，“也许你没有那么厉害。”

米拉忽视了她的挑衅。

“阿尔伯特在汽车旅馆跟踪时，犯了一个错误。我们必须回到那个时间点！”

“怎么回去？别告诉我你有时光机！”

米拉笑了：罗莎无意中说出的话，其实离真相非常接近了。米拉转身看向鲍里斯。

“你能不能用催眠来进行审问？”

“现在放松……”

鲍里斯的声音几乎是耳语。米拉躺在折叠床上，双手放在腰两侧，闭上眼睛。鲍里斯坐在她身旁。

“现在，我要你从一数到一百……”

斯特恩在灯上搭了一块毛巾，让房间的光线适当地昏暗下来。罗莎坐在她的床上。格兰坐在角落，仔细地观察着眼前发生的一切。

米拉缓慢地数着数，她的呼吸开始采取固定的节奏。当她结束数数时，她已经完全放松了。

“现在，我要让你去看你脑海中的事物。准备好了吗？”

她点了点头。

“你在一片大草坪上。早晨，晴天，阳光温暖着你脸上的肌肤，周围是花草的香气。你正在行走，没有穿鞋。你能感受到脚下新鲜的土壤。溪水声吸引了你。你走过去，跪在堤上。你的手伸到水里，然后捧了点儿水放到嘴边喝。好喝极了。”

选择这个画面不是偶然，鲍里斯唤起这些感觉是为了掌控住米拉的各种感官。这样就能更容易地让她的记忆准确地回到汽车旅馆的那一时刻。

“现在你解渴了，我想让你为我做一件事。回到几天前的一个晚上……”

“好。”她回答。

“是晚上，一辆车刚把你送回汽车旅馆……”

“天气很冷。”她马上说。格兰好像看到了她冷得发抖的样子。

“然后呢，还有什么别的？”

“送我回去的警员点头跟我打了个招呼，然后就倒车走了。我一个人独自站在广场中间。”

“怎么样？跟我描述一下。”

“光线很弱，只有路灯的光在风中晃动着。我的前面有很多平房，窗户都是黑的。今晚只有我一个住客。平房的后面是很高的一圈高低起伏的树木。地上都是沙砾。”

“走过去……”

“什么声音？”

“什么……金属的声音。对！有什么金属制品掉了！掉到了地上，沙子上！”

“说得更详细一点儿。”

“我不知道……”

“努力想……”

“是……一枚钱币！”

“钱币？你确定吗？”

“是的！一枚几分的钱币！它掉了，但他没有发现！”

这是一个始料未及的线索。找到空地上的钱币，找到它然后验出上面的指纹，这样就能找出跟踪者了。他们希望这枚钱币是阿尔伯特的。

米拉继续闭着眼，但她不停地重复着：“一枚钱币，一枚钱币……”

鲍里斯重新担起控制者的角色。“好的，米拉。现在你该醒了。我数到五，然后拍一下手，你就睁开眼睛。”然后，他开始缓慢地数起来：“一，二，三，四……五！”

米拉睁开了眼。她看起来很困惑，有些迷茫。她试图爬起来，鲍里斯将一只手温柔地搭在她的肩上，把她按了下去。

“现在还不能起来，”他说，“你会头晕的。”

“奏效了吗？”她盯着他问。

鲍里斯笑了：“我们有了一个线索。”

“我一定要找到它。”她用手在空地沙砾上翻找，自言自语道，“我以我的荣誉保证……还有生命。”

正因为如此，她才会如此仔细。她要赶紧，毕竟时间不多了。

事实上，她筛选出来的地方只有几米。就是把她和平房分开的那几米，像那晚一样。她匍匐着，毫不在意这样会弄脏自己的牛仔裤。她把手插进白色的小石子里，手的指关节上已经出现了几处流血的小伤口，在尘土的衬托下尤其突出。疼痛没有让她厌烦，反而帮助她集中精神。

“钱币，”她不断地重复着，“我怎么会没有注意到呢？”

她比其他人都早到汽车旅馆，因为她不再信任任何人，她觉得她的同事也不会再信任她。

“我得赶紧找！”

她一边翻动小石头，一边紧咬着嘴唇。她很紧张。这与她自己有关，与她的内心世界有关。她作了几次深呼吸，竭力克制住激动不安的心情。

没有什么钱币，事实上。这只是一个骗局。

就在罗莎认识到这一点时，她抬头看到米拉走了过来。罗莎摘掉了她的伪装，她显得那么无助，在更年轻的同事面前，她的愤怒消失了，眼眶里充满了泪水。

“他手里的是你的女儿，对吗？她就是‘第六个女孩’。”

34

她在做梦。

梦里是她的母亲。

母亲正在跟她讲她那“神奇”的笑容——母亲如此形容，因为她不生气的时候笑容很美，她会成为世界上最和蔼可亲的人，但现在她的笑容越来越少见了。

在梦里，母亲跟她讲自己，但也会讲她的父亲。现在，她的父母又达成了一致，再也不吵架了。妈妈向她汇报他们做的事，她不在时他们的工作和家里的生活，她甚至向她列出了他们一起用录像机重新看的电影，但这些不是她最喜欢的。那些最喜欢的，他们要等她一起看。母亲很想听她说话，想问她什么时候回家。但在梦里，母亲听不到她的声音，就好像她是通过一个屏幕对母亲说的。无论她多么努力，都改变不了什么。妈妈脸上的笑容现在看起来几乎变得无情了。

一阵温柔的抚摸滑过她的发间，她醒了。

一只小手在她的脑袋和枕头间来来回回，用温柔的声音哼着一首歌。

“是你！”

喜悦让她忘记了自己在哪儿。现在她在意的是这个女孩不是她的想象。

“我等了你很久。”她对这个女孩说。

“我知道，但我之前不能来。”

“有人不准你来吗？”

女孩用严肃的眼神看着她说：“不，我有事要做。”

她不知道有什么事让这个女孩忙到不能来见她，但现在这些都不重要了。她有一大堆问题想问她，于是最先问了她最关心的那个问题。

“我们在这里做什么？”

她觉得那个女孩也被囚禁了。虽然被绑在床上的只有她一个，但另一个看上去能自由进出这个怪物的肚子。

“这里是我的家。”

这个回答让她不知所措。“那我呢？我为什么在这里？”

女孩什么也没说，她继续专注于她的头发。她知道这个女孩会回避这个问题，于是她不会坚持。总有一天，我会得到答案的。她想。

“你叫什么名字？”

女孩冲她笑了：“格罗莉亚。”

她仔细地看了看她：“不……”

“什么‘不’？”

“我认识你……你不叫格罗莉亚。”

“可我就叫这个名字。”

她努力地回想着。她见过这个女孩，她确定。“你是牛奶纸盒上的那个女孩！”

女孩不明白地看着她。

“是的。传单上也有你的脸，城里到处都是，我的学校，超市。发生在……”过了多久了？她还在回忆，“发生在三年前。”

女孩还是不懂，“我到这里不久，最多四个星期。”

“我跟你说不可能！至少也有三年了。”

她不信，“这不是真的。”

“是真的，你父母还在电视上找你呢！”

“我父母已经去世了。”

“没有，他们还活着！你叫……琳达！你的名字是琳达·布朗！”

女孩生气了：“我的名字是格罗莉亚！你说的那个琳达是另一个人。你搞混了。”

听到她的声音近乎嘶喊，她决定不再坚持。她不想让这个女孩走掉，然后又留下她一个人。“好吧，格罗莉亚，就照你说的那样。算我说错了，对不起。”

女孩满意地点了点头。然后，她就像没事人儿似的一边继续哼着小曲儿，一边用手指为她梳头发。

于是她试着说别的。“我很不舒服，格罗莉亚。我的胳膊不能动了。我一直发着烧，常常会昏迷……”

“过一会儿你就会好点儿的。”

“我要找个医生。”

“医生只会把事情弄得一团糟。”

从她嘴里说出的这句话很不协调。好像她听到别人这么说过，而且是经常说，所以随着时间的流逝，这也变成了她的话，而现在她就重复这句话给别人听。

“我就要死了，我感觉得到。”

两大滴泪水夺眶而出。格罗莉亚停了下来，用手接住她脸颊上的泪水。然后，她开始盯着自己的手指，没有理她。

“你知道我在说什么吗，格罗莉亚？如果你不救我，我就会死的。”

“史蒂夫说你会痊愈的。”

“史蒂夫是谁？”

女孩有些分神，她还是回答了她。“史蒂夫就是把你带到这里的人。”

“你是说绑架我的那个人？”

女孩抬头盯着她，“史蒂夫没有绑架你。”

尽管她非常害怕再惹她生气，但对于这一点，她不能妥协，这与她能否幸存有很大的关系。“他绑架了我，而且他也对你做了同样的事。我肯定。”

“你错了，他救了我们。”

尽管她不愿意与她争执，但格罗莉亚的回答让她愤怒极了。“你在说什么胡话？救我们什么？”

格罗莉亚摇晃了一下。可以看到她的眼神突然变得空洞了，闪现出了某种奇怪的恐惧感。她退后了一步，想要逃离，但躺在床上的女孩不会让她一声不响地就离开。

“从谁手里？”

“弗兰基。”格罗莉亚咬紧了嘴唇。她本不想说的，但她说了。

“弗兰基是谁？”

格罗莉亚挣脱了她。她太虚弱了，阻止不了格罗莉亚。

“我们下次再见，好吗？”

格罗莉亚走远了。

“不，等等。你别走！”

“你现在该休息了。”

“不。我求求你！你不会回来了！”

“不，我会回来的。”

格罗莉亚走远了，她忍不住大哭起来。绝望苦涩的凝块一直上升到了她的嗓子眼儿，然后在她的胸口蔓延开来。

哭泣声震到了躺在床上的女孩，她扯着嗓子哭喊着问：“求求你！谁是弗兰基？”

但没有人回答她。

35

“她的名字叫桑德拉。”

特伦斯·莫斯卡在记事本的一页上写道，然后，他的目光重新落到罗莎的身上。

“她是什么时候被人掳走的？”

回答前，罗莎在椅子上直起了身子，试图重新梳理好思绪。“四十七天前。”

米拉说得对，桑德拉在其他五个女孩之前就被绑架了。阿尔伯特用她来吸引她的结拜姐妹黛比。

这两个小女孩是某个下午在公园认识的，她们当时正在观察要骑的马。一次言语的交流让她们对彼此顿生好感。黛比因为远离家庭而情绪沮丧，桑德拉则是因为父母的分居而心情不好。各自的悲伤把她们凝结到了一起，于是她们很快就成了好朋友。

她们俩都获得了骑马一周的奖励。这不是偶然，是阿尔伯特让她们碰到的。

“桑德拉是怎么被绑架的？”

“在她去学校的路上。”罗莎继续说。

米拉和格兰看到莫斯卡点了点头。所有的人——包括斯特恩和鲍里斯——都在档案室宽敞的大厅里，这里位于联邦警署第一层。上校选择了这个不寻常的地方是为了不让消息泄漏，并且不希望把这次谈话弄得像审讯一样。

“你能跟我们讲些关于阿尔伯特的事吗？”

“我从没见过他，也没听说过他，我不知道他是谁。”

“很明显……”特伦斯·莫斯卡评论道，就好像这会加重她的罪责。

罗莎还没有被正式限制人身自由，但很快她就会因协同绑架和杀害儿童获罪。

米拉是在研究萨比娜在旋转木马上的失踪案时发现这一点的。在和萨比娜的母亲谈过之后，她觉得阿尔伯特可能利用了一个女人作案，因为绑架者在所有人的眼皮底下被忽略了。但不是同谋，而是一个被勒索的人，比如，第六个女孩的母亲。

米拉在手提电脑上翻看月亮公园那一晚的照片时，偶然确定了这一令人难以置信的推论。在一位父亲拍摄的照片尽头，她注意到了一簇头发和一个缩影，这让她的后脖颈产生了剧烈的瘙痒感，同时她的脑海里伴随着一个确切的名字：罗莎！

“为什么选择萨比娜？”莫斯卡问她。

“我不知道。”罗莎说，“他给了我她的照片，告诉我哪里能找到她，就是这样。”

“没有人注意到绑架。”

在思考室里，罗莎说过：“每个人看的都只是自己的孩子。人们并不在意其他的孩子，这是事实。”米拉回想起来了。女人很清楚这一点，她亲自做过试验。

莫斯卡继续说：“那么，他很了解这些家庭的行动。”

“我想是的，他给我的指示总是很精准。”

“他如何给你下达命令？”

“全是通过电邮。”

“你没试着去找电邮的来源吗？”

上校的这个问题其实已经有答案了：罗莎是电脑专家。如果她都找不出来，那么他们也不可能找到。

“我保存了所有邮件。”然后，她看了看她的同事们，接着说道，“知道吗，他很狡猾，而且很厉害。”她说，就好像要为自己辩护。“他手里有我的女儿！”她补充说。

她的目光没有投向米拉。

从第一天起，她就对米拉表现出了敌意，因为她确实是唯一一个能找出第六个女孩身份的人，能让她的女儿可能有生命危险。

“是他命令你马上摆脱掉米拉的吗？”

“不是，这是我的想法。她在这里很烦人。”

她又想表现出自己的鄙视，但米拉原谅了她。她想到了桑德拉那个忍受着饮食失调痛苦的小女孩——就如格兰对她说的那样——现在，她在一个病理学家的手里，一条胳膊被截肢了，忍受着无法言喻的折磨。几天来，她的身份一直纠缠着她，现在她终于有了一个名字。

“那么，是你跟踪了米拉两次，想让她害怕、让她放弃调查的？”

“是的。”

莫斯卡并不着急。他把罗莎的答案写在记录本上，在提出第二个问题之前先要思考一番。

“你还为他做过些什么？”

“我偷偷溜进了黛比寄宿学校的房间，偷了她盒里的日记本，锁上了盒子，这样就不会有人注意到。然后，我从墙上摘下了有我女儿的照片。我把 GPS 接收器留在了那里，然后它把你们带到了找到第二个女孩的孤儿院……”

“你难道没想过，早晚会有人发现你吗？”莫斯卡问她。

“我有选择吗？”

“那把第五个女孩的尸体搬到研究室的也是你……”

“是的。”

“你用钥匙打开了门，你把装甲门伪造成遭到破坏的样子。”

“是为了不让我们中的任何人受到怀疑。”

“是的……”莫斯卡盯着她看了很久，“他为什么让你把尸体放到研究室？”

她的回答在所有人的意料之中：“我不知道。”

莫斯卡用鼻子深深地吸了一口气，这个动作意味着他们的谈话结束了。然后，上校转向格兰：“我想这些够了，除非您还有什么问题……”

“没有。”格兰说道。

莫斯卡重新转向罗莎：“特派员罗莎，十分钟后我会打电话给检察院，对你正式提出指控。如约定的一样，这次谈话只有我们知道，但我建议你在没有好律师在场的情况下不要开口。最后一个问题：除你之外，还有其他人卷入这起案件中吗？”

“如果你指的是我丈夫，那我可以说他毫不知情。我们正在办离婚手续。桑德拉一失踪，我就找了个借口把他赶出了家，为了让他一无所知。我们最近经常吵架，因为他想看看我们的女儿，他觉得是我阻止了他。”

米拉在研究室的门口见过他们激烈的争吵。

“好。”莫斯卡边说边站起身。然后，他指着罗莎对鲍里斯和斯特恩说：“我会马上派人执行逮捕。”

两位警察点了点头。莫斯卡上校弯下腰整理他的牛皮包。米拉看到他把记录本放到了一个黄色的文件夹旁，封面上的几个印刷字隐约可见：“威……森……皮。”

威尔森·皮克特。米拉心想。

莫斯卡慢慢地朝门口走去，格兰跟在后面。米拉和鲍里斯、斯特恩一起留下来看着罗莎。两个男人沉默不语，避开罗莎的目光，她没有选择相信自己的同事。

“对不起。”她眼里噙着泪水说，“我别无选择……”她重复道。

鲍里斯没有回答，他勉强克制住怒火。斯特恩只对她说：“好，你现在冷静一点儿。”但这话没有什么说服力。

罗莎看着他们，恳求道：“求求你们，你们一定要找到我女儿……”

很多人认为——误以为——连环杀手的动机总是出于性，米拉在接手阿尔伯特的案子之前也是这么认为的。

事实上，根据最终目标来看，存在着很多种情况。

“幻想者”，他们身体中的另一个自我控制着他们去杀戮。他们和它交流，从它那里得到指示，有时是以画面的形式，有时是以简单的“声音”形式。他们的行为往往是对心理的发泄。

“使者”，他们把一个无意识的目标强加给自己，支配他们的正是他们赋予自己的改善世界的责任感，而这不可避免地要通过消灭某些类别的人来实现：同性恋、妓女、背信弃义之人、律师、税务官等。

“权力的追寻者”，他们缺乏自尊心，他们的满足感来源于他们对受害者生死的控制。杀戮会伴随性侵犯，但只是作为羞辱的工具。

最后是“享乐主义者”，他们杀人只是因为他们喜欢这么做。这些人中——只是作为一个分支——也有以性为目的的。

这四个分类本杰明·格尔卡都占了。

他受到幻觉的折磨，幻觉让他只杀妓女，并且是在强暴她们之后。因为他无法与异性交往，却很喜欢异性。

在他手上确定的受害者有三十六个，虽然他只为她们中八个人的死亡承担了全责。人们怀疑他还杀了更多的人，只是让余下的人彻底消失了。在被捕前，他已经连续犯案二十五年。

找到他的困难很大程度上在于他神出鬼没，且作案现场相距甚远。

格兰和他的团队追踪了他三年才找到他。他们把每起凶杀案的数据输入电脑，制作出一张图表。再找来一张公路地图，发现图表上的线路与商品配送周期完全吻合。

事实上，本杰明·格尔卡是一个卡车司机。

他是圣诞夜在高速公路服务站里被捕获的。由于在审理过程中被他钻了漏洞，他因为精神疾病问题而免责，最后被送到了一家精神病院，当然，他再也出不去了。

从他被捕起，国人都知道了史上最残酷的杀手的名字——本杰明·格尔卡。无论如何，对于格兰和他的人来说，本杰明·格尔卡永远是威尔森·皮克特。

两名警察出现带走罗莎后，米拉也等着鲍里斯和斯特恩离开。她想一个人待在档案室里。他们走后，她就开始搜查文件，并找到了那个卷宗的复印件。

她翻开它，没有发现格兰为什么用著名歌手的名字来指代凶手的原因。但作为补偿，她看到她之前注意过的那个漂亮女孩的照片。米拉第一次踏入研究室时，就发现她的照片贴在墙上。

她叫瑞贝卡·斯普林格，是格尔卡的最后一位受害者。

事实上，关于她，没有多少资料。米拉不明白为什么这个案子会给队员们造成至今仍未愈合的伤口，她想起了问鲍里斯时他说的话。

“很糟糕。有很多错误，有人威胁要解散团队，解雇格兰·贾维拉博士。是罗凯保住了我们，保住了我们原有的职位。”

发生了意外，但她手里的资料里没有提及任何错误。相反，这些资料描述这次行动为“模范”和“完美破案”。

如果莫斯卡会对这起案子产生兴趣，那就说明它其实没有顺利结案。

米拉找出格兰在法庭上认为本杰明·格尔卡是连环杀手的证词。犯罪学家把他定义为“纯粹的精神病态患者，稀有得如同白化病的老虎”。

他补充道：“这些个体很难识破他们的真面目。他们表面看来完全正常，平平无奇。但如果撕开他们那层正常的伪装，那个内在的我就暴露出来了。很多这类罪犯把内心的我称为‘野兽’。格尔卡用梦想饲喂它。有时，他和它合为一体。在生命中某些时刻，他甚至还打败过它。然而，他最终屈服了。他明白只有一个方法能让它闭嘴：满足它。否则，内心就会把他给吞噬掉。”

阅读这些资料时，米拉几乎能听到格兰的声音。

“然后有一天，现实和梦想之间产生了裂痕。于是，本杰明开始实施以前只是想象中的事儿。我们每个人都有杀人的本能，但谢天谢地，我们也有让我们掌控住它、克制住它的能力。然后，总会存在一个断裂点。”

米拉思考了下断裂点。她继续阅读，目光停留在另一行上。

“……但很快行为就会重复。因为刺激效果消失了，记忆不再足以维持，随即他会有不满足感和厌恶感。想象不再能满足他，他必须重复这种仪式。需求需要得到满足，没有止境。”

米拉在外面找到了斯特恩，他坐在防火楼梯的钢质台阶上。他点了一根烟，斜斜地夹在指尖，放到了唇边。

“别跟我妻子说。”斯特恩一看到她从防火门里走出来，便这样说。

“别担心，这会是个秘密。”米拉一边向他保证，一边走过去坐到他身边。

“那我能为你做些什么？”

“你怎么知道我来是想问你什么的？”

斯特恩挑了挑眉毛，作为回答。

“阿尔伯特不会束手就擒的，你也知道。”米拉于是说，“我想他已经计划好了自己的死亡，那也是他计划中的一部分。”

“我对这个不感兴趣。我知道基督教徒不会说这些，但事实就是这样。”

米拉直直地看着他，严肃起来。“他认识你们，斯特恩。他知道很多关于你们的事，否则他就不会把第五具尸体放到研究室里。他过去应该跟过你们的案子，他知道你们如何行动，因此，他总能比我们早一步。我想他尤其认识格兰……”

“你想说什么？”

“我读过与一起旧案子有关的法院文件，但阿尔伯特的行为就好像是要否定格兰的理论。他是专门的连环杀手，不像是有自恋型人格障碍的人。因为他更喜欢把众人的注意力吸引到其他罪犯身上，而不是放到自己身上。他也不像是受到了不可控制的本能的支配，他能非常好地控制住自己。他做的事不会让他产生愉快感，他似乎对他设下的挑战更感兴趣。你要怎么解释？”

“很简单。我不解释，我不感兴趣。”

“你怎么就不在乎呢？”米拉跳了起来。

“我没说我什么都不在乎，我是说我不感兴趣。这不一样。至于我们，我们从没有接受他的‘挑战’。他能让我们如坐针毡只是因为还有一个女孩要解救。他没有自恋型人格是不可能的，因为他希望的结果就是引起我们的注意——不是别人，只是我们，明白吗？如果他给记者一个信号，他们就会像疯了一样地追着我们。但阿尔伯特不在乎，至少现在是。”

“因为我们不知道他脑海中计划的结局是怎样的。”

“对。”

“我确信阿尔伯特此时还在试图引起你们的注意。我说的是本杰明·格尔卡的案子。”

“威尔森·皮克特。”

“我想让你跟我说说……”

“你自己去读卷宗吧。”

“鲍里斯跟我说当时发生了一些事……”

斯特恩弹了弹烟灰。“鲍里斯有时不知道自己在说什么。”

“好了，斯特恩，告诉我到底发生了什么！我不是唯一一个对这件事感兴趣的人……”她把她在莫斯卡的包里看到文件的事告诉了他。

斯特恩陷入了沉思。

“好吧。但你不会喜欢的，相信我。”

“我已经作好了一切准备。”

“我们抓住格尔卡后，就开始调查他的生活。那个人几乎就住在他的卡车里，我们找到了一张购物收据，他为自己囤了不少食物。我们以为他可能发现包围圈在收窄，所以准备藏匿到某个安全的地方，等待局势平静下来。”

“但不是这样……”

“大约在他被捕一个月后，发现一名妓女失踪了。”

“瑞贝卡·斯普林格。”

“对。但失踪可以追溯到圣诞前后……”

“就是格尔卡被捕的时候。”

“是的。那个女人工作的地方就在卡车途经的线路上。”

米拉自己在心里下了结论：格尔卡囚禁了她，那些食物是给她的。

“我们不知道她在哪里，还能坚持多久，于是我们问了格尔卡。”

“他当然会否认。”

斯特恩摇了摇头。“不，完全没有。他承认了所有的事。但当我们要他说出囚禁地点时，他提了一个小条件：只有格兰在场的情况下他才会说。”

米拉不明白。“这有什么问题？”

“问题是，我们找不到格兰。”

“格尔卡怎么知道的？”

“他不知道，这个恶魔！我们到处找教授，对于那个不幸的女人而言，时间在流逝。鲍里斯对格尔卡采用了各种审问手段。”

“他让那个人开口了吗？”

“没有，但再次听他们之前的谈话录音时，他发现格尔卡偶然提到了一个里面有口井的仓库。是鲍里斯一个人找到瑞贝卡·

斯普林格的。”

“她已经饿死了。”

“不是。她用格尔卡留给她的和食物放在一起的开罐器割断了静脉。最让人气愤的还是别的……根据法医鉴定，她的自杀就发生在鲍里斯找到她的两个小时之前。”

米拉僵住了。然后，她问斯特恩：“格兰·贾维拉那段时间到底在做什么？”

斯特恩笑了，为了掩饰自己的真实情感。

“一个星期后，他们在服务站的浴室里找到了他，他因酒精中毒而昏迷了。于是，几个驾驶员叫来了救护车。原来，他把儿子交给了保姆，然后就离开了家，独自忍受被妻子抛弃的痛苦。当我们去医院找他时，他已经变得面目全非了。”

36

连环杀手不会手下留情。哭喊、绝望、恳求都毫无作用，相反，这些会激起杀手的虐待欲。猎物唯一的可能就只剩下逃跑。但害怕、恐惧以及对未来事件的不可预知让狩猎者占了上风。

但是，在少数案子中，也存在连环杀手没有完成杀戮的情况。因为在他准备进行最后一步时，有东西——受害者突然的一个动作或一句话——让他停了下来。

这就是为什么辛西娅·珀尔幸存了。

米拉在一间小公寓里碰到了这个女孩，这是她在机场附近租的房子。房子很简陋，却是新生的辛西娅最重要的成功。

“我以前靠卖淫养活自己。”她说出这句话时，眉头都没皱一下，就好像她在说别人的事一样。米拉无法相信她面前一个这么年轻的女人的肩上却背负着如此沉重的经历。

辛西娅看起来刚满二十四岁。她仍然穿着工作服来迎接女警官。她在一家超市里做收银员已经有几个月了。她外表很谦卑，红头发梳成了一根小辫，脸上没化妆，却无法掩盖住她的野性美，她拥有一种她并不希望有的魅力。

“是斯特恩和他的妻子帮我找的这个公寓。”她高兴地说。

米拉看了看周围，为的是让她满意。家具是各种不同样式的，她在这里那里都放了一些小摆设，特别是陶瓷的小动物。

“这是我的爱好。我收集这些，知道吗？”

周围还有一个男孩的照片。辛西娅是个单亲母亲。社会工作者把孩子从她身边带走了，交给了另一个家庭抚养。

为了恢复健康，她参加了一个戒毒计划。然后，她加入了斯特恩和他妻子经常去的那个教堂。在历尽沧桑后，她终于遇到了上帝。她的新信仰让她感到自豪，她还戴上了圣塞巴斯蒂安的圣牌。这是她唯一的饰物，还有无名指上的一枚纤细的玫瑰经戒指。

“听着，珀尔小姐，我并不想逼迫你跟我讲本杰明·格尔卡的事……”

“噢，不，我已经可以很坦然地跟你说这件事了。一开始让我回忆很困难，但现在我想我已经克服了。我甚至给他写了一封信，知道吗？”

米拉当然不知道格尔卡收到信时的反应，但想到这个人，她便确定他会用它在晚上手淫。

“他回信了吗？”

“没有。我想坚持，因为那个男人需要沟通。”她一边说一边坐到米拉跟前，继续把衬衫右边的袖子放下来。米拉发现她是在努力掩盖一些已经成为其过去一部分的文身。也许，她还没有攒到足够的钱清除掉它们。

“事情是怎么样的？”

辛西娅沉下了脸：“我们是在一系列的巧合之下遇到的。我不会在路上招揽客人，更喜欢去酒吧。那里更安全，也很温暖。我们这些女孩总会给酒保小费。”她停顿了一会儿，然后接着说，“我出生在一个小镇，在那里，美貌可能是灾祸。你很快就明白你可以依靠美貌离开那里，但你的很多朋友却从来不会这么做。他们会待在那里结婚，然后永远过着不幸福的生活。所以他们觉得你很特别，就把期望寄托在你身上。你就是他们的希望。”

当听到这类叙述时，最让米拉心痛的是一个像辛西娅这样年仅二十四岁的女孩已经燃尽了青春所有的能量。她这么快就进入了一个斜坡，而本杰明·格尔卡就在斜坡的尽头等候着她。

“那天晚上，我接了一个客人。他的食指上戴着戒指，看起来很正常。我上了他的车，一起去了城外。但最后他拒绝付钱，还打我。他把我丢在了路上。”她叹了口气，“我搭不上便车，因为没有人会载一个妓女。于是，我希望下一个客人会把我带回去。”

“于是，格尔卡来了……我记得他的大卡车朝我这边开过来了。在上车前，我们商量了一下价格。他似乎很绅士，对我说：‘你在外面做什么？上车吧，外面太冷了。’”

辛西娅垂下了眼睛。她并不会羞于讲述自己赖以生存的职业，但她为自己的幼稚感到羞愧。

“我们往回开，他通常就睡在车厢里。那是他真正的家，知道吗？还有那种海报……这不是什么新鲜事，所有的卡车司机都有。但那些图画有些奇怪……”

米拉想到了她在卷宗里读到的细节：格尔卡让受害者们摆出一些淫秽的姿势，然后给她们拍照，最后制作成海报。

那些图画的特别之处就在于他照的都是尸体。但这一点，辛西娅不会知道。

“他趴到我身上，我就随他。他身上很臭，我希望能快点儿结束。他把头探到我的脖子边，这样我能省掉一些片段。我只要例行地呻吟几声就行了。同时，我睁着眼睛……”她又停顿了一下，花了更长时间用来喘气，“我不知道我的瞳孔用了多久才适应了黑暗，但当它们适应后，我看到了车厢顶上的字……”字是用磷光涂料写的，米拉见过它的复制版，上面写着：我要杀了你。

“我开始尖叫……他却开始大笑起来。我蹬踢着试图把他踢开，但他的块头比我大多了。他拿起一把刀，开始扎我。第一刀我用前臂挡开了，第二刀扎进了我的腰里，第三刀刺穿了我的腹部。我感到血从我的身上流了出来，我想完了，我要死了。”

“但他停手了……为什么？”

“因为在某一刻，我跟他说了一句话……我是突然想到的，也许是因为恐惧，我不知道，我对他说：‘求求你，我死了之后帮我照顾我的儿子。他叫里克，今年五岁……’”她苦笑着摇了摇头，“你能想象吗？我真的求一个杀手照顾我的小宝贝……我不知道我的脑袋里闪过的是什么，但那时我觉得那是一件正常的事。因为他正在夺去我的生命，而我也不再反抗，所以他应该以某种方式回报我。这很荒唐，但我当时觉得这是他欠我的！”

“那可能是很荒唐，但它压住了他的愤怒。”

“可我无法原谅自己。”

辛西娅的眼泪再也抑制不住地流了下来。

“威尔森·皮克特。”米拉这时说。

“啊是，我记得……我半死不活地躺在车厢里，他在驾驶座上。不久后，他把我放到一个停车场里，我不知道他的用意。我很迷茫，很虚弱，因为失血过多。我们走的时候，广播里播着那首该死的歌……《在午夜时分》……然后我昏了过去，再醒来时，我已经在医院里了。我什么都不记得。警察问我我的伤是怎么弄的，我不知该如何回答。他们放了我，然后我去朋友家待了一会儿。一天晚上，我在广播里听到了格尔卡被捕的消息。但当他们给我看他的照片时，我对他的脸仍然毫无印象……可是一个周二的下午，我独自在家，打开了广播，里面正在放威尔森·皮克特的歌。直到那时，我的记忆才回来。”

米拉知道那个昵称是在警方抓获格尔卡之后才用来称呼他的。他们选择它作为警示，作为他们所有错误的象征。

“很可怕。”辛西娅继续说，“就好像看到它第二次发生一样。然后我想到了什么，如果我早点儿回忆起来，也许我就能帮助另一个人获救……”

辛西娅补充说：“一个月前，我碰到了瑞贝卡·斯普林格的父母，她就是最后一个被杀害的女人。”

“她不是被杀害的，”米拉心想，“而是更糟，她是被迫自杀的。”

“我们一起参加了纪念本杰明·格尔卡受害者的宗教仪式。知道吗，他们和我是同一个教堂的会众。他们一直看着我，我觉得很有负罪感。”

“为什么？”米拉问，虽然她心里非常清楚问题的答案。

“我想是因为我幸存了。”

米拉谢过她，想要离开。当她走向门口时，她发现辛西娅异常沉默，就好像她想问她点儿什么，但又不知从何说起。于是，她决定再给她一点儿时间，她问能不能借用一下厕所。女孩为她指了路。

她用毛巾擦干手和脸时，隐约看到搁板上有一个小瓶子。液体的颜色非常深，她吸了口气闻了闻，发现是波本酒。原来，辛西娅也有秘密，她旧生活的坏习惯留了下来。米拉想象着她关上小厕所的门，坐在马桶盖上，目光无神地看着瓷砖，小啜两口。即使辛西娅现在变了，变好了，她也不可以没有一小片阴暗面。

这是人类的天性。米拉心想，但我的秘密来自更遥远的地方……

当她最终准备好离开时，门口的辛西娅鼓起勇气问她，她们能否一起去看电影或购物。米拉知道她迫切地需要朋友，她无法拒绝这个小小的幻想。

为了让她高兴，米拉在手机上记下了她的电话号码，尽管她知道她们再也不会见面了。

二十分钟后，米拉来到了联邦警局。她看到好几个便衣警察在门口出示徽章，各巡逻队也同时都回来了：有人召集了他们。

应该发生了什么事。

为了节省时间，她没有排队等电梯，而是走了楼梯。她很快就来到了大楼的三层。在研究室找到尸体后，整个团队就搬到了这里。

“莫斯卡召集了所有人。”她听到一个警察在电话里说。

她径直走向会议室。门口挤了一堆想占个位置的人，有人傲慢地告诉她要先来后到。

米拉在最后一排找到了一个空位，她前面更靠边一点儿的位置上坐着鲍里斯和斯特恩。斯特恩发现了她，冲她点头示意。米拉想隔着座位跟他讲和辛西娅交谈的事，但他暗示她待会儿再说。

这次会议并不寻常，让米拉马上联想到了一些大事。而且，她还没看到格兰和罗凯。她想，他们应该和莫斯卡在一起，关在办公室里统一对外宣布的口径。

等待让她提不起劲。终于，她看到罗凯出现在了门口。他走进了会议室，但并没有朝讲台走去。他坐在第一排，一位殷勤的警探把位置让给了他。从罗凯的脸上，她看不出任何端倪。他看起来很平静，跷着二郎腿，像其他人一样等待着。

格兰和莫斯卡一起出现了。他们走向讲台时，门口的警察给他们让道。格兰走到靠墙的写字台边，莫斯卡上校从支架上抽出麦克风，拎起电源线，说道："同志们，请注意……"

周围安静了下来。

"好……那么……我们把你们召集到这里是因为我们要进行一次重要的交流。"莫斯卡用了复数代词"我们"，但现在只有他才是真正的明星，"关于在研究室找到的女孩尸体的案子，可惜如我们想的一样，犯罪现场非常干净。那个人已经让我们习惯了这种行为。没有任何指纹，没有任何体液，也没有任何外来的痕迹……"

"但是，"莫斯卡继续说，"也许我们了解了为什么连环杀手要把尸体放在那里。这与一起案子有关，你们所有的人肯定都记得本杰明·格尔卡案……"

这时，米拉用余光隐约看到了奇怪的一幕。斯特恩继续看向前方，但他将一只手慢慢挪到了腰间，打开了皮套，取出了手枪。

有那么一瞬间，米拉似乎猜到了，她有些害怕。

莫斯卡还在说："瑞贝卡·斯普林格是格尔卡的最后一个受害者，但这个人不是被他杀害的……而是被我们中的一个。"

屋里又响起了混乱的嗡嗡声，米拉发现莫斯卡上校的目光正看着台下的某位听众，是斯特恩。米拉清楚地看到斯特恩站了起来，并拔出了武器。在极度不确定的情况下，她也会做出同样的事。但然后，斯特恩转向左边，把手枪对准了鲍里斯。

"你他妈的怎么了？！"鲍里斯措手不及地问道。

"我要你把手举起来，孩子。请别让我再重复一遍。"

37

“你应该说出事情到底是怎么样的。”

他们从军队找来了三名审讯专家，让他们不间断地轮换着给鲍里斯施压。他知道所有的审讯技巧，但他们用尽办法提问，让他疲倦，不给他喘息的机会。他们相信缺少睡眠会比任何计策都有效。

“我说过我什么都不知道。”

米拉从假镜子的这边观察着鲍里斯。这个小房间里只有她一个人。她旁边放着一台数码摄像机，这台摄像机能把审讯的画面传输到一个闭路系统中，从而避免让警局的高层——包括罗凯——直接参与对他们最优秀的警察的屠杀。他们舒舒服服地坐在办公室里也能看到。

“是鲍里斯一个人找到瑞贝卡·斯普林格的。”

斯特恩对她说，在与眼前这个审讯室类似的房间里，格尔卡曾不情愿地向鲍里斯提到了一个里面有口井的仓库。

根据官方的版本，鲍里斯是一个人到达那里的，他找到她的时候，她已经死了。

“不是。她用格尔卡留给她的和食物放在一起的开罐器割断了静脉。但最让人气愤的还是别的……根据法医鉴定，她的自杀就发生在鲍里斯找到她的两个小时之前。”

米拉检查过卷宗，当时法医分析过她胃里的残留物和死后消化进程的中断，他说不可能完全精准地指出死亡的时刻。事实上，死亡也可能发生在痛苦的两小时之后。

鲍里斯现在被指控当他到达时，瑞贝卡·斯普林格还活着。在那种情景之下，他面临两个选择：救她，成为英雄；或者是实现每个杀手最大的梦想。

完美的凶杀，永远不会受到惩罚，因为缺少动机。

这种想法诱惑了鲍里斯。他的指控者们是这样认为的。

在判决本杰明·格尔卡案件的卷宗中，格兰·贾维拉博士断言："我们每个人都有杀人的本能，但谢天谢地，我们也有让我们掌控住它、克制住它的能力。然后，总会存在一个断裂点。"

鲍里斯到那里时，发现了那个毫无防备的可怜女孩。说到底了，她只是一个妓女。但米拉不相信。

然而，一开始只是猜想，但随后在搜索鲍里斯家时发现他有恋物癖证明了这一点。年轻的特派员鲍里斯用来怀念那个巨作的纪念品竟然是在结案后从证物中偷走的女孩的花边内裤。

"你别无选择，鲍里斯。如果有必要，我们今晚会待在这里。还有明天，后天。"审讯员说完吐了口痰。这也有助于在精神上摧毁受审者。

小房间的门打开了，米拉看到莫斯卡走了进来。他的夹克领上有一块明显的油渍，是午餐时某个垃圾快餐的残留物。

"进展得怎么样了？"上校问道，他的手一如既往地插在兜里。

米拉看也没看地回答道："一无所获。"

"他会招的。"他似乎很自信。

米拉无法轻易忘记斯特恩把手铐铐到自己当做第三个儿子的

人手上时那明亮的眼神。当他知道在鲍里斯公寓里的搜查结果后，老特派员建议由自己亲自拘捕他。当罗凯试图阻止他时，他什么理由也不想听。

“但如果与鲍里斯无关呢？”

莫斯卡走到米拉和玻璃之间，手从兜里抽了出来。“在我二十五年的职业生涯中，我从来没有错抓过一个无辜的人。”

米拉禁不住讽刺地笑了。“上帝啊，那您是世界上最棒的警察了。”

“陪审团从来都是以判罪来结束我的案子的，并不是因为我的工作很出色。您想知道真正的原因吗？”

“迫不及待。”

“世界令人厌恶，瓦斯克兹警官。”

“这一认识是从您的某些经验中得来的吗？因为我的确很好奇……”

莫斯卡没有生气，他喜欢那种讽刺。“这些天发生的事，那些让我们发现你们的……你们是怎么称呼他的？”

“阿尔伯特。”

“就是这名字。好吧，这个疯子的所作所为宛如一部小型的启示录……你知道什么是启示录吗，瓦斯克兹警官？根据《圣经》所说，世界末日来临时，人类的原罪都会被揭发，然后遭到审判。那个无耻的阿尔伯特让我们看到了种种骇人景象，而在此时此刻，全世界，不止我们国家，都会停下来思索一番，至少……话说回来，你知道会发生什么？”

莫斯卡没有继续说下去，于是米拉问他：“发生什么？”

“什么都不会发生，什么都不会。外面的人会继续杀人、抢劫、凌辱众人，但他们若无其事！你以为杀手会停手，还有小偷会自我反省？我还可以给您举一个具体的例子：今天早上，两名警卫敲开了一名因表现良好而开释不久的罪犯的门。他们去那里是因为这位先生忘了去该区的特派员那里例行签字。您知道他做了什么？他开始射击。就这样，毫无缘由。他造成了其中一名警察重伤，现在该死的他躲藏在自己家里，向所有想靠近他的人开枪。您觉得是为什么呢？”

米拉不得不承认：“我不知道。”

“我也不知道。但我们中的一个同事现在正在医院的病床上与死亡搏斗，而我明天早上要对着一位可怜的寡妇编辩解词。她会问我为什么她的丈夫会死于这般莫名其妙的状况！”

莫斯卡转身背对着她，一只手仍插在兜里，他走了出去，随后关上了门。

“我什么都不知道，这些都只是胡说八道。”鲍里斯说。他很冷静。在最初的愤怒过后，他开始为他的艰难时刻储备力量。

米拉厌倦了这个场景。厌倦了总是要重新改变对别人的看法，而且那个人还是鲍里斯，是她到来时奉承过她的鲍里斯，是给她带来热气腾腾的羊角面包和咖啡、天冷的时候送她外衣的鲍里斯。在玻璃镜的另一端，仍然是那个和她一起解开了阿尔伯特大半秘密的同事，讨人喜欢而又有点儿笨拙的大男孩，当他讲起同伴时会让她感动的人。

格兰的团队支离破碎了。调查也跟着七零八落。营救小桑德拉的希望破灭了，现在，她正在某个地方耗尽支撑她生命的最后一点儿能量。最后，小桑德拉会死去，但不是因为那个所谓的连环杀手，而是死于男男女女的自私和原罪。

这是阿尔伯特能想象出的最好结局。

在形成这些想法时，米拉看到面前的玻璃上出现了格兰的脸。他站在米拉的身后，但他没有往审讯室里看。在玻璃的映象里，他在寻找米拉的眼睛。

米拉转过身，他们安静地对视了很久。共同的沮丧、共同的痛苦把他们凝聚到了一起。她很自然地探过身，闭上眼，寻找着他的唇。她把双唇贴到他的唇上，然后得到了他的回应。

脏雨水拍打着小城。水漫过道路，哗啦啦地流向下水道的盖子。雨水不断地在屋檐上累积、落下。出租车把他们载到了火车站附近的一个小旅馆。外墙被烟雾熏黑了，百叶窗总是紧闭着，因为在那里停留的人没有时间打开它。

那里人来人往，床不断地重铺再重铺。走廊里，不知疲倦的服务员推着吱吱嘎嘎的推车，里面是棉麻布日用品和香皂。早餐的托盘随处可见。有人来这里只是为了洗个澡，换件衣服；有人是来做爱的。

看门人把二十三号房的钥匙交给了他们。

他们乘电梯上楼，一句话也没说，手牵手。他们不像情侣，而是像两个害怕失去彼此的人。

房间里，空无一物的家具上只有除臭喷雾剂和残留的尼古丁。他们仍旧亲吻，但越加用力，就好像他们在脱下衣服前想从各自的思想中解脱出来。

一切结束后，他们躺在彼此的身边——是分开的，但仍在一起，他们数着自己的呼吸。然后，问题穿着安静的外衣到来了。米拉可以看到它，它像一只黑鸟在他们的脑袋上振翅。

这是邪恶的根源，她的邪恶，那是她先在肉体上刻下，随后用衣服隐藏起来的东西。

注定的是，审判将和一个女孩——桑德拉的命运交织在一起。在他们互诉这种感觉时，她——在某个地方，或远或近——正奄奄一息。

在说话前，米拉向他解释："我的工作是寻找失踪者，特别是孩子。他们中的有些人消失了整整几年，然后没人记得他们了。我不知道这是福还是祸。也许我的职业给我造成了更多的问题……"

"为什么？"

"因为每次我潜入黑暗中救出某人时，总要找个理由，找个堂堂正正的有力的理由，这是一种回到过去的安全绳。因为，如果说我学会了什么的话，那就是黑暗会用它的晕眩呼唤我们，引诱我们。并且，我们很难抵制住这种诱惑……当我和得救的人一起出去时，我意识到我们是孤独的。那个黑洞总会教会我们一些东西，粘在我们的鞋子上，让我很难摆脱。"

格兰扭头深深地看着她："为什么跟我说这些？"

"因为我是从黑暗里来的，我时不时地要回到黑暗里去。"

38

她靠在墙上，双手背在身后，待在影子里。

她在那里待了多久，就这样看着自己？躺在床上的女孩这样心想着，于是决定叫醒她："格罗莉亚……"

格罗莉亚走了过去。她的眼睛里带着往常的好奇，但这次还有别的，是怀疑。

"我记起了一件事……我曾经有一只猫。"

"我也有一只，它叫胡迪尼。"

"它漂亮吗？"

"它很坏。"但她马上明白这不是那个女孩想听到的回答，于是她纠正说，"是的。它有着白色和棕色的毛，它总是睡觉，总是很饿。"

格罗莉亚想了一会儿，然后又问："你觉得为什么我忘了我的名字？"

"不知道。"

"我原以为……我如果忘了它，也许我就再也不会记起别的事，不会记起我的真实姓名。"

"我喜欢'格罗莉亚'。"她一边鼓励格罗莉亚，一边想到当自己对她说她的真名是琳达·布朗时她的反应。

"格罗莉亚……"

“嗯？”

“你想跟我讲讲史蒂夫吗？”

“史蒂夫很喜欢我们，很快你也会喜欢上他的。”

“为什么你说他救了我们？”

“因为这是真的，他是这么做了。”

“我不需要他救我。”

“你不知道，但你曾经很危险。”

“危险指的是弗兰基吗？”

格罗莉亚害怕听到那个名字，她很犹豫，不知道要不要讲。她仔细地思考了这个处境，然后更加靠近床边，非常小声地说：“弗兰基想伤害我们，他正在找我们。所以我们要藏在这里。”

“谁是弗兰基，还有他和我有什么关系？”

“他和我们没有关系，他和我们的父母有关系。”

“和我们的父母？为什么？”

她不敢相信，她觉得这是一个荒唐的故事，但格罗莉亚非常确信。

“我们的父母骗过他，是为了钱。”她的嘴里又一次说出了一句听起来像是从某人那里借用并被动记住的话。

“我父母不欠别人的钱。”

“可我的母亲和父亲已经死了，是弗兰基杀死了他们。现在，他正在找我，要完成他的任务。但史蒂夫确信如果我藏在这里，他就不会找到我。”

“格罗莉亚，听我说……”

每次格罗莉亚迷失时，就需要被重新唤醒，不论她的思绪飘到了哪里。

“格罗莉亚，我在跟你说话……”

“是的，怎么了？”

“你的父母还活着。我记得不久前我在电视上见过他们。那是一个脱口秀节目，他们在说你。他们祝愿你生日快乐。”

她似乎没有因为这一揭露而困惑，但现在她已经开始想这一切可能都是真的。

“我看不了电视，只有史蒂夫说的磁带。”

“史蒂夫——史蒂夫就是那个坏人，格罗莉亚。弗兰基并不存在，他只是一个为了把我们囚禁在这里而编造出来的人。”

“他存在。”

“你想想你见过他吗？”

她想了想：“没有。”

“那你为什么相信？”

格罗莉亚虽然和她同龄，但看起来远远没有十二岁。好像她的大脑停止了发育，停留在了九岁的时候，也就是史蒂夫绑走琳达·布朗的时候。因此，她总要花更多的时间思考。

“史蒂夫很喜欢我。”她重复着，更多地是为了说服自己。

“不，格罗莉亚。他不喜欢你。”

“那你说，如果我试图从这里跑出去的话，弗兰基会不会杀了我？”

“没有人会杀你的。我们可以一起走，你不会只有一个人。”

“你会和我一起走？”

“是的。但我们要想个办法从史蒂夫手里逃走。”

“可你的情况很糟。”

“我知道。我的胳膊动不了了。”

“它断了。”

“怎么会这样？我不记得了……”

“你们一起从楼梯上摔了下来，然后史蒂夫把你带到了这里。他很生气，他不想让你死。这样，他就不能教你怎样喜欢上他。这很重要，知道吗？”

“我绝不会喜欢上他。”

格罗莉亚停顿了一会儿，“我喜欢琳达这个名字。”

“我很高兴你能喜欢，因为这就是你的真名。”

“那你可以这样叫我……”

“好的，琳达。”她吐字很清晰，她冲她笑了，“现在，我们是朋友了。”

“真的吗？”

“当人们互换姓名后就是朋友了，没有人告诉过你吗？”

“我已经知道你叫什么了……你叫玛利亚·埃莱娜。”

“对，但我所有的朋友都叫我米拉。”

39

“那个浑蛋叫史蒂夫·斯密蒂！”

米拉鄙视地说出那个名字时，格兰握着她的手，躺在旅馆中间的床上。

“他只是一个笨蛋，他一生中毫无作为。他换过一个又一个愚蠢的工作，却连一个月都做不满。大部分时间里，他都是失业的。父母去世后，他继承了一所房子——囚禁我们的那个——和一份人身保险。不是很多，但足够让他最终实现他‘伟大的计划’。”

她说的时候夸张地加重了语气。然后在枕头上摇了摇头，重新想起了那个荒唐的故事。

“史蒂夫喜欢女孩，但他不敢靠近她们，因为他的阴茎只有小指头那么大，他害怕她们取笑他。”她的脸上一瞬间露出了一种讽刺而报复的笑容，“于是，他开始对小女孩产生了兴趣，他相信对付她们，他更有胜算。”

“我记得琳达·布朗的案子。”格兰说，“当时是我第一次站在大学讲台上的时候。我想警方犯了很多错误。”

“错误？他们根本就是把事情搞得一团糟！史蒂夫是一个不专业的无赖，他留下了一堆痕迹和证人。他们没能立即找到他，然后又说他很狡猾。但他只是一个蠢货！一个幸运的蠢货……”

“但他说服了琳达……”

“他利用了她的恐惧。他编造了一个坏人弗兰基，然后把邪恶的角色赋予了他，只是为了让自己变成善良的角色，变成‘拯救者’。那个傻瓜的想象力也不怎么样，他叫那个人弗兰基是因为那是他小时候养的一只乌龟的名字。”

“但是奏效了。”

米拉平静了下来。“对象是一个害怕而不安的小女孩。在那种情况下，她很容易失去现实感。我想到我是在该死的地下室里，但我叫它‘怪物的肚子’。我上面是一所房子，那所房子在郊区的一个居民区里，周围有很多房子，都很相似，都很正常。人们从前面经过，却不知道我就在下面。最残忍的是，琳达——或格罗莉亚，这是他重新给她的，也是第一个拒绝他的女孩的名字——可以自由地走动。但她从没想过要出门，尽管入口处的门一直是开着的！他出去溜达时也不会用钥匙锁上，他非常相信弗兰基故事的效果。”

“你能活着出来很幸运。”

“我的胳膊几乎坏死了。很长一段时间，医生们都认为没有希望保住它了。而且，我严重营养不良。那个浑蛋给我吃流质食品，用从药店的垃圾桶里回收的过期药物治疗我。他不需要麻醉我：我的血被那些令人生厌的东西弄得很毒了，那是我所知道的真正的奇迹。”

外面的雨倾泻下来，洗涤着道路上雪的残迹。突如其来的狂风吹打着百叶窗。

“一次，我从那种昏迷中醒了过来，因为我听到有人在喊我的名字。我还试着集中注意力，那时琳达出现了，她让我不要动。于是我为了这个女孩出现带给我的喜悦而放弃了自救的想法，因为不只是我一个人。我没有听错：楼上的确有两名巡逻的警察。他们还在找我！如果我大叫，他们也许会听见。事实上，分开我们的只是一块薄木地板。他们身边有个女人，是她在喊我的名字。我没有叫出来，我只是在脑子里想想。”

“她是尼克拉·帕帕吉蒂斯，是吗？所以，你认识她……”

“是的，那时是。然而，尽管我没有回答她，但她还是听到了什么。于是，在接下来的几天里，她还会去那里，在房子周围转，希望能感觉到我……”

“所以，不是琳达救了你……”

米拉喘了口气：“她？她总是把一切都告诉史蒂夫。她是他的小乖乖，并且已经身不由己地成了他的同谋。三年来，他就是她的世界。她认为史蒂夫是地球上仅剩的最后一个大人，而孩子们总是信任大人。当时，史蒂夫已经想要清理掉我了。他相信我很快就会死去，于是，他在房子后的工具屋里挖了一个坑。”

报纸上登了那个坑的照片，它比其他任何东西都更能说明问题。

“我离开那个房子时已经半死不活了。我没有意识到医务人员用担架抬走了我，也没有意识到穿过了史蒂夫把我弄下楼时我摔下去的那个楼梯。我看不到几十名警察挤满了整个房子。我听不到聚集在那里的人们的掌声和他们用庆祝的方式来迎接我的自由。但是尼克拉的声音一直伴随着我，她在我的脑海里不断地描述着一切，告诉我千万不要朝光芒走去……”

“什么光芒？”格兰好奇地问。

米拉笑了。“她确信它存在，也许是因为她的信仰。我想，她在哪里读到过，当我们死去的时候，我们的灵魂会从身体里脱离出来，在快速经过一条通道后，会出现一片美丽的光芒……我从没跟她说我什么都没看到。其实只有黑暗。但我不想让她失望。”

格兰低下头，吻了吻她的肩：“那一定很可怕。”

“我很幸运。”她说。她转念想到了桑德拉，那是第六个女孩。“我要救她，但我还没有这么做。她幸存的可能还有多少？”

“这不是你的错。”

“不，是我的错。”

米拉坐了起来，移到了床边。格兰仍然向她伸出了手，但现在他没能碰到她。那种温柔停留在了皮肤上，没有到达她心里，因为她又变得冷淡了。

他发现了这一点，于是放开了她。“我去冲个澡。”他说，“我得回家了，汤米需要我。”

她把手伸到床头柜上，拿起了电视机的遥控器。她打开电视，希望无足轻重的聊天和电视画面会像格兰淋浴的水一般，冲刷掉她所有糟糕的回忆。

电视屏幕上，一个女人紧紧地抓着麦克风，风雨呼啸着，仿佛要把她卷走。她右边是电视新闻的标志，下面滚动过一行特别排版的字幕。后面远处的一所房子周围包围着几十辆警车，闪烁的灯光划破了夜晚。

“……一小时内，罗凯督察会进行官方声明。同时，我们可以保证：新闻是真实的。让整个国家惶恐不安、绑架并杀死那些无辜女孩的疯子已经确定了……”

米拉的身子僵了，眼睛直愣愣地看着屏幕。

“……他是一个缓刑罪犯，今天早上，他朝两名在他家执行例行家访的狱警开了枪……”

这是莫斯卡在鲍里斯审讯室旁的小房间里告诉过她的故事，她不敢相信。

“……受伤的狱警在医院不治身亡后，别动队就被派到了那个地方，他们决定闯进屋内。直到他们杀死罪犯、进入家中后，他们才有了这个始料不及的发现……”

“……现在刚打开电视的观众们，我们再说一遍罪犯的名字，他叫文森特·克拉里瑟……”

阿尔伯特。这个名字从米拉脑海里一闪而过。

“……根据警察局的资料，第六个女孩仍在我身后的这所房子里。她会得到一个急救团队的救治，他们正在对她进行初步治疗。我们目前还不能肯定，但似乎小桑德拉仍然活着。”

12月23日3点25分第7号录音

时长：1分钟35秒

犯人RK－357/9

……知道，准备，准备好了（内容听不清楚）……活该承受我们的怒火……做点事……信任第一……（内容听不清楚）太棒了，屈尊……不能被人欺骗……知道，准备，准备好了（内容听不清楚）总是有人在利用我们……必要的惩罚……洗脱罪孽……没必要理解……有时需要的是行动……知道，准备，准备好了（内容听不清楚）甚至杀戮，杀戮，杀戮，杀戮，杀戮，杀戮，杀戮，杀戮，杀戮，杀戮，杀戮，杀戮，杀戮，杀戮。

40

行为学研究部

2月25日

文森特·克拉里瑟就是阿尔伯特。这个男人离开监狱不到两个月，他因手持武器抢劫而被判罪。一被释放，他就开始了他的计划。

他没有暴力犯罪的先例，没有表现出精神疾病的症状，没有任何方面会让人想到他是个潜在的连环杀手。

他的辩护律师在庭审中声称，手持武器抢劫是“意外事故”，是一个毒瘾严重的人做的蠢事。克拉里瑟来自一个良好的资产阶级家庭，父亲是律师，母亲是教师。他读过书，大学毕业于护士专业。有段时期，他在一家诊所工作，是手术室的护士。他很可能是在那里获得了一些必要的医疗知识，知道如何让桑德拉在截肢后仍能存活。

格兰的团队曾猜测阿尔伯特可能是个医生，这离事实相差不远。

文森特·克拉里瑟把所有这些经历都沉积在他个性的胚层中，然后变成了一个怪物。

但米拉并不相信。

不是他。她乘坐出租车到达联邦警局大楼时，脑子里不断地重复这个想法。

在看到电视新闻后，格兰跟斯特恩通了二十几分钟的电话，斯特恩向他汇报了最新的进展。在米拉焦虑的目光下，格兰在旅馆的房间里走来走去。然后，他们分开了。他打了电话给露娜女士，让她今晚也陪着汤米，他马上去了找到桑德拉的地方。米拉想和他一起去，但她的出现不再合理。于是，他们约好晚些时候在行为学研究部碰面。

已经过了午夜，城市里还是人头涌动。人们不顾雨水涌到街上，庆祝噩梦的结束。就像是庆祝新年一般，大家吹着喇叭，所有人都相互拥抱、相互祝福。

在龟速前行的出租车里，米拉能听到广播里的播报。莫斯卡是今日之星，意外之幸让他破了案。就像往常一样，破案只会直接归功于指挥行动的上司。

厌倦了等待汽车长龙慢慢挪动，米拉决定冒雨下车。联邦警局的大楼就在几个街区外，经过合理的推断后，她戴上外套上的帽子，徒步前行。

文森特·克拉里瑟与格兰描述的阿尔伯特的形象并不吻合。

根据犯罪学家的观点，阿尔伯特是利用尸体作为告发手段。他把它们放在特殊地点，是为了揭发他所知的罪行。他们猜测阿尔伯特是这些罪犯的幕后主脑，他曾先后出现在这些罪犯的人生中。

“这些人都是狼，而狼通常都在群体中行动，每个群体都有首领。阿尔伯特要告诉我们的正是这个：他就是他们的首领。”格兰曾断言说。

当米拉听说连环杀手的年龄只有三十岁后，她更加确信文森特不是阿尔伯特。他太年轻了，不足以认识孤儿院幼时的罗纳德·德米斯还有约瑟夫·B.罗克福德——事实上，她和队员们推测过阿尔伯特的年纪，这人年纪应该有五六十岁。

她来到了联邦警局的大楼，注意到走廊上洋溢着某种兴奋的情绪。警察们相互拥抱，很多人都是从犯罪现场回来的，身上还穿着突袭的制服，他们描述着最新发现。然后，报告就一传十、十传百，并不断填充一些新的细节。

米拉被一名女警察拦了下来，她说罗凯督察急需见她。

"我？"她一脸惊讶地问。

"是的，他在办公室等您。"

走上楼梯时，她想，罗凯召见她是因为他们都发现在重组事实时有些东西不太对劲儿。也许，所有这些她看到的兴奋很快就会消退。

行为学研究部里只有几名便衣警察，没有人在庆祝。氛围和每天工作时的一样，只是现在是晚上，而他们所有人都还在工作。

在罗凯的秘书让她进办公室之前，她等了好一会儿。在门外，米拉能听到督察的些许声音，他可能正在打电话。但当她走进门时，她出乎预料地发现里面不只是他一个人，还有格兰。

"进来吧，瓦斯克兹警官。"罗凯招了招手，请她站到自己身边。他和格兰都站着，站在办公桌的两侧。

米拉走上前去，站在了格兰的身旁。格兰刚好转过头，冲她微微点了点头。一小时前的亲密感完全消失了。

"我正在跟格兰讲，我想让你们俩也参加明天早上的记者招待会。莫斯卡上校同意了我的提议。没有你们的协助，我们不可能抓住他。我们要谢谢你们。”

米拉无法克制住自己的惊讶，罗凯的反应让她很困惑。

“长官，我非常认真地……告诉您，我们犯了个错。”

罗凯对格兰说：“她在说什么？”

“米拉，一切正常。”格兰平静地对她说。

“不，不是的。那个人不是阿尔伯特，有太多矛盾的地方了，我……”

“你难道想在记者招待会上说这些？”督察反驳说，“如果是这样的话，你就不用参加了。”

“斯特恩也会同意我的观点。”

罗凯挥舞着桌上的一张纸。“特派员斯特恩提交了不可撤销并立即生效的辞职信。”

“什么？发生了什么事？”米拉无法理解，“这个文森特和阿尔伯特的形象并不相符。”

格兰想向她解释，她有那么一瞬间在他的眼里又看到了他吻她伤疤时的那种温柔。“有几十份证据都说明他就是我们要找的人。笔记本上记满了关于绑架女孩和如何成功放置她们尸体的笔记，还有卡波-阿尔多保安系统的复印件，黛比学校的地图和电子设备说明书，文森特在监狱里就开始研究这些东西了……”

“你们也找到与贝尔曼、罗纳德·德米斯、费尔德海尔、罗克福德和鲍里斯这些同谋的相关信息了吗？”米拉气冲冲地问。

“那所房子里有一整队调查员在工作，他们会继续找到新的证据。关于那些同谋，也会发现一些什么的。”

“这不够，我觉得……”

“桑德拉指认出了他。”格兰打断她，“她说是文森特绑架了她。”

一时间，米拉似乎平静了下来："她怎么样？"

"给她治疗的医生持乐观态度。"

"你满意了，现在？"罗凯打断她，"你要是想给我惹什么麻烦，那就马上回家！"

这时，秘书在电话里告诉罗凯市长紧急要见他，他最好快点儿。罗凯拿起椅背上的外套就走，还不忘警告格兰："你跟她讲，官方版本就是这样。要么签字，要么就免职！"然后，他砰地关上门走了。

米拉希望在他俩独处时，格兰会跟她说些不同的话。但格兰却重申了一遍："可惜错的是我们。"

"你怎么能说这种话？！"

"这是彻头彻尾的失败，米拉。我们的调查方向走偏了，我们还两眼一抹黑地走下去。我该负主要的责任，所有推测都是我做出的。"

"你难道没有想过文森特·克拉里瑟怎么可能知道其他罪犯的事情？"

"这不是问题……"

"我嘛，我认为现在的你一点也不客观，我猜到原因了。在调查威尔森·皮克特案子的过程中，罗凯挽救了你的名誉，帮助你保住了团队，你们差点被解职。你现在是投桃报李：如果你同意现在这个版本，就可以稍稍削弱莫斯卡的功劳，罗凯就能保住他的督察的位子！"

"已经结束了！"格兰发泄道。

一段时间里，没有人说一个字。然后，格兰朝门口走去。

"告诉我一件事……鲍里斯已经坦白了吗？"米拉刚好赶得及问他。

“还没有。”他头也不回地说。

办公室里只剩她一个人了，她两侧的双拳死死地握着。她诅咒自己，诅咒这个时刻。她的目光落到了斯特恩的辞职信上，她把它拿了起来。在那短短的几行书面语里，没有任何表露他这一决定真正原因的痕迹。但她觉得很明显，斯特恩应该是感到自己在某种程度上被欺骗了，先是被鲍里斯欺骗，现在是被格兰斯骗了。

当米拉把辞职信放回到办公桌上时，她发现通话记录打印单上是文森特 · 克拉里瑟的名字。罗凯可能要求调查在这个疯子来往的人中，有没有需要保护的大人物。因为在这个案子里已经出现了像约瑟夫 · B.罗克福德这样的人，但这永远无法为人所知。

连环杀手应该没有很丰富的社交生活，因为只有一个电话，而且是昨天打的。

米拉看了看那个号码，她觉得异常熟悉。

她从兜里掏出手机，输入号码，通讯录上便显示了姓名。

41

电话通了，但没有人接。

“快点儿，快醒醒，该死！”

出租车的轮胎在沥青的积水中滑过，但幸好雨停了。马路就像音乐剧的舞台一般闪闪发光，好似下一刻迷雾里就会有抹着发油、穿着晚礼服的舞者冒出来。

线路断了，米拉又拨了一遍。这是第三遍了，在第十五次嘟声后，终于有人说话了。

“这么晚了是谁啊？”辛西娅·珀尔带着困倦的声音问道。

“我是米拉·瓦斯克兹，您还记得吗？我们前天见过……”

“是的，我记得您……但我们能明天再说吗？要知道，我吃了一颗安眠药。”

这对经历过连环杀手的人来说并没有什么可吃惊的，除了酒精以外，她还要依靠药物睡眠。但米拉不能等，她要马上得到她的回答。

“不，辛西娅，很抱歉，我现在就需要你的帮助。不会太久的……”

“那好吧。”

“昨天大约早上八点时，你接到过一个电话……”

“是的，当时我正要去工作。那个人让我被老板骂了一顿，因为我迟到了。”

“谁打给你的？”

“他说他是保险调查员。要知道，因为之前发生的那些事，我申请了补偿……”

“他没跟你说他的名字？”

“好像是斯潘塞。我该把它记下来。”

这并没有用，文森特·克拉里瑟用了假名，他找了个借口好不让她起疑。米拉继续说：“不管它了。那个男人找你做什么？”

“我在电话里跟他讲了我的故事，还有本杰明·格尔卡的。”

米拉很吃惊，文森特·克拉里瑟为什么想知道威尔森·皮克特的案子呢？事实上，他把第五具尸体放到研究室就是为了让世人知道杀害瑞贝卡·斯普林格的真正凶手是鲍里斯，而不是本杰明·格尔卡……

“他为什么要知道这个故事？”

“他说是为了报告的完整，那些做保险的人总是很细致。”

“他没问你别的吗？”

辛西娅没有立刻回答，米拉害怕她又睡着了。幸好，她只是在思考：“是的，没有了。但他很有礼貌，最后他告诉我，我的申请就快完成了。也许他们真的会给我钱，知道吗？”

“我很为你高兴，很抱歉这个时间还打扰你。”

“如果我说的能帮您找到您正在找的那个女孩，那么这一点儿也不算打扰。”

在和辛西娅谈话前，她的脑海里就有了一个新的认识：也许鲍里斯是被人设了圈套的。

“你看，从这儿到那边的车子都没法走了。”出租车司机转过头对她说。

“没关系，我到了。”

她付完钱下了车。她面前是一条由警察构成的封锁线和几十辆闪着灯的汽车。各个电视台的车沿路排开。摄影师安置好了摄影装置，使房子完好地被框入背景中。

米拉来到了一切开始的地方，这里是文森特的家。这个犯罪现场被冠以了一个特有的名字——零号现场。

她还不知道要如何越过控制区进入住所。她只是拿出证件挂在脖子上，希望没有人发现她不属于这个管辖区。

“嗨，您要去哪儿？”

她转过身，看到一名肥胖的警察气喘吁吁地走来。她还没想好借口，她应该早点儿想一下的，但她没有，现在她很可能要遭批了。

“她是和我一起的。”

克莱普朝他们走去。科学专家蜡黄的脖子上露出了双翼飞龙脑袋的图案，几乎可以肯定这是他最新的文身。他对警察说：“让她进去，她是经过批准的。”

那个胖警察听到他的保证后很放心，转过身回到原来的地方。

米拉看了看克莱普，不知道该说什么。克莱普冲她眨了眨眼，然后继续走他的路。其实，他帮她也没什么奇怪的，米拉心想。他们俩都是有故事的人，尽管不尽相同。

通往房子正门的路是个斜坡。鹅卵石铺成的路上满是弹壳，就是这些子弹要了文森特的命。大门上的铰链被卸了下来，为的是让人更容易进入。

脚刚迈入房子里，米拉就闻到了一股极浓的消毒剂味儿。

客厅里摆着60年代样式的家具。长沙发上套着阿拉伯花纹的沙发套，但上面还有保护塑料。壁炉里的火是假的。吧台与黄地毯交相呼应。壁纸上有大朵的风格鲜明的棕色花朵，像金鱼草一般。

所有人都套着鞋套，戴着乳胶手套。米拉穿上了它们，然后开始向四周观望，混入到在场的人中。

一名警察正在抽出书架上的书，一次一本。他捧着它们，快速地翻阅，然后放到地上，另一个正在检查橱柜的抽屉，第三个人在归类小摆设。那些仍未被移动和检查的物品看起来惊人地有序。

米拉不知道她在寻找什么，她来这里只是因为这里是出发点，而促使她来这里的是疑问，文森特为什么要打电话给辛西娅·珀尔。

如果他想听唯一一位幸存者讲述那个故事，那也许文森特并不知道谁是本杰明·格尔卡。而如果他不知道，也许在研究室里发现的第五具尸体就不是为鲍里斯而放的。

这一逻辑上的发现并不足以为同事开脱，因为还有强有力的证据证明鲍里斯杀害了瑞贝卡·斯普林格：受害者的内裤从物证文件中消失了，却在他的住所中被找到了。

但无论如何，有些东西不对劲儿。

米拉看向短走廊尽头的房间，发现了消毒剂味儿的源头。

那是一片无菌环境区，病床上遮盖着氧气帐。里面有大量的药物、无菌手术衣和医疗装置。那是文森特为他的小病人们截肢的手术室，然后变成了桑德拉的病房。

走过另一个房间时，她发现一名警察正在摆弄等离子电视，他插入了一条数码摄像机的数据线。屏幕前有一张扶手椅，旁边是喇叭环绕的音响系统。在电视机的两侧，是一整墙的迷你 DV 盘，只用日期分类。警察一次往摄像机里放一张，查看里面的内容。

这时，闪过了游乐园的画面，里面出现了冬日阳光下天真的笑声。米拉认出了卡罗琳，她是被阿尔伯特绑架并杀死的最后一个女孩。

文森特仔细地研究过他的受害者们。

“嗨，你们能帮我弄一下这玩意儿吗？我搞不定这种电子产品。”那个警察想定格住画面时说道。当他发现门口的米拉时，有那么一瞬间他很是高兴，但随后他发现自己之前从没有见过她。在他要开口说话前，米拉走开了。

第三个房间是最重要的房间。

里面有一张高高的钢桌，墙上覆盖着写满笔记、贴满各种颜色便笺纸和其他东西的布告栏。这让米拉感觉就像在他们的思考室里一样。那上面细致地记录了文森特的计划；有地图、道路图、时刻表、行动计划，有黛比学校和孤儿院的平面图；有贝尔曼的汽车车牌和他工作出差的各个时间段；有伊冯和她孩子的照片和费尔德海尔废品堆的照片；有报道约瑟夫 · B.罗克福德财富的杂志剪报；还有所有被绑架女孩的快照。

钢桌上还有其他图表，上面有凌乱的注解，就好像工作被突然中断了。连环杀手为他的计划而准备的结局很可能在这些纸下藏着——也许是永远。

米拉转过身，怔住了。她背后的整面墙上挂满了调查队在进行调查工作的照片，里面也有她。

对，我现在真的在怪物的肚子里了……

文森特总是很小心翼翼地跟踪他们，但这个地方没有任何与威尔森·皮克特案有关的东西，也没有跟鲍里斯有关的东西。

“该死的！有人决定帮我了吗？”旁边的房间传来了那个警察抗议的声音。

“怎么了，弗雷德？”

终于有人过去帮他一把了。

“我要怎样才能知道我在看什么？特别是在我不知道这是什么的时候，我该怎么分类？”

“让我看看……”

米拉的目光从那堵照片墙上挪开了，准备离开这所房子。她觉得很满意，不是因为她找到了什么，而是因为没有找到的那些。

没有本杰明·格尔卡，没有鲍里斯，这对她来说就够了。

关于第五个女孩，他们犯了一个大错。或者这是一个完完全全的牵制策略。证据就是，当文森特发现调查正朝着与他预测的不同的方向进行时，他打了电话给辛西娅·珀尔，想知道更多的信息。

米拉想把这个也告诉罗凯，她确信罗凯会找到办法利用这些信息为鲍里斯开脱，并借机打压莫斯卡。

经过那个电视房间时，她注意到了屏幕上的什么东西，那是一个名叫弗雷德的警察和他的同事辨认不出的地方。

“这是一个公寓，我还要说什么别的吗？”

“是的，但我就把这个写进报告里？”

“你就写‘不明地点’。”

“你确定？”

“是的。会有其他人知道这是什么地方的。”

是的，米拉认得。

他们这才发现了她，他们转过头看着她，她的目光无法从电视屏幕上挪开。

“您有什么需要？”

她没有回答便走开了。在穿过客厅时，她在兜里摸手机。然后，她从通讯录里拨通了格兰的电话。

她刚走到外面的小路上时，格兰就接了电话。

“怎么了？”

“你现在在哪儿？”她的声音很紧急。

但他没有注意到。“我还在警局，我正想安排罗莎去医院见她女儿。”

“这时候你家里有谁？”

格兰开始担心起来：“露娜女士和汤米在一起。怎么了？”

“你得马上回去！”

“为什么？”他不安地问。

米拉穿过一群警察。“文森特的录像里有你家的公寓！”

“他有录像说明了什么？”

“说明他去过你家附近踩点……如果他有同谋呢？”

格兰沉默了一会儿，“你还在犯罪现场吗？”

“是的。”

“那你比我更近。你让莫斯卡派两个警察跟你去我家。我现在打电话给露娜女士，让她关好门别出去。”

“好。”

米拉挂了电话，然后转身回到房子里找莫斯卡。

但愿他不会问我太多问题。米拉心想。

42

“米拉，露娜女士不接电话！”

黎明。

“别担心，我们就要到了，还差一点点。”

“我正在路上，几分钟后就能到。”

警车停在小区安静的道路上，轮胎发出了刺耳的声音。大楼的居民们还在睡觉。只有几只鸟儿栖息在树上和屋檐上，准备好迎接新的一天。

米拉朝大门跑去。她不断地按对讲机。没有人回答。她又试了试另一个门铃。

“谁啊？”

“先生，我们是警察。请快开门，拜托了。”

电子锁打开了。米拉推开门，冲到三楼，后面紧跟着两名警察。他们没乘电梯，而是直接爬楼。

希望什么都没有发生……希望孩子还好……

米拉向已经很久都不信的神灵祈祷，因为她有太多次看到比她还不幸的孩子，这让她无法继续保持信仰。

但希望不要再次发生，这次不要发生……

他们来到了楼梯平台上，米拉开始不断地敲紧闭的门。

*也许露娜女士只是睡得比较沉。*她想，*她就要来开门了，一*

切都很正常……

但是什么都没发生。

一名警察走到了她跟前："您需要我们撞开门吗？"

她喘不上气来回答，只是点了点头。她看到他们助跑了一小段路，然后狠狠地踹了一脚。门开了。

安静。但不是正常的安静。这是一种空洞而压抑的安静，一种没有生命的安静。

米拉拔出手枪，走在两个警察前面。

"露娜女士！"

她的声音消失在了屋子里，没有人回答她。她示意让两名警察分头行动，她则朝卧室走去。

缓慢地走在走廊里时，她感到自己握着枪把的右手不禁颤抖起来。她的双腿越加沉重，脸上的肌肉缩紧了，眼睛开始灼热起来。

她来到了汤米的卧室附近，门很近了。她用左手推开门，直到卧室映入眼帘。护窗板是关着的，但床头柜上小丑形状的灯旋转着，在墙上投影出马戏团动物的样子。靠墙的床上，隐约可以看见被子下的小身体。

他像胎儿一样蜷伏着，米拉小步地走近他。

"汤米……"她低声说，"汤米，醒醒……"

小身体没有动。

她走到床边，把枪放到灯旁。她感觉很不妙。她不想揭开被子，不想看到她预感的事实。她想放下一切马上离开这个房间，不去面对它。因为她看过了那么多次类似的场景，她已经害怕每次都是这样。

她强迫自己把手伸向被子，她抓住了被子，一把就掀开了。

她抓着掀起的被子边缘愣了一会儿，看着那只旧玩具熊用一成不变的幸福表情冲着她笑。

“对不起……”

米拉很吃惊，一脸迷茫。这时，两名警察站在门口看着她。

“那边有一扇锁上的门。”

米拉正要命令他们把锁撬下来，就听到了冲进家门喊着儿子名字的格兰。

她过去告诉格兰：“他不在他的房间里。”

格兰绝望了：“怎么会不在？那他在哪里？”

“那里有一个锁着的房间，是吗？”

格兰又困惑又焦急，一时没听明白。“什么？”

“锁着的房间……”

格兰怔住了：“你听到了吗？”

“听到什么？”

“是他……”

米拉不明白。格兰撇下她，快速地朝书房走去。

当看到儿子藏在红木书桌下面时，格兰再也抑制不住自己的眼泪。他弯腰爬到桌子底下，紧紧地抱住他。

“爸爸，我很害怕……”

“嗯，我知道，亲爱的，但现在一切都结束了。”

“露娜女士走了。我醒的时候她就不在了。”

“现在我在这儿，不是吗？”

米拉站在门口，把手枪插回到皮套里，格兰蹲坐在书桌下，他的话让她心里的石头落了下来。

“现在我带你去吃早餐。你想吃什么？煎饼怎么样？”

米拉笑了，恐惧已经过去了。

格兰又说：“来，我抱你……”

然后，她看到他从书桌下爬了出来，费力地站了起来。

但他的手里没有孩子。

“跟你介绍一下我的朋友，她叫米拉……”

格兰希望他儿子会喜欢。通常，他见到陌生人时总有点儿不情愿。汤米什么都没说，只是指了指她的脸。格兰于是更仔细地看了看她，发现她在哭。

谁知道眼泪是从哪里来的，猝不及防。但这一次，她生出的痛苦不是机械式的。裂开的伤口不是皮肉伤。

“怎么了？发生了什么事？”格兰问她，表现得就好像真的抱着个有重量的孩子。

她不知道该如何回答他。格兰看起来不像是在演戏，他真的以为他的胳膊里抱着他的儿子。

这时，两个警察来到了门口，惊讶地看着他，打算进来。米拉示意让他们别动。

“你们去楼下等我。”

“可我们……”

“你们下去打电话给警局，让斯特恩警察过来。如果你们听到枪声，请不要担心，那会是我。”

两个人不情不愿地遵命了。

“发生了什么事，米拉？”格兰疑问的语气里不再有丝毫的防备，所以，他看起来像是被真相吓呆了，无法作出别的反应，“你为什么要把斯特恩叫来？”

米拉竖起食指放到唇边，示意他安静。

然后，她转身走到走廊里，走到锁着门的房前。朝锁上开了一枪，把锁击得粉碎，然后推开了门。

房间里黑黢黢的，但仍能闻出残余的分解气体的气味。在一张大双人床上，有两具躯体：一具大些，一具小些。

烧焦的骨架上仍包裹着残余的像布一样的皮肤，他们用一只胳膊连在一起。

格兰走进了这个房间，闻到了气味，看到了两具躯体。

“噢，我的天啊……”他说，还不知道他卧室的两具尸体是谁。他转身走到走廊不让汤米进来……但他没看到他。

他又看了一眼床，看了一眼那个小躯体。事实异常残酷地给了他当头一棒，然后他想起了所有的事。

米拉在窗前找到了他，他正在向外看。几天的雨雪后，太阳终于出来了。

“阿尔伯特想通过第五个女孩告诉我们的是这个。”

格兰没有说话。

“你把调查转移到了鲍里斯身上。你只需要建议莫斯卡朝哪个方向调查。我在他包里看到的威尔森·皮克特案的卷宗是你给他的……也是你获得了格尔卡案的物证，于是你偷走了瑞贝卡·斯普林格的内裤，然后在搜查时把它放进了鲍里斯的家里。”

格兰点了点头。

每一次呼吸，每一次提气都感觉是有玻璃在扎她。“为什么？”米拉从喉咙里挤出了一丝声音问道。

“因为她走后又回了这个家。因为她回来不是想在这里待下去。因为她想带走我剩下的唯一心爱的东西。因为儿子想和她一起走……”

“为什么？”米拉又问，再也抑制不住泪水，任凭它喷涌出来。

“因为一天早上我醒来时听到汤米在厨房喊我。我去了，看到他坐在老位置上。他跟我要早餐。我高兴极了，高兴到忘了他不在……”

“为什么？”她恳求地问道。

这次回答前，格兰仔细地想了想：“因为我爱他们。”

在米拉来得及阻止他之前，他打开窗跳了下去。

43

她一直很想要一匹小马。

她在二十一天的囚禁和三个月的医院生活后，从“怪物的肚子”里出来回到家时，发现院子里有一匹漂亮极了的白鬃马在等着她。

她的愿望实现了，她却高兴不起来。

她父母不能承诺给她一个弟弟或妹妹，而是给她买了一匹小马。

孩子们喜欢小马有一个原因，因为它们不会长大，而是会停留在童年的迷人魅力中。这是一种令人羡慕的状态。

但在重获自由后，米拉只想马上长大，让自己远离发生的一切。如果她有那么一丁点儿幸运的话，也许是她能忘记过去。

当人们从史蒂夫恶臭的地下室里把半死不活的她救出来时，对她来说，一种全新的生活开始了。在住院三个月左臂复原后，她应该恢复对世界的信任，不仅是自己家的日常生活，还有感情。

格拉切拉是她的知心朋友，在她失踪前，她们曾一起庆祝结拜姐妹仪式，现在，格拉切拉却用奇怪的方式对待她。这个人不再是与她严格平分最后一块口香糖的那个人，不再是在她面前尿尿也不会觉得尴尬的那个人，不再是为了同伴们的到来而练习

“法式”亲吻的那个人。格拉切拉对她说话时脸上挂着一成不变的笑容，她担心如果继续这样下去，格拉切拉的脸就会疼。她努力变得可爱而有礼貌，甚至不再说脏话了。可就在一段时间前，她都不喊她的名字——“臭婆娘”和“长雀斑的贱人”是她们经常用的昵称。

她们用生锈的钉子在食指的指尖上扎了一下，为的是成为永远的朋友，为的是不让任何男孩或男友分开她们。只是几个星期，她们之间就有了不可逾越的鸿沟。

“别这么对我，搞得我像是从月亮上回来的一样！”她想冲所有人这么喊。人们脸上的那种表情让她受不了。他们把头偏向一边，皱着嘴唇。即使是在学校，在她并不出类拔萃的地方，她的错误现在也得到了善意的宽容。

她周围没有人再提起发生在她身上的事。他们仿佛让她生活在悬浮的泡沫中，就好像她是玻璃做的，下一刻就会粉碎。他们不知道她在经受了所有那些错觉之后，她只想要一点点真实。

十一个月后，法院开始了对史蒂夫的审判。

她等这一刻等了很久，所有的报纸和电视新闻都在报道，但她的父母不让她看——为了保护她，她的父母这样说。但她一有机会就会偷偷看。

她和琳达都能作证。检察官更指望她，因为她那个被囚禁的同伴始终无所畏惧地捍卫着她受到的折磨。她开始要求他们叫她格罗莉亚。医生称琳达患有严重的精神障碍。因此，指认史蒂夫的任务就落到了米拉身上。

在被捕后的几个月中，史蒂夫竭尽全力让自己看起来像个精神病患者。他编造出了关于假想同谋的荒谬理论，他说自己是听从他的指示。他在试图向世界讲述他那个用在琳达身上的故事——邪恶的合伙人弗兰基的故事。但在一名警察发现那只是他小时候养过的乌龟的名字后，同谋的故事失去了可信度。

米拉参加了审判史蒂夫所有罪状的庭审，包括对她造成的那些。他把她关起来，让她慢慢腐烂，因此，她要扮演至此为止她拼死拒绝的可怜受害者的角色。

她坐在证人席上，前面的囚笼里关着铐着手铐的史蒂夫，她想死死地盯着他描述一切。

当她看到他时——纽扣扣到衣领的绿衬衫显得太大，他瘦成了皮包骨头，手哆哆嗦嗦的，试图在本子上做笔记。头发被他自己剪短了，一边长一边短——她感受到了意料之外的感觉：怜悯。但也有对这个卑鄙小人的愤怒，就因为他让她产生怜悯。

那是米拉最后一次对别人产生移情。

发现格兰的秘密后，她哭了。

为什么?

消失在内心的记忆告诉她，那是移情的泪。

突然，堤坝的某一块破裂了，蓬勃的情感倾泻而出。现在，她甚至觉得自己也能感受到其他人的感情了。

就像罗凯到达此地时，她就感受到他已经清楚地知道自己剩下的时间屈指可数了，因为他最得意的手下，他的“钻石之星”，给了他最致命的一击。

她也感到了莫斯卡在必然升职的喜悦和升职理由的不安中挣扎。

斯特恩一走进那所房子，她就感知到了斯特恩的困惑和伤感。米拉立刻知道他会卷起衣袖让这个糟糕的事情恢复秩序。

米拉没有像琳达一样落入史蒂夫的陷阱：她从没有相信过弗兰基的存在。她却掉入了另一个骗局，相信那个家里有个孩子叫汤米，因为她听他说过。而她也在电话里听到过，他爸爸打电话给保姆确认他是否一切都好。她甚至相信当格兰抱他去床上睡觉时她亲眼看到了他。所有的这一切都让她无法原谅他，因为这些让她觉得自己像个笨蛋。

格兰从十二米高的楼上坠落后幸存下来，现在他躺在加护病房的床上，与死亡抗争。

他的家被控制起来了，但只是外面。里面有两个人来回徘徊，他们是暂时冻结了辞呈的斯特恩特派员和米拉。

他们什么都不找，只是试图按时间顺序把事件排列出来，以找到仅有的一些问题的答案。一个像格兰这般头脑清醒而冷静的人是从什么时候开始决定了他的死亡计划的？他是何时开启报复的？又是何时开始把他的愤怒变成行动的？

米拉在书房里听到斯特恩在搜查隔壁的房间。在她的职业生涯里，她执行过很多次搜查，那些暴露个人生活细节的证物总是让她觉得难以置信。

当她搜查格兰的避难所时，她试图保持距离感，记下可能揭露重要事情的细节和嫌犯的小癖好。

格兰把曲别针保存在一个玻璃烟灰缸里，把铅笔直接插在废纸篓里，书桌上放了一个没有照片的相框。

米拉移开了视线，几乎是害怕会被这个空相框吞没。然后，她打开桌子一边的抽屉，里面有一个文件夹。米拉拿起它，把它放到她已经看过的那些文件夹上面。这个有些不同，因为从日期上看，这是贾维拉在处理女孩失踪案之前的最后一个案子。

除了文件外，还有一些录音带。

她开始读纸上的内容，有必要的话，她还会听听带子。

这是监狱长阿方斯·贝伦杰和检察官办公室之间的来往信

件，是关于一个囚犯的怪异行为的，信中只用编号来称呼他：RK－357/9。

当事人是在几个月前被两名警察找到的，当时他在晚上光着身子，在旷野中独自游荡。他拒绝向警察提供自己的基本信息。指纹测试显示他的指纹没有进入罪犯库。法官判他妨碍司法。他还在服刑。

米拉拿起一盘录音带看了看，试着想象里面会是什么。标签上只有时间和日期。然后，她叫来了斯特恩，迅速而概括性地跟他说了说她看到的信。

“可你知道监狱长是怎么说的……‘从入狱的那一刻起，RK－357/9 囚犯就没有表现出任何违纪的迹象，他总是很遵守监狱里的规矩。另外，这个人生性孤僻，不太愿意与人来往……也许正是因为这一点，没有人注意到他的特殊行为，直到最近我们的一名狱警才发现。RK－357/9 囚犯用毡布擦拭与他有关的每一件物品，收集每天掉落的所有毛发，把每次用的餐具和马桶都擦得锃亮……’你怎么看？”

“呃，我不知道。我妻子也很爱干净。”

“但你听一下下面这段内容：‘因此，我们面对的是一个有洁癖的疯子，一个不惜一切代价避免留下‘有机物’的人。据此，我们严肃地怀疑囚犯 RK－357/9 参与过某些特殊的重大犯罪，他想阻止我们提取他的 DNA 以确认他的身份……’然后呢？”

斯特恩拿过她手上的信纸继续读下去：“这发生在 11 月……可没有写他们最终从他的 DNA 里发现了什么。”

“看来，他们没能迫使他去作测试，也没有武断地提取 DNA，因为这违反宪法赋予的自由……”

“那么他们做了什么？”

“他们试图依靠突击检查他的牢房来获取一些毛发。”

“他们把他单独关起来了？”

米拉翻了翻手里的信纸，试图找到之前看到过的相关内容。她找到了。“在这儿，监狱长说：‘目标至今和另一个人共同待在一个牢房里，这个人自然有助于他混淆自己的生理痕迹。作为第一步，我们消除了这种混淆的条件：把他单独关了起来。’”

“那么，他们提取到他的DNA没？”

“看起来囚犯比他们更狡猾，他总是让牢房保持得非常干净。但后来他们发现他总是自言自语，于是他们偷偷地安装了一个窃听器，想知道他在说什么……”

“那跟格兰有什么关系？”

“他们也许征求过他的意见，我不知道……”

斯特恩想了一会儿：“也许我们应该听听磁带。”

书房的一个家具上有一台旧录音机，格兰很可能是用它来录制声音记录的。米拉把一盘带子递给斯特恩，他走到装置前，放入磁带，按下了播放键。

“等等。”

斯特恩吃了一惊，转过头看她，见她的脸唰地变白了。

“该死！”

“怎么了？”

“名字。”

“什么名字？”

“那个在他被单独囚禁前和他住在一起的囚犯的名字。”

“怎么了？”

“他叫文森特……他就是文森特·克拉里瑟。”

44

阿方斯·贝伦杰是一个长着娃娃脸的六十几岁的男人。

他那红润的脸颊就像是一张细密的毛细血管网。他每次笑的时候，眼睛都会眯起来，直到眯成两条缝儿。他掌管监狱有二十五年了，还差几个月就要退休。他喜欢钓鱼，办公室的一个角落里有一根鱼竿和一个摆放鱼钩和鱼饵的盒子。不久之后，这就会成为他的主要工作。

他正直的声名广为人知，他觉得自己与世界和平相处。但从某时起，他晚上再也无法入睡。他妻子对他说是因为他快要退休了，但并不是这样。折磨他睡意的是想到他要释放 RK－357/9 囚犯，却仍不知道他是谁，是否犯过滔天罪行。

“这个人很……诡异。”他们跨过其中的一扇安全门，阿方斯在朝单人牢房走去时对米拉说。

“什么意思？”

“他太镇静了。我们断了他的自来水，希望他会停止清洗。但他继续用抹布擦干净一切。我们抢走了抹布，他就开始用衣服。我们强迫他使用监狱里的餐具，他就停止进食。”

“那你们呢？”

“我们当然不能饿着他。他总是用一种毫无敌意的坚持……或者是温柔的决心来反抗我们所有的企图。”

“那科学专家呢？”

“他们在那个牢房里待了三天都没有找到足够提取DNA的有机物。我问自己：怎么可能？我们每个人每天都要失去成百上千万的细胞，以微小的睫毛或皮肤片的形式……”

阿方斯拿出了一个可怜的钓鱼者所有的耐心，希望着能够办成事情，但这不够。他最后的办法就在那天早上意外见到的那位女警官身上，米拉告诉了他一个看似真实的荒唐故事。

走过长长的走廊，他们来到了一个涂成白色的铁门前。这是十五号单人牢房。

监狱长看了看米拉。“你确定吗？”

“三天后这个人就要出狱了，我有感觉我们再也不会见到他。因此是的，我非常确定。”

重重的大门打开了，随后迅速在米拉身后关上。她在RK-357/9囚犯的小宇宙里迈出了第一步。

他和米拉想象中的不同。除了一个细节：灰色的眼睛。

他身材矮小，肩膀很窄，锁骨凸出。橙色的囚衣显得很大，让他不得不卷起衣袖和裤腿的边缘。他头发稀少，集中在头部的两侧。

他坐在床上，膝盖上放着一只铁碗。他正在用一块黄毡布擦拭。他旁边的床上整齐地摆放着餐具，一把牙刷和一把塑料梳子。他可能刚把它们擦干净。他抬头看了看米拉，没有停下手里的动作。

米拉确信这个男人很清楚她为什么来这里。

“您好。”她说，“我能坐一会儿吗？”

他有礼貌地点点头，指了指靠墙的一张小板凳。米拉拿过来坐下了。

“这里的所有人都想知道您是谁，”米拉开始了。“这似乎成了执念。至少对于监狱长而言是这样。还有检察官办公室。其他的囚犯都在讲述关于您的传奇故事。”

他继续看着她，沉着冷静。

“我没有疑问。我知道您是那个我们叫作阿尔伯特的人，那个我们追捕的人。”

男人毫无反应。

“您在贝尔曼的恋童癖巢穴的沙发上坐过。您在孤儿院遇到过幼时的罗纳德·德米斯。费尔德海尔杀害那个女人和她的孩子时，您就在伊冯的别墅里。墙上血的轮廓就是您的。当约瑟夫·B.罗克福德第一次在废弃的屋子里杀人时，您就和他在一起……他们是您的弟子。您煽动了他们的憎恶，激发了他们的邪恶，而您却总是蜷伏在黑暗之中……”

男人继续擦着，丝毫没有打乱节奏。

“然后，大约在四个月前，您决定让自己被捕。因为您是故意的，我对此毫不怀疑。在监狱里，您遇到了您的狱友文森特·克拉里瑟，您花了将近一个月来指导他，直到文森特刑满释放。然后，文森特一出狱，就开始执行您的计划……绑架六个女孩，截去她们的左臂，把尸体放到特定的地方，揭发人们并不知情的罪恶……当文森特完成任务时，您还在这里。因此，没有人能治您的罪。这四堵墙是您最完美的托辞……但您的杰作中还有格兰·贾维拉。”

米拉从兜里掏出了在格兰的书房里找到的其中一盘录音带，并把它扔到床上。男人直愣愣地看着落到他左腿旁几厘米前形成的抛物线。他没有动，也没有躲闪。

“格兰 · 贾维拉博士从没见过您，他不认识您，但您认识他。”

米拉感到自己心跳加速，是愤怒、怨恨，还有别的。

“您在这里面找到了和他联络上的方式，方法很天才。当他们隔离您时，您就开始自言自语，就像一个可怜的傻瓜一样。您知道他们会装窃听器，然后把录音放给专家听。不是随便一个专家，而是这个领域中最厉害的……”

米拉指了指磁带。

“每一盘我都听了，知道吗？几小时几小时地听下去……这些信息并非毫无指向。它们是放给格兰听……‘杀戮，杀戮，杀戮’……他听从了您的指示，杀死了妻子和儿子。要对他的心理精神层面产生影响是一个极需耐心的工作。告诉我一件事：您是怎么做的？您是怎么做到的？您太厉害了。”

男人没有注意到她的讽刺，或者是不在意。但他似乎很好奇地想知道后面的故事，因为他的眼睛没有从她身上挪开。

“但您不是唯一一个知道如何进入别人大脑的人……最近，我研究了很多关于连环杀手的资料。我知道连环杀手可以分成四类：幻想者、使者、享乐主义者、能力的追寻者。但还有第五种：叫做潜意识杀手。”

男人一言不发。他的碗闪闪发光，但他对结果仍然不十分满意。

“其中最有名的是查尔斯 · 曼森。‘潜意识杀手’实际上并不犯罪，人们无法对他兴师问罪，无法惩罚他。为了起诉查尔斯 · 曼森，需要寻求法律技巧，但是死刑变成了很多个无期徒刑……某些精神病学家把你们定义为摄魂者，这是鉴于你们对那些个性比较软弱的人的影响力。我更喜欢称你们为狼……狼结群而行，每个群体都有一个首领，其他的狼通常都为他而捕猎。”

RK－357/9 囚犯擦完了碗，把它放到身边。然后，他把手放到膝盖上，等待着米拉下面的话。

“您超越了所有人……”米拉开始笑了起来，“您丝毫没有卷入由您的弟子们完成的犯罪中。没有证据能关住你，不久后，您又会变成自由之身……所有的人都无能为力。”

米拉作了个深呼吸。然后，他们相互凝视。

“遗憾的是：如果我们知道您的真实身份，您就能家喻户晓了，您会载入史册，相信我。”

她靠向他，语气中带着威胁：“无论如何，我会查出您是谁。”

她站起来，拍了拍并无丝毫灰尘的手，准备离开牢房。但在这之前，她又让自己和那个男人待了一会儿。

“您最后一个弟子失败了：文森特·克拉里瑟没能完成您的计划，因为第六个女孩还活着……这意味着您也失败了。”

米拉观察着他的反应，有那么一刻，她觉得有什么不可理解的东西从那张脸上一闪而过。

“我们外头见。”

米拉冲他伸出手。

他伸出了手。

她转过身朝铁门走去。她敲了三下等待着，她知道他的目光还盯着她，就落在她的肩胛骨上。外面有人开始开锁。在牢门打开之前，RK－357/9 囚犯第一次开口了。

“是女孩。”他说。

米拉扭头看他，没听明白。囚犯重新拿起抹布细致地擦拭另一只碗。

她走了出去，铁门在她身后关上了，阿方斯过来找她，和他一起的还有克莱普。

“您……进去过了？”

米拉点了点头，然后朝克莱普伸出了握过那名囚犯的手。克莱普拿出一个小镊子，小心翼翼地从她的手掌中钳起薄薄的透明涂料，里面获取了那个男人的皮肤细胞。他立马把它放到一个碱性溶液的小瓶里把它保存起来。

“现在，我们看看这个狗娘养的杂种到底是谁！”

9 月 5 日

天空中飘过几片零散的白云，越加衬托出纯净的天蓝色。白云若是聚集起来，会不可避免地遮住太阳。但它们仍然待在那里，随风而动。

这是一个漫长的季节。冬季被夏季取代了，天气依然很热。

米拉开着车，两边的窗户都敞开着，享受着微风轻抚发丝的感觉。她留长了头发，但这不只是这些天唯一的小变化。另一条新闻是她穿的衣服。她舍弃了牛仔裤，现在甚至穿上了花裙子。

旁边的位置上放着一个上面绑着大红蝴蝶结的碗。她没怎么想就选了这个礼物，因为现在她一切都跟着感觉走。

她了解到了命运的不可预知性。

她喜欢事物新的轨迹。但现在的问题是她的情绪反复无常，有时她会在谈得正热烈，或者应付某些事情时停下来哭泣。一种奇怪而讨人喜欢的想念毫无理由地霸占着她。

很长一段时间，她都在问自己，这些定期泛滥、如同波浪或痉挛般的情感从何而来。

现在她知道了，但她仍旧不想知道自己孩子的性别。

RK－357/9 囚犯在三月份的一个星期三出狱了，仍然没有留下姓名。

但米拉的花招成功了。

克莱普从RK－357/9囚犯的上皮细胞中提取出了DNA，并将其输入了所有现有的数据库。他还比对了与未破获的案子有关的未识别出的有机物。没有任何发现。

“也许我们还没能弄清楚他所有计划。”米拉自言自语道。她害怕预测。

无名男子重获自由后，警方最初仍继续监控他。他住在归社会服务机构所有的房子里，这是命运的讽刺，他开始在一个大仓库里做清洁工。他没有流露出任何他们不知道的模样。于是，随着时间的流逝，警察的警惕下降了。他们的头儿不再愿意支付这笔额外的费用，巡逻志愿者只坚持了几个星期。最后，所有的人都放弃了。

米拉继续关注着他，这对于她也越来越费劲了。发现自己怀孕后，她就松懈了对他的监控。

然后，在五月中旬的一天，他消失了。

他没留下丝毫的痕迹，也没有人知道他的目的地。米拉一开始很恼怒，后来她发现也有一丝特别的安慰。

找到那些失踪者的米拉，事实上希望那个男人消失。

右边的路标指出了居住区的转弯路口，她拐了进去。

那是一个漂亮的地方，道路旁绿树成荫，植物的影子重叠在一起，好似不愿为某人折腰。小别墅一个挨着一个，前面都有一块绿地，几乎一模一样。

斯特恩给她的地址把她带到了面前的这个十字路口。她减慢了速度，向四周望去。

“斯特恩，天哪，你们在哪儿？”她在电话里对他说。

在斯特恩回答前，米拉看到他拿着手机在远处挥臂示意。

她把车停在了他指的地方，然后下了车。

“你怎么样？”

“除了恶心、脚肿、不断跑厕所之外……可以说我很好。”

他把一只手搭在她肩上。“来吧，所有人都在后面。”

看到他没穿西装系领带，而是穿着蓝短裤和敞开领儿的花衬衫，她有一种奇怪的感觉。要不是他那不离手的薄荷糖，她几乎都认不出他了。

米拉跟着他来到了后面的花园，前特派员的妻子正在摆桌子。米拉跑过去拥抱她。

“你好，玛丽，你气色很好。”

“肯定啦，她现在整天把我困在家里。”斯特恩笑着大喊。

玛丽拍了一下丈夫的肩。“还不去厨房！”

斯特恩走到烧烤那儿准备烤香肠和玉米时，米拉拿着一瓶只剩一半的啤酒走到鲍里斯的身边。他用有力的臂膀紧紧地抱住米拉，把她抱了起来。“你现在都这么胖了！”

“谁说的！”

“你到这儿怎么要这么长时间？”

“你是在担心我吗？”

“没有，我只是饿了。”

他们笑了。鲍里斯总是非常关心她，不只是因为她把他从监狱里救了出来。最近，久坐的生活和莫斯卡给他的升职都让他发胖了。新督察马上就抹掉了他的小“错误”，赐予了他无法推辞的职务。罗凯在正式结案时提出了辞职，但在这之前，他与部门商定要给他办一个仪式授予他服务荣誉奖章和一大笔奖金。据说，他在考虑进入政界。

“真笨，我忘了车上的盒子！”米拉突然想了起来，“你能帮我去拿吗？”

“当然，我这就去。”

鲍里斯刚挪步，她的视线就转移到了其他在场的人身上。

桑德拉坐在一棵樱桃树下的轮椅上。她无法行走，这发生在她出院一个月后。医生说应该是惊吓造成了神经堵塞。现在，她正在接受严格的康复治疗。

她缺失的左臂上装了假肢。

女孩的旁边是她的父亲迈克。米拉是在去看望桑德拉的时候认识他的，她觉得他人很好。尽管妻子和他分居了，他还是继续带着爱和奉献之心照顾女儿和罗莎。罗莎在监狱里瘦了好几斤，头发在极短的时间内变白了。判决很重：七年监禁加上耻辱的解雇，这让她同时失去了退休的权利。她来这里是经过特别许可的。不远处站着陪她来的监察警多利斯，他点了点头跟米拉打招呼。

罗莎站起来走到米拉身边，她勉强挤出了些许笑容。

“你怎么样？怀孕了一切都好吗？”

“最不爽的就是衣服了，我的尺码一直在变，我可没赚这么多的钱能经常换衣服。不久，我要穿浴衣出门了！”

“听我的，享受现在吧，因为更糟糕的还在后头呢。桑德拉三岁前都没让我们合过眼。对吧，迈克？”迈克点了点头。

他们之前已经见过了几次，没有人问过米拉孩子的父亲是谁。天知道如果他们知道她肚子里孩子的父亲是格兰会是怎样的反应。

格兰还在昏迷中。

米拉只去看过他一次。她在玻璃外看到了他，但她没能撑多久就逃走了。

他在跳楼前对她说的最后一件事是他杀死了妻子和儿子，因为他爱他们。这是一个用爱来证明邪恶的不容置疑的逻辑。米拉无法接受。

格兰曾经说过："我们身边有一些我们自认为认识的人，但其实我们对他们一无所知……"

她以为他指的是他的妻子，她觉得那句话只是一个很平庸的真理，不能体现出他的聪明才智。直到她陷入了他说的这些之中，她才恍然大悟。然而，米拉应该理解他。她曾对格兰说过："我是从黑暗里来的，我时不时地要回到黑暗里去……"

格兰也去过同样的黑暗很多次。但有一天，当他再次从黑暗中走出来时，有什么东西跟上了他，这是让他再也无法摆脱的东西。

鲍里斯带着礼物跑到米拉跟前。

"这么久？"

"我关不上那辆破车。你该买辆新的了。"

米拉拿过他手上的盒子，递给了桑德拉。

"嗨，生日快乐！"

她弯下腰，亲了亲她。小女孩见到她总是很高兴。

"爸爸妈妈送了我一个 iPod。"

她拿给米拉看。米拉说："太棒了。我们应该放点儿健康、积极的摇滚。"

迈克不太同意："我更喜欢莫扎特。"

"酷玩乐队更好。"桑德拉说。

他们一起拆开米拉的礼物，这是一件丝绒外套，边上附着各种假金箔片和饰钉。

"哇喔！"当小寿星认出那是一个著名的服装设计师的牌子

时，一下子就尖叫了起来。

“这个‘哇喔’是说你喜欢？”

桑德拉笑着点点头，视线丝毫未从衣服上挪开。

“开饭啦！”斯特恩宣布道。

他们坐到一个凉亭的阴影下。米拉发现斯特恩和他妻子总会时不时地寻找彼此，触碰到彼此，就像热恋中的情侣一样。她有些嫉妒他们。罗莎和迈克处处为女儿着想，扮演着优秀父母的角色。迈克也很关心罗莎。鲍里斯讲了很多笑话，他们笑得前仰后合，喷了多利斯警察一脸。这是愉快的一天，无忧无虑。也许，桑德拉也暂时忘记了她的状况。她收到了很多礼物，一口气吹灭了巧克力椰奶蛋糕上的十三根蜡烛。

过了三点，他们才结束午餐。微风吹拂，让人情不自禁地想躺在草地上睡觉。女人们清理桌子，米拉被斯特恩的妻子专门排除在外了，因为她的大肚子。这让她能待在樱桃树下的桑德拉身边。她有点儿费劲地坐到了地上，坐到轮椅旁。

“这里很美。”小女孩说。然后，她看着母亲把脏盘子拿进屋去，还冲她笑了笑。“我希望这一天永远不会结束。我之前一直很想念妈妈……”

过去时的使用很意味深长：桑德拉回想起了和母亲进监牢时不同的想念。她在说发生在她身上的事。

米拉很清楚这句简短的话是小女孩努力让过去恢复正常的一部分。她要安放好自己的感情，要体认自己的恐惧，尽管一切都结束了，但这些情绪还会潜伏很多年。

有一天，她们俩会聊起发生在她们身上的事。米拉想先告诉她自己的故事，这也许对桑德拉有帮助，因为她们如此相似。

“首先，要找到所有能表达的词语，我的小乖乖，我们有很多时间……”

米拉对桑德拉温柔极了。还有一个小时，罗莎就要回到监狱里去了。每次的分别对这对母女来说都是折磨。

“我决定告诉你一个秘密。”米拉对她说，为的是让她分心，“我只告诉你……我想告诉你我肚子里孩子的父亲是谁。”

桑德拉情不自禁地露出了无礼的笑容：“大家都知道。”

米拉惊得愣住了一会儿，然后大笑起来。

鲍里斯从远处看着她，不知道发生了什么事。“女人们。”他冲着斯特恩的方向喊。

当她们最终冷静下来，米拉感觉好多了。她又一次低估了关心她的人，搞出了不必要的问题。但事情往往就是这么简单。

“他在等着某个人……”桑德拉严肃地说。米拉知道她说的是文森特·克拉里瑟。

“我知道。”米拉简单地回答。“那个男人之前在监狱里，但我们谁都不知道。我们还给他选了一个名字，知道吗？我们叫他阿尔伯特。”

“不，文森特不叫他这个……”

一阵热风吹落了几片樱桃树的树叶，可米拉感到突如其来的一股寒流爬上了她的背脊。她缓缓地转过脸，目光与桑德拉的大眼睛撞在一起。桑德拉正盯着她，完全没意识到她刚刚说的话。

“不……”女孩平静地重复道，“他叫那个人弗兰基。”

下午的阳光完美地洒落下来。鸟儿在枝头唱着歌儿，空气里混合着花粉和花香。草坪上的小草诱人极了。米拉永远不会忘记发现桑德拉和自己有着比想象中更多的相似之处的那一瞬间。但是这种联系一直在那儿，在她的眼前。

他只抓女孩，不抓男孩。

史蒂夫也喜欢女孩。

他选择的是家庭。

她和桑德拉一样也是独生女。

他截断了所有女孩的左臂。

她从史蒂夫家的楼梯上摔下来时摔坏了左臂。

前两个女孩是结拜姐妹。

桑德拉和黛比，就像是多年前的她和格拉切拉。

“连环杀手试图用他们的行为来告诉我们某个故事。”格兰曾经说过。

但那个故事是她的故事。

每个细节都能强迫她回到过去，强迫她直面残酷的事实。

“你最后一个弟子失败了：文森特·克拉里瑟没能完成你的计划，因为第六个女孩还活着……这意味着你也失败了。”

没有一件事是出于偶然。这就是弗兰基安排的真正结局。

所有的这一切都是为了她。

内心的波澜把她带回到了过去。米拉垂下眼，看着已经隆起的腹部。她强迫自己不去想这是不是也是弗兰基计划的一部分。

上帝很安静，她想，魔鬼在呢喃……

事实上，阳光继续在那个完美的下午闪耀着。鸟儿不知疲倦地在树枝上歌唱，空气中总是充满了花粉和花香。草坪上的小草依然很诱人。

在她周围乃至到处都呈现出相同的信息。

一切都和以前一模一样。

一切。

包括弗兰基。

回来，为的是再次消失在大片的阴影之中。

作者后记

犯罪文学作品开始关注“低语者”这个话题，是因为异教团体现象逐渐为人所知。这是一个复杂的话题，会引发很多问题。最大的难题在于该如何在一起诉讼案件中给“低语者”下一个可行的定义，因为这会直接推翻相关罪犯的刑事责任和可能的起诉。

如果我们无法在犯罪行为和低语者之间建立起因果联系，那么后者就无法被起诉犯罪。即使以怂恿犯罪的名义起诉低语者，也很少能成功定罪。因为在低语者的案例中，并不是简简单单的服从。低语者不是在目标的思想中注入犯罪的意图，他是通过潜意识层面施加影响，也就是说，他是唤醒目标的内心阴暗面——每个人内心或多或少都存在着阴暗的想法，然后促使目标去犯罪。

发生在 1986 年的奥费尔贝克案就是个典型案例：涉案的家庭主妇常常接到匿名电话，然后有天，她没有征兆地在家人的汤里下了老鼠药，毒死了全家人。

我还要多说一句，某些重案的犯罪者常常把自己的道德责任推卸给一个声音、一个幻象或者一个虚构人物，这些其实都出自他的想象。但这很难进行区分，当犯罪者表现出的行为类似精神病患者，或者真的有第三人在暗处使坏。

我在小说中使用的案例和研究资料，援引了犯罪手册和司法精神病学手册以及法医文件，此外还引述了FBI的研究，他们建立了一个专门的数据库用来存放关于连环杀手和暴力犯罪的案例。

书中提到的很多案子都真实存在。有些人名、地名做了处理，因为这些案件的调查还悬而未决，或者诉讼还没结束。

小说中提到的科学探案手段也都是真实的，尽管我在叙述中偶尔会为了剧情需要酌情改动。

多纳托·卡瑞西

鸣　谢

很多人认为写作是一次孤独的历险。事实上，还有很多人，甚至是在无意为之的状态下，为故事的构思贡献了自己的一份力量。正是我生命中的那些人在我创作一本小说的数个月间，用各自的方式滋养我、支持我、鼓励我。

我希望他们能永远陪伴在我的身边，因此我要在此对他们表达谢意。

路易奇·伯纳波和达尼埃拉·伯纳波，感谢他们为这个故事以及为本书作者付出的时间和心血。感谢他们给出的宝贵建议，我由此成长为一个成熟的作家，感谢他们帮我润色文本，精进文风。他们着实为了本书掏心掏肺。这些文字最终能呈现在你的眼前，那首先应该感谢他俩。谢谢。谢谢。谢谢。

斯特凡诺·墨里和克里斯蒂娜·墨里，他们为我的书赌上了他们的信誉，他们始终对我保持百分百的信任。

法布里奇奥，我的“低语者”，感谢他一针见血的建议，感谢他温柔又坚定的支持，感谢他喜欢这本书的每一个字。

奥塔维欧，人人希望拥有一辈子的挚友。特立独行的瓦伦提娜。小可爱克拉拉和加亚，感谢她们对我满满的爱。

詹马莫罗和米凯拉，但愿今后所有的重要时刻，他们都陪伴在我身边。克劳迪娅，我的光。

马西莫和罗伯塔，感谢他们的支持和诚挚的友谊。

米凯莱。我的第一位好友。每每想到，当我需要他的时候，他就在我身旁，我就感到幸福。而他也知道，我也会这么对他，这同样是美事一桩。

路易莎，感谢她那富有感染力的笑容，她在夜晚的罗马大街上一边开车一边放声歌唱。

达里娅，感谢命运把她恩赐给我。感谢她看待世界的方式，并且让我也学会用这种方式来看待世界。

玛利亚·德·贝利，感谢她呵护了我儿时的梦想。我能成为作家，居功至伟的是她。

尤斯基，我那位无可替代的“助手”。

阿尔弗雷多，这位脾气火爆的伙伴拥有成千上万的冒险经历。

阿奇烈，斯人已逝……但永远都在。

彼得罗·瓦尔塞基和卡米拉·内斯比特，还有陶都一家。

感谢伯纳波事务所的所有同事，他们见证了这本小说的每一点进展。感谢提前读了这个故事的所有朋友，他们宝贵的意见帮助我成长。

感谢我的大家族。已逝的……以及活着的。

我的兄弟韦托。他总是第一个来阅读我创作的故事。尽管你们听不见，但纸页间暗藏的音符都属于他。感谢芭芭拉，她让我的兄长成了一个幸福的人。

我的父母。感谢他们把我教养成才，感谢他们让我独立自主地学习。感谢他们把我培养成我。

我的妹妹奇亚拉。她相信她的梦想，还有我的。没有她，我的人生一片荒芜。

所有看完本书的人。但愿这本书打动了你。

图字：09－2018－1126号

图书在版编目(CIP)数据

魔鬼在呢喃/(意)多纳托·卡瑞西
(Donato Carrisi)著;崔月译. —上海：上海译文出
版社,2020.8
书名原文：Il suggeritore
ISBN 978－7－5327－8409－7

Ⅰ.①魔… Ⅱ.①多… ②崔… Ⅲ.①侦探小说—意
大利—现代 Ⅳ.①I546.45

中国版本图书馆CIP数据核字(2020)第087966号

魔鬼在呢喃
[意]多纳托·卡瑞西 著 崔 月 译
责任编辑/黄雅琴 装帧设计/周伟伟

上海译文出版社有限公司出版、发行
网址：www.yiwen.com.cn
200001 上海福建中路193号
启东市人民印刷有限公司印刷

开本 890×1240 1/32 印张 13 插页 2 字数 205,000
2020年8月第1版 2020年8月第1次印刷
印数：0,001—6,000册

ISBN 978－7－5327－8409－7/I·5160
定价：68.00元